A HERANÇA DE ORQUÍDEA DIVINA

ZORAIDA CÓRDOVA

A HERANÇA DE ORQUÍDEA DIVINA

Tradução
Mel Lopes

1ª edição

— *Galera* —
RIO DE JANEIRO
2022

EDITORA-EXECUTIVA
Rafaella Machado

COORDENADORA EDITORIAL
Stella Carneiro

EQUIPE EDITORIAL
Juliana de Oliveira
Isabel Rodrigues
Lígia Almeida
Manoela Alves

PREPARAÇÃO
Thaís Pol

REVISÃO
Renato Carvalho

DIAGRAMAÇÃO
Abreu's System

CAPA
Adaptada do original de Erick Dávila

TÍTULO ORIGINAL
The Inheritance of Orquídea Divina

CIP-BRASIL. CATALOGAÇÃO NA PUBLICAÇÃO
SINDICATO NACIONAL DOS EDITORES DE LIVROS, RJ

C827h
Córdova, Zoraida
A herança de Orquídea Divina / Zoraida Córdova; tradução Mel Lopes. – 1. ed. – Rio de Janeiro: Galera Record, 2022.

Tradução de: The inheritance of Orquídea Divina
ISBN 978-65-5981-099-4

1. Ficção americana. I. Lopes, Mel. II. Título.

22-76026

CDD: 813
CDU: 82-3(73)

Meri Gleice Rodrigues de Souza – Bibliotecária – CRB-7/6439

Copyright © 2021 by Zoraida Córdova

Todos os direitos reservados.
Proibida a reprodução, no todo ou em parte, através de quaisquer meios.
Os direitos morais da autora foram assegurados.

Texto revisado segundo o novo Acordo Ortográfico da Língua Portuguesa.

Direitos exclusivos de publicação em língua portuguesa somente para o Brasil
adquiridos pela
EDITORA RECORD LTDA.
Rua Argentina, 120 – Rio de Janeiro, RJ – 20921-380 – Tel.: (21) 2585-2000,
que se reserva a propriedade literária desta tradução.

Impresso no Brasil

ISBN 978-65-5981-099-4

Seja um leitor preferencial Record.
Cadastre-se e receba informações sobre nossos
lançamentos e nossas promoções.

Atendimento e venda direta ao leitor:
sac@record.com.br

Para Ruth Alejandrina Guerrero Gordillo

*Yo quiero luz de luna
para mi noche triste,
para sentir divina
la ilusión que me trajiste,
para sentirte mía, mía tú
como ninguna,
pues desde que te fuiste
no he tenido luz de luna.*

— TRECHO DA MÚSICA "LUZ DE LUNA",
DE ÁLVARO CARRILLO

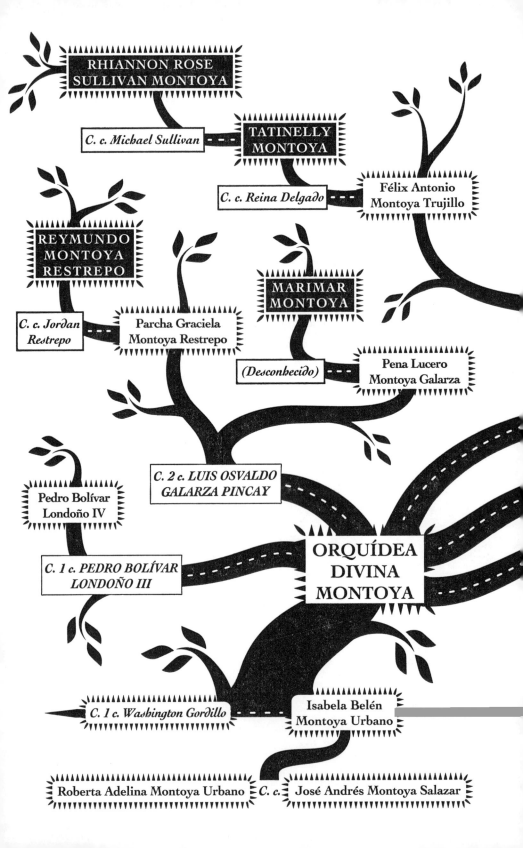

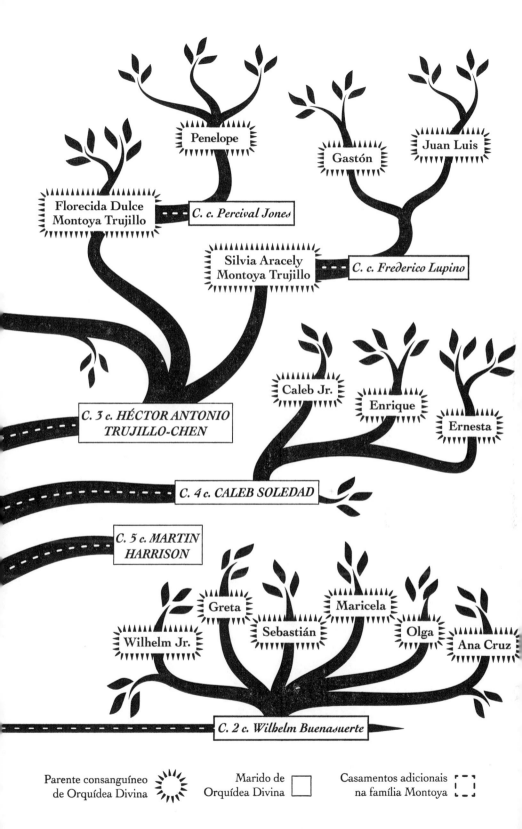

Parte I

CONVITE PARA PRESENCIAR UMA MORTE

O

O CONVITE

Convido você para minha casa no dia 14 de maio do Ano do Beija-Flor. Por favor, não chegue antes das 13h04, pois tenho muitos assuntos para resolver antes do evento. As estrelas se deslocaram. A Terra girou. É chegada a hora. Estou morrendo. Venha receber sua herança.

Para sempre,
Orquídea Divina Montoya

1

A MULHER E A CASA QUE NUNCA EXISTIU

Por várias manhãs, não existiu nada além de terra árida. Então, um dia, havia uma casa, uma mulher, seu marido e um galo. Os Montoya chegaram à cidade de Quatro Rios no meio da noite sem alarde ou comitê de boas-vindas; nada de pratos de vagens murchas ou tortas de maçã esfarelentas oferecidos na tentativa de conhecer os novos vizinhos. Se bem que, verdade seja dita, antes da chegada deles os habitantes da cidade já tinham parado de prestar muita atenção em quem ia e vinha.

Encontrar Quatro Rios em um mapa era quase impossível, pois a maioria das estradas ainda era de terra e a memória do lugar vivia apenas na mente daqueles que se esforçavam para mantê-la. Sim, existiram ferrovias em determinado período, grandes veias de metal marteladas no solo rochoso, conectando o empoeirado coração de um país a uma identidade que mudava de acordo com os locais onde as linhas eram traçadas.

Se um viajante pegasse o caminho errado em uma rodovia, parava no posto de gasolina e na velha lanchonete de Quatro Rios. Quando qualquer visitante perguntava quais quatro rios se cruzavam para dar o nome à cidade, os moradores coçavam a cabeça e diziam algo como: "Veja bem, todos os rios estão secos desde 1892."

Além do Posto de Gasolina Garret's e da lanchonete Sunshine — que oferecia café à vontade por 1,25 dólares —, Quatro Rios contava com uma população de 748 habitantes, uma feira de produtos agrícolas, uma papelaria, a oitava maior cratera de meteoro do mundo, um enorme sítio paleontológico de dinossauros (que foi desmascarado por paleontólogos furiosos que não tinham nada de bom a dizer em seu periódico sobre a pegadinha bolada pela turma de formandos de 1987), a única locadora de vídeo num raio de vários quilômetros, a Escola de Ensino Médio Quatro Rios (vencedora do campeonato regional de futebol americano de 1977) e a menor agência dos correios do país, que era a única coisa que impedia o local de se tornar uma cidade fantasma.

Quatro Rios era especial por razões que a população atual praticamente esquecera. Era, no sentido mais geral, mágica. Existem locais em todo o mundo onde o poder é tão concentrado que eles se tornam o ponto em que o bem e o mal se encontram. Há quem os chame de nexos. De linhas de Ley. De Éden. Com o passar dos séculos, à medida que Quatro Rios foi perdendo suas fontes de água, sua magia também se desvaneceu, restando apenas uma pulsação fraca sob suas montanhas e planícies áridas.

Essa pulsação era o suficiente.

No fundo do vale, onde os quatro rios antes se cruzavam, Orquídea Montoya construiu sua casa no ano de 1960.

Dizer "construiu" talvez seja forçar um pouco a barra, considerando que a casa parecia ter surgido do éter. Ninguém estava lá quando os alicerces foram colocados ou as venezianas foram aparafusadas, e nenhum morador local se lembrava de ter visto tratores, escavadeiras ou operários da construção civil. Mas lá estava ela. Cinco quartos, uma sala de estar com lareira, dois banheiros e um lavabo, uma cozinha com utensílios muito apreciados e uma varanda que dava a volta na casa, com um pequeno balanço no qual Orquídea podia observar a mudança do terreno à sua volta. A parte mais convencional daquela casa era o sótão, que continha apenas as coisas que os Montoya não usavam mais — e as aflições de Orquídea. O lugar inteiro se transformaria em um elemento de pesadelos e histórias de fantasmas entre as pessoas que dirigiam até o topo da colina, na única estrada de acesso, e paravam, observando e esperando para dar uma espiada na estranha família que morava lá dentro.

Assim que perceberam que tinham um novo vizinho permanente, as pessoas de Quatro Rios decidiram voltar a prestar atenção em quem ia e vinha.

Quem exatamente eram aqueles Montoya? De onde tinham vindo? Por que não vão à missa? E, por Deus, quem pintaria suas venezianas de uma cor tão escura?

A cor favorita de Orquídea era o azul do crepúsculo — apenas claro o suficiente para que o céu não mais parecesse preto, mas antes que os tons de rosa e roxo o riscassem. Ela achava que a cor capturava bem o momento em que o mundo prendia a respiração, e ela vinha prendendo a dela por um longo tempo. Era aquele tom de azul que destacava as venezianas e a grande porta da frente. Poucos meses depois de sua chegada, na primeira vez em que se aventurou na cidade para comprar um carro, ela descobriu que todas as casas em estilo rancho eram pintadas em tons pastel pálidos e sem graça.

Nada na casa de Orquídea era por acaso. Ela sonhava com um lugar só seu desde menina, e, quando finalmente o adquiriu, as coisas mais importantes eram as cores e as proteções. Para alguém como Orquídea Divina Montoya, que havia conseguido tudo graças a uma vontade obstinada e um tantinho de gatunagem, não importava apenas proteger a casa, mas protegê-la com toda a força. Era por isso que cada vidraça e cada porta tinham uma folha de louro dourada perfeitamente gravada na superfície. Não apenas para manter a magia do lado de dentro, mas também para deixar o perigo do lado de fora.

Orquídea havia carregado sua casa com ela por muito tempo — no coração, nos bolsos, na mala e, quando não cabia nesses lugares, em seus pensamentos. Ela carregou aquela casa durante a busca por um lugar onde houvesse uma pulsação de magia para ancorá-la.

No total, Orquídea e seu segundo marido haviam percorrido cerca de 7.882 quilômetros. Alguns de carroça, outros de navio, alguns de trem e os últimos trinta firmemente a pé. Quando terminou de perambular, a sede de viajar que corria em suas veias havia secado. Depois teria filhos e netos, e veria o resto do mundo nos cartões-postais que cobriam a geladeira. Para ela, uma peregrinação tinha sido suficiente. Não precisava medir seu valor colecionando carimbos no passaporte e aprendendo meia dúzia de idiomas. Estes eram os sonhos de uma garota que ela deixara para trás, uma que tinha visto a escuridão do mar infinito e que uma vez estivera no centro do mundo. Orquídea tinha vivido cem vidas de maneiras diferentes, mas ninguém — nem seus cinco maridos nem seus descendentes — a conhecia de verdade. Não como as pessoas se conhecem, até o âmago, até os segredos que só podem ser profetizados em vísceras sangrentas.

O que havia para saber?

Um metro e meio centímetro de altura. Pele marrom. Cabelos pretos. Olhos do tom mais escuro. Não era o acaso que ditava as coisas para Orquídea Montoya. Os dois momentos mais importantes de sua vida tinham sido predeterminados pelas estrelas. Primeiro, seu nascimento. E, depois, o dia em que ela roubou sua sorte.

Ela nasceu em um pequeno bairro na cidade litorânea de Guaiaquil, no Equador. As pessoas acham que sabem sobre infortúnio e azar. Uma coisa é ser azarado — como quando você tropeça nos cadarços, perde uma nota de cinco dólares no metrô ou se depara com seu ex quando está usando uma calça de moletom que não troca há três dias — outra completamente diferente era o tipo de azar que Orquídea teve. A má sorte tecida nas marcas de nascença que pontilhavam seus ombros e peito como constelações. A má sorte que parecia a vingança mesquinha de um deus há muito esquecido. Sua mãe, Isabela Montoya, culpou primeiro seu próprio pecado e depois as estrelas. O último era verdade em mais de um aspecto.

Orquídea nasceu quando os planetas convergiram para criar a pior sorte que uma pessoa poderia desejar, uma dívida cósmica que não era culpa sua, mas que mesmo assim o destino vinha cobrar como um agiota. Era 14 de maio, faltando três minutos para a meia-noite, quando Orquídea optou por se expulsar do útero e acabou ficando presa no meio do caminho, como se soubesse que o mundo não era um lugar seguro. Todos os médicos e enfermeiras de plantão correram para ajudar a jovem mãe solitária. Às 00h02 do dia 15 de maio, o bebê foi finalmente arrancado, semimorto, com o cordão umbilical enrolado no pescoço. A velha enfermeira comentou que a pobre menina levaria uma vida hesitante — um pé aqui e outro acolá. Meio presente e meio ausente. Inacabada.

Quando partiu de vez do Equador, ela aprendeu a deixar fragmentos de si mesma para trás. Fragmentos que seus descendentes um dia tentariam juntar, a fim completá-la novamente.

Foram necessários vinte anos e dois maridos para Orquídea Divina chegar aos Estados Unidos. Apesar de ter nascido em uma convergência cósmica de azar, Orquídea havia descoberto uma brecha. Mas isso será contado mais adiante.

Esta é a história da mulher e da casa que nunca existiram — até que, um dia, elas estavam inegavelmente lá.

Em sua primeira manhã em Quatro Rios, Orquídea e seu marido abriram todas as janelas e portas. A casa havia sido enfeitiçada de modo a antecipar todas as necessidades deles e abastecida com o básico para começar: sacos de sementes, arroz, farinha de trigo, sal e um barril de azeite de oliva.

Eles precisariam plantar imediatamente. No entanto, o solo ao redor da propriedade era de pedra rachada. Alguns moradores diziam que as fissuras no solo eram tão profundas que você poderia jogar uma moeda direto para o inferno. Por mais que chovesse em Quatro Rios, era como se as nuvens negligenciassem de propósito o vale onde agora ficava a casa dos Montoya. Mas isso não importava. Orquídea estava acostumada a criar algo a partir do nada. Fazia parte de seu pacto, de seu poder.

A primeira coisa que ela fez foi cobrir o chão com sal marinho. Ela o derramou entre as tábuas do assoalho, nos nós e ranhuras naturais da madeira. Esmagou tomilho, alecrim, cinórrodos e cascas de limão secas, misturando-os. Em seguida, varreu tudo para fora pelas portas da frente e de trás. Era uma magia que ela aprendera em suas viagens, uma forma de purificar o local. Ela usou o azeite para restaurar o brilho do piso de madeira e depois para preparar o primeiro café da manhã que ela e o marido comeriam em sua nova casa: ovos fritos. Salpicou cristais de sal sobre eles também, cozinhando as bordas brancas até ficarem perfeitamente crocantes, as gemas tão brilhantes que pareciam sóis gêmeos. Conseguia saborear a promessa do que estava por vir.

Décadas mais tarde, antes do fim de seus dias, ela se lembraria do gosto daqueles ovos como se tivesse acabado de comê-los.

A casa de Quatro Rios testemunhou o nascimento de cada um dos seis filhos e cinco netos de Orquídea, bem como a morte de quatro maridos e uma filha. Era sua proteção contra um mundo do qual não sabia como fazer parte.

Uma vez — e apenas uma vez — os vizinhos chegaram com espingardas e forcados tentando afugentar a bruxa que vivia no centro do vale. Afinal, somente magia poderia explicar o que Orquídea Divina Montoya havia criado.

Em seu primeiro mês lá, brotou na rocha seca uma grama fina e alta. No início, ela cresceu em lotes ralos; depois, cobriu a terra como um manto. Orquídea havia percorrido cada centímetro de sua propriedade, cantando e falando, espalhando sementes, persuadindo e desafiando-

-as a criar raízes. Então, as colinas ao redor suavizaram-se com flores silvestres. A chuva voltou. Choveu por dias, depois, por semanas, e, quando parou, havia um pequeno lago atrás da casa. Os animais também retornaram para a área. Sapos saltavam sobre pedras cobertas de musgo e ninfeias que flutuavam na superfície da água. Alevinos cintilantes se transformaram em milhares de peixes. Até os cervos desceram das colinas para ver o porquê de todo aquele alvoroço.

Obviamente, as espingardas e os forcados não funcionaram. A multidão mal havia descido metade da colina quando a terra reagiu. Os mosquitos enxamearam, os corvos voaram em círculos sobre suas cabeças, a grama criou pequenos espinhos que tiravam sangue. Desconfiados, os moradores deram meia-volta e foram até o xerife. Ele expulsaria a bruxa da cidadezinha deles.

O xerife David Palladino foi o primeiro morador de Quatro Rios a se apresentar voluntariamente a Orquídea. E, embora viessem a desenvolver um relacionamento amistoso — que consistia em ele manter as terras dela livres de vizinhos intrometidos e ela lhe fornecer um tônico capilar —, houve um breve momento durante aquele primeiro encontro em que Orquídea temeu que, embora tivesse feito tudo certo, fosse necessário ir embora.

Naquela época, o xerife Palladino tinha 23 anos e estava em seu primeiro ano no cargo. Ele ainda tinha uma penugem fina e clara acima do lábio superior e uma cabeleira farta que compensava suas narinas, tão largas que dava para ver as fossas nasais. Os olhos azuis brilhantes davam-lhe o aspecto de uma coruja, não por parecer sábio, mas pela cara de assustado, o que não era bom para sua função. Ele nunca tinha efetuado uma prisão, pois em Quatro Rios não havia crime. O único homicídio registrado aconteceria em 1965, quando um motorista de caminhão foi encontrado estripado na beira da estrada. O assassino nunca foi identificado. Até mesmo a rixa de cinquenta anos entre os Roscoe e os Davidson foi resolvida pouco antes de ele assumir seu cargo. Se o xerife anterior não tivesse morrido de aneurisma em sua mesa aos 87 anos, Palladino ainda poderia estar trabalhando como assistente.

Após dias sendo pressionado pelos moradores da cidade para saber mais sobre os recém-chegados (quem eram aquelas pessoas? Onde estavam suas escrituras de terras, seus papéis, seus passaportes?), Palladino pegou o carro e tomou a única e empoeirada estrada que levava à estranha casa no vale. Quando chegou, mal podia acreditar no que estava vendo.

Quando criança, ele andava de bicicleta por ali com os amigos, ralando as canelas nas pedras nuas. Agora, inalava o cheiro de terra e grama revolvidas. Se fechasse os olhos, poderia jurar que estava longe de Quatro Rios, em algum bosque verdejante. Mas, quando os abrisse, veria que estava indiscutivelmente diante da casa de Orquídea Divina Montoya. Ele ergueu o chapéu de aba larga para coçar a cabeça de cabelo louro-claro, emaranhado nas têmporas em cachos definidos. Enquanto batia os nós dos dedos contra a porta, notou como as folhas de louro tremeluziam na madeira.

Orquídea atendeu, detendo-se na soleira. Ela era mais jovem do que ele esperava, devia ter uns 20 anos. Mas havia algo em seus olhos quase negros que transmitia a ideia de que ela sabia coisas demais cedo demais.

— Olá, senhora — disse ele, corrigindo-se desajeitado logo em seguida. — Senhorita. Eu sou o xerife Palladino. Houve alguns avistamentos de coiotes por essa área, seguidos das mortes de bois e até mesmo do poodle da pobre Sra. Livingston. Então achei melhor passar aqui para me apresentar e ter certeza de que estão todos bem.

— Não vimos nenhum coiote por aqui — disse Orquídea, em um inglês nítido e sem sotaque. — Achei que você pudesse estar aqui por causa da turba que tentou me visitar há uma semana.

Ele corou e baixou a cabeça, envergonhado por ser pego mentindo, embora a história sobre coiotes fosse quase toda verdadeira. Entre as reclamações que recebeu, estava a de que a nova família mexicana era formada por bruxas que tinham coiotes como animais de estimação. Outra ligação dizia que o vale seco aonde ninguém ia, exceto andarilhos e jovens matando aula, estava sendo alterado e eles não poderiam aceitar isso. Quatro Rios não mudou. Palladino não conseguia entender por que alguém se oporia a uma mudança daquele tipo – fresca, forte e vibrante. Vida onde antes não havia nada. Era um baita milagre, mas ele tinha que cumprir seu dever para com os cidadãos que jurou proteger. O que o levou à próxima reclamação. "*Ilegais*", uma mulher sussurrou ao telefone antes de desligar. Afinal, a família do vale tinha aparecido no meio da noite. A terra não deveria ser gratuita. Tinha que ser propriedade de alguém — de uma pessoa ou do governo. Como passou tanto tempo sem ser reivindicada?

— Aceita um café? — perguntou Orquídea, com um sorriso que o deixou meio tonto.

O xerife fora educado de modo a jamais recusar um gesto gentil e de boa vizinhança, então aceitou. Tirou o chapéu e o aninhou contra o peito ao entrar na casa.

— Obrigado, senhorita.

— Orquídea Divina Montoya — disse ela. — Mas pode me chamar só de Orquídea.

Ela deu um passo para o lado, segurando a porta aberta. A jovem era muito mais baixa que o xerife, mas, de alguma forma, parecia tão alta quanto as vigas de madeira acima. Ela olhou para os pés dele, observando com atenção enquanto ele passava pela soleira. Ele não podia ter certeza, mas teve a impressão de que a mulher estava esperando para ver não se ele entraria, mas se era fisicamente capaz disso. Os ombros dela relaxaram, mas os olhos escuros permaneceram cautelosos.

Sendo tão mais alto, o xerife se sentia encolher para deixá-la à vontade. Até guardou sua arma no porta-luvas.

De modo geral, David Palladino era como qualquer outro cidadão de Quatro Rios que nunca saiu de lá. Ele não precisava estar em nenhum outro lugar, não tinha vontade de ir. Antes de descobrir seu propósito como policial, na maioria dos dias ele ficava feliz só em se levantar da cama e chegar ao fim do dia. Acreditava na bondade das pessoas e que a sopa de sua avó poderia curar praticamente qualquer machucado. Mas magia? Do tipo que as pessoas estavam acusando Orquídea de praticar? Ele atribuía isso a gente mais velha apegada a mitos. A magia era coisa das fontes de desejos em que as pessoas jogam moedas.

No entanto, ele não podia negar que, ao entrar na casa de Orquídea, sentiu algo, embora não fosse capaz de identificar exatamente o quê. Conforto? Aconchego? Enquanto ela o conduzia por um corredor repleto de retratos de família, ele ignorou a sensação. O papel de parede estava desbotado pelo sol e o piso, embora brilhando e cheirando a casca de limão, estava arranhado e gasto. Havia um altar sobre uma mesa na sala de estar. Nele, dezenas de velas derretiam, algumas mais depressa que outras, como se estivessem apostando corrida para chegar ao fim do pavio; tigelas com frutas, grãos de café e sal ficavam na frente e no meio. Ele sabia que algumas pessoas da comunidade mexicana nas redondezas tinham relicários e estatuetas semelhantes, como da Virgem Maria e de meia dúzia de santos que ele não conhecia.

Palladino ia à missa todo domingo, mas tinha parado de escutá-la havia muito tempo. Sua avó era católica. As lembranças que tinha dela haviam desvanecido, mas, ali na casa dos Montoya, elas o atingiram em cheio. Ele se lembrou de uma mulher com o corpo quase curvado ao meio por conta da idade, mas ainda forte o suficiente para abrir a massa sobre a mesa com um rolo e fazer macarrão fresco aos domingos. Não pensava nela havia quase quinze anos. O cheiro de alecrim que se agarrava ao seu cabelo branco... e a maneira como ela balançava o dedo para ele e dizia: "Tenha cuidado, meu David, tenha cuidado com este mundo." Divagações de uma velha, mas ela era mais do que isso. Tomou conta dele enquanto sua mãe estava doente e seu pai trabalhava na fábrica. Ela orava por sua alma e sua saúde, e ele a amou incondicionalmente por muito tempo. Então, por que não pensava mais nela?

— Tudo bem, xerife? — perguntou Orquídea, olhando para ele.

Ela esperou uma reação, mas ele não tinha certeza do que deveria dizer.

Percebeu que ainda estava de pé em frente ao altar e que suas bochechas estavam molhadas. Sentia o coração bater freneticamente na garganta e nos pulsos. Ele apertou os lábios e fez o que pôde para demonstrar boas maneiras.

— Supimpa.

Não tinha certeza se estava, mas tentou se livrar da emoção.
— Fique à vontade — disse ela. — Volto já.
Orquídea foi até a cozinha e ele ouviu água correndo. Sentou-se na grande sala de jantar, a parte mais nua da casa. Sem papel de parede ou enfeites. Sem cortinas ou flores. Havia pilhas de papéis na mesa comprida que acomodaria uma dúzia de pessoas.

Ora, ele não estava tentando bisbilhotar. Acreditava no direito das pessoas de sua cidade, seu pequeno recanto no coração do país. Mas os papéis estavam bem ali dentro de uma caixa de madeira aberta, do tipo que sua mãe costumava usar para guardar fotos antigas e cartas de seu pai enviadas durante a guerra. Com uma olhadinha de relance, reconheceu uma escritura e registros bancários com o nome dela. Orquídea Divina Montoya. Parte dele estava perplexa por estar tudo ali tão à vista. Ela estava organizando aquelas coisas? Sabia que ele viria? Como?

Não fazia o menor sentido. Mas ali estava a prova na frente dele, documentos que não poderiam ser falsificados com facilidade. Ele ficou aliviado. Poderia dizer aos cidadãos preocupados de Quatro Rios que não havia nada de extraordinário em relação à casa e aos seus habitantes, a não ser... bem, a não ser o fato de que eles tinham surgido do nada. Não tinham? O vale ficara abandonado por muito tempo. Talvez ninguém em Quatro Rios estivesse prestando atenção, como na vez em que uma rodovia surgiu onde antes não existia nada. Com certeza não era motivo para se preocupar.

— Como você gosta do seu café? — perguntou Orquídea ao entrar na sala de jantar, segurando uma bandeja de madeira com duas xícaras de café, leite em uma pequena jarra de vidro e uma tigela com açúcar mascavo.

Ele batucou com os dedos longos e finos na mesa.
— Muito leite e muito açúcar.

Os dois sorriram um para o outro, compartilharam algo como uma compreensão mútua. Nenhum dos dois queria problemas, ele tinha certeza. Então, falaram sobre o clima, sobre a família distante de Orquídea, de quem ela herdou a casa. Ele não se lembrava de nenhum

Montoya do Equador por aquelas bandas; não sabia bem *onde* ficava o Equador, para ser sincero. Mas, por outro lado, provavelmente não conhecia todas as pessoas. Talvez o mundo fosse maior do que pensava. Tinha que ser. Sem dúvida foi o que sentiu enquanto bebia o café forte feito por ela, um café tão intenso que o fez parar e suspirar. Não era possível, mas, de alguma forma, pôde sentir o gosto da terra onde ele havia sido cultivado; quando a língua tocou o céu da boca, distinguiu o sabor dos minerais na água que ajudou a planta a crescer; sentiu a sombra das bananeiras e laranjeiras que davam o aroma aos grãos. Não devia ser possível, mas ele estava só aprendendo o começo de tudo.

— Como fez tudo isso? — perguntou ele, colocando a xícara na mesa.

Havia uma lasca na lateral das rosas pintadas na porcelana branca.

— Como fiz o quê?

— O café ter esse sabor.

Ela piscou os cílios longos e suspirou. A luz da tarde dourou sua delicada pele marrom.

— Sou suspeita, mas o melhor café do mundo vem do meu país.

— Você ficará bem decepcionada se passar lá na lanchonete. Não diga isso à Claudia. Mas a torta é de comer rezando. Você já comeu torta? Seu marido está em casa?

Ele sabia que estava falando coisas desconexas, então bebeu seu café doce para se acalmar.

— Ele está lá fora, cuidando do jardim. — Ela se sentou à cabeceira da mesa, apoiando o queixo no punho. — Eu sei o verdadeiro motivo para você estar aqui. Sei o que dizem sobre mim.

— Não dê ouvidos a eles. Você não me parece uma bruxa.

— E se eu lhe dissesse que sou? — indagou Orquídea, mexendo o açúcar em sua xícara.

O sorriso dela era sincero, doce.

Constrangido, ele olhou para a borra de seu café. Até que o canto de um pássaro chamou sua atenção, eram gaios azuis no peitoril da janela. Ele nunca tinha visto um daqueles por ali. Espantoso. Quem era ele para julgar isso? Para julgá-la? Ele havia jurado proteger o povo de Quatro Rios, e isso incluía Orquídea.

— Então, eu diria que você prepara um café enfeitiçado.

Eles riram e terminaram o café em um silêncio confortável, ouvindo os ruídos da casa e o retorno dos pássaros. Não seria a última vez que os vizinhos tentariam questionar o direito de Orquídea de ocupar aquele terreno, mas aquele café e aqueles papéis dariam a ela alguns anos de sossego. Ela tinha viajado muito e feito muitas coisas para chegar aonde chegara. A casa era dela. Nascida de seu poder, de seu sacrifício.

Cinquenta e cinco anos depois que o xerife Palladino foi visitá-la, ela se sentou à mesma mesa, com a mesma xícara de porcelana e mexendo a mesma colher de prata, cortando o amargor de seu café preto. Mas desta vez havia papel casca de ovo e tinta que ela mesma fez à disposição. Ela mandaria cartas para cada um de seus parentes vivos, todas encerradas com: "Estou morrendo. Venha receber sua herança."

Mas isso ainda está por vir.

Enquanto Orquídea acompanhava o jovem até a porta, ela perguntou:

— Está tudo em ordem, xerife Palladino?

— Pelo que vejo, sim — disse o homem, colocando o chapéu na cabeça.

Ela observou o carro dele pegar a estrada e não voltou para dentro até ele sumir de vista. Uma brisa poderosa a envolveu, forte o suficiente para fazer as folhas de louro em suas portas e janelas vibrarem. Alguém lá fora a estava procurando. Ela teve essa sensação apenas por um instante, mas dobrou os feitiços de proteção da casa, as velas no altar e o sal no assoalho.

Chegaria um momento em que seu passado a alcançaria e a dívida de Orquídea para com o Universo seria cobrada. Mas, antes disso, ela tinha uma longa vida pela frente.

2

APRESENTANDO A DESCENDÊNCIA DE ORQUÍDEA DIVINA

O convite chegou no exato momento em que Marimar Montoya queimava a língua com sua xícara de café da meia-noite. Ela sentiu uma onda estranha reverberar pelo apartamento, como se um fantasma tivesse feito as lâmpadas piscarem, a TV ligar e a tela do computador congelar. Com uma careta de desgosto, ela pousou a xícara de porcelana. Era parte de um conjunto antiquíssimo dos guarda-louças de sua avó. Marimar a enfiara na mala de mão na manhã em que deixou Quatro Rios, logo depois que Gabo, o galo esquelético, começou a cantar.

— Agora não — murmurou ela, batendo no gabinete azul translúcido de seu iMac G3.

Tinha comprado o aparelho recondicionado por 50 dólares em uma escola preparatória chique do Upper East Side depois que eles atualizaram seus sistemas. Marimar só precisava de um meio para entrar na internet e de um processador de texto para tentar escrever um romance quando na verdade deveria estar fazendo os trabalhos da faculdade.

Ela levou a ponta da língua ao céu da boca e clicou inutilmente no mouse. Então desistiu e rodopiou em sua cadeira giratória.

Não tinha percebido como era tarde, e ainda faltavam cinco páginas para concluir seu ensaio de literatura gótica sobre *A queda da Casa de Usher*, de Edgar Allan Poe, e a presença recorrente de famílias fodidas na obra. Rey estava trabalhando até tarde no escritório novamente. O apartamento que dividiam ficava no centro do Harlem hispânico de Nova York, e, embora morasse ali há seis anos, ela nunca se acostumou com os defeitos do prédio. As lâmpadas que explodiam dias depois de serem instaladas, o aquecedor tipo serpentina, o assoalho que rangia, os canos enferrujados que esquentavam no verão e congelavam no inverno. Ainda assim, era o lugar que Marimar e seu primo Rey tinham transformado em lar.

Ela estava pegando o celular para mandar uma mensagem a ele quando notou o envelope fino e quadrado ao lado. Não havia selo, apenas seu nome e endereço:

Marimar Montoya
160 East 107th Street, ap. 3C
Nova York, NY 10029

Olhou a sala procurando alguma outra coisa fora do lugar. O sofá de couro gasto com o cobertor de lã e sua estampa de lhamas nas montanhas do Equador. As pinturas de Rey do ensino médio e uma reprodução do quadro *Crânio de vaca: vermelho, branco e azul*, de Georgia O'Keeffe, que ela tinha comprado em frente ao Met em sua primeira excursão ao museu. Uma sólida mesa de centro de mogno que sua tia havia resgatado de uma calçada na Quinta Avenida e feito Marimar e Rey carregarem-na por vinte quarteirões e três avenidas. Uma pilha de revistas — a maioria roubada do escritório do jornal literário da Hunter College —, cupons de desconto de supermercado, chicletes, uma garrafinha squeeze com o logotipo da firma de contabilidade de Rey, preservativos gratuitos com a marca NYC entre as frutas que apodreciam na fruteira, uma caixa aberta com uma pizza pela metade que ela tinha devorado depois do trabalho.

Tudo estava como antes de ela começar a escrever. Exceto a janela aberta. Instantaneamente, Marimar soube de onde o envelope tinha vindo.

Ela se levantou e foi até a janela. No andar de baixo, um grupo de alunos do ensino médio estava falando besteira e compartilhando batatas chips e garrafinhas de suco barato em sacos plásticos finos e pretos. Um pássaro estranho estava parado na escada de incêndio. Parecia um gaio-azul, mas era grande demais para o tipo que ela costumava avistar no Central Park. Ela se inclinou para fora da janela para agarrá-lo, mas ele escapou de seu alcance, a cor esvaindo-se de suas penas enquanto seu corpo se transformava na massa preguiçosa de um pombo comum. O bicho gorgolejou e voou para longe.

— Diga a ela para usar o telefone como uma pessoa normal — gritou Marimar para o pássaro.

Os adolescentes lá embaixo olharam para cima e, ao perceberem quem era, deram risadinhas e sussurraram as palavras *"bruja loca"*.

Após fechar a janela e girar a tranca, Marimar voltou para sua mesa. O computador ainda estava travado, então ela pegou o envelope. Ninguém mais escrevia cartas, não do jeito que ela vira sua avó fazer. Orquídea se sentava à grande mesa de jantar com sua caixa de material de papelaria, uma colherzinha de metal e tubos de cera que ela mesma produzia. Marimar se perguntava para quem ela escrevia, pois, até onde sabia, Orquídea não tinha amigos e, por um bom tempo, toda a família morou na mesma casa grande. A única coisa que a avó dizia era: "Estou escrevendo cartas para o meu passado."

Marimar retirou o selo de cera e abriu o envelope. Havia seis anos que não falava com Orquídea. Embora sua avó lhes enviasse um cartão de Natal todos os anos — por algum motivo, estes chegavam pelos correios e sempre cheiravam a cravo e canela –, Marimar nunca retribuía. Agora, ela segurava a nova carta perto do nariz, inalando os aromas de Quatro Rios. De café, de grama fresca e dos segundos antes de uma chuva torrencial. Havia também algo a mais que não estava lá quando ela partiu, mas ela não soube dizer o que era.

Marimar retirou o papel grosso e resistente e leu a elegante letra cursiva. Fechou os olhos e sentiu um puxão bem atrás do umbigo. Orquídea era muitas coisas: evasiva, silenciosa, mesquinha, reservada, amorosa e mentirosa. Mas ela não era dramática o suficiente para aquilo.

Ou era?

Quando Marimar tinha 5 anos e perseguia vaga-lumes nas colinas, sua avó lhe advertiu para ter cuidado porque eles podiam queimar. Quando tinha 6 anos e decidiu que não queria comer frango em solidariedade a Gabo e suas esposas, sua avó lhe disse que a alma da galinha morta iria para o inferno dos frangos se ela não fosse totalmente consumida. Orquídea contou a ela que, se nadasse até o fundo do lago, haveria uma passagem lá esperando para levá-la ao outro lado do mundo, onde viviam monstros marinhos. Que assar ao forno quando estava menstruada coalhava o leite e que cozinhar enquanto estava com raiva amargava a comida. Pequeninas inverdades que Marimar agora atribuía a coisas que as avós diziam.

Ela respirou fundo e releu a carta. Quer dizer, o convite. É chegada a hora. *Estou morrendo. Venha receber sua herança.*

Marimar pegou o celular para mandar uma mensagem de texto para Rey, mas a tela bugou.

— Puta que pariu — murmurou.

As luzes piscando, o computador, seu celular. Era tudo coisa de Orquídea. Certas tecnologias simplesmente não combinavam bem com coisas que vinham de sua avó, nem a própria Marimar.

Aquilo não podia esperar. Ela puxou a jaqueta jeans do encosto da cadeira, pegou as chaves, o Walkman e os fones de ouvido. Quando tentou trancar a porta, a chave emperrou por dois minutos antes que ela conseguisse girá-la. Ao atravessar a rua, um táxi fez uma curva acentuada e quase foi para cima dela, embora ela tivesse prioridade. Enquanto corria pela faixa de pedestres, pisou em uma poça profunda que podia jurar que não estava lá antes.

Finalmente a salvo do outro lado, ela parou para apertar o play no aparelho de som e ajustou os fones de ouvido de espuma sobre as orelhas. O baixo pesado retumbava enquanto ela caminhava ao longo da Lexington Avenue até o escritório de Rey. Eram só trinta quarteirões e ela precisava mesmo tomar um ar. Era a mesma caminhada que fizera todos os dias para a aula. Não tinha sido muito diferente de subir as colinas ao redor da casa da avó em Quatro Rios, exceto que tinha trocado pedras e grama por concreto reluzente. Ambos haviam torneado os músculos fortes de suas panturrilhas e coxas.

El Barrio ganhava vida após o pôr do sol, como os mercados de duendes sobre os quais ela lera nos poemas. Ali, as ruas eram barulhentas e sempre cheiravam a carne frita, pão e banana-da-terra, além da podridão que subia em ondas de vapor dos esgotos de Nova York. Ela parou na delicatéssen kosher espremida entre dois prédios que pareciam que iam tombar. Do lado de fora, quatro idosos jogavam cartas e damas em mesas frágeis e cadeiras de plástico. Dois meninos que não tinham idade para fazer a barba assobiaram quando ela entrou. Miramar comprou dois bagels com uma porção extra de cream cheese e ignorou os mesmos meninos que agora faziam cara feia, acusando-a de estar se achando. Um dos homens vestindo uma camiseta azul dos Mets ergueu os olhos e chamou sua atenção, dizendo:

— *Dios te bendiga, mamita.*

Para ele e sua bênção, ela retrucou:

— Boa noite.

Quando chegou à esquina, um sem-teto mostrou seu pênis e tentou persegui-la com o jato de urina.

Marimar não conseguia entender por que a cidade de Nova York se recusava a amá-la. Ela havia se mudado para lá a fim de cursar o ensino médio, após a trágica e prematura morte de sua mãe. Tinha 13 anos e amava Quatro Rios, com suas colinas verdes e as nuvens de libélulas que a acompanhavam por toda parte. Mas, depois que a mãe morreu, Orquídea não ofereceu outra opção para Marimar a não ser ir embora.

A maioria dos adolescentes adoraria trocar aquele fim de mundo pela Big Apple. Só que Marimar não tinha certeza se ela era o tipo de garota da cidade grande. Naquela época, não sabia que tipo de garota era, exceto uma órfã que vivia com sua tia Parcha e o primo Reymundo em um apartamento entulhado de frente para uma rua que estava sempre engarrafada, como uma das artérias entupidas de Manhattan. A brutalidade da cidade ofereceu uma série de lições que um lugar tranquilo como Quatro Rios nunca poderia lhe ensinar. Ela aprendeu a fechar a cara no minuto em que saía pela porta por causa de meninos e homens que lançavam iscas em seu caminho como se ela fosse mais um peixe naquele Hudson imundo que chamavam de rio. Aprendeu que Nova York evoluía porque sobrevivia à base de sangue. Que era barulhenta porque era uma sinfonia de pessoas gritando seus sonhos e esperando ser ouvidas. Marimar tinha ansiado por acrescentar seus sonhos àquela música, mas, quando ela tentava, sua voz saía num sussurro.

A cidade de Nova York, seis anos depois, não seria adotada como sua por Marimar. Não era um lugar que pudesse ser reivindicado, embora muitos tentassem. Nova York parecia rejeitá-la como se ela tivesse um tipo sanguíneo incompatível. Havia sido assaltada duas vezes antes de aprender a revidar; e descobriu que, quando alguém não gosta de você, vai dizer isso na sua cara. Quando ela começou a trabalhar, aos 16 anos, não conseguia se manter em um emprego sequer. Havia algo nela de que seus empregadores não gostavam depois de um tempo. As coisas começavam bem, ela dizia as coisas certas, esforçava-se e ia além do esperado. Então, como um relógio, depois de três meses ou mais, algo mudava. De repente, ela era muito bonita, muito feia, muito inteligente, muito burra, muito baixa, muito quieta, muito barulhenta, muito tudo — e não o suficiente ao mesmo tempo. Sempre havia um motivo. Certa vez, o gerente da livraria da faculdade disse que ela estava afastando os clientes pagantes porque as pessoas entravam apenas para olhá-la.

Marimar era deslumbrante como a mãe, com cabelos que caíam em ondas pretas e olhos de contorno perfeito impossivelmente escuros.

Sobrancelhas que antes eram consideradas espessas e estariam na moda anos depois. Um nariz que era considerado "ñata" por sua avó, embora ela nunca tenha explicado o significado. Pequeno mas redondo na ponta e um pouco achatado. Como um botão. Ele a fazia parecer muito jovem. Sua pele era de um marrom avermelhado e, ao longo dos braços e no peito, havia pintas no mesmo padrão de sua mãe e de sua avó.

Às vezes Marimar sentia que havia um buraco dentro dela, sem forma definida, como a imagem negativa de um tumor. Quando estava em Quatro Rios, não reparava muito nisso. Mas Nova York a fez notar com nitidez. Talvez fosse porque todos nesta cidade podiam enxergar através dela, ver as partes que estavam incompletas. Talvez não fosse culpa de Nova York. Talvez ela não fosse azarada, ou amaldiçoada, como tia Parcha gostava de afirmar. Talvez Marimar só precisasse descobrir como aceitar quem ela é — uma garota com algumas partes faltando.

Pelo menos ali ela não se destacava como em Quatro Rios, onde estudou com 17 meninos chamados John e 32 Mary-Alguma-Coisa. Até ela era, *tecnicamente*, uma "Mary-Alguma-Coisa". As pessoas achavam que seu nome fosse Mari-Mar. Maria do mar. Mas para sua mãe o significado era *"mar y mar"*. Mar e mar.

Por que a mãe lhe dera esse nome, afinal? Por que não perguntou a ela quando teve a chance?

Quando voltasse para Quatro Rios, tentaria descobrir.

Marimar estava se aproximando do prédio onde ficava o escritório de Rey, mas não conseguia deixar de sentir a respiração reprimida em seu peito. Parte disso se devia ao convite para comparecer ao funeral de uma mulher que, até onde sabia, ainda estava viva. Outra parte era apenas o efeito da caminhada.

Naquele momento, seu Walkman parou de tocar e, quando ela abriu a tampa das pilhas, descobriu que estavam oxidadas. Percorreu o resto do caminho em silêncio. Virou à esquerda na rua Cinquenta e Seis, ofegante, o suor frio emaranhando os fios de cabelo mais finos contra as têmporas. A cidade brilhava diante dela em luzes multicoloridas e sombras, e uma estranha sensação de querer muito alguma coisa tomou conta dela. Por mais difícil que fosse, ela havia se apaixonado por esta cidade e queria que Nova York retribuísse esse amor. Só para facilitar um pouquinho. Se ela voltasse para Quatro Rios, talvez nunca tivesse a chance.

Ela apertou o botão do andar do escritório de seu primo, assegurando a si mesma de que, sim, Nova York estaria esperando por ela quando voltasse.

Mas ela não sabia? Nova York não espera por ninguém.

Reymundo Montoya Restrepo achava que estaria sozinho no escritório a noite toda, mas foi interrompido pelo rangido familiar e meio fantasmagórico do carrinho de correspondências. Ele piscou os olhos cansados para o relógio digital vermelho sobre sua mesa e viu que passava um pouco da meia-noite. Então ergueu os olhos para ver Paul, o Estagiário, indo direto até ele.

— Ainda tá aqui? — perguntou Rey, sua voz meio grogue depois de tanto tempo em silêncio.

— O Sr. Leonard disse que eu deveria estar sempre por perto, para o caso de alguém precisar da minha ajuda — disse Paul.

Seu nome não era realmente Paul — este era o nome de um estagiário que trabalhou ali cinco anos antes. Paul ficou como estagiário por uns três anos, o mais longevo da história da firma de contabilidade, principalmente porque adorava ser estagiário, mas também porque tinha tanto medo do Sr. Leonard que nunca o lembraria de que seus seis meses de contrato haviam passado. Um dia, Paul, que tinha cabelo castanho e pele branca pálida, foi hospitalizado por conta do estresse e do burnout e nunca mais voltou. No dia seguinte, havia um novo estagiário, contratado pela secretária de Leonard. Aquele segundo estagiário entrou no escritório do chefe determinado a fazer seu nome, a se destacar, a impressionar o homem cujos olhos estavam sempre tão grudados na tela do computador e em seus papéis que encolhiam a cada ano.

— Ei, Paul — chamou Leonard com um sotaque carregado do Brooklyn. — Leve isto para Jasmine, e não se esqueça de que eu gosto de seis colheres de açúcar e de creme no meu café. Acho que você não se lembrou ontem, porque parecia que eu tinha enxaguado minha boca com um cinzeiro.

— Sim, Sr. Leonard — disse o rapaz, e assim nasceu um número infinito de "Paul, o Estagiário".

Rey já havia sido Paul, o Estagiário, mas conseguira mudar isso após os seis meses exigidos. Ele tinha pedido a Jasmine, a secretária, que marcasse uma entrevista com o Sr. Leonard às 13 horas. Talvez ninguém tivesse pensado em fazer isso antes, mas Leonard ergueu os olhos e perguntou:

— Posso ajudar?

— Eu sou Rey Montoya. Acabei de terminar meu estágio e estou aqui para me candidatar a uma vaga de tempo integral.

Leonard o observou com seus olhos astutos, movendo-se como os de um caranguejo. Sua boca larga ficou ainda mais larga, mostrando os dentes amarelados por vinho tinto e cigarros.

— Montoya, hein? Ah, você matou meu pai, então se prepare para morrer.

Rey aturou essa piada a vida inteira. Era uma fala famosa do filme *A princesa prometida*. A única razão pela qual ele usava Montoya em vez de Restrepo era por ser um pouco mais fácil para os norte-americanos pronunciarem. Era incrível como as pessoas o tratavam de maneira diferente dependendo do sobrenome que ele usava.

Ainda assim, ele riu da piada e engoliu seu orgulho ao pegar uma caneta da mesa de Leonard e balançá-la no ar como um florete espanhol.

— Exatamente. Aqui está o meu currículo. E meus seis meses de trabalho aqui confirmam minha experiência.

— Trabalhava com o Paul? Nunca vi você.

— Cada um ficou com uma parte do andar, senhor.

— Formou-se na Adelphi em dois anos? Impressionante. — Ele apertou um botão no telefone. — Ei, Jasmine, providencie a contratação do Sr. Montoya. Estamos prestes a ser fodidos pela Receita Federal e precisamos de toda a ajuda possível. E Paul já deveria ter trazido meu café.

O novo Paul, o Estagiário, começou mais tarde naquele dia, e Rey ganhou uma mesinha na outra extremidade do escritório.

Agora, Rey se recostava na cadeira e olhava para o rosto do novo estagiário.

— Qual é o seu nome, garoto?

— Krishan Patel — disse ele.

— Você quer realmente fazer isso?

— Só quero os créditos do estágio.

O rapaz coçou a lateral do rosto e estourou uma espinha bem na mandíbula.

— Então vá para casa. Se voltar amanhã, descubra como fazer as pessoas aprenderem o seu nome.

Krishan fez que sim com a cabeça, mas Rey sabia que ele não estava ouvindo, não de verdade. Em vez disso, pegou uma pilha de pacotes do carrinho e os deixou na mesa ao lado de Rey. Quando o garoto se virou para sair, ele parou e voltou.

— Ah, quase esqueci um.

Ele entregou a Rey um envelope que parecia ter saído do final do século XIX, com selo de cera e tudo. Com isso, Krishan se foi.

Rey não tinha tempo para correspondências que não chegassem nos envelopes pardos dos clientes da firma, então colocou a carta de lado e voltou a trabalhar, digitando números na calculadora como se fosse o jogo de videogame menos interessante do mundo.

Rey odiava números, mas era bom nisso. Conseguia dar sentido a eles, pelo menos. Ele não tinha certeza de onde tinha vindo esse talento, e às vezes gostaria de ter a memória fotográfica de Marimar, ou o talento musical dos gêmeos, ou mesmo a habilidade de Tatinelly para atrair idiotas desavisados para esquemas de pirâmide. Sua mãe abandonou o ensino médio para ir atrás de um militar que tinha furado um pneu da moto na estrada. Seu pai, o militar, era um soldado do exército que foi morto em combate quando Rey tinha 8 anos. Um bom homem, pelo que se lembrava. Quando começava a esquecer, era só remexer as coisas velhas do pai, das quais nunca se livraria. Havia uma bandeira dobrada pendurada em um ângulo estranho na parede da sala de estar. Três caixas de discos de vinil que resumiam toda a história do rock, de Ray Charles a Metallica. Sua mãe também mantinha uma coleção de camisas horríveis com estampas havaianas, que ele gostava de vestir nos dias de churrasco quando estava em casa. E, ainda pior, joias de prata com chamas e caveiras da adolescência como metaleiro no Queens. Era, no conjunto, um altar para a masculinidade tóxica, apesar de seu pai ter sido a primeira pessoa a perceber que Rey era gay. Também foi o primeiro a dizer ao filho que não havia nada de errado com ele, e Rey se agarrou a isso durante a adolescência e a atual experiência de se tornar adulto.

Rey achava que conseguiria sobreviver a qualquer coisa, desde que se lembrasse de que fora amado por pais cuja luz ardeu com força e brilho e rapidamente se extinguiu, como palitos de fósforo.

Jordan Restrepo aproveitava cada momento para ficar com sua Parcha e seu Reymundo quando não estava em serviço. Certo dia, Rey e seu pai estavam jogando beisebol no parque, embora o menino odiasse beisebol. Era um pretexto do pai para conversar com o filho. Em algum momento, Reymundo relatou para ele em detalhes dolorosos como era o segundo ano. Todos os meninos eram maiores. Todos os meninos eram mais grosseiros. Rey não sabia ser como eles, não o menino doce e tranquilo como uma gota de *dulce de leche*, do tipo que a mãe raspava da metade partida do coco com a colher. Na peça de teatro da escola, queria estar no papel de quem cantava e dançava com um garoto chamado Timothy que tinha olhos da cor de avelã, e queria se casar com ele. Rey não sabia o que significava "casar", mas sua mãe gostava de gritar com a irmã pelo telefone coisas como: "Se você ama tanto aquele safado, casa com ele", "Se você ama tanto o sofrimento, casa com ele". E assim por diante. Tudo o que sabia era que casamento envolvia amor, e ele amava Timothy.

— Calma, meu chapa — disse Jordan.

Ele segurou o rosto redondo do pequeno Reymundo por um tempão, e o filho nunca teve certeza no que seu velho estivera pensando. Mas aquela lembrança era a mais nítida de seus primeiros anos. Ele sempre se recordaria das lágrimas nos olhos de seu pai. Não por estar chateado, mas por estar preocupado.

— Você tem que esperar até ter a minha idade para se casar, tá?

— Tá bom — respondera o menino, daquele jeito que as crianças entediadas costumavam fazer.

Às vezes, quando se sentia inseguro, Reymundo se lembrava daquele momento. Com a certeza de que ele podia ser sua versão mais autêntica ao lado do pai, podia odiar beisebol e falar sobre um garoto que só beijaria dez anos depois. Às vezes, nos piores dias de Rey, ele imaginava seu pai herói do exército — com as botas pesadas, o espaço entre os dentes, as cicatrizes que riscavam sua pele branca — e dizia a si mesmo: *Se o meu pai podia chorar, então eu também posso.*

Rey nunca se casaria com Timothy, mas eles se beijaram nos corredores da escola aos 16 anos, e depois uma última vez no quarto de Timothy, antes de o pai do garoto voltar para casa e ter um ataque. Ele perguntou:

— O que seu pai diria se estivesse vivo?

E Reymundo sorriu, porque sabia no fundo do coração qual seria a resposta.

— Ele diria que você é um idiota homofóbico, Sr. Green.

Nunca mais viu Timothy depois disso, e ninguém nunca mais o destratou também. Rey tinha muita certeza de quem ele era. Perdia-se com frequência, mas tinha suas memórias, pequenos ímãs que o guiavam de volta para casa.

Agora, ao vasculhar pilhas de impostos e recibos mal conservados, ele foi sendo dominado por uma preocupação que não existia antes. Uma sensação estranha na pele, como se as roupas apertassem. Havia algo tão errado, tão profundo que ele não conseguia coçar com força suficiente para se livrar da sensação. Olhou ao redor pela sala, escura exceto pela luminária de vidro verde sobre sua mesa. Parecia que alguém havia bombeado oxigênio para o ambiente. Ele pensou em chamar o estagiário, mas seus olhos pousaram na carta que havia jogado de lado. Ela começou a soltar fumaça.

Rey soltou um palavrão e, na tentativa de pegar o envelope, derrubou uma pilha de pastas. Ficou brincando de batata quente com ele enquanto o selo de cera derretia em uma breve explosão de chamas.

Então a carta caiu no chão e ele a pisoteou para apagar o fogo. O envelope havia queimado enquanto, de alguma forma, deixara o papel rígido no interior perfeitamente intacto, a não ser pelas manchas pretas que ele fez com a ponta dos dedos.

Então leu as palavras e murmurou:

— Puta que pariu.

Já passava da meia-noite e, quando a campainha tocou, ele sabia quem era. Pegou todas as suas coisas e mandou uma mensagem para o namorado dizendo que tinha uma emergência familiar e que ficaria fora por alguns dias. Ele teria que ligar para Jasmine assim que amanhecesse. Pelo menos Krishan ainda estava lá, esperando para limpar sua bagunça.

Quando Rey desceu, Marimar estava encostada na lateral do prédio, segurando um saco de papel pardo.

— Ela quase incendiou meu escritório — disse ele.

Marimar deu de ombros e mordeu o bagel.

— Um pombo invadiu nosso apartamento.

— Também pegou fogo?

— Não.

— A maioria das avós manda notas de 5 dólares com cartões da Hallmark ou latas cheias de balas de caramelo.

Eles caminharam até a esquina, então ele chamou um táxi e deu o endereço.

— Quem você conhece que tem avós assim? — perguntou ela, incrédula.

— Não conheço, mas tem que existir alguém.

— Existem coisas mais estranhas, eu acho.

Eles voltaram para o apartamento e fizeram as malas. Antes das duas da manhã, estavam no velho jipe de Rey, que foi herdado do seu pai e geralmente ficava em um pequeno terreno perto do East River. Havia uma caveira extravagante pendurada no espelho retrovisor ao lado de um rosário de madeira que pertencera à sua avó paterna.

— Duvido que a velha bruxa esteja morrendo — disse Rey.

Marimar mordeu a pele em torno da unha do polegar. Orquídea bateria na mão dela se a visse fazer isso. O motor ganhou vida e eles começaram a cruzar a cidade.

— Só tem um jeito de descobrir.

Tatinelly tentava se refrescar equilibrando uma tigela de sorvete na barriga. Cada bola era de um sabor diferente: pistache, chocolate com cereja, ruibarbo com baunilha e sorbet de maracujá. Era a única coisa que ela conseguia engolir no oitavo mês de gravidez. A cidade de Olympia, no Oregon, não era conhecida por seu clima quente, mas, naquele dia de primavera, uma onda de calor surgiu do nada, aprisionando a futura mãe ao esforçado aparelho de ar-condicionado.

Ela encostou a cabeça no braço do sofá e suspirou. A bebê não chutava fazia uns dois dias e ela já tentara de tudo para fazê-la mexer, porque aquele silêncio a deixava nervosa. Seu médico, um jovem que nunca carregou um bebê na barriga, disse a Tatinelly que tudo o que ela estava e não estava sentindo era perfeitamente normal. Mas era o primeiro filho dela e de Mike (primeiro de muitos, ela esperava), e cada beliscão, dor ou sonho febril a preocupava.

Tatinelly Sullivan (Montoya era o sobrenome de solteira) cresceu como filha única e, embora tivesse muitos primos, a certa altura todos em sua família simplesmente deixaram a casa em que cresceram e nunca mais voltaram. Era difícil explicar para Mike como era a família de onde ela tinha vindo. As coisas em que seu pai e sua avó acreditavam. Histórias de desejos que se tornavam realidade, de mulheres que liam as estrelas, de sereias traiçoeiras e de rios encantados. Histórias sobre fantasmas que poderiam entrar na casa se não houvesse sal suficiente espalhado por ela. Fadas que viviam nas colinas da propriedade de sua família em Quatro Rios, disfarçadas de insetos. Coisas mágicas. Coisas impossíveis.

Mike nasceu e foi criado em Portland. Ele era alto e magro de um jeito que dava a impressão de ter sido esticado. Havia jogado beisebol e basquete no ensino médio, e todas as manhãs percorria 50 quilômetros de bicicleta nas trilhas que levavam ao bosque. A melhor característica de Mike é que ele não mudava. Ela podia seguir a rotina do marido de olhos fechados, como uma memória muscular.

Era bobagem, mas, na noite de sua formatura na escola de Quatro Rios, Tatinelly fez um pedido. Ela não desejava muita coisa. Não era como Marimar, que achava que o mundo a devia uma explicação; ou como Rey, que ardia com fogo e cor por dentro; ou seus primos mais novos que queriam fama e dinheiro. Ela não era nem como seu pai, que quis ser prefeito de uma cidade que não existia mais.

Tatinelly queria uma boa vida, um bom marido e um filho. E só. Era o suficiente.

No momento em que aquele desejo deixou seus lábios, a magia da qual sua avó havia falado pareceu real pela primeira vez em sua vida. Ela via sinais por toda parte. Apontando para o Texas, principalmente. Naquela noite, ela deixou uma carta para a família, colocou seus pertences na mala que sua mãe separara para viajar pelo mundo e subiu a estrada íngreme que levava à rodovia. O primeiro carro que ela viu foi uma SUV, dirigida por uma mulher indo para o Texas.

Depois disso, Annette, a motorista, deu-lhe um quarto para passar a noite e uma oportunidade de trabalho. Tudo o que ela precisava fazer, por uma pequena taxa, era se inscrever para vender os serviços de internet de uma empresa chamada DigiNet. Tatinelly, que nunca mostrou interesse em nada, era realmente boa nisso e, depois de alguns dias, seus colegas de trabalho estavam se tornando uma extensa rede de contatos com homens dos 18 aos 45 anos. Ela até recuperou sua taxa inicial e o suficiente para alugar uma quitinete. Então, um dia, Annette e a DigiNet desapareceram. Sem reunião semanal na cozinha de Annette, sem carro na garagem, sem conexão com a internet. Tatinelly teve que ir até o shopping para conseguir que sua internet fosse religada e, lá, ela notou um cartaz oferecendo emprego no quiosque de acessórios para celular. Recebeu uma proposta na mesma hora.

Algumas semanas depois, ela conheceu Michael Sullivan, de Portland, que estava viajando a negócios. Ele não precisava de três capas de celular e um carregador que acendia quando ligado ao carro, mas os comprou mesmo assim. Ficou encantado com o sorriso dela, mais doce do que qualquer coisa que já havia provado. Ela tinha olhos grandes, com uma leve inclinação nas extremidades. Seu cabelo castanho-claro caía em longas ondas pelo seu corpo esguio. Ela causava o mesmo efeito que uma corça tentando atravessar a rodovia, e ele não queria nada mais do que protegê-la, guiá-la para o outro lado da estrada.

Foi a coisa mais impulsiva que Mike já fez. Ele a convidou para um encontro, então atravessaram o estacionamento até um restaurante italiano que servia tigelas intermináveis de massa. Depois de cinco horas comendo fettuccini Alfredo, Mike pediu licença, atravessou a rua até a casa de penhores, esvaziou toda a sua poupança para comprar um anel de esmeralda e voltou para o Mezzaluna.

Tatinelly disse sim, é óbvio. Sua família não entendia por que não podiam esperar alguns anos, mas a maioria deles compareceu à pequena cerimônia de casamento na floresta do Oregon, onde Tatinelly Montoya se tornou a primeira de suas primas, tias e tios a assumir um novo sobrenome: Tatinelly Sullivan.

Os Sullivan não acreditavam em fantasmas nem em maldições de família. Eles só usavam sal na comida, às vezes. Nunca recebiam multas por excesso de velocidade e sempre liam as letras miúdas dos contratos. Nunca brigavam, gritavam nem usavam roupas em cores vivas, apenas tons pastel. Amavam o filho e amavam Tatinelly também, mesmo sendo muito jovens para se casarem — isso significava apenas que teriam mais tempo para ficar juntos.

Sua avó não pôde comparecer ao casamento, mas Tatinelly sabia, desde menina, que Orquídea Divina não saía de Quatro Rios. Ela se perguntava se talvez não pudesse sair.

Agora, grávida e suportando um calor fora de época, Tatinelly não sabia por que estava pensando em sua avó, que não encontrava desde que deixara Quatro Rios, dois anos antes. Não é que sua família não se desse bem, mas a jovem sempre se sentiu desapegada, distante. Era como amar algo de longe e não precisar fazer parte disso. Ela mantinha Quatro Rios e os Montoya em seu coração.

Como uma Sullivan, ela tinha uma boa casa cercada por árvores e flores. Estava casada havia seis meses, mas, até onde sua mãe sabia, estava com esse mesmo tempo de gravidez. Ela tinha tudo o que sempre desejara. Uma parte egoísta de si mesma, que Tatinelly não sabia que estava ali, queria mais uma coisa: sua avó. Ela queria que a maravilhosa, estranha e mágica Orquídea Divina estivesse na vida do bebê. Da sua filha. Tatinelly tinha quase certeza que era menina, mas Mike queria que fosse surpresa.

Foi então que ela sentiu um chute tão forte que a tigela, perfeitamente equilibrada em sua barriga, tombou, e ela não foi rápida o suficiente para pegá-la.

A porta da frente se abriu e o ambiente foi tomado pelo cheiro terroso e encharcado de suor de seu marido, com o capacete e o equipamento de bicicleta em preto e néon.

— Querida! — Ele tirou os sapatos na porta e caminhou até ela com uma pilha de correspondências na mão. — Você recebeu uma carta da sua avó. Estranho. Não tem selo.

— Que coisa — disse ela melancolicamente, mesmo enquanto a dor percorria sua barriga. Tatinelly sorriu e tentou respirar com os chutes enlouquecidos vindos lá de dentro. — Você vai ser forte, não é, minha pequena?

Mike contemplou sua esposa perfeita com sua barriga perfeita em seu lar perfeito. Em seguida, viu a tigela de sorvete no chão.

— O que está acontecendo? — perguntou ele, recolhendo a sujeira para que ela não tivesse que ficar em pé.

Tatinelly guiou a mão dele até sua barriga, onde ele sentiu o chute do bebê, ansioso e pronto para estar no mundo.

— A gente vai visitar a Orquídea Divina — respondeu Tatinelly.

Ela sabia disso. De alguma forma, por mais comum e simples que ela fosse, sabia em seu âmago o que aquela carta dizia.

Mike franziu a testa, mas riu.

— A gente vai?

Ela alisou a barriga exatamente onde o chute foi mais forte. E falou com a criança:

— Sabe, a Orquídea Divina também era uma garotinha impetuosa.

3

A GAROTA QUE CRESCEU NO AR

Isabela Montoya precisava de um nome para sua filha recém-nascida. Os nomes eram importantes, mesmo que ela não pudesse permanecer dentro da tradição de sua família. Antes de seu pai interceder, Isabela quase ganhou o nome de Matilde, em homenagem a Matilde Hidalgo, uma ilustre sufragista que foi a primeira mulher a se formar no ensino médio no Equador, a votar na América Latina, a receber o diploma de bacharel e assim por diante. Com todo esse pioneirismo, o patriarca dos Montoya achava o nome revolucionário demais. Em vez disso, Isabela Belén Montoya Urbano recebeu o nome de uma tia, cujos temperamento brando e habilidade ao piano haviam lhe rendido um casamento bem-sucedido.

A mãe de primeira viagem vasculhou seu catálogo mental de nomes de família. A prima Daniela era feia demais. Berta, puritana demais. Caridad, uma fofoqueira. Havia sua tia Piedad, que era a mais gentil de todos os seus parentes provincianos. Mas dar à sua filha bastarda um nome com tal significado era muito irônico para o seu gosto.

A maternidade estava apinhada de berços estreitos e famílias novas. A mãe de Isabela abriu caminho pelo quarto para chegar até a cama da filha. Seu cabelo, que na noite anterior era preto como uma pedra ônix, estava entrelaçado com mechas prateadas. O rosto da mulher era duro como mármore; seus passos, eram lentos e cuidadosos, como se ela estivesse andando em uma corda bamba. Guaiaquil era uma cidade populosa, mas não tão grande. Ela temia que alguém a reconhecesse e a visse violando o decreto do marido de que ninguém, nem mesmo o jardineiro, tinha permissão para visitar Isabela e a criança. Uma menina, ainda por cima.

Roberta Adelina Montoya Urbano ficou de pé ao lado da filha. Ela pegou a mão da bebê e separou seus dedinhos, as unhas ainda tão delicadas que eram quase transparentes. Inspecionou a cor, as linhas na palma da mão, como se fossem determinar todo o seu futuro.

— Mamá — disse Isabela.

Roberta fechou os olhos. Retirou um envelope branco amassado de sua bolsa e o colocou na mesinha de cabeceira. Como boa católica, tinha que ser capaz de dizer ao marido que não havia falado com Isabela. Mas ele nunca disse nada sobre dar dinheiro.

Isabela puxou o bebê para mais perto e observou a mãe se afastar.

Uma enfermeira jovem e bonita se aproximou da cama. Ela verificou se Isabela estava confortável e perguntou:

— Que nome vai dar a ela?

Na família Montoya, era tradição dar o nome do pai ao primeiro filho, onde quer que o homem estivesse. Mas ela não conseguia se imaginar dizendo o nome dele pelo resto da vida. Eles haviam passado uma noite juntos, e então ele se foi. Antes de sua partida, dera a ela duas coisas, e apenas uma era um presente. Uma orquídea, de uma espécie que só existe no Equador. O navio em que trabalhava estava exportando a planta para a Europa, mas ele havia roubado uma para ela. Era uma flor linda, diferente de tudo que a jovem já tinha visto: branca e cor de ameixa, delicada. Ela ainda a possuía, mas agora as pétalas estavam bege, pressionadas entre as páginas de um livro que ela não conseguia terminar. A segunda era sua filha: leve e frágil como a flor, que não precisava de terra firme para crescer.

Orquídea.

Depois que o dinheiro no envelope branco foi esticado até não poder mais, Isabela conseguiu um emprego trabalhando longas horas em um consultório médico do outro lado da cidade e se estabeleceu em uma pequena casa em um bairro industrial perto do rio. Embora morasse a uma curta distância da casa de sua infância, os Montoya não quiseram saber da mãe solteira e da garota azarada. Uma filha bastarda jamais herdaria terras, títulos, o sobrenome de seu pai ou mesmo amor, o que seria de graça se aquela linhagem do clã Montoya tivesse.

Enquanto crescia, Orquídea rapidamente entendeu que, se quisesse algo, teria que aprender todas as coisas que ninguém lhe ensinaria. Aos 5 anos, percorria meio quilômetro a pé até o píer. Um velho pescador, um saco de ossos e pele marrom enrugada, ensinou a menina a pescar e a limpar o peixe para o jantar. Ela dava as sobras para os gatos que se esgueiravam como sombras preguiçosas na esquina de sua casa.

Aquela estrada longa e empoeirada ladeada por casas de cimento com telhados de zinco chamava-se La Atarazana, por causa dos antigos estaleiros coloniais. Os navios haviam partido há muito tempo, mas Isabela estabeleceu seu lar na costa deserta e, pouco depois, outros fizeram o mesmo. Dentre eles, Orquídea era conhecida como a excêntrica menininha de pele escura com cachos pretos desgrenhados. Só os gatos gostavam de andar atrás dela.

Quando sua mãe finalmente a matriculou na escola, ela aprendeu a ler e escrever. Também aprendeu a brigar com as meninas de boas famílias que zombavam de seu nome, de sua pele, de sua mera existência. E a levar uma surra de régua dos professores, que deixavam seus braços e mãos ardendo, e depois uma surra de cinto da mãe, que se sentia humilhada por ter uma filha que lutava como uma *puta machona*.

Ela aprendeu a consertar seu único conjunto do uniforme quando as costuras se abriam e surgiam buracos em suas meias. Aprendeu onde beliscar os alunos que tentavam enfiar as mãos por baixo de sua saia ou agarrar os seios que começavam a crescer. Aprendeu a tirar sangue com os beliscões. E a morder e fazer cara feia, porque era a única maneira de evitar ser roubada no caminho da escola para casa. Quando beliscar não funcionava mais, aprendeu a empunhar sua faca de limpar peixe. Ela a segurava perto da virilha de um menino e dizia: "Consigo estripar um peixe em dois segundos. O que acha que posso fazer com você?" Seu coração disparava, e ela era chamada de nojenta, bruta, selvagem. Mas não havia mais ninguém para protegê-la.

Ela aprendeu que ninguém jamais iria querê-la, por motivos que não conseguia controlar, e que rezar para as estátuas lascadas de *la Virgen María* e de *el niñito Jesús* não trazia nada além de silêncio. Ela aprendeu a sobreviver e sobreviveu aprendendo.

Aos 13 anos, era uma beldade totalmente desabrochada, com lustrosos cachos pretos e pele da cor do mel mais escuro, mas ainda excêntrica e ainda seguida por gatos, embora os galos também tivessem passado a se juntar a seus desfiles diários pela margem do rio.

Talvez uma das coisas mais importantes que Orquídea descobriu durante sua adolescência em Guaiaquil foi a identidade de seu pai. Ela o encontrou uma vez, mas não chegou a saber o nome dele.

Ela tinha 7 anos no dia em que conheceu o pai. Todos interpretavam seu silêncio como raciocínio lento, mas Orquídea era tão afiada quanto as facas em seu bolso. Ela via a verdade nas mentiras das pessoas. Via o pecado em seus atos. E viu seu próprio rosto no de um estranho. Seu pai, um pescador colombiano que se tornou marinheiro e havia navegado até a cidade apenas uma vez antes disso, era alto, com pele negra retinta e o tipo de sorriso que deixava as mulheres tontas. Ele voltou à antiga casa de Isabela Montoya, mas foi informado por um menino da região que ela não morava mais lá e que, por um sucre, mostraria ao marinheiro a casa correta.

Ele ficou encantado ao descobrir que a mulher havia se virado bem sozinha mas ainda não era casada. Isabela não estava em casa, mas Orquídea estava à mesa bebendo café com leite e lendo um livro para a escola.

Eles se reconheceram sem precisar dizer uma palavra. Às vezes, sangue reconhece sangue. Estava nos sinais que formavam um triângulo perfeito sobre a maçã do rosto esquerda de cada um, na maneira como esticavam a cabeça para o lado a fim de examinar a estranheza diante deles. Estava no sorriso torto de seus lábios carnudos, que acentuava uma covinha que conquistaria corações em todos os fusos horários e hemisférios.

Mas então ele falou. Não disse seu nome. Não perguntou o dela. Retirou um porta-moedas manchado de sal de dentro do casaco e segurou a mãozinha de Orquídea. Pôs a bolsinha na palma da mão dela e disse:

— Não me procure.

Ele voltou para o cais, e foi nesse momento que Orquídea soube que era exatamente como o pai: sem amarras, sem pertencer a lugar nenhum, a nada e a ninguém, como um navio perdido no mar.

4

A PEREGRINAÇÃO A QUATRO RIOS

Depois de treze horas de viagem, Marimar se inclinou para mexer no rádio e Rey deu um tapa em sua mão.

— Já ouvimos essa música cem vezes — gritou ela, sugando o restinho do refrigerante do drive-thru.

— Cinquenta. Não exagere.

— Você tem o gosto musical de um universitário chamado Chad.

Rey deu risada, com uma das mãos no volante e a outra apoiada na janela aberta. A rodovia I-70 estava vazia no trecho de Indianápolis. Tirando a parada para comprar fast-food, estavam fazendo um excelente tempo de viagem.

— "Here I Go Again" é um *clássico* — argumentou Rey. — Quando for a sua vez de dirigir, vai poder escolher a música.

— Mas você não me deixa dirigir.

Ele estreitou os olhos castanho-claros com malícia.

— Justamente.

— Beleza. Quando chegarmos em casa, eu serei a DJ.

— Tsc.
Rey pegou o maço de cigarros e tirou um.
— A gente tem mesmo que fazer isso?
— A resposta ainda é sim — respondeu Marimar. Ela estava descalça, com os calcanhares apoiados no painel. Os dedos dos pés pintados de vermelho balançavam no ar frio do Meio-Oeste. — Ela é nossa avó.
— Orquídea Divina finalmente tá sozinha. E velha. Ela quer atenção, e essa é a única maneira de conseguir.
Ele acendeu o cigarro com uma das mãos e jogou o isqueiro de metal, outra relíquia de seu pai há muito falecido, no porta-trecos bagunçado abaixo do rádio.
— Quantos anos será que ela tem? — Marimar perguntou. — Eu chutaria entre 60 e 80.
— Sabe, uma vez tentei mexer nas coisas dela para descobrir o que estava escondendo. Saber por que ela era tão reservada. A mulher tinha uma porra de uma píton na gaveta.
— Escapou de um zoológico próximo.
— E foi parar na cômoda dela? Tá bom. — Rey franziu o rosto fingindo concordar. — Ela me picou.
— Pítons não são venenosas. Além disso, acho que todo mundo já tentou mexer nas coisas da vovó e nunca encontrou uma cobra, nem algo supercaro que valesse todo o sigilo. Talvez agora a gente consiga descobrir.
— A propriedade vale ouro. Acha que ela vai dividir entre os familiares que sobraram? Ah, vou querer o toca-discos. Talvez você consiga o jogo de chá de porcelana para completar a peça que roubou.
Marimar revirou os olhos e se pôs a fitar as planícies, a rodovia se estendia à frente deles como um cenário de filme que parecia nunca se aproximar. Algo dentro dela se contorceu com a ideia de dividir as coisas de sua avó como uma torta. Na certa ia dar confusão.
— Você não tá triste? — perguntou ela.
A música recomeçou, e Rey exalou sua desilusão junto com a fumaça do cigarro.
— Eu estaria se ela telefonasse de vez em quando. A maioria das avós enche seus netos de presentes e elogios.

— É isso que você quer? Presentes e um tapinha nas costas?

— Eu concluí a porra do meu bacharelado em dois anos em vez de quatro e tirei meu certificado de contador. Acho que isso merecia alguma coisa. — Ele bateu as cinzas pela janela e encostou a cabeça no banco. — Acredite em mim. Ela tá só fazendo drama. Provavelmente se arrependeu de ter expulsado todos de casa, e esta é a única maneira de nos fazer voltar.

— *Ou* ela tá dizendo a verdade e a gente não devia ter parado tanto. Podemos chegar tarde demais. E se ela estiver realmente doente?

— Seu tom tá bem diferente de quando ela te obrigou a ir embora e você veio morar conosco... Acho que suas palavras foram: "Eu nunca mais quero ver aquela bruxa velha de novo."

Marimar se lembrava de estar sentada em seu quarto após o funeral da mãe. A causa da morte tinha sido afogamento. Como era possível uma pessoa se afogar no mesmo lago em que nadou durante toda a sua vida? Como sua mãe, que ganhou competições de natação na escola e nadou em mar aberto, poderia ter se afogado? Não fazia sentido, mas o xerife Palladino disse que ela deve ter batido a cabeça no píer e perdido a consciência. Quando a encontraram, era tarde demais.

Orquídea gostava de dizer que a família era amaldiçoada. Mas nunca dizia por quê. Marimar nem sempre acreditou nela, até aquele dia. Ficou furiosa. Qual era o objetivo de tudo aquilo? Todas as velas, o sal no assoalho, os galos, a porra das folhas de louro para proteção. Todos os relicários que sua avó acreditava terem garantido boa sorte à família eram inúteis porque Pena Montoya, sua linda, instável e indiferente mãe, se afogou mesmo assim. Se eram amaldiçoados, era por causa de Orquídea. Marimar tinha apenas 13 anos e estava certa disso. Ela ficou enlouquecida. Quebrou vasos, potes cheios de raízes e ervas, garrafas de bebida. Pegou uma faca de cozinha e começou a tentar tirar as preciosas folhas de louro da avó, suas pétalas delicadas gravadas tão profundamente na porta e nas janelas que ela mal conseguiu fazer um arranhão.

O encantamento do vale se desfez. Marimar não suportou. Pegou um ônibus, levou consigo uma mala de mão com roupas, um vaso de plantas e a xícara de porcelana roubada com grandes rosas pintadas nas laterais. Chorou o caminho todo até Nova York.

Não estava chorando agora na estrada que levava para casa.

— Você pode amar alguém mesmo depois de a pessoa te magoar.

— Mas não somos obrigados. — Rey olhou de soslaio para ela, um sorriso debochado nos lábios, o cigarro queimando tão rápido quanto seus nervos.

— Talvez ela estivesse certa sobre a maldição da família — disse Marimar.

Sua intenção tinha sido fazer uma piada, mas ela soou sombria.

— As famílias latinas só acham que são amaldiçoadas porque nunca vão jogar a culpa em Deus, na Virgem Maria nem na colonização.

Ela bufou.

— Talvez a gente não seja como as outras famílias.

— Você nunca se sentiu enganada?

Marimar fitou o rádio. White Snake em looping parecia um tipo de tortura. Seu olhar vagou para o céu lilás perfeito.

— Você tem que ser mais específico.

— Com todas as histórias dela. As criaturas fantásticas e as merdas mágicas.

— Todas as avós contam histórias aos netos — disse Marimar.

— É, mas eu sempre achei que Orquídea falava sério. Que ela estava sendo literal quando falava sobre os monstros esperando do lado de fora. Que, se ela saísse da casa, alguma coisa iria pegá-la. E pegar a gente também.

— Talvez os monstros dela tenham sido reais um dia. Já pensou nisso?

Marimar se virou para encarar o primo. Ele tinha puxado os olhos e o nariz torto do pai, mas as maçãs do rosto salientes e os lábios eram da mãe. Então se lembrou do menino que ela costumava seguir por todo lado. Ele usava papel-alumínio e latas para fazer uma armadura. Os dois iam até a beira do lago e subiam as colinas correndo para proteger a terra. Ficavam esperando pelos monstros que nunca vieram.

[53]

— Talvez — disse ele, e a palavra pairou entre eles. — Isso é só porque não a conhecemos. Não de verdade.

— Você já perguntou a ela?

Ele bufou e amassou a ponta do cigarro no cinzeiro.

— Se já perguntei à nossa avó sobre a vida dela? É óbvio. A única coisa que ela dizia era que nasceu em Guaiaquil e se mudou para Quatro Rios com Papi Luis. Uma vez, falei que precisava da ajuda dela para um projeto de ancestralidade da escola, e ela disse que isso não tinha importância. Levei um zero pela porra da minha árvore genealógica porque não consegui preenchê-la.

— Ah, tenho certeza de que sua média do jardim de infância foi seriamente afetada.

— Eu estava no sétimo ano, sua escrota — disse ele. — Lembra de quando sua mãe morreu e você pediu à Orquídea que falasse com seu pai e ela disse que era melhor você não conhecer ele? Tipo...

— Eu sei que você idolatra o seu pai, mas isso não significa que todo mundo sente ou quer sentir isso. Não sabemos quais foram as razões dela para fazer o que fez.

— Bem, eu queria saber. Não acha estranho que Orquídea nunca saia da propriedade? Que ela tenha uma porra de cemitério cheio de maridos mortos? Ela passou a nossa infância inteira dizendo como era importante ficarmos juntos, sermos uma família, mas quando os filhos quiseram seguir o próprio caminho ela expulsou eles. Orquídea não só afasta as pessoas, ela queima e salga a terra. Isso não tá certo. É escroto e você sabe disso.

Marimar mordeu a cutícula. Ela se lembrou de quando era uma garotinha e fazia a mesma coisa, deixando o polegar em carne viva. Um dia, na cozinha aberta e arejada, observou sua avó cortar uma folha de babosa e abrir a casca carnuda e verde com a precisão de um cirurgião. Orquídea tirou o gel de dentro da folha e espalhou na pele da menina. Ardeu e, mais tarde, quando Marimar enfiou o polegar na boca, chorou com o gosto rançoso, mas no final da semana já não chupava mais o dedo.

Marimar sabia que Rey estava certo. A avó deles não era perfeita, mas ela vinha de uma época diferente. Eles não a conheciam. Mas o que mais ele queria?

— Você se lembra de acender aquelas velas votivas e fazer pedidos? — perguntou ele. — Ela dizia que eles se tornariam realidade.

— Sim — disse ela. — O que você pedia?

Ele respirou fundo.

— Um namorado.

Ela abriu um sorriso largo.

— Foi naquele verão que você foi pego no celeiro com o garoto Kowalski?

— Os melhores sete minutos no paraíso que eu já tive. — Ele tamborilou ao som do baixo da música, a intensidade aumentando e combinando perfeitamente com a estrada. Se fechasse os olhos, poderia visualizar seu pai tocando guitarra imaginária no estacionamento do estádio dos Yankees enquanto eles se aqueciam para o jogo comendo cachorro-quente. — E você?

— Notas melhores, dentes alinhados, conhecer meu pai um dia.

Tudo o que a mãe de Marimar disse sobre seu pai foi que ele entrou na vida de Pena como uma tempestade e desapareceu com a mesma rapidez. Marimar sabia que Orquídea se opunha à união porque, sempre que o assunto de seu pai surgia, ela mordia a língua e resmungava. A menina sabia que ele havia deixado para a mãe um anel de prata com uma estrela, que se perdeu no lago no dia do afogamento.

Se ela pudesse voltar, se os desejos sussurrados para as velas no estranho altar de sua avó pudessem realmente se tornar realidade, teria sido mais criteriosa com eles. Talvez pedindo ao Universo um computador que funcionasse ou uma inspiração para uma história que passasse do capítulo três, em vez de desejar conhecer o pai que ela nunca tinha visto.

— Pelo menos coloquei aparelho naquele ano.

— Uma vez perguntei por que ela não tinha sotaque. Eu mal a ouvia falar espanhol. E lembra o que ela disse?

— Ela disse que misturou terra do quintal, argila vermelha e folhas de hortelã-pimenta em uma tigela e depois esfregou a língua com isso.

— Marimar ria tanto que mal conseguia respirar. — Então você fez a mesma coisa para tentar passar na prova de alemão.

Rey quase podia sentir a terra grossa em sua boca, e a minhoca que ele não havia notado.

— Não tem nada de errado em ser uma criança ingênua, Rey — disse ela, encostando o braço no dele. — Isso é o legal de ser criança. A gente acredita nas coisas antes que o mundo prove o contrário.

Por que sua avó o deixava tão bravo? Pensar nela às vezes o enchia de uma sensação de ingenuidade que incomodava. Como se tivesse passado uma vida inteira observando um mágico e depois descoberto como seus truques eram simples. Ele via sua avó como uma feiticeira, uma *bruja* com uma casa que vibrava com a magia. Despensas cheias com estoques intermináveis de café, arroz e açúcar. Terras sempre verdes e férteis. Não era culpa dela que o neto tivesse se tornado racional — ela devia receber carregamentos constantes que chegavam quando ele estava muito ocupado perseguindo garotos de fazenda, e sua terra ficava em um vale chamado "Quatro Rios", óbvio que era fértil.

O legado de Orquídea eram centelhas, segredos e meias-verdades. Doces lembranças que coalharam com verdade e amargura ao longo do tempo. Ela não era uma *bruja* e não era poderosa. E ele não queria ser nada do tipo. Estava com raiva de si mesmo por perceber tarde demais que as histórias da avó eram apenas histórias. Que ela não era uma feiticeira com magia escondida feito uma moeda de prata entre dedos ágeis, enfiada atrás da orelha de um tolo. Era apenas uma velha solitária que sobrevivera a muitas perdas. E, mesmo assim, apesar de tudo que ela era e do que não podia ser, seguia como um elemento fixo na mente dele. Orquídea Divina Montoya não podia morrer. Nem agora nem nunca. Isso o preocupou de repente.

— Não me sinto enganada — respondeu Marimar finalmente.

— Que bom pra você — disse ele baixinho, e aumentou o volume da música.

A estrada à frente estava livre, e ele pisou no acelerador, pensando que, se fosse rápido o suficiente, poderia voar.

5

A FLOR DA MARGEM DO RIO

No dia em que sua mãe se casou pela primeira vez, Orquídea a ajudou a se arrumar. Ela havia colado pérolas de água doce em uma tiara e passado a noite toda costurando o véu. Seu futuro padrasto prometera dar o mundo a Isabela Montoya, mas ainda assim Orquídea queria que sua contribuição fosse perfeita. No grande dia, mãe e filha se sentaram no pequeno quarto com uma penteadeira. Seria a última vez que elas passariam um tempo juntas, só as duas.

— Você parece uma rainha — disse Orquídea, admirando o próprio trabalho no espelho.

— Venha aqui.

Isabela estendeu a mão para a filha. Orquídea era uma jovem mulher, usando um vestido rosa-claro e sapatos brancos cintilantes com fivelas. Seus braços e pernas eram fortes de tanto nadar, caminhar e pescar. Os cachos longos e perfeitos ficavam revoltos com a umidade e a água do rio; a linda pele marrom parecia macia como veludo. Seus traços elegantes atraíam a atenção errada. Alguns dos locais a chamavam de La

Flor de la Orilla — a flor da costa —, um nome que Isabela detestava porque soava vulgar.

Orquídea não gostava porque sabia que não era uma flor, delicada e bonita esperando para ser colhida. Para quê? Para ser cheirada? Para ir parar em um copo de água até murchar? Ela era mais do que isso. Queria estar enraizada tão profundamente na terra que nada, nenhum ser humano, nenhuma força da natureza, exceto um ato celestial, pudesse arrancá-la.

— As coisas vão ser diferentes para nós agora — prometeu Isabela. — Vão ser melhores.

Antes que Orquídea pudesse falar, a porta se abriu e Roberta Montoya entrou descontraída, segurando uma caixa de chapéu e uma caixinha de joia. Ela cumprimentou a neta com um breve aceno de cabeça, depois se virou para Isabela.

— Usei isto no dia do meu casamento, e minha mãe no dela — explicou Roberta, levantando a tampa da caixa de chapéu. — Deus deu a você uma segunda chance, e eu também darei.

Isabela estava atordoada. Não por causa do elaborado véu de renda saindo da caixa, mas porque fazia tantos anos que não ouvia a voz da mãe que ela tinha se esquecido de sua cadência. Roberta retirou a tiara perolada e Orquídea a segurou antes que caísse no chão.

— Por que está aí parada, garota? — Roberta repreendeu Orquídea e empurrou a caixa menor contra o peito dela. — Faça algo para agradar a Deus. Entregue estas abotoaduras ao Sr. Buenasuerte.

Orquídea olhou para a mãe, esperando Isabela intervir. Mas ela fitava o próprio reflexo, escondido atrás da renda branca diáfana, imaginando que se tornaria uma nova mulher no momento em que seu marido a afastasse do rosto.

A cerimônia de casamento foi pequena, mas elegante. Orquídea foi forçada a ceder seu assento para a avó. Da galeria da igreja, ela viu Isabela ganhar sua segunda chance para a felicidade. Nenhum deles — nem o clã Buenasuerte, nem o padre e certamente nem os Montoya — a notou lá em cima, arrancando ansiosamente as pérolas da tiara.

E nenhum deles sabia que, se não fosse Orquídea, a flor da costa, não haveria casamento ou segunda chance, para começo de conversa.

Ela havia passado a tarde pescando quando chamou a atenção do homem que se tornaria seu padrasto. Ele era incorporador imobiliário e engenheiro civil. Um daqueles homens que entravam casualmente em pequenos bairros lamacentos e cidades do interior e despejavam concreto, alicerces para a cidade, estradas e calçadões. Deixavam sua marca. Também sempre deixavam filhos para trás. No Equador, um lugar ainda em construção, ainda se transformando no que queria ser, um engenheiro civil era tão comum quanto os gatos de rua que perambulavam pelos bairros. Era um trabalho respeitável e seguro, com projetos contratados pelo governo.

Ao longo da faixa de casas perto do rio onde morava Orquídea, não havia nada a se desenvolver. Pelo menos foi isso que Wilhelm Buenasuerte decidiu após uma inspeção superficial. Enquanto caminhava pela estrada sem nome até a costa, enfiou o pingente de ouro sob a camisa, arregaçou a barra das calças até os tornozelos para evitar a lama e manteve as mãos nos bolsos.

Quando pegou o lenço para enxugar o suor da testa, sua carteira caiu, e Orquídea Montoya por acaso voltava para casa naquele momento com sua cesta de peixes para fritar no jantar. Ela pegou a carteira e gritou por ele. Embora as roupas dela estivessem limpas — a não ser pelos habituais respingos de água do rio — e ela tomasse banho todos os dias, Wilhelm deu um passo para longe, assustado com a criança que veio em sua direção.

Ela ofereceu sua carteira de volta.

— Deixou cair isto.

Wilhelm Buenasuerte nasceu de mãe alemã e pai equatoriano. Ou seja, seu pai era meio espanhol e meio indígena, parte da miscigenação do país. Mas ele se considerava equatoriano até o último fio de cabelo. Seus olhos não eram totalmente castanhos nem totalmente verdes. Seu nariz não era exatamente achatado nem reto. Seu cabelo não era totalmente loiro nem totalmente castanho. Sua pele não era exatamente branca, porém mais branca do que a da maioria. Tinha orgulho de tudo o que o tornava quem era. Foi por isso que, depois de estudar na Alemanha, ele retornou à terra de seu pai — sua terra natal — para torná-la melhor, para desenvolvê-la.

— Obrigado, menina — disse ele.

Então tirou uma nota de cinco sucres e a pôs na mão dela.

Naquela época, Orquídea já odiava quando os homens davam dinheiro a ela. Seu pai, o homem que a gerou, fizera isso. Os homens que compravam peixes dela faziam também. Uma vez, um homem tentou lhe dar dez sucres para que ela fosse até a casa dele. Ela tinha apenas 10 anos e jogou terra nos olhos dele, correu todo o caminho para casa e se trancou lá dentro. Não achava que aquele homem da carteira fosse desse tipo, mas como poderia saber?

Foi quando sua mãe desceu correndo a rua empoeirada gritando o nome da filha. As bochechas de porcelana branca de Isabela Montoya estavam coradas, e seu cabelo preto tinha se desfeito do coque que ela sempre usava.

Quando Isabela deu uma boa olhada no homem elegante e distinto à sua frente, relaxou.

— Espero que minha filha não esteja incomodando o senhor.

Wilhelm Buenasuerte estava atônito demais para falar. Sentiu um aperto terrível no peito. Por um momento, considerou se estava ou não tendo um ataque cardíaco. Ele era jovem demais para tal coisa, mas seu pai morrera por isso, não é mesmo? Não, tinha que ser outra coisa. A mulher à sua frente estava vestida como uma funcionária de escritório e era dotada de uma beleza tão delicada que ele sentiu a necessidade incompreensível de fazer tudo o que pudesse para protegê-la. Ela não usava aliança, mas tinha uma filha que devia ter uns 12 anos. Um acidente precoce da juventude. Seu pai sempre lhe dizia que as mulheres eram facilmente desviadas e que precisavam de bons homens para mantê-las no caminho da família e de Deus. Wilhelm Buenasuerte se considerava um bom homem.

— Nenhum incômodo, senhora...?

Ele estendeu a mão e fez uma pausa para permitir que ela se apresentasse.

— *Senhorita* Isabela Montoya — corrigiu ela, enfatizando sua disponibilidade.

Ele inspecionou outra vez a estrada de terra. O amplo rio Guayas continha uma promessa silenciosa. De repente, Wilhelm pôde ver uma rodovia que cortaria o lugar um dia. Um calçadão que se estenderia até o cerro Santa Ana. Primeiro, aqueles barracos e pequenas canoas de pesca precisavam sair. Talvez ele tivesse se precipitado ao descartar aquele pedaço de terra. Wilhelm Buenasuerte encontrou um motivo para ficar.

Orquídea nunca gastou o dinheiro que o padrasto lhe deu. Mas, no dia da própria morte, ela o devolveria.

6

A PRIMEIRA MORTE DE ORQUÍDEA DIVINA

Marimar soube que estavam quase em casa quando lambeu os lábios e sentiu o sal.

Tinham passado a noite em Lawrence, no Kansas, em um hotel barato no centro da área universitária. Os dois estavam agitados demais para dormir e passaram a noite bebendo em um bar repleto de luzes de néon, com uma banda de *country metal* berrando covers de música pop. Tudo fechava à meia-noite, então Marimar fumou os cigarros de Rey e deu dinheiro a um cantor de rua enquanto uma estudante de graduação coberta de piercings e tatuagens lia a mão de Rey. Acordaram antes do amanhecer, tomaram banho e voltaram para a estrada.

— O que a cartomante falou para você? — perguntou Marimar.

— Que eu salvaria a vida de alguém um dia — disse Rey.

— Que enigmático.

— E que eu faria uma viagem e conheceria um cara lindo — completou ele, dando uma ênfase maliciosa à última parte.

— Que luxo. Talvez ele tenha um irmão e a gente possa marcar um encontro duplo.

— Talvez ele tenha um irmão gêmeo malvado e a gente possa viver uma das novelas favoritas da minha mãe.

— Todas elas têm gêmeos malvados, não têm?

— Devíamos ter trazido ela conosco para ler a sorte da família.

Eles não pararam de falar pelo resto da viagem, principalmente qualquer coisa que não fosse a família. Mas, quando o ar se tornou mais denso com o cheiro pungente de terra não revolvida e flores silvestres, de maresia mesmo tão longe do mar, ficaram quietos.

A princípio, ela pensou que nada havia mudado naquelas terras — o mesmo sol implacável, a mesma terra selvagem e faminta, a mesma estrada esburacada que conduzia até a casa. Mas então respirou mais fundo e encontrou um novo perfume, algo que não estava lá quando ela partiu, seis anos antes. Era a mesma coisa que não conseguiu identificar no convite: decadência.

Marimar manteve as janelas apenas um pouco abertas, o suficiente para que o vento passasse assobiando e folhas secas entrassem pelas fendas e caíssem em seu colo. Pegou uma folha verde pelo caule. Por um momento, achou que poderia fechar os olhos e ver a composição de todo o seu ser, a árvore de onde viera e a terra que a alimentara. Ela aproximou a folha do nariz e desejou ter um livro para enfiá-la entre as páginas. Em seguida, deixou-a cair aos seus pés, em meio às embalagens de fast-food e xícaras de café vazias da viagem.

O jipe de Rey balançava de um lado para outro, e seus penduricalhos chacoalhavam no retrovisor.

— Era de se esperar que ela já tivesse pavimentado a estrada a essa altura — murmurou.

— Pavimentar estradas? — disse Marimar, imitando a voz severa de sua avó. — Isso daria a entender que eu quero que as pessoas encontrem o caminho até aqui.

Rey estacionou o jipe vermelho empoeirado atrás de uma fila de carros à beira da estrada sem nome que levava à casa de Orquídea.

— Isso é o máximo que este pedaço de merda vai chegar.

Os outros integrantes do clã Montoya já estavam lá. A Lamborghini de Enrique estava coberta com uma lona preta. O Fusca rosa da prima Tatinelly estava espremido entre dois sedãs prata. Alguns carros ela não reconheceu, todos estacionados de qualquer jeito, mas havia muitos membros da família que ela não encontrava há anos. Quando morava lá, eram apenas Orquídea, seu "vodrasto" Martin, sua mãe, tia Parcha e Rey. Ela nunca tinha visto tantas pessoas ali. Certamente não apareceram tantas quando sua mãe morreu. Orquídea tinha dito aos outros Montoya que ficassem longe para o seu próprio bem. Marimar ainda não havia perdoado sua avó por isso. E, no entanto, quando inalou o ar do vale tão profundamente que seus pulmões doeram, sentiu que mal podia esperar para chegar ao sopé da colina.

Rey pegou o maço de cigarros e bateu com ele na palma da mão.

— Vamos acabar logo com isso.

— Nada une tanto uma família quanto a promessa de bens — comentou Marimar, batendo a porta com força.

Ela estava descalça. Quando era pequena, gostava de mexer os dedos dos pés no chão como se fossem minhocas. Mas a terra estava muito seca agora, então ela vasculhou o banco traseiro até encontrar seus mocassins surrados.

Rey balançou a cabeça, mas marchou obedientemente ao lado dela, puxando um convite branco com traços pretos, seu polegar traçando a caligrafia perfeita de sua avó. Ele se perguntou se ela estava fazendo um dos jogos que fazia quando ele, Marimar e Tatinelly eram crianças. A avó escondia objetos pela casa e dava pistas a eles, como "encontrem algo que tem muitos olhos mas não pode ver". Marimar trouxera um botão, Rey trouxera uma batata e Tatinelly pegou uma foto que estava em cima da lareira. Talvez aquele convite fosse um enigma também. *Venha receber.* Talvez ela não estivesse morrendo...

Eles começaram a descer a colina íngreme. Marimar costumava correr pela relva tentando acordar as fadas que viviam entre os jardins retorcidos. Orquídea gostava de contar histórias das criaturas aladas que protegiam o rancho com sua magia sobrenatural derivada das estrelas. Ela havia prometido que, se Marimar encontrasse seu brilho, se mostrasse potencial, acordaria as fadas. Mas, por mais que houvesse tentado, o poder de Marimar não despertou, e ela nunca viu nenhuma — havia muitas libélulas e outros insetos no caminho.

De braço dado com Rey, Marimar lutou contra o desejo de correr pelos campos de grama alta e procurar os monstrinhos alados mais uma vez. Mas, se as fadas um dia protegeram o vale, já tinham ido embora fazia tempo. Quanto mais perto eles chegavam da casa, mais a grama ia se mostrando amarelada. O fedor de terra não revolvida tornou-se mais intenso. Por muito tempo, o povo de Quatro Rios tinha chamado as Montoya de bruxas e outras coisas mais cruéis, mas não existia mágica ali, dado o estado das coisas, se é que algum dia existiu.

— Jesus, o que aconteceu? — perguntou Rey.

Orquídea estava simplesmente velha demais para manter a terra próspera e saudável por conta própria? O resto de Quatro Rios parecia bem pelo que viram no caminho de ida — a lanchonete, o posto de gasolina, a locadora de vídeo —, como se tivesse ficado congelado no tempo. Mas aquilo ali era diferente.

Marimar se lembrava de um verão terrivelmente quente. Estava tão seco que ela sentia que estava desenvolvendo uma pele de lagarto. Eles não tinham ar-condicionado porque nunca precisaram de um antes. Mas sua mãe, Pena Montoya, não aceitaria aquela estiagem. Ela colocou um disco para tocar e aumentou o volume. Arrastou Orquídea e Marimar para fora e disse: "Vamos chamar a chuva."

Então elas saíram, com as vozes cantando para o céu e os pés descalços levantando poeira. E, quando o céu irrompeu em trovões e relâmpagos e o que pareciam ser estrelas cadentes, Orquídea as levou correndo para dentro, e Martin preparou uma limonada gelada, azeda e doce ao mesmo tempo, perfeita.

A pressão atrás do umbigo de Marimar voltou. Ela foi tomada pela sensação de que algo estava para acabar e não havia nada que ela pudesse fazer para impedir.

— Isso é deprimente, e ela nem morreu ainda — comentou Rey.

Ele enfiou outro cigarro entre os lábios secos. Desta vez, as mãos tremeram enquanto acionava o disparador do isqueiro.

Marimar teve vontade de rir, mas a multidão reunida em frente à propriedade a impediu. Ela se lembrou das histórias que Orquídea contava sobre aldeões furiosos que tentaram, sem sucesso, expulsá-la da cidade quando ela e seu falecido avô chegaram. Mas aquela não era uma horda de estranhos. Era sua família.

— Por que tá todo mundo do lado de fora? — indagou.

Rey olhou para o relógio. O convite dizia para não chegar antes de 13h04, o meio-dia solar verdadeiro. Orquídea era pontual, mas já eram quase 13h03.

No final da estrada, aninhado na junção das colinas circundantes, o rancho parecia uma casa de brinquedo com dezenas de bonecos minúsculos reunidos ao redor. Se Marimar fechasse os olhos, poderia visualizar todo o interior. As tábuas do assoalho que rangiam no meio da noite, como se a madeira ainda estivesse viva e tentando se alongar. Velas altas e rios de cera derretendo em cada fenda que pudessem encontrar. Grandes janelas abertas que deixavam entrar o aroma doce de grama, feno e flores. Galinhas e porcos gordos que Marimar e Rey atormentavam enquanto suas mães, Pena e Parcha, cuidavam dos jardins. Naquela época, o rancho era palaciano. Seu mundo particular entre o céu e as montanhas, e Orquídea Divina era a rainha daquilo tudo.

Marimar afastou com a mão uma libélula que não parava de zumbir ao redor de sua cabeça. Rey soprou a fumaça do cigarro, que saiu em forma de beija-flor.

O trecho final da estrada era íngreme, o vento batia nas costas feito mãos empurrando-os pelo resto do caminho. Quando eram pequenos, eles corriam e rolavam ladeira abaixo. Agora estavam tentando manter o equilíbrio, os pés disparando até pousarem na frente do rancho, onde tias, tios e primos que não viam há anos esperavam.

Vê-los todos assim era uma experiência única. Eles não eram o tipo de família que celebrava datas especiais, exceto o aniversário da chegada de Orquídea a Quatro Rios. Era a versão de Ano-Novo de sua avó, e ela dava nomes bobos a cada um: o Ano do Damasco; o Ano do Chupacabra. Uma vez, deixou tio Caleb Jr. nomear o ano, e ele escolheu o Ano do Pterodáctilo, por estar numa fase de dinossauros. Marimar tirou o convite do bolso traseiro da calça e o desdobrou. Ela passou os dedos nas palavras *Ano do Beija-Flor*. O pássaro favorito de Orquídea.

— O que tá acontecendo? — quis saber Marimar.

Um ruído de insatisfação vibrou pela multidão.

— Orquídea sendo Orquídea — disse tia Reina, comprimindo tanto os lábios que o batom borrava feito minúsculas veias saindo da boca.

Marimar tentou contar seus primos, tias e tios, mas perdia a conta toda vez. Ela se inclinou para Rey e cochichou:

— Acho que esse é o resultado de doze anos com quatro maridos.

— Cada um com as suas metas — disse Rey com cautela.

Reunir tanta gente era um feito notável para uma mulher que afirmava ter nascido do nada e sido rejeitada por todos quando criança. Quando Marimar perguntou por que todos na família carregavam o sobrenome Montoya, mesmo sendo o sobrenome materno, Orquídea disse apenas que queria deixar sua marca e, além disso, tinha sido ela que passara todas as vezes pelo trabalho de dar à luz.

As ramificações dos Montoya eram as seguintes:

Marimar e Rey representavam suas falecidas mães, Pena e Parcha Montoya, e o ramo da família que se originou do avô deles, Luis Osvaldo Galarza Pincay, que fizera a viagem do Equador a Quatro Rios com Orquídea e Gabo, o galo. Ele morreu quando as filhas eram pequenas, de algo que Orquídea chamava de *patatús*, e Marimar entendeu que significava algo como um susto. Pena Montoya nunca foi casada, e tudo o que Marimar sabia sobre seu pai era que ele foi embora antes de seu nascimento. Parcha Montoya Restrepo deu a Rey o sobrenome de sua família como um ato de rebeldia.

O próximo marido foi Héctor Antonio Trujillo-Chen, um professor porto-riquenho de ascendência chinesa que havia descido a colina para perguntar sobre o aroma do café. Ele era um palestrante convidado pela faculdade comunitária para falar sobre agricultura quando passou por lá de carro. Depois da aula, voltou para visitar Orquídea, que gostou de seus lindos olhos e grande estatura, e os dois se casaram na primavera seguinte. Tiveram três filhos, que estavam presentes: Félix Antonio Montoya Trujillo-Chen com a esposa, Reina, a filha, Tatinelly, e o marido desta, Mike Sullivan; Florecida Dulce Montoya com a filha, Penelope; Silvia Aracely Montoya Lupino com o marido, Frederico, e os filhos gêmeos, Gastón e Juan Luis.

Depois que Héctor faleceu, de uma infecção causada por experimentos com plantas híbridas, veio Caleb Soledad. Caleb, como a maioria das pessoas, foi parar em Quatro Rios porque se perdeu. Ele não tinha telefone, nenhuma moeda escondida no porta-luvas e o tanque de gasolina, que acabara de encher, de alguma forma vazou e o deixou na mão a três quilômetros da casa de Orquídea. Ele era um químico, a caminho do Texas, dirigindo pelo país em busca do perfume perfeito. Os dois se apaixonaram no jardim de Orquídea, e, quando Marimar ouviu essa história pela primeira vez, teve certeza de que isso significava que eles tinham feito sexo. Os irmãos Soledad-Montoya tinham as mesmas sobrancelhas volumosas, mandíbulas bem marcadas, pele escura e olhos verdes do pai. Havia os gêmeos, Enrique e Ernesta, e Caleb Jr. Nenhum deles tinha filhos ainda.

Marimar procurou pelo quarto marido de Orquídea, Martin Harrison, um músico de jazz aposentado de Nova Orleans que havia encontrado o caminho para a varanda da Orquídea porque, de alguma forma, ouviu o som de sua música lá longe na estrada. Ele não estava entre a legião impaciente dos Montoya.

Foi então que Marimar entendeu o que sua tia Reina quis dizer com "Orquídea sendo Orquídea". A pressão atrás de seu umbigo se intensificou. Marimar abriu caminho e disparou em direção à casa, com um enxame de libélulas ao redor da cabeça. A cada passo, seu coração descia até a boca do estômago. A casa de sua infância não era nem um pouco como ela se lembrava e, embora esperasse algum desgaste, não estava pronta para aquilo.

Heras e trepadeiras verde-escuras rastejavam entre os painéis de madeira, através das janelas quebradas, consumindo tudo, como se devorassem a casa de volta para o solo. Raízes irrompiam pela varanda como tentáculos, estrangulando a maçaneta da porta para bloquear a entrada.

E, se Orquídea Divina ainda estivesse lá dentro, bloqueava também a saída dela.

Rey subiu os degraus da frente e parou ao lado de Marimar. Roçou as pontas dos dedos em uma das janelas e arrastou ao longo de uma fissura fina que levava ao louro dourado gravado. Uma única folha estava descascando do vidro.

— Vó? — chamou Marimar.

Ela bateu com o punho na porta. Quando recolheu a mão, havia um espinho alojado na palma. Nem chegou a doer.

Rey piscou várias vezes, sem entender. Ele puxou um lenço do bolso e entregou a ela.

— Toma.

Ela arrancou o espinho, e saiu uma única gota de sangue.

Rey agarrou uma das raízes que parecia não ter espinhos e puxou. Era como tentar abrir uma cerca de arame.

— Nós *tentamos* isso — disse uma voz atrás deles.

Tio Enrique, o segundo filho mais novo de Orquídea, estava com as mãos enfiadas nos bolsos das calças justas.

— Mas, por favor, diga o que vocês poderiam fazer que não tentamos por horas.

— Cale a boca, Enrique — rebateu Rey, tentando agarrar a raiz que impedia a porta de abrir.

Ele chutou os galhos. Pegou uma grande pedra, mas eles pareciam ficar mais grossos, mais selvagens.

Enrique deu uma risadinha, mais satisfeito do que ofendido por um de seus sobrinhos falar com ele daquele jeito. Então algo cruel brilhou em suas feições.

— Louvados sejam os Santos, finalmente você demonstra alguma iniciativa.

— Ignora ele — murmurou Marimar, então colocou as mãos em concha ao lado dos olhos e sobre uma das vidraças menos obstruídas para olhar lá dentro.

Havia muita poeira do lado de dentro. Ela se lembrou das manhãs de segunda-feira, quando espalhavam o produto de limpeza caseiro de Orquídea e esfregavam a casa inteira do teto ao chão. Quanto mais ela tentava olhar, mais as trepadeiras tremiam e a casa soltava um gemido alto.

— O que devemos fazer? — indagou Tatinelly, e sua voz era como o sussurro de folhas na brisa. — Este pequenino ser tá começando a ficar com fome.

Reymundo ficou surpreso. Os últimos dois anos tinham sido bons para a prima Tati. Ela colocou as mãos na barriga de grávida e se sentou nos degraus da varanda. Seu marido, um homem magro com queimaduras de sol nos braços e no nariz, correu para perto dela. Parecia um coelho preso em uma armadilha. Todos deveriam estar com medo. Todos deveriam ter ficado horrorizados com o estado da casa. Mas lá estavam eles, irritados e frustrados em vez disso.

— Ela não escondia as chaves dentro da grande macieira quando estava com raiva? — sugeriu Rey. — De repente...

— O pomar tá morto — disse Enrique com desdém, e estufou o peito feito Gabo, o galo.

A família se aglomerou mais, avançando com hesitação pelos degraus da varanda. As cores vivas de suas roupas faziam com que parecessem flores silvestres brotando entre a grama amarelada crescida.

— O que mais vocês tentaram? — Marimar exigiu saber.

— Bater — disse tia Florecida, e ticou palavras no ar com os dedos delgados. — Gritar. Arrombar a porta. A casa *não* gostou disso, mas

Ricky nunca escuta. Eu costumava sair escondida pelos fundos, mas está tudo lacrado.

— Ela só precisa de tempo — afirmou tio Félix.

Ele tinha um bigode preto, embora seu cabelo espesso e ondulado tivesse ficado branco como o sal.

— Tem razão, papai — disse Tatinelly, daquele seu jeito fofo e delicado.

Enquanto Marimar parecia uma buzina, Tatinelly era um sino de vento. Marimar sempre se perguntou como a prima conseguia manter o temperamento tão calmo. Mesmo diante da circunstância mais estranha que sua família já enfrentou, Tatinelly deu uma *risadinha* e comentou:

— Não é curioso?

Rey cruzou os braços.

— "Curioso" não é a palavra que eu usaria.

— Qual você usaria? — falou Juan Luis de repente, na voz desafinada de pré-adolescente.

— Eu diria que isso é uma *merda* — respondeu Rey.

Marimar tentou conter a risada. Os gêmeos e Penelope ficaram maravilhados com o palavrão e repetiram feito calopsitas. As matronas não gostaram tanto.

Tio Félix acenou com a cabeça, beliscando a ponta do queixo.

— Tô começando a ficar preocupado.

— C-começando? — repetiu Mike Sullivan, que tinha transformado o convite em um papel retorcido irreconhecível.

— O que mais poderíamos esperar? — Ernesta suspirou. — Jurei que nunca mais voltaria aqui.

— Quem convida as pessoas e deixa elas esperando do lado de fora? — perguntou Reina, a esposa de Félix.

Seu batom estava ainda mais borrado.

— Você não precisa estar aqui — lembrou Caleb Jr., o filho caçula de Orquídea.

Ele estava prestes a estourar. Embora tivesse deixado Quatro Rios para dar continuidade e expandir o império de perfumes do pai, amava sua mãe e não toleraria nenhuma palavra negativa sobre ela.

— *Aniñado*, filhinho da mamãe — murmurou Florecida para o caçula. — Por que não ligamos para o xerife Palladino?

— E o que *ele* vai fazer? Tirar o chapéu para as raízes e desejar à casa um dia supimpa? — desprezou Enrique, sacudindo a mão.

— Não tô vendo *você* fazer nada, além de tentar não sujar sua camisa cara — disse Caleb Jr.

Ernesta meteu o dedo no peito dele.

— Não comece.

Aquilo deu início a um falatório que soava como um enxame de vespas. Todo mundo estava olhando para Enrique em busca de respostas que ele não tinha. A verdade era que nenhum deles sabia como entrar na casa. Estavam ausentes há tanto tempo que se esqueceram de como jogar segundo as regras de Orquídea.

Rey se encostou na madeira empenada da varanda e pegou um cigarro enquanto a disputa continuava do lado de fora da casa estrangulada por raízes gigantes. Tio Félix e o marido de Tatinelly, cujo nome ele parecia nunca se lembrar, também pegaram um.

— Não é estranho — cochichou Rey para Marimar — pensar que somos todos parentes?

Ela pegou o cigarro dele e puxou a fumaça amarga, tragando profundamente até sentir estímulo inebriante do tabaco.

— Gatos são parentes dos leões.

Rey tomou o cigarro de volta, as mãos ainda trêmulas.

— Quem somos nós nesse contexto?

Marimar deu de ombros.

— Nem quero saber.

— Parem com isso! — disse Silvia, batendo no quadril de um jeito que todos tinham visto Orquídea fazer um milhão de vezes.

Tatinelly balançou a cabeça suavemente, olhando para a grama amarela que cobria o chão sob seus pés, e esfregou a barriga em um movimento constante e hipnótico.

— Isso não pode ser bom para o bebê.

— Chega! — gritou Félix. — Não estamos aqui para brigar uns com os outros.

— Pela primeira vez na vida você tá certo, irmão. Estamos aqui para receber o que é nosso.

Enrique tirou o blazer cinza e o jogou nas mãos de Gastón, que o entregou a seu gêmeo, Juan Luis. O garoto vestiu a peça, que mais parecia um sobretudo nele.

— Esperem todos aqui — anunciou Enrique.

Ele arregaçou as mangas da camisa azul-clara, praguejando enquanto percorria a varanda e dava a volta nos fundos.

Marimar cutucou Rey, e eles o seguiram.

O zumbido de sua família diminuiu enquanto eles caminhavam pela grama alta e seca. Mais para trás, o pomar havia realmente definhado, mas não da maneira que Marimar esperava. Cada árvore estava dividida ao meio, como se tivessem sido atingidas por um raio.

Ela e Rey trocaram olhares preocupados, mas nenhum teve coragem de falar nada. O que tinha feito aquilo? Por que agora?

Os jardins e a estufa eram fragmentos marrons e murchos do que costumava ser um verde exuberante. Mortos, podres e destruídos. O fedor penetrou em seus narizes e bocas.

— Ali — disse Marimar, pressionando o braço sobre o nariz.

Enrique foi pisando forte até um dos pequenos galpões que estava em melhores condições do que a casa principal, pois não estava coberto de trepadeiras, mas o telhado tinha um buraco visível em um dos lados. Quando abriu a porta, ela saiu das dobradiças. Martin começou a trabalhar com carpintaria na velhice, mas o lugar parecia não ser usado há anos. Havia pilhas de madeira e facões, machados, serras e abridores de cartas enferrujados espalhados pelas superfícies.

— Mal posso esperar para vender esta porra de pedaço do inferno em um milhão de pedacinhos — disse Enrique, com a raiva se transformando em palavrões enquanto sua mão se fechava em torno do que ele estava procurando.

— Sabe, quando eu xingava desse jeito, a Orquídea me fazia comer um jalapeño — falou Rey, parado na entrada. — Com sementes e tudo.

Enrique inspirou fundo, determinado. Um raio de sol irradiou sobre ele pelo buraco no telhado. Ele era o rei Arthur, só que, em vez de Excalibur, Enrique ergueu um facão empenado que não poderia cortar uma folha, muito menos madeira maciça. Pendurou a arma enferrujada no ombro. Seus olhos verde-jade estavam brilhando, e ele deu um sorriso desesperado que era só dentes.

— O que você tá fazendo? — disse Marimar, aparecendo na porta para barrar sua saída.

— Tô cansado de esperar. Aquela mulher fez da minha vida um inferno desde o dia que percebeu que eu nunca perpetuaria nenhuma das suas malditas superstições.

— Não são superstições — rebateu ela.

Quase podia sentir a raiva percorrendo sua pele até os dedos dos pés. Ela não tinha deixado Quatro Rios e as bobagens de Orquídea para trás? Por que as estava defendendo agora?

Enrique deu uma risada amarga.

— Continue dizendo isso a si mesma. Vocês ainda são crianças, se agarrando a cada palavra dela. Ainda não perceberam? Não existe magia ou segredos aqui. É uma maldição. Tudo que tem a ver com Orquídea morre. Foi isso que levou minhas irmãs e meu pai. Foi isso que levou Martin.

— Martin morreu?

Marimar arquejou. Ela sentiu frio por dentro, como se uma escultura de gelo estivesse se formando em seu peito. Martin, com seu sorriso largo e cheio de dentes. Martin, que cuidou deles como se fossem seus próprios netos.

— Ela também não te contou? Ele se foi pacificamente enquanto dormia, pelo menos — disse Enrique, e pela primeira vez havia algo como compaixão em sua voz grave. — Estão vendo? Ela não se importa com ninguém. Se forem inteligentes, vão embora. Depois que acertarmos as contas, se um dia eu tiver uma família, eles nunca vão saber dela nem de nada disso.

Ele empurrou os sobrinhos para fora do caminho.

Rey jogou a ponta do cigarro no chão e sussurrou no ouvido de Marimar:

— Pelo bem do mundo, espero que ele seja estéril.

— Venha — disse Marimar, puxando o primo para irem atrás do tio. — Ele não vai se safar disso.

A multidão dos Montoya abriu caminho para Enrique. Enrique, que pegou todo o dinheiro que seu pai lhe deixara em um fundo e abriu um negócio de vodca para as jovens celebridades e os milionários playboys que ele aspirava ser. Não queria nada mais do que possuir este vale, compraria a parte de sua família se fosse necessário. Desenvolvimento imobiliário dava dinheiro, e ele poderia quadruplicar sua fortuna se fizesse as vendas certas. Mas não havia mais nada para prosperar ali, não mais.

Ele brandiu o facão bem alto sobre a cabeça enquanto caminhava até a porta.

— Pare! — gritou Marimar.

Mas Enrique não deu ouvidos e bateu com o facão nas raízes que mantinham a porta fechada. As trepadeiras ondularam. As raízes se retorceram. A casa soltou um gemido profundo e gutural. Mas o facão foi como um punho contra tijolo maciço. Enrique não conseguia parar, então continuou acertando uma raiz que ficava petrificada a cada golpe. Outra raiz grossa se estendeu e o atingiu no rosto. Ele grunhiu e, quando se recuperou, havia a marca de mão perfeita em sua bochecha.

No ataque seguinte, Enrique se voltou para atingir as folhas de louro nas janelas e foi empurrado para trás com força. Ele se virou para os rostos preocupados de todos ao seu redor e, pela primeira vez, uma sombra de medo passou por seus olhos.

— Pare! — gritou Marimar novamente, e, desta vez, até as montanhas tremeram com o berro.

— Seria mais fácil queimar tudo — disse Rey, olhando para o isqueiro.

A ponta acesa do cigarro iluminava os ângulos de seu rosto onde ele estava, nas sombras. Ele não quis dizer o que disse. Tinha amado aquela casa um dia. Queria odiá-la, e odiara enquanto esteve longe. Mas, agora que estava ali, agora que a ouviu chorar, queria fazer isso parar.

Orquídea Divina havia prosperado em um mundo que não a queria e sobreviveu à magia que tirou a vida de seus maridos e filhas. Enrique, embora fosse filho dela, não a entendia, assim como a maioria deles. Não de verdade. Se entendessem, estariam dentro da casa.

Venha receber. Aquelas tinham sido as palavras exatas que Orquídea escrevera. Eles estavam ali para responder a um convite. Todos eles.

— Não é assim que Orquídea funciona — disse Tatinelly.

Marimar concordou com a cabeça. Em qualquer outro dia, teria rido de Enrique sendo esbofeteado no rosto por raízes mágicas, mas eles tinham um lugar para ir. Havia uma pessoa esperando por eles. Ela pegou o convite novamente. *Venha receber.* Pensou em como sua avó escondia coisas nos troncos ocos das árvores. Em como falava com os pássaros que traziam sementes para o peitoril de suas janelas e os enviava para realizar tarefas.

— Lembra quando minha mãe chegou em casa bêbada? — perguntou Rey. — Mesmo que as fechaduras não tivessem sido trocadas, a chave dela não entrava. Orquídea estava na sala e disse para não deixarmos minha mãe entrar.

— Esqueci como ela finalmente conseguiu entrar.

— Ela disse que só se desculpou e pediu com gentileza, mas agora não me lembro se minha mãe estava falando sobre a casa ou sobre Orquídea.

— Talvez devêssemos pedir com gentileza — sugeriu Tatinelly.

Eles debocharam e riram dela, mas Marimar se agarrou àquele pensamento. Ninguém gostou de ser convocado, ninguém realmente queria estar *ali*. Ela tinha certeza de que nenhum dos outros Montoya havia se anunciado. Eles tinham identificado o obstáculo e desistido quando a resposta não foi óbvia. Mas talvez fosse óbvia.

Tatinelly se levantou, sua barriga quase a fazendo tombar. Rey estendeu a mão para que se firmasse, pois era quem estava mais perto dela. Ela subiu os cinco degraus da varanda e parou na frente da porta.

— Eu vim receber — disse ela, com sua voz de sino de vento.

No mesmo instante, as raízes cederam, soltando a maçaneta. A casa deu um suspiro profundo que abalou toda a estrutura. Libélulas e vaga-lumes voaram pelo corredor escuro e aberto, seu brilho nebuloso iluminando o saguão. As tábuas do assoalho surgiram por baixo das camadas de terra, que deviam ter entrado com as raízes e trepadeiras que irrompiam como costuras rasgadas.

Marimar e Rey não esperaram pelos outros. Foram logo atrás de Tatinelly, virando à esquerda para a sala de estar, onde Orquídea Divina gostava de se sentar, de frente para a lareira, bebendo uísque enquanto o sol se punha atrás do vale. Seu vale.

A velha *bruja* estava exatamente onde sempre esteve. Sua pele marrom estava rachada como terra seca, e seu cabelo, ainda preto apesar dos anos, estava trançado em uma coroa ao redor da cabeça. Os olhos escuros se enrugaram nos cantos e a boca se abriu em um sorriso sombrio.

Rey sentiu seu coração bater forte, com uma mistura de alívio e terror.

— Mamá? — disse Marimar, num arquejo.

— Oh, meus santos! — exclamou Tatinelly, pondo a mão onde seu bebê chutou com força.

— Puta que pariu — disse Rey, procurando um cigarro, mas tinham acabado.

— O que eu falava sobre ficar encarando? — perguntou Orquídea, com a voz forte e áspera de sempre.

— "Faça isso"? — brincou Rey, sorrindo.

Como poderiam não encarar? Orquídea Divina Montoya era a mesma de sempre da cintura para cima. Era com o resto dela que precisavam se acostumar.

Galhos verdes finos cresciam direto de seus pulsos, da parte interna do cotovelo, dos pontos entre os tendões dos dedos, como extensões de suas veias. Eles envolviam a cadeira estofada de encosto alto bordada com folha de louro. Botões de flores do tamanho de pérolas floresciam dos galhos que brotavam da linda pele dela.

Seu vestido azul-esverdeado estava puxado para cima para mostrar os joelhos, onde a carne e os ossos terminavam e a espessa casca de árvore marrom começava. O mais espetacular de tudo eram seus pés, agora transformados em raízes. As mesmas raízes que rasgavam as tábuas do piso e cavavam a terra, procurando um lugar a que se agarrar.

7

A GAROTA E O MONSTRO DO RIO

Antes de chegar a Quatro Rios, antes de roubar o poder para si, antes de sua mãe se casar, Orquídea era apenas uma garota comum que passava a maior parte de seu tempo à beira do rio. Até que, um dia, ela teve sua primeira amostra do impossível. No mesmo dia, fez um acordo.

Aconteceu durante um verão excepcionalmente seco, em que ninguém conseguia pescar um único peixe. Nem mesmo Pancho Sandoval, que pescava no mesmo rio desde quando era mais novo que Orquídea. Pancho era esguio mas musculoso, o tipo de corpo moldado pela fome e pelo trabalho braçal, com a pele marrom avermelhada pelos dias sob o sol equatorial. Ele estava preocupado. Todos estavam. Ficar sem peixe significava não ter nada para vender. Nada para comer e ficar sem comida e sem dinheiro significava doença.

Todos na cidade sentiam a tensão. Os empregos eram escassos. O escritório de Isabela reduziu seus dias de trabalho, ela passou a fazer faxina em casas por um pagamento menor que o padrão. Durante semanas, comeram arroz branco com um ovo frito em todas as refeições.

Orquídea fazia a única coisa que podia: faltava à escola e pegava aquele caminho familiar até o final do píer.

O rio Guayas sempre foi de um tom de argila marrom, graças ao solo rico. Ervas daninhas verdes cobertas de espinhos flutuavam pela superfície e sempre prendiam sua rede. Não batia uma brisa. Não havia alívio do calor. Até o rio estava quente demais para nadar.

— Pancho, posso pegar sua canoa emprestada? — perguntou ela, protegendo os olhos do sol com a mão.

— Não tem nada lá — lamentou ele. — Estamos pensando em ir um pouco mais ao sul para ver se damos sorte.

— Bem, eu também.

— Você deveria estar na escola. Eu não fui para a escola. Olhe só pra mim.

Ela olhou para ele. Pancho era capaz de tecer redes mais depressa que qualquer um, ele nadava pelo rio Guayas como um peixe, conseguia subir na mangueira descalço. Mas ninguém precisava de redes, não havia peixes e as mangas estavam duras como pedra naquele verão. Algumas pessoas simplesmente tinham talento para as coisas, mas tinham nascido pobres, feias ou azaradas, e tudo o que podiam dizer era "Olhe só pra mim" e dar o seu melhor.

— Estou olhando pra você — disse Orquídea. —Tenho um pressentimento, preciso estar aqui. Me empresta a canoa. Vou dividir com você tudo o que pegar.

Pancho enxugou o suor do rosto com a frente da camisa. Ele soltou sua risada sibilante de garrafa quebrada.

— Não sei se você é filha do diabo ou de um anjo.

Orquídea deu de ombros. Ela já havia conhecido seu pai, e ele não era nenhum dos dois.

— Tudo bem — concordou ele. — Eu vou com Jaime e os rapazes.

Com apenas 10 anos e muita teimosia, ela partiu na canoa. Seus braços doíam com o movimento dos remos. A cabeça girava depois de transpirar todo o café e a água que havia bebido naquela manhã. Guaiaquil estava diante dela, uma paisagem em constante mudança que parecia estar sempre em guerra consigo mesma. Tinha sangue de batalhadores em seu solo. Em seus rios. E o caos dá origem a coisas monstruosas.

O tempo dos mitos já passara, mas ainda havia histórias que perduravam. Histórias que ela ouviu da boca enrugada de mulheres que tinham testemunhado e sobrevivido a mais coisas que a virada do século. Elas falavam de espíritos da água que gostavam de pregar peças nos humanos, para mantê-los em seu devido lugar, rastejando na terra com areia nos olhos.

Em todo o tempo que passou pescando, ela viu coisas estranhas. Coisas inexplicáveis. Peixes com dentes humanos, um siri-azul do tamanho de uma tartaruga, um lagarto com duas cabeças. Ela ouvia o vento falar com ela quando ficava de pé no ângulo certo. Pensou ter visto um rosto humano colocar a cabeça para fora da água e depois nadar pelo rio até a costa de Durán.

— Eu sei que você está aí — disse ela.

Ela não conseguia ver o fundo. Mal conseguia enxergar a ponta de seus remos, porque o rio tinha muitos sedimentos. Ela içou o remo e o colocou atravessado sobre o assento.

— Eu sei que você está aí — repetiu, mais alto desta vez.

Orquídea se levantou, a canoa emprestada balançando na superfície do rio. Um punhado de folhas passou boiando, com uma garrafa de plástico agarrada no meio.

— Se me disser o que quer, vou dar um jeito de te ajudar — sugeriu ela.

O calor queimava seu pescoço. Ela juntou um pouco de água na mão e jogou na pele. Então se sentou, apoiando os cotovelos nos joelhos. Sua mãe sempre lhe dizia para não sentar assim, que as damas se sentavam com as pernas cruzadas, e não abertas. Mas ela não era uma dama no rio. Era como qualquer outra pessoa — alguém que queria respostas e talvez um pouco de ajuda.

O rio foi ficando cada vez mais quieto. O vento morreu. Até os navios e carros, cujos sons faziam a cidade parecer um grito constante, pararam.

Uma criatura emergiu da escuridão da água e subiu pela lateral da canoa. Orquídea não tinha uma palavra para aquilo, a não ser "monstro". Mas o que era um monstro, afinal? Ela permaneceu onde estava, sem demonstrar medo nem repulsa pelo rosto de crocodilo e corpo humanoide reptiliano com menos de um metro de altura. Tinha a barriga parecida com a de uma tartaruga. Ela não notou sexo nem umbigo. Suas mãos com membranas entre os dedos terminavam em afiadas garras amarelas, mas não tão afiadas quanto os dentes que exibia em um sorriso.

— O que você quer, Filha Bastarda das Ondas? — indagou a criatura.

— Meu nome é Orquídea.

— Você não leva o nome do seu pai. Mas ele é do mar, um marinheiro da cabeça aos pés.

— Eu não reivindico nada dele.

— Ah, mas a água reivindica você. Daí vem o seu título. Então, o que você quer?

Orquídea decidiu não discutir com o monstro do rio.

— Quero que traga os peixes de volta. As pessoas estão morrendo de fome.

— O que tenho a ver com isso? — disse o monstro crocodilo, pressionando a mão em garra contra o peito, como se estivesse indignado com a acusação. — Eu vivo neste rio desde antes da época dos homens. Antes que o ferro e a fumaça poluíssem essas águas. Vivo neste rio desde antes de ele ficar vermelho de sangue e seu povo incendiar a costa. Que me importa se os humanos estão morrendo de fome?

O suor escorria pelas laterais de suas têmporas. Não porque ela estivesse com medo, mas porque suas entranhas estavam torcendo a água como se seu corpo fosse um pano molhado.

— Eu sei por que está com raiva. O mundo é mau e às vezes coisas boas acontecem, não o contrário. Mas se está aqui desde antes de estranhos chegarem a estas praias, por que nos matar de fome agora? Por que está com raiva agora?

A criatura virou o rosto para o lado. Pupilas reptilianas amarelas a encararam, sem piscar.

— Eu sempre estive com raiva, Filha Bastarda das Ondas. Outro dia, eu estava na parte rasa perto de Puná e vi um navio descarregar lixo nas águas. Fiquei enterrado ali por dias e ninguém foi me ajudar. Os peixes e caranguejos não conseguiam me ouvir.

— Como saiu?

Ele permaneceu em silêncio por um longo tempo, mostrando a inquietante imobilidade do animal a que se assemelhava.

— Uma garotinha estava vasculhando o lixo. Ela abriu caminho. Eu a assustei.

— Então, você nos odeia e nos deixa com fome, mas uma garota ajudou você. Isso não parece justo.

— Como descobriu que eu estava aqui? Ninguém sabe o meu nome.

— Alguém sabe. Alguém se lembra de você. Quando eu era pequena, umas mulheres idosas falavam sobre o monstro crocodilo que fica à espreita na praia. Elas contaram que, uma vez, ele lutou com um pescador e perdeu.

— Eu não perdi — disse o monstro, mas suas palavras eram amargas, raivosas. — Ele trapaceou. De qualquer forma, não entendo por que você está tentando ajudá-los. Eu a vejo na praia desde que você tinha idade suficiente para caminhar sozinha e se lembrar do caminho de volta para casa. Ou, talvez, este rio seja a única casa que queira chamar de sua.

Orquídea deu de ombros.

— Contanto que eu tenha um lugar para deitar e o telhado não tenha goteira, tudo bem. Mas a razão de eu me importar é porque preciso comer também.

— Então, farei um acordo com você. Vou deixar você pescar por dois anos.

Ela balançou a cabeça.

— E quanto ao Pancho, que me emprestou esta canoa? E à Tina, que soldou o buraco no fundo para que não afundasse? E ao Gregorio, que fez as redes? Tem que deixar mais do que apenas uma pessoa.

— Eles não têm o seu sangue — lembrou o monstro do rio.

— Não, mas fazem parte deste rio, e o rio é o meu sangue. — Ela exibiu um sorriso sarcástico. — Você mesmo disse. Eu *sou* a Filha Bastarda das Ondas. Talvez isso signifique que você e eu somos primos. Parentes de alguma forma.

O monstro do rio estalou a mandíbula, mas Orquídea apenas riu, deselegante, grosseira e maravilhosa.

— Tenho uma proposta — anunciou ela. — Vou sempre deixar metade do que estiver na minha rede retornar para você.

— Você pode prometer por todos?

— Não, só posso prometer por mim. Se quiser fazer um acordo com todos os outros pescadores, terá que se revelar.

O monstro do rio soltou um sibilo reptiliano no fundo da garganta, depois ficou encarando Orquídea por mais algum tempo enquanto a canoa era empurrada suavemente pela correnteza do Guayas. Estava muito cansado daquele mundo, daquelas pessoas. Tudo o que sempre quis foi respeito. E lá estava Orquídea, reconhecendo isso.

— Temos um acordo — disse o monstro do rio.

Ele rastejou de volta pela lateral da canoa; uma cauda estriada foi a última coisa a afundar sob a superfície.

Orquídea remou de volta à margem e deixou a embarcação de Pancho amarrada no píer com as outras. No dia seguinte, falou para ele sobre seu trato e que todos deveriam fazer o mesmo. Ninguém acreditou, é claro, mas Orquídea manteve sua palavra. A partir de então, ela jogava metade de tudo que pegava de volta nas águas. Quando os moradores locais viram que aquela garota — a pequena que eles chamavam de *"Niña Mala Suerte"*, graças a seu azar cósmico — conseguiu pegar peixes, eles tentaram fazer seus próprios tratos com o rio. Alguns recolheram garrafas e latas das margens, outros ofereceram histórias e conversas. No final daquela estação, o calor diminuiu e os peixes e a chuva voltaram.

O monstro do rio nunca foi visto por ninguém além de Orquídea, embora houvesse rumores de que fora avistado por um casal de turistas norte-americanos que documentava a vida selvagem exótica em seu blog de viagens para veganos. Tudo o que tinham para mostrar era uma foto desfocada.

    A antiga criatura sentiu o dia da morte de Orquídea, uma conexão transportada da raiz à terra e ao mar. E, pela primeira vez em séculos, o monstro do rio chorou. Afinal, eles eram parentes de alguma forma.

8

A SORTE É REVELADA

Orquídea agarrou-se aos braços da cadeira e observou seus filhos e netos se espalharem pela sala.

— Estão todos atrasados — disse ela, a voz áspera como cascalho.

— *Nós* chegamos na hora — disse Enrique, abrindo caminho até a frente da multidão. A marca parcial da mão ainda era visível em sua bochecha. Ele arrancou a gravata de seda rasgada e a jogou no chão. — Estávamos ali fora há horas.

— Ricky — censurou Félix, apertando suavemente o ombro do irmão. — Estamos aqui agora.

— *Abuelita*, você é... tipo... uma árvore — comentou Juan Luis.

Gastón lhe deu uma cotovelada, fazendo um muxoxo. O irmão gêmeo sussurrou de maneira teatral:

— Cara, você não pode simplesmente dizer que a vovó é uma árvore.

— Mas ela é!

Um a um, eles cumprimentaram Orquídea. Abraçando. Beijando sua bochecha, sua testa. Apertando suas mãos ásperas e enrugadas cobertas por pequenos galhos. Todos, exceto Enrique, que olhava carrancudo para as chamas da lareira. Quando ele se virou, o verde de seus olhos estava diferente, como se brasas tivessem saltado em sua íris e se incendiado.

— Mamá Orquídea! — gritou Penelope. Ela tinha 13 anos, mas ainda era muito criança. Mais criança do que Orquídea jamais pudera ser nessa idade. Seus cachos grossos estavam presos em tranças que a faziam parecer mais nova. Penny correu para a avó, ajoelhando-se ao seu lado e colocando a cabeça em seu colo. Orquídea fechou os olhos e respirou fundo enquanto acariciava suavemente os ombros da neta.

— Mamãe disse que iríamos ao seu funeral. Mas você ainda tá aqui. Tá morrendo mesmo?

— Ainda tenho algumas horas.

Penelope a fitou com grandes olhos castanhos e uma preocupação ingênua.

— Você tá emperrada?

— Quando nasci — começou Orquídea — era 14 de maio. Saí só pela metade. O médico e a enfermeira pensaram que eu estava morta. Foi só alguns minutos depois da meia-noite que conseguiram me puxar totalmente para fora. Minha mãe costumava dizer que, por causa disso, eu sempre viveria uma vida entre dois mundos. Minha morte não é diferente. Então, sim, Penny. Acho que estou emperrada. Não estou realmente aqui, nem lá.

Tia Silvia serviu-se de um pouco de vinho e acenou com a cabeça, pensativa. Ela gostava de traduzir as histórias de sua mãe para algo racional.

— Deve ter sido uma distócia de ombros, provavelmente por causa do formato do útero de sua mãe.

— Dia 14 de maio — disse Marimar. — É hoje.

— Achei que você detestasse aniversários — comentou Ernesta, beliscando a ponta achatada de seu nariz. — Você nunca comemorou. Eu nem sabia que dia era. Vocês sabiam?

Seus irmãos balançaram a cabeça, como se nenhum deles jamais tivesse realmente se dado conta de que não sabiam quando sua mãe nasceu. Marimar, assim como Rey, tinha dado uma bisbilhotada, mas nunca encontrou uma certidão de nascimento ou prova. Prova de quê? De que sua avó era uma pessoa real e não uma viajante de algum reino mágico distante?

— Eu poupei vocês dos meus aniversários. É por isso que estou pedindo a todos que celebrem minha morte.

— Isso é um pouco mórbido — afirmou Rey. — E por acaso eu curto essas coisas.

Orquídea espiou as brasas na lareira. Por um momento, seus olhos ficaram brancos e leitosos, mas então ela piscou e o escuro de suas íris voltou.

— Sei que vocês têm perguntas. Não tenho respostas. Fiz o melhor que pude. Eu sabia o preço *y lo hice de todos modos. Ya no tengo tiempo.*

Os Montoya trocaram olhares preocupados. Orquídea nunca misturava as línguas. Levou um tempo para que Marimar e alguns dos outros traduzissem mentalmente a língua da mulher. "Ela sabia o preço e o fez de qualquer maneira. Não tem mais tempo."

Marimar deu um passo hesitante à frente. Para ela, Orquídea era tão imponente quanto uma montanha e tão misteriosa quanto o mar. Ela impunha regras rígidas. Enchia a mente deles com extravagâncias. Ria em um momento e depois se trancava em seu quarto. Era como se houvesse algo afiado dentro dela, uma escoriação que havia transmitido a todos os seus filhos, e talvez até aos netos. Mas aquela mulher se transformando na frente deles estava mostrando algo que Marimar não estava acostumada a ver: medo.

— Tá tudo certo, mãe — disse Caleb Jr.

Sua voz era tranquila, mas a testa estava enrugada de preocupação. Enrique fez uma careta e falou:

— *Nada* disso tá certo.

Ouviu-se um farfalhar, como páginas soltas carregadas por uma brisa. Ouvidos estalaram. O assoalho e as dobradiças rangeram. Um grupo de estranhos apareceu na entrada da sala. Cinco no total. Eles compartilhavam uma característica familiar de pele marrom-clara, cabelo preto e olhares de desprezo. Todos pareciam ter escapado de uma velha fotografia dos anos 1960. Três mulheres usando vestidos. Dois homens altos em camisas de botão brancas por dentro de calças marrons com cinto. Embora segurassem os convites nas mãos, pareciam intrusos. Pardais entre beija-flores.

Sempre diplomático, Félix acenou para que entrassem.

— Sejam bem-vindos! Dê-nos um instante.

— Quem diabos são eles? — Rey murmurou para Marimar.

— Uma família secreta? — sugeriu ela.

Marimar teve uma vaga sensação de déjà-vu, como se já os conhecesse.

Uma das mulheres farejou o ar. Seus olhos castanho-esverdeados pousaram em Orquídea com um ressentimento silencioso. Ela notou a poeira cobrindo quase todas as superfícies. A terra se depositando em seus sapatos sociais pretos. Tocou a medalhinha dourada da Virgem Maria que descansava sobre o peito.

Após um momento incômodo, o homem mais velho do bando se aproximou de Orquídea, que de alguma forma conseguia parecer uma rainha enraizada em seu trono.

— Wilhelm — disse Orquídea, cumprimentando-o.

— Irmã — disse ele.

Havia um atraso no som quando ele falava.

— Irmã? — repetiu Florecida.

Marimar sentiu uma pequena onda de triunfo e sorriu.

— Sabia.

— Esses são os Buenasuerte — explicou Orquídea. — Meus irmãos e irmãs.

— Pensei que você fosse filha única — confessou Caleb Jr.

Orquídea negou solenemente com a cabeça. As trepadeiras brotando do solo se enrolaram em torno de sua cadeira, gerando botões verdes. Seus olhos ficaram brancos e depois pretos novamente.

— Ela fugiu de nós depois que a mãe se casou com nosso pai — elucidou Wilhelm.

Mesmo estando bem ali, ele parecia ter saído de uma fotografia, uma daquelas antigas em tom amarelado ou castanho avermelhado. Marimar já havia percebido isso antes, mas agora estava mais pronunciado. Quanto mais tempo eles passavam lá, mais desbotados ficavam.

— Fugi porque preferia me arriscar na rua a ficar mais um minuto sob o teto dos Buenasuerte — declarou Orquídea. — Você contribuiu para isso.

Wilhelm estalou a língua e balançou a mão com desdém.

— Éramos crianças. Você era muito sensível. Sempre foi muito mole.

Os Montoya presentes manifestaram um escárnio coletivo.

— Acredite no que quiser, *irmão*. Estou decepcionada por seu pai ou Ana Cruz não estarem entre vocês. Queria ver todo mundo mais uma vez. Queria que soubessem que não morri nem desapareci, como minha mãe acreditava.

— *Nossa* mãe ficou doente por causa de você — disse a mulher com os lábios comprimidos, amarga. — Ela morreu pensando que você a odiava.

— Suponho que odiava, na época. Hoje não mais.

— Ela me contou o que você fez — falou a mulher de olhos castanho-esverdeados, depois apontou para o teto alto. — Como conseguiu tudo isso.

A risada de Orquídea foi um estrondo profundo.

— Eu não poderia regar nem uma planta de casa com as coisas que você sabe, Greta.

Greta cerrou os punhos na altura dos quadris. Rey e Caleb Jr. lentamente se dirigiram um para cada lado da cadeira de Orquídea, como sentinelas.

— Calma, Greta — disse um terceiro Buenasuerte, magrelo, com o cabelo tão preto que parecia uma mancha de tinta. Ele colocou a mão gentilmente no braço da irmã, como tio Félix fizera com Enrique, e era bom saber que todas as famílias eram iguais em certos aspectos. Havia aqueles que sentiam de mais, aqueles que sentiam de menos e outros que sabiam como lidar com esses sentimentos. — Se nossa irmã está pronta para deixar o passado para trás e se desculpar pelo que fez nossa mãe passar, estamos aqui para ouvir.

— Você entendeu mal, Sebastián — retrucou Orquídea. — Eu não convidei vocês aqui para me desculpar. Isabela Buenasuerte era quem era, e eu sei, no fundo, que eu não significava para ela nada além de um fardo. Vou levar essa certeza comigo até meus últimos momentos. Você confundiu culpa com o fato de ela ter ficado doente por minha causa.

— Então por que nos chamou aqui? — perguntou Wilhelm.

A palidez amarelada dos Buenasuerte mutou-se em tons de cinza, uma verdadeira fotografia em preto e branco. Até o ar ao redor deles se deformava e desbotava nas extremidades, como se estivessem em outro plano da existência.

— Para falar a verdade, esperava que o pai de vocês estivesse aqui.

— Ele está mal de saúde — informou Greta. — Ana Cruz ficou para cuidar dele.

— Uma pena. Eu iria gostar de rever Ana Cruz — disse Orquídea. — Reymundo, seja gentil e traga-me a cigarreira em cima da lareira.

Rey fez o que ela pediu. A cigarreira era feita de prata, com a gravura de uma estrela e as iniciais BL. Marimar tentou abri-la uma vez, mas a pequena manivela ao lado não se mexia.

É óbvio que, quando Orquídea tentou, a tampa se abriu revelando. uma nota de dinheiro verde.

— Cinco sucres — prosseguiu ela. Sua voz havia recuperado a nitidez. — Foi assim que conheci seu pai e foi assim que a vida da minha mãe mudou, e foi assim que todos *vocês* surgiram. Foi assim que minha vida mudou também, suponho, mas eu sempre soube que estava em um caminho diferente do de minha mãe. Mesmo antes de eu nascer, divergíamos. Mantive esta nota guardada por décadas, lacrada, sem gastá-la nem mesmo quando eu não tinha mais nada, porque ela carregava uma promessa.

— Que promessa? — indagou Wilhelm.

— Que nunca mais ficaria em dívida com ninguém, especialmente com homens como seu pai. Este foi um empréstimo, e quero quitá-lo.

Orquídea estendeu a nota. Os cinco irmãos Buenasuerte permaneceram imóveis, ofendidos, perplexos. Wilhelm parecia prestes a espumar pela boca, mas pisou forte pela sala de estar, seus pés mal fazendo barulho quando ele arrebatou a nota da mão de Orquídea Divina.

— Você pode não estar em dívida com ninguém — disse ele —, mas, pelo que parece, seus descendentes pagarão o preço. O que quer que tenha feito, espero que tenha valido a pena.

Os Buenasuerte partiram silenciosamente e não olharam para trás.

Os Montoya encaravam Orquídea, que sorria intensamente com os olhos fechados.

— Isso era mesmo necessário? — perguntou Reina.

Orquídea encontrou os olhos da nora e disse:

— Como é viver sem raiva no coração?

Reina sabia que era melhor não responder.

— Se querem saber, tô adorando essa reunião familiar — declarou Rey, indo até o carrinho de bebidas para pegar uma garrafa de líquido âmbar. Ele se serviu de uma boa dose, então se lembrou dos outros na sala. Erguendo a taça, disse: — *Salud*, filhos da puta.

— Tudo bem, pessoal — disse Félix em voz alta, torcendo as mãos daquele jeito nervoso dele. — Nesse ritmo, o jantar não ficará pronto nunca. Reina, Silvia, Caleb, venham comigo para a cozinha. Penny, Marimar, Rey, vocês estão encarregados da limpeza. Juan Luis e Gastoncito, ajudem Ricky a trazer a mesa de jantar para cá.

Enrique pegou a bebida de Rey de suas mãos no meio de um gole e se sentou na cadeira em frente à sua mãe.

— Tô ocupado — disse Enrique.

— Eu ajudo — declarou Frederico, marido de Silvia.

— Tá vendo? Muito útil — rebateu Enrique, e fez uma careta com a bebida roubada ardendo em sua garganta.

— E quanto a mim? — quis saber Tatinelly, esfregando a barriga.

— Nós podemos ajudar.

— Tati, pode descansar por enquanto — disse Félix.

Enrique riu. Gesticulou para os brotos de galhos surgindo entre os nós dos dedos de sua mãe.

— É claro que estão satisfeitos com isso. Nenhum de vocês questiona nada que ela faça.

— Pelo contrário — disse Silvia. Seu cabelo estava preso em um coque tão apertado que parecia doer. — Eu questiono o tempo todo, só aceito que não tenha respostas. Aceito nossa mãe do jeito que ela é. Você é só um babaca carente.

Houve um momento de incerteza. Mágoa e raiva cruzaram brevemente as feições de Enrique antes que ele fortalecesse sua determinação.

Os olhos de Félix se abrandaram, como se esperasse que o irmão mais novo recobrasse o juízo, amolecesse e cedesse como sempre. Juan Luis e Gastón não sabiam nada sobre o mundo, mas sabiam que seu tio Enrique era um idiota e precisava aprender uma lição. Tatinelly apertou a mão do marido. Rey se serviu de outra bebida. Marimar esperou. Ernesta ergueu os olhos para o retrato sobre a lareira, de sua mãe quando menina. Ela tinha certa expressão no rosto, como alguém que desafia o Universo a ferrar com ela. Mal sabiam eles que de fato tinha ferrado.

Félix deu um suspiro resignado e entrou em ação. Ele bateu palmas, tirando todos de sua indecisão momentânea.

— Vamos, vamos, vamos. Cozinha, limpeza, mesa de jantar. Agora!

Os Montoya se espalharam, saindo apressados da sala de estar, armando-se com vassouras e facas de cozinha, como bruxas indo para a guerra.

Tatinelly amava aquela casa. Diferentemente da maioria de seus primos, ela havia nascido no hospital de Quatro Rios. Sua mãe se recusou a seguir a tradição. Suas palavras exatas foram: "Eu não vou dar à luz em um rancho feito uma porca premiada. Estamos em 1990, pelo amor de Deus!" Todas as enfermeiras se reuniram em torno do bebê, o primeiro Montoya a nascer no hospital. Tatinelly nasceu depressa, como se estivesse contando os segundos, como se *quisesse* dar logo início ao show da vida. Não chorou, não esperneou. A característica mais extraordinária sobre ela era sua normalidade. A mãe de Tati contou à filha, anos depois, que as enfermeiras haviam feito apostas para ver se ela nasceria com dedos dos pés grudados, garras ou um terceiro olho. Mas Tatinelly era comum em muitos aspectos, e estava perfeitamente satisfeita com isso. Ainda assim, não gostava de se sentir excluída, então dizia que tinha nascido no mesmo quarto que os outros Montoya.

Sua família era diferente, considerada esquisita pelos outros, mas era sua família. Enquanto ela e Mike subiam as escadas e entravam no quarto de hóspedes, Tatinelly esfregava a barriga e cantarolava uma música que estava grudada em sua cabeça desde que deixaram o Oregon. Imaginou que o piso barulhento e as dobradiças rangentes estavam cantando com ela. A casa já tinha visto dias melhores, mas aquele quarto em particular estava impecável. Era quase como se Orquídea soubesse... O papel de parede tinha uma estampa de pétalas de rosa, tão desbotada que adquirira um tom malva empoeirado por causa da exposição excessiva ao sol. Ela se lembrava de ter espiado pelo buraco da fechadura de esqueleto quando Juan Luis e Gastón nasceram. Houve muitos gritos, mulheres correndo para lá e para cá. Nada disso a assustou, exceto o momento em que os gêmeos foram arrancados do meio das pernas da mãe e as pétalas de rosa na parede se moveram.

Ela contou isso a Mike. Ele colocou as malas na cama de dossel e produziu um som sufocado que nunca tinha feito antes.

— Tem certeza? — perguntou ele. — Você era muito pequena.

Tatinelly foi até a janela e se aqueceu na luz quente. Daquele quarto, podia ver o lote de sepulturas nos fundos. Maridos de Orquídea e a tia Pena. A grama ao redor do cemitério da família era a única parte da propriedade não afetada pela seca.

— Não importa se tenho certeza — disse ela com delicadeza. — Foi o que vi.

Ele pulou na cama e cruzou as mãos atrás da cabeça. Não tinha pedalado naquela manhã e sua energia reprimida o fazia balançar os dedos dos pés.

— Preciso dizer, abelhinha, que eu... eu não tenho certeza de que é aqui que deveríamos estar.

Tatinelly sentiu um forte chute da filha. Inquieto, ansioso.

— Por quê?

— Não tem nada a ver com você.

Mike se levantou. O colchão era tão denso que nem gemeu. Ele andou em círculos por um tempo, como uma abelha executando um ritual de dança.

Ela permaneceu de pé, mexendo nas garrafinhas de vidro sobre a cômoda. Amava todas aquelas coisas. A casa inteira parecia estar lá para ela brincar; mesmo com as rachaduras e as camadas de poeira, não tinha vontade de estar em outro lugar. O fato de Mike achar que aquele lugar não tinha a ver com ela era doloroso.

— Eu amo minha família — afirmou ela. — Eles fazem parte de quem eu sou. Então, nesse sentido, este lugar *sou* eu.

Mike parou de andar ao lado da cama, o corpo inclinado para a frente. Ele respirava com dificuldade, sua pele estava tão vermelha que quase parecia translúcida. Ele tivera crises de ansiedade ao longo dos anos por causa dos impostos e do trabalho, de fundos de aposentadoria e quebras do mercado. Uma vez, por causa de uma derrota no Super Bowl. Mas aquilo era diferente. Tatinelly sempre teve certeza de que Mike amava cada parte dela. Eles deveriam ser os elementos constantes na vida um do outro. Se ele não gostasse dessa parte dela, poderia realmente continuar a amá-la? Poderia amar sua filha?

Ela andou até ele. Massageou suas costas em suaves círculos, da maneira que ele gostava. Os músculos estavam tensos por baixo. O marido olhou para ela daquele jeito dele, como se nunca tivesse visto alguém ou algo tão bonito. Mesmo que ela não fosse, ele a fazia se sentir assim.

— Sinto muito. Sua avó... sua família... é muita coisa para assimilar. Então se sentou na beira do colchão.

Ela não queria mencionar que ele estava sentado no mesmo lugar em que suas tias e avó se deitaram na preparação para o parto. Que elas agarraram as colunas da cama quando as contrações vieram, que seu sangue e líquido amniótico eram a razão de haver uma mancha permanente na madeira aos pés deles.

Foi então que algo ocorreu a ela. Eles poderiam ficar até que ela desse à luz sua filhinha ali? Agora tinha certeza de que seria uma menina, soube no momento em que desceram do carro no topo da colina e ela praticamente deslizou pela estrada íngreme. Uma brisa decapitou dentes-de-leão teimosos e eles tomaram forma. A forma de uma menina. Então o vento soprou novamente e a imagem desapareceu.

— Como você não tá surtando? — indagou ele. Suas mãos estavam em concha na frente dela, implorando por uma resposta. — Nenhum de vocês tá surtando.

Como ela poderia explicar sua família? Não deveria precisar fazer isso.

— É só... como as coisas são.

— Os pés de sua avó são raízes de árvore! Você poderia muito bem ter dito "Abre-te sésamo!" para abrir a porta. Toda aquela família ficou em preto e branco. Sem mencionar que seu tio Enrique é um imbecil.

— Bem, sim, isso nunca aconteceu antes. Tô falando da parte das raízes. Tio Enrique sempre foi... digamos, difícil. Então isso não é tão novo.

— Mas aconteceram outras coisas?

Ela pensou sobre os momentos que nunca questionou enquanto passava os verões naquela casa. Uma vez, uma garota grudou um chiclete no cabelo de Tatinelly na piscina comunitária de Quatro Rios. Em pânico, ela cortou o emaranhado o mais próximo possível da raiz, mas ficou com um buraco bem no topo da cabeça. Orquídea a acalmou. Tatinelly ficou esperando que a avó lhe dissesse que a culpa era dela por ficar indo atrás de pessoas que não queriam ser suas amigas. Em vez disso, Orquídea foi para a cozinha e a neta a seguiu. Ela selecionou frascos de vidro de óleos e xaropes com rolhas de cortiça e despejou os líquidos de cheiro desagradável em uma tigela. Em seguida, cortou ervas de sua horta. Amassou cerejas e uma maçã do pomar. Cobriu todo o couro cabeludo de Tatinelly com a mistura. Pela manhã, a área calva havia sumido e seu cabelo estava recuperado. Naquela época, ela não chamou pelo que era: magia. Era simplesmente o que Orquídea fazia com seus remédios caseiros. Todo mundo tinha remédios caseiros, não tinha? Todos traziam segredos de seus antigos mundos consigo.

Nem todo mundo, infelizmente. Quando ela conheceu a família de Michael Sullivan, percebeu que eles não tinham remédios ou línguas que falavam apenas em particular. Tudo o que os Sullivan comiam vinha de uma lata ou de um pacote congelado. Eles não botavam sal em nada, exceto uma pitada na comida. Não sugavam o tutano dos ossos de galinha para ter saúde. Não tinham histórias de fantasmas, duendes ou cucas escondidos debaixo da cama. As avós moravam longe, em lares de idosos, e, embora tivesse primos, Mike poderia passar a vida inteira sem nunca ver outro Sullivan e ficar bem com isso. Tatinelly estava começando a se encaixar na família do marido porque ele era muito bom para ela e a amava demais. Mas estar de volta ao rancho a fazia sentir que estava perdendo alguma coisa. Se não para si mesma, então para sua filha. Queria que ela soubesse que havia magia no mundo.

— Vou pegar um pouco de água para você — disse Tatinelly a Mike.

Ela escovou o cabelo fino para trás e beijou a testa suada do marido. Não achava que ele conseguiria lidar com mais nada daquilo.

— Pode ser algo mais forte. — Ele beijou o dorso da mão dela, acariciando os nós dos dedos com os lábios. — Por favor.

Tatinelly sorriu. O sorriso dela deixou Mike tonto quando se conheceram; e mesmo agora, quando ele estava confuso e um pouco assustado. Ela tinha o sorriso de Orquídea. E a filha deles também teria.

— Já volto.

Quando ela tocou a parede, uma pétala de rosa vibrou sob a ponta de seu dedo.

Lá embaixo, na biblioteca, Marimar abriu todas as janelas e venezianas e varreu a terra e a poeira para fora da porta. Rey e Penny vieram em seguida com esfregões e baldes cheios dos líquidos de limpeza caseiros de Orquídea.

— Isso é tudo — disse Rey, virando a garrafa de cabeça para baixo até que apenas gotas caíssem.

— Não tem sal — anunciou Penny, segurando um saco de lona.

— Como assim não tem sal? — perguntou Marimar.

Ela gentilmente pegou o saco, precisando sentir seu peso leve para acreditar. Então correu para o corredor e abriu a despensa. Os potes também estavam vazios. A lata de metal, geralmente cheia de café, continha apenas um punhado de grãos.

— Foi tudo que sobrou depois que eles pegaram o necessário para cozinhar — explicou Penny, mordendo os lábios. — Isso não é um bom sinal, não é? Quer dizer, sei que estamos evitando que Mamá Orquídea se transforme em uma árvore, mas, tipo, acho que todos devemos admitir que isso é ruim.

Rey puxou a prima para um abraço e afastou umas mechas de cabelo do rosto dela.

— Vamos dar um jeito. Por que não vai ver se sua mãe precisa de ajuda?

Penny saiu correndo, deixando Rey e Marimar sozinhos no corredor.

— O que vamos fazer? — sibilou Rey.

Ele estava sem cigarros e tinha se voltado para o rum. Curiosamente, o estoque de bebidas alcoólicas da casa ainda estava bem abastecido.

Marimar tentava controlar a ansiedade. A casa era grande demais para ajeitar tudo antes do jantar. Ela lembrou a si mesma de que Orquídea não tinha muito tempo e não precisava mais de uma casa limpa. Admitir isso para si, mesmo em pensamento, a encheu de uma profunda melancolia que vinha tentando evitar. O que sua mãe teria feito se estivesse viva e entre eles? Ela colocaria um dos discos de Orquídea para tocar e fingiria que era tudo um jogo. O primeiro a encontrar algo prateado, algo vermelho e algo feito de vidro venceria. Marimar iria polir a prata, lustrar um banquinho de couro vermelho, limpar a coleção de animaizinhos de cristal da avó. Por um momento, Marimar ouviu o eco de sua própria risada infantil, e viu num borrão Rey e ela correndo pelo mesmo corredor e brincando na mesma sala. Sentiu dor pelo passado que se foi e pelas coisas que nunca poderia ter de volta. Coçou a base do pescoço, desejando que pudesse dominar a emoção.

Então, um galo magricela passou cacarejando pela porta da frente, deixando um rastro de penas azuis.

— Gabo! — gritou Marimar, incapaz de acreditar que a criatura ainda estivesse viva.

Os gêmeos seguiram o animal.

— Volte aqui!

— Vocês deveriam estar arrumando a sala de jantar — repreendeu Marimar, sentindo-se com 100 anos quando as palavras saíram de sua boca.

— Tô *tentando* salvar ele — explicou Gastón, ou talvez Juan Luis; ela nunca conseguia distingui-los.

— É, mamãe quer cozinhar ele. Disse que é um ato de misericórdia, porque ele ficará sozinho quando Orquídea se for.

A ave inclinou a cabeça para o lado, como se soubesse que estavam falando sobre ela. Era só pele e plumas, e Marimar se perguntou se, assim como as proteções da casa, Gabo era apenas mais uma coisa que protegia Orquídea e seu vale.

— Preciso reabastecer — disse Rey enquanto encostava o esfregão na parede e saía pelo corredor, rindo.

— Ok. Peguem Gabo e deixem no galpão — sugeriu Marimar.

— É lá que o pai tá matando o porco! — exclamou o Gêmeo Um.

— Certo — disse ela. — Coloquem no quarto de hóspedes lá em cima. Ninguém iria incomodar o Mike.

— Provavelmente porque ele se parece com um peixe-bolha — comentou o Gêmeo Dois.

— Não, os peixes-bolha são redondos e rosados. Ele é o cruzamento de um peixe-bolha com uma girafa — respondeu o Gêmeo Um.

Marimar avistou sua prima muito grávida descendo as escadas com dificuldade. Se ela ouviu os gêmeos falando sobre seu marido, não comentou.

Juan Luis e Gastón fizeram o som de um disco arranhado. Eles agarraram o velho galo e Juan Luis (provavelmente) o embalou como um bebê.

— Oi, Tati — disse Marimar.

— Vim pegar algo para o Mike beber. Ele...

Ela parou na frente de Marimar e hesitou, incapaz de encontrar as palavras certas. Ele não consegue lidar com isso? Ele não consegue lidar com a gente?

— Sim — Marimar terminou por ela.

Naquele momento, Rey voltou para o corredor com um copo alto de cristal na mão, finalizado com gelo e um raminho de alecrim. Marimar agarrou a bebida e ignorou a incredulidade que transpareceu no rosto dele.

— Mike pode ficar com isto — disse Marimar. Ela entregou o copo ao gêmeo que não estava segurando o galo e piscou para os dois. — Levem isto para o marido de Tati. E mantenham Gabo seguro.

Eles compartilharam o sorriso Montoya que continha mil segredos.

— Acho melhor preparar um *novo* drinque — disse Rey. Ele estendeu o braço para Tati. — Orquídea quer ver você.

Marimar deu um passo para trás quando viu o contorno de um pé empurrando a camiseta de sua prima.

Tati esfregou a barriga.

— Ah! Achei que ela estivesse falando com Enrique.

— Ele tá por aí em algum lugar sendo um saco de bosta antropomorfizado — disse Rey.

Com Rey e Tatinelly indo ver sua avó, os gêmeos tentando proteger o animal de estimação da família e os outros preparando um banquete, Marimar precisava fazer sua parte. Ela tinha que começar os trabalhos.

Depois de se mudar para Nova York, por um bom tempo tudo que Marimar quis foi afastar as recordações da casa e de Orquídea Divina. A brutalidade da metrópole serviu como uma barreira para a lembrança constante do trágico afogamento de sua mãe, ou do vale e dos pomares com suas frutas sempre maduras e reluzentes. Mas as memórias inevitavelmente a encontravam, porque tirar Quatro Rios da mente e do coração era como tentar viver o dia a dia com uma venda nos olhos e as mãos amarradas nas costas. Marimar achava que tinha encerrado sua história com Quatro Rios, mas Quatro Rios não tinha encerrado sua história com ela.

Agora que estava ali, não conseguia evitar. Marimar se lembrava de quebrar as unhas tentando arrancar as folhas de louro da porta. "Isto é culpa sua!", gritava, derramando sangue nas tábuas do assoalho. "Você não protegeu ela. Você matou ela." Marimar se lembrava de como a palma da mão de Orquídea fez sua bochecha arder, e da imobilidade, do silêncio da casa enquanto Orquídea se sentava em sua maldita cadeira, bebia seu maldito uísque e se acomodava naquele silêncio ensurdecedor que poderia durar dias. Elas nem sequer se despediram.

Pena Montoya havia se afogado. Marimar aceitava isso agora, mas na época se recusou a acreditar. Precisava de alguém para culpar, e essa pessoa era Orquídea. Ela amava sua avó. Queria ter sua magia também. Tinha passado sete anos sentindo raiva, e bastaram algumas horas respirando o ar empoeirado, vendo sua avó naquele estado, para se sentir nostálgica o suficiente para perdoar.

Ela se perguntava se todo mundo tinha um relacionamento tão tenso assim com seus lugares de origem. Alguém mais tinha uma avó que poderia muito bem ser uma lenda, um mito, uma série de milagres que tomaram a forma de uma velha?

Orquídea não era mais uma velha. Ela estava se transformando, e Marimar não pôde deixar de questionar se isso significava que ela também se transformaria um dia.

Pegou uma vassoura e varreu as camadas de poeira e podridão que se acumularam em cada canto dos cômodos do andar de baixo. Cobras verdes e com listras marrons se aninhavam em tigelas de cerâmica e no tapete, desbotado com a exposição ao sol. Ela se lembrou de Rey dizendo que tinha sido mordido por uma.

— Xô! — gritou ela.

Os olhos pequeninos se abriram para ela como se *Marimar* fosse o incômodo e elas sibilaram enquanto deslizavam para fora através dos buracos nas paredes criados pelas trepadeiras de Orquídea.

Teias de aranha prateadas brilhavam, com cidades inteiras de aracnídeos se estendendo ao longo do corrimão, subindo as escadas e atravessando o teto. Marimar passou a vassoura por essas superfícies, e as aranhas saíram rastejando depressa. Ela estremeceu quando pensou tê-las escutado falar. Mas depois percebeu que estava ouvindo conversas e risadas altas que vinham da cozinha.

Então Rey voltou, com dois copos nas mãos.

— Trouxe dois para o caso de você decidir dar minhas coisas para outra pessoa de novo.

Marimar trocou a vassoura pelo drinque. Quando bebeu o rum, sentiu cheiro de açúcar queimado. Era forte e doce em sua língua.

— O que Orquídea queria com Tatinelly?

— Eu *nunca* bisbilhotaria a conversa dos outros.

Ela murmurou sua incredulidade e tomou outro gole.

— Ah tá.

— Na verdade, parei de prestar atenção quando percebi que estavam escolhendo nomes de bebês.

— Espero que ela não dê o nome de Orquídea à criança.

— Se a vovó estivesse distribuindo fortunas, até *eu* mudaria meu nome para Orquídea.

Marimar revirou os olhos e carregou sua bebida e a vassoura pelo corredor. Rey a seguiu até a sala onde Orquídea ouvia discos antigos. Martin costumava cantar junto com Billie Holiday ou o Buena Vista Social Club, e Marimar brincava com suas bonecas enquanto Rey reclamava que a música era velha e tentava arrombar a fechadura do armário que ninguém conseguia abrir.

Marimar se abaixou diante do baú de madeira que continha todos os discos. A capa estava gasta, mas o vinil brilhante ainda estava intacto. Ela assoprou a superfície e ajustou a agulha. O toca-discos guinchou e arranhou, como se estivesse se lembrando de que ainda funcionava depois de todos aqueles anos. Os sons de El Gran Combo de Puerto Rico encheram a sala, percorrendo os corredores. Orquídea nunca dançava — não na frente de Marimar, pelo menos —, mas balançava o pé no ritmo, acompanhando as congas, os metais.

Agora, eles limpavam e cantavam com a música, jogando toda a estranheza do dia no ritmo catártico de uma canção cujas palavras só entendiam superficialmente. Parecia um ritual: preparar o corpo da casa para o enterro. Quando o disco chegou ao fim, eles se sentaram no chão e terminaram os drinques já quentes.

— Há quanto tempo você acha que tá assim? — sussurrou Rey.

— Muito tempo — disse ela com certeza.

— Não comece a se sentir culpada. — Rey encostou a cabeça na parede, enrolando um pouco a fala. — *Nós* não fizemos isso. *Nós* não a obrigamos a fazer isso. Ela escolheu esse caminho. Na verdade, *ela é* a razão de sermos assim.

— Assim como? — perguntou ela, sabendo a resposta.

— Estragados, Marimar. Com peças faltando.

— Talvez você devesse pegar leve com o rum.

— Talvez você devesse aprender a varrer. Deixou passar um pedação.

Ela o empurrou e ele ficou gargalhando. Um som reverberou pela sala. Eles olharam para a vitrola, mas a agulha estava levantada. Olharam pelo corredor, mas não havia ninguém lá. Estavam acostumados com os ruídos estranhos da casa, as juntas de metal que precisavam ser lubrificadas, os grilos e pássaros que gostavam de chegar bem perto. Mas aquele som foi um baque pesado. Um punho contra uma porta. Parecia vir do armário trancado da sala de música.

Eles ficaram ouvindo, só para ter certeza.

O som na sala era vazio, como espaço negativo. Como o final do disco de vinil esperando mais música para tocar.

E o punho bateu novamente.

— Uma vez ela me pegou tentando arrombar a fechadura — contou Rey. — Orquídea me falou que era lá que morava o monstro dela e que, se eu continuasse incomodando, a coisa enfiaria as unhas no meu cérebro pelo buraco da fechadura.

— Que encantador.

Marimar respirou fundo, levantou-se e foi até a porta do armário. Estava trancada, como sempre.

— Eu sei que tem uma chave, mas nunca encontrei.

Rey começou a abrir gavetas, vasculhando minúsculas tigelas de cerâmica que continham de tudo, desde fios de lã a uma caveira de coiote e palha seca de milho roxo. Marimar não conseguia se lembrar de uma única vez que sua avó tivesse tricotado alguma coisa, então a lã, de todas as coisas na casa, era a mais estranha que haviam encontrado até agora.

— Aliás... — disse Rey, apontando para um vaso azul no armário empoeirado. — Esta coisa supostamente contém um duende que gostava de roubar nossos sonhos à noite.

Ainda menina, Marimar acreditava que a casa tinha duendes que moravam nos armários, fazendo desaparecer todos os doces. Em sua mente, os espíritos travessos eram os inimigos jurados das fadas boas que viviam na grama alta do vale.

Marimar agarrou o vaso azul e enfiou a mão dentro. Mexeu os dedos e não sentiu nada. Então, algo metálico e frio bateu contra a cerâmica. Ela pescou uma chave-mestra e a brandiu para o primo.

— Olhe só! — exclamou ela, admirada.

— Pessoalmente, espero que atrás dessa porta esteja um homem bonito cheio de bebida.

Marimar considerou a ideia.

— Você tem que ser específico. Ele tá segurando a bebida ou a bebida tá jorrando dele?

Rey ficou confuso.

— Eu realmente não sei o que prefiro.

Marimar riu nervosamente, girando a chave entre os dedos. O que ela esperava encontrar atrás daquela porta? Um túnel para outro mundo? Eles estavam velhos demais para histórias como essa, mas a crença no impossível era algo que nunca morreria. Ela se lembrou de ter feito um desejo no altar de Orquídea. De fechar os olhos com tanta força que viu pontinhos de luz atrás de suas pálpebras. Desejou boas notas. Desejou conhecer o pai que as havia abandonado. Desejou ser tão mágica e impossível quanto sua avó.

Ela destrancou a porta, que, como muitas partes da casa, chiou quando abriu. Puxou a corrente pendurada no teto, enquanto Rey espiava por cima do ombro dela e prendia a respiração.

Marimar sentiu um calor nas pálpebras, a ardência das lágrimas que ela queria conter.

Havia caixas e mais caixas, cada uma etiquetada com nomes escritos à mão. Pena. Parcha. Félix. Florecida. Silvia. Enrique. Ernesta. Caleb Jr.

Orquídea sempre disse que tinha dado as coisas de Pena. Marimar vira as senhoras da igreja local passarem lá de carro para recolher as caixas de doações. Orquídea não era sentimental com coisas como sapatinhos e roupinhas de bebê. Mas, enquanto Marimar vasculhava os vestidos de baile dos anos 1980, as camisetas da liga infantil e as chuteiras muito pequenas para caberem até mesmo em Juan Luis e Gastón, refletiu que talvez sua avó fosse um oceano de sentimentos. Ela só não queria que ninguém visse.

— Bem, ela nunca deixa de surpreender. — Rey tirou um álbum de fotos da caixa de sua mãe e sentou-se na cadeira favorita de Orquídea.

— Oba! Fotos constrangedoras.

Quando abriu a primeira página, havia apenas uma marca marrom onde as fotos haviam sido coladas uma vez e uma película amassada de plástico transparente. Ele folheou e folheou. Não havia nada por algumas páginas até que ele pousou em uma fotografia granulada.

— Por acaso é...

Marimar se sentou no braço da cadeira e olhou para a foto. Era uma imagem de Pena e Parcha Montoya muito jovens, possivelmente aos

18 ou 19 anos. Sorrisos exagerados, tops curtos, calças jeans de cintura alta e brincos grandes de argola.

— Sua mãe não mudou nada — disse Marimar a Rey.

Ele passou o dedo sobre o ponto luminoso ao lado delas. Uma luz que as lançava em um brilho incandescente. Havia mais fotos nas páginas seguintes, todas com um flash estourado ocupando espaço. Elas estavam em um festival local, aquele que a igreja e a escola sempre organizavam para arrecadar dinheiro durante o verão.

— Isso foi um encontro duplo? — comentou Rey e riu. — Este com certeza é o meu pai. Puta merda, por que nunca vi esta foto antes?

— Espere.

Marimar tirou a foto da película de plástico e olhou mais de perto. Abaixo do flash estava uma quarta pessoa. Borrada. Mas estava lá, com um braço em volta do ombro de sua mãe. O contorno borrado de uma mão, um anel de prata com uma estrela de oito pontas no meio.

— Este é...? — Rey começou a perguntar.

A pressão atrás do umbigo de Marimar voltou, então se estendeu por sua pele, envolvendo seus músculos. Depois de 19 anos, aquela foto, revelada na farmácia de Quatro Rios e guardada em uma caixa, era tudo que ela tinha do homem que nunca conheceu.

— Acho que é o meu pai.

9

A MENINA E O CAMINHO ILUMINADO PELA LUA

Após o casamento de Isabela com Wilhelm Buenasuerte, a vida de Orquídea mudou, exatamente como sua mãe havia prometido. A cidade inteira também estava mudando. Cada vez que Orquídea ia para a escola havia uma construção nova. Novas pontes e rampas. Navios sendo carregados no porto de Guaiaquil com milhares e milhares de bananas para exportação.

Wilhelm Buenasuerte liderou o desenvolvimento de La Atarazana, começando pelo vilarejo de uma única estrada onde havia conhecido Orquídea e se apaixonado à primeira vista por Isabela. Um contrato com a prefeitura permitiu a ele modernizar e pavimentar as ruas. Isabela cedeu o modesto terreno que comprou quando não tinha ninguém além de sua filha, e Wilhelm usou-o para construir uma grande casa com um pátio e dois andares com vista para o rio. Ele expulsou famílias menores e mais pobres, mas algumas permaneceram. Elas esvaziavam seus penicos cheios de merda e urina toda vez que o "Engenheiro Alemão" passava. Mas

Wilhelm não desistiria de seus direitos sobre a vizinhança, e era um homem paciente.

Apesar de todas as mudanças, Orquídea ainda sentia que La Atarazana lhe pertencia. Ela havia gravado seu nome em uma pequena pedra na margem do rio, e era esse nome que os moradores locais reconheciam quando ela saía para passear com a mãe grávida e o padrasto, um fato que conferiu a Wilhelm Buenasuerte uma testa franzida permanente.

Orquídea fora proibida de pescar ou nadar no rio, principalmente sozinha. Mas os pescadores a conheciam, e a protegiam mais do que os Buenasuerte. Além disso, ainda era a que conseguia pescar mais peixes em seu pequeno píer. Às vezes, levava os peixes para casa e os entregava a Jefita, a governanta. Mas, em geral, carregava seu balde pela fileira de barracos e oferecia o pescado a *la viuda* Villareal; a Jacinto, que perdera a perna na guerra da fronteira com o Peru; a Gabriela, cujo marido a deixava muito machucada para sair de casa. Eles não se importavam que ela cheirasse a peixe e lama, dirigiam-lhe bênçãos, mas nem mesmo essas bênçãos poderiam compensar a má sorte cósmica de Orquídea ou o tratamento que recebia na casa dos Buenasuerte.

Uma vez por semana, sem falta, Wilhelm e Isabela Buenasuerte recebiam a elite da cidade. Advogados e médicos; atores e jogadores de futebol; embaixadores e artistas. Eles abriam sua casa para hospedar mentes brilhantes. Como Alberto Wong, um filósofo que passou um mês inteiro com os Buenasuerte teorizando sobre o quociente de felicidade nas populações costeiras em comparação com as de regiões mais frias. Ou como um poeta socialista da Bolívia que passava todos os jantares gritando com Wilhelm e depois rindo entre baforadas de charutos tarde da noite. Era o verão do décimo quinto aniversário de Orquídea quando ele compartilhou seus charutos com ela e escreveu vários poemas sobre sua pele, seu cabelo, seus lábios. Sua mãe a trancava em casa todas as noites e, embora Orquídea ainda não se interessasse por homens, fazia o que a mãe dizia e se ocupava cuidando dos quatro irmãos.

Os Buenasuerte-Montoya tiveram uma prole numerosa. Isabela engravidou na noite de núpcias e não parou de engravidar até que sua sexta filha, Ana Cruz, nasceu prematuramente e seu útero saiu do corpo com o bebê.

A essa altura, Isabela havia se estabelecido bem no papel de esposa de um engenheiro notório. Ainda era uma beldade, curvilínea e delicada como os *macarons* com os quais Wilhelm a surpreendia quando voltava de Paris. Ela nunca corrigia seus convidados quando presumiam que Orquídea era uma empregada da casa. Nunca deixou a primogênita participar de grandes banquetes nem permitia que usasse vestidos muito bonitos, para que os homens não olhassem para ela. Talvez Isabela acreditasse que estava protegendo sua filha da crueldade do mundo do qual ela se tornou parte. Mas as primeiras crueldades que Orquídea experimentou foram as que a própria Isabela cometeu.

Quando Orquídea tinha 14 anos, estava sempre indo ao rio, então um dia sua mãe andou até a margem, arrancou a rede de suas mãos e a jogou na água, onde afundou e se prendeu em um emaranhado de juncos. Mesmo assim, ela ainda ia até a beira do rio e ficava no píer, mas não pescava. Não falava com ninguém. Simplesmente observava as canoas, os navios à distância e as nuvens engolindo o horizonte de Guaiaquil e Durán lá do outro lado.

No verão em que sua mãe teve Ana Cruz e perdeu o útero, a família de Wilhelm veio para ficar e Orquídea perdeu qualquer chance que tinha de ir ao rio. Em vez disso, seus dias eram ocupados cuidando das cólicas de Ana Cruz. Ela teve que ceder seu quarto para os convidados e dormir em uma cama no quarto das crianças. Quando não estava cuidando da bebê, ajudava Jefita a fazer de tudo, desde descascar batatas até abater duas dúzias de perus. Faxinava a casa inteira, mas, assim que terminava de limpar, as primas Buenasuerte — Mila e Marie — entravam pisando com os sapatos enlameados. Elas jogavam calcinhas sujas de sangue para lavar quando a encontravam no pátio. Ensinaram aos pequenos Wilhelm Jr. e Maricela que a pele de Orquídea era feita de madeira polida, como uma marionete, e não sangrava, e aí eles testavam essa teoria beliscando-a com tanta força que tiravam sangue com suas unhas roídas. Mila e Marie ficaram dois anos.

Algumas pessoas nasciam más, outras eram ensinadas. Seus irmãos eram ambos. Orquídea nasceu amaldiçoada e à deriva, mas pelo menos não nasceu má. Ela ainda tinha isso. Seus irmãos, embora tivessem apenas entre 1 e 6 anos de idade, eram os demônios pessoais dela. Eles corriam descontrolados, com o rosto vermelho por causa do calor, seguindo primos que falavam alemão e repetindo todos os insultos possíveis contra sua meia-irmã.

Certa vez, Wilhelm Jr. se recusou a se vestir para ir à escola e empurrou Orquídea escada abaixo. O médico que foi até sua casa disse que ela teve uma concussão e uma torção no tornozelo, e que precisava ficar de repouso. Isabela disse a ela para ser menos desajeitada. Eles tinham que se preparar para um banquete dali a um mês. Durante as duas semanas em que ela passou sem pôr os pés no chão, Wilhelm ficou encarregado de levar comida para a irmã.

— Ela não é minha irmã — dizia ele. E repetia as palavras que ouvira seu pai usar: — Ela é uma bastarda.

Mas o menino fazia a tarefa assim mesmo. Ele deixava a comida dela na porta do quarto das crianças e, por puro tédio infantil, decidiu tornar as coisas mais interessantes. Encontrou a carcaça crua de um peixe no lixo e acrescentou à sopa dela como guarnição.

Depois disso, Orquídea passou a fazer suas próprias refeições, mancando até a cozinha três vezes ao dia. Ela não se importava, porque assim podia sentar nos jardins do pátio. Era o único momento em que Ana Cruz não chorava, balançando para a frente e para trás na rede no colo de Orquídea, com um rádio tocando os últimos boleros.

Em 9 de outubro, Dia da Independência de Guaiaquil, as ruas foram tomadas por desfiles de carros e foliões. Fogos de artifício explodiram em becos e esquinas. O azul-claro e o branco da bandeira de Guaiaquil tremulavam orgulhosamente na frente da casa dos Buenasuerte. Todas as pessoas importantes da cidade compareceram à festa.

No quarto das crianças, depois de cozinhar, limpar e dar banho em Ana Cruz, Orquídea fez os últimos ajustes em um vestido que passara semanas costurando. Ela tinha usado a velha máquina de costura e o modelo dos vestidos de sua mãe. Usara a maior parte de suas economias para comprar o tecido de uma costureira em Las Peñas. O cetim era de um azul-esverdeado intenso que brilhava à luz de velas. Ela costurou contas de cristal em forma de estrelas ao redor da cintura, formando uma faixa. Prendeu os cachos em um coque elegante como uma primeira bailarina, pintou as unhas e aplicou loção em seus braços e panturrilhas torneados. Orquídea girava no quarto, sentindo que era o próprio céu noturno. Ela podia ouvir a música e se imaginou jogando charme para um jovem oficial, dançando com o prefeito em pessoa. Se todo mundo, até mesmo a família de Jefita, podia se divertir, ela também podia.

Um dia. Tudo o que ela queria era se sentir feliz por um dia.

Jefita bateu na porta e suspirou ao ver Orquídea.

— Você parece uma estrela de cinema! Linda como Sara Montiel em *Ella, Lucifer y yo*.

Então ela fez o sinal da cruz. Mulher de superstição e fé, Jefita era de Ambato, na província de Tungurahua. Aos 13 anos, mudara-se para o litoral em busca de trabalho depois de perder tudo que tinha no terremoto de 1949, e o encontrou na casa dos Buenasuerte. Ela adorava chocolate amargo, dar comida às iguanas no parque, boleros e novelas dramáticas, mesmo que não conseguisse assistir à maioria das temporadas sem passar mal.

— Já tem muita gente? — perguntou Orquídea.

Jefita estalou os dedos no ar e deu uma risadinha.

— O prefeito acabou de chegar. Sua esposa está usando uma tiara. Se quer saber...

— Ninguém quer saber, Jefita – interrompeu Isabela.

Usando um elegante vestido rosa-claro, ela parecia o sussurro de uma deusa, embora um pouco magra por causa da saúde debilitada.

Jefita abaixou a cabeça, suas tranças eram bem elaboradas e entrelaçadas com fios dourados e cravos.

— Sinto muito, Sra. Buenasuerte. Estávamos apenas brincando. Prometemos nos comportar esta noite.

Isabela olhou para além da empregada e reparou na filha. Orquídea era uma miragem em azul, seu formato de ampulheta acentuado pelas estrelas na cintura.

— O que está vestindo? — quis saber a mãe.

— Não gostou?

Isabela fechou os olhos e beliscou a ponta do nariz.

— Você parece uma fruta madura para os homens abocanharem. É isso que quer? É isso?

— Eu...

— Você quer envergonhar seu pai e eu?

— Ele não é meu pai.

Orquídea sentiu a mão de Isabela arder em seu rosto. Ela não parou até que Orquídea começou a chorar, desencadeando o choro de Ana Cruz. Jefita ficou exatamente onde estivera o tempo todo, olhando para o chão.

— Garota ingrata. Onde estaríamos se Wilhelm não tivesse sido bom para nós? Eu venho tentando muito, Orquídea, mas você é um lembrete do erro que cometi tantos anos atrás.

Isabela foi a primeira a se assustar com as próprias palavras. No fundo, ela não acreditava no que acabou dizendo, mas as palavras saíram e não poderiam ser retiradas.

— Talvez seja melhor você ficar aqui e olhar Ana Cruz até se acalmar e vestir algo decente.

Mas Orquídea não trocou de vestido. Ela não parecia vulgar ou fácil; parecia e se sentia como uma joia, mesmo que fosse um diamante bruto. Ela não foi à festa, mas observou do alto do corrimão as belas e ricas famílias dançarem e rirem. Homens com bigodes grossos e barrigas proeminentes fizeram brindes aos Buenasuerte. Todos os homens da sala formaram uma fila para dançar com Mila e Marie, em seus vestidos de chiffon e tule, que faziam Orquídea pensar em asas de borboleta. Suas danças, seus sorrisos encantadores. Tudo que ela queria era *um dia*, porém, por mais duro que ela trabalhasse, por melhor que se comportasse, por mais que tentasse, não era suficiente. Ela não pertencia àquele lugar.

Naquela noite, enquanto os convidados ouviam serenatas de Julio Jaramillo, o próprio Rouxinol da América, ela escapuliu e foi visitar o rio. Morava muito perto e, ainda assim, fora separada dele, o único lugar que a reivindicou.

— Por favor — implorou.

Ela não tinha certeza de com quem estava falando, se era com o monstro do rio, com algum deus distante ou com as estrelas.

E, então, sob o barulho do rio, a cacofonia da casa dos Buenasuerte e os fogos de artifício distantes, ela ouviu um murmúrio. A pulsação do céu. Uma réplica.

Encontre-me.

— Quem é você? — perguntou Orquídea, olhando ao redor.

Não havia ninguém perto dela. Mais adiante na fileira de barracos, crianças chutavam uma bola de futebol no escuro; e algumas pessoas estavam de pé do lado de fora da casa dos Buenasuerte, esperando pelas sobras que os criados jogavam fora.

Encontre-me, repetiu a voz.

Orquídea sentiu uma força puxando-a. Uma certeza. Naquele momento, ela percebeu que algumas pessoas ficam em certos lugares para sempre, mesmo quando estão infelizes, e isso não é ruim nem bom. É sobrevivência. Ela aprenderia essa lição muito cedo, porque um dia se sentiria confortável pensando que o pior já havia passado.

Mas, naquele momento, ela caminhou em direção à voz.

Encontre-me.

Não era seguro para meninas andarem no escuro vestidas de cetim, seu vestido de um tom tão intenso de azul que parecia um leve machucado. Não era assim que sua mãe a chamava? De fruta madura, machucada e estragada. Mas Orquídea se sentia protegida. Não, possuída. Era como se a noite tivesse aberto um caminho para ela seguir e qualquer um que colocasse os olhos nela poderia ver que estava comprometida com o destino.

Horas depois, quando a lua estava inchada e tingida de vermelho, Orquídea se deparou com um terreno onde havia sido montado um parque de diversões. Uma grande tenda branca perfurava o céu sem estrelas. Mesmo que a voz tivesse sumido, ela sabia que estava no lugar certo. Seus pés doíam, mas ela atravessou o estacionamento coberto de feno e parou na frente de uma mulher envolta em veludo vermelho fumando um cigarro em uma piteira de prata.

— Oi! Você tem trabalho? — perguntou.

A mulher sorriu com o fardo de alguém que sabe demais.

— Minha querida, você é exatamente o que estávamos procurando.

10

A FOME DOS VIVOS

Marimar apertou a fotografia contra o peito. Seria aquele silfo de luz agarrado a Pena Montoya o pai que Marimar nunca conhecera? Sua boca mal conseguia formar a palavra. Ela geralmente fazia o possível para evitar dizer isso em voz alta, depois de mais de uma década tendo que se explicar na escola. Os professores ou eram condescendentes ou preconceituosos em relação a sua situação. Certo ano, Marimar não teve permissão para ficar de fora do projeto de arte que exigia um cartão do Dia dos Pais e, ressentida, colou macarrão na forma de uma mão mostrando o dedo médio. Ela via sua tia Parcha fazendo o gesto o tempo todo. Quando a mãe foi chamada à escola para buscá-la por ter sido rude e desrespeitosa, Marimar perguntou, pela centésima vez, onde estava seu pai.

Pena Montoya tinha um sorriso de parar o trânsito, e esse sorriso aparecia com frequência quando ela fazia longas caminhadas até a cidade. Mas, naquele dia, ela não sorriu. Afastou as mechas compridas do rosto e mordeu o lábio inferior. Ela olhou para o céu, e Marimar jurou que sua mãe estava pedindo ajuda.

Pena se ajoelhou para ficar ao nível dos olhos de sua filha.

— Ele se foi, Marimar. Teve que partir.

Ela parecia muito triste e, mesmo aos 7 anos, Marimar sabia que não deveria pressionar. Durante algum tempo, Marimar entendeu que "se foi" significava que ele estava morto. Mas havia muitas maneiras de uma pessoa partir que não tinham nada a ver com sua mortalidade. Ele estava morto da mesma forma que o pai de Rey? Da mesma forma que os maridos de Orquídea? Ou simplesmente tinha ido embora, como o pai de Vanessa Redwood, que saiu no meio da noite e todos em Quatro Rios sabiam disso?

Então, segurando a fotografia como uma bússola, Marimar correu pelo corredor em busca de respostas. O suor acumulava-se entre seus seios e descia pelas costas. Seu coração trovejava quando ela entrou com tudo na sala de estar. Tinham colocado a mesa ali, posta para dezesseis. Talheres de prata, candelabros e pratos de porcelana cintilavam à luz da noite. Brasas vermelhas espiavam da lareira como pequenos olhos piscando.

— O que é isto? — perguntou Marimar, segurando a foto na frente do rosto de sua avó.

Orquídea mexia o gelo de sua bebida com o dedo indicador. A unha havia se transformado em um galho fino, como novos botões de primavera.

— É uma foto, Marimar.

Marimar resmungou. Ela jogaria o jogo. A única maneira de obter respostas reais de sua avó era fazer perguntas do tipo sim ou não.

— Acenda o fogo, Marimar — ordenou Orquídea, baixinho.

As rugas se aprofundaram em torno de seus lábios e a cor dos olhos flutuou entre o preto e o cinza leitoso.

— Vou acender se você me responder. — Então, porque sabia que faria de qualquer maneira, Marimar acrescentou: — Por favor.

— A transformação me deixa com frio.

"Transformar" era uma forma mais bonita de dizer "morrer". Mas Marimar não podia se negar, mesmo que estivesse com raiva da avó. A jovem deixou a fotografia sobre a mesa e puxou duas toras da prateleira de ferro do canto. Jogou um iniciador de fogo, acendeu quatro fósforos ao mesmo tempo e esperou até que as chamas pegassem. Ocupou a cadeira vazia em frente a Orquídea e mais uma vez pegou a velha fotografia.

— Este é meu pai?

Orquídea inclinou o copo para trás. Marimar achou que ela lembrou Rey naquele momento. Ou tia Florecida, com a covinha na bochecha que só as duas compartilhavam. A centelha de mistério, no entanto, essa era só de Orquídea.

— Tem certeza de que quer saber?

Não, ela não tinha, mas ainda assim respondeu:

— Tenho.

Novos brotos surgiram nos nós dos dedos de sua avó e em seus pulsos. Ela respirou fundo como se doesse e disse:

— É ele.

— Você sabia o que isso significaria para mim.

Marimar estremeceu. Ela olhou para a foto novamente. A cabeça de sua mãe se inclinava em direção ao homem como uma flor em direção ao sol. O pai dela. As luzes da roda-gigante ao fundo estavam desfocadas. Ela praticamente podia ouvir a risada contagiante da mãe, a alegria absoluta no rosto significava que eles haviam sido felizes um dia. Então, o que aconteceu?

— O que queria que eu fizesse? Te desse uma foto antiga do nada? O que você teria feito com ela?

— Você não tá me dizendo a verdade. Por que é tão difícil para você?

— Porque não posso falar o nome dele, Marimar! — gritou Orquídea.

Sua respiração era curta, irregular. Ela começou a tossir e cobriu a boca, então pequenos bocados de terra seca apareceram em sua palma.

Marimar foi buscar água, mas Orquídea balançou a cabeça. A neta então pegou a garrafa de uísque e reabasteceu o copo de Orquídea. Ela o pegou com as mãos trêmulas e bebeu. Limpou a garganta, e sua voz recuperou o tom uniforme de contralto.

— Tem muita coisa que não posso falar — disse Orquídea com amargura.

— Por quê?

— Porque eu fiz uma escolha, há muito tempo. — Ela agarrou a mão de Marimar e apertou. O lindo castanho-escuro de seus olhos desbotou novamente. — Achei que estaríamos seguras aqui, mas não vi o perigo até que fosse tarde demais. E então ele a levou...

Orquídea se inclinou para a frente, deixou cair o copo e ele se espatifou. Marimar podia ver a tensão na garganta de sua avó enquanto tossia mais terra. Desta vez, levou mais tempo para que suas vias respiratórias fossem desobstruídas.

E então ele a levou. Apesar do fogo crepitante, Marimar sentiu frio. Ela se afastou da avó, que encostou a cabeça na cadeira de espaldar alto, encarando Marimar.

— Minha mãe realmente se afogou?

— Sim.

— Meu pai teve algo a ver com isso?

Quando Orquídea inspirou, emitiu um chiado terrível. Então ela apenas fez que sim com a cabeça, mas mesmo aquele movimento a feriu.

Havia centenas de coisas que Marimar queria saber. Por que isso está acontecendo? Por que não podemos impedir? Por que não tentou me dizer antes? Quem é você? Por que fazer isso? O que partiu seu coração tão completamente que os estilhaços continuam atingindo outras gerações?

Mas Marimar sabia que havia herdado o silêncio da avó e não disse mais nada enquanto saía da sala.

Ela virou à direita no corredor e atravessou a cozinha. Azulejos azul-petróleo e brancos cobriam as paredes, com trepadeiras serpenteando por entre as fendas das janelas. Suas tias e o tio Félix estavam ocupados descascando batatas e bananas-da-terra verdes, e picando tantas cebolas que cantavam uma música para conter as lágrimas. Tia Silvia soprou uma mecha de cabelo do rosto enquanto despejava meio saco de arroz em uma panela de aço gigante e gritava:

— Juan Luis, é melhor você trazer esse galo aqui!

Marimar saiu furiosa pela entrada lateral, passando pelo galinheiro fedorento; pelo galpão com sangue do porco que o tio Félix matou; pelos pomares mortos com folhas e cascas se desfazendo em cinzas.

Ela parou no cemitério, coberto de ervas daninhas amarelas e flores mortas. Não iria obter respostas dos mortos tampouco, mas pelo menos ali teria paz. Seu pai foi o responsável pelo afogamento da mãe. A alegria momentânea que ela sentiu com a perspectiva de saber o nome dele se fora. Ela queria vasculhar a terra atrás dele. E para quê? Apresentar-se como filha dele e pedir ao xerife Palladino que o prendesse? Matá-lo ela mesma, talvez?

Ela queria gritar.

Marimar estava farta de querer coisas que não conseguia expressar em palavras. Ela queria uma magia que sempre esteve na ponta dos dedos. Toda vez que achava que se aproximava, a magia se afastava. Ela queria sua mãe viva. Queria o amor de sua avó. Queria coisas mais simples também. Um bom trabalho. Uma casa só dela. Queria a verdade.

— Você deveria estar aqui — disse Marimar à mãe.

Ela esfregou a lápide simples, de mármore. Seguiu as letras com os dedos: Pena Lucero Montoya Galarza. Às vezes, quando começava a esquecer o sorriso ou a risada da mãe, Marimar se lembrava das pequenas coisas. Sua mãe era as flores silvestres sopradas pela brisa. Para alguém que raramente saía de Quatro Rios, que trabalhou em fazendas produtoras de hortaliças e locadoras de vídeo locais, Pena Montoya levava a vida como se já tivesse visto de tudo e adorado cada segundo. Ela era uma luz ardente. Efervescente. E então se afogou. Foi assassinada.

— Você deveria estar aqui.

Desta vez, o espaço vazio no peito de Marimar pareceu ecoar. Ela ouviu um sussurro no ar de pôr do sol, as cigarras e os grilos cantando próximos. Quando era pequena, sua mãe e tia Parcha gostavam de dizer que ouviam as estrelas falando com elas. Era por isso que passavam tanto tempo ao ar livre. Marimar nunca ouviu as estrelas falarem. Mas, por um instante, havia algo lá fora. Parecia uma voz chamando por ela.

— Você deveria estar aqui — disse mais uma vez antes de começar a puxar as ervas daninhas murchas que cresciam ao redor das lápides.

Limpou a do avô, Luis Osvaldo Galarza Pincay. Tia Parcha, cuja lápide era puramente decorativa, pois foi enterrada no Cemitério Woodlawn. Depois, Héctor Trujillo-Chen. Caleb Soledad. Martin Harrison. Quando terminou, o sol estava quase terminando de se pôr e sua raiva havia diminuído.

Marimar notou uma pedra brilhante projetando-se da terra. Ela engatinhou sobre as mãos e os joelhos para se aproximar. Parecia osso, mas osso não brilha.

Ela limpou a terra, cavando com os dedos ao redor do objeto. Estava preso. Encontrou uma pedra plana e a usou como picareta e pá. Olhou para cima e viu vaga-lumes ao seu redor, iluminando enquanto ela cavava mais fundo e desenterrava o artefato.

Era um bebê do tamanho de uma melancia feito inteiramente de pedra da lua. Quantos outros segredos de sua avó ela iria descobrir naquela noite?

Marimar pegou o bebê de pedra da lua e o segurou nos braços. Era frio ao toque. Ela passou os dedos na testa lisa, nos olhos fechados e no narizinho redondo. Por mais estranho que fosse, parecia em paz. Quem quer que o tenha esculpido, o fez com perfeição.

Sentada de joelhos, Marimar olhou para trás em direção à casa, toda iluminada para celebrar uma morte. Enquanto caminhava de volta com a estátua na mão, notou Gabo agitando suas penas azuis e vermelhas sobre o telhado, o peito estufado como se estivesse pronto e esperando para cantar na lua minguante.

✳

Rey não conseguiu encontrar Marimar em lugar nenhum. Ele meio que esperava vê-la acelerando pela estrada principal, mas se lembrou de que, se ela fosse roubar o jipe, precisaria da chave, que estava no bolso dele. Decidiu ficar com raiva dela mais tarde, quando estivessem voltando para casa. Ela o largara sozinho para terminar de ajudar na cozinha.

Rey não queria ser o cara que se embriagava para lidar com a família, mas, enquanto tio Félix contava a ele seus planos detalhados de se aposentar bem cedo e fazer uma expedição de pesca pelos Estados Unidos, preparou outro drinque para si. Ele era um bom ouvinte. Sua mãe lhe disse uma vez que ele tinha um coração sensível e um rosto sincero, e precisava se proteger. Ele tinha 10 anos, e não foi a coisa mais estranha que sua mãe, que gostava de dançar descalça nas luas cheias em Coney Island, dissera.

Em poucas horas, ele estava por dentro de tudo o que os Montoya planejavam fazer. Tia Florecida acabara de dar uma festa de divórcio, do qual ninguém da família sabia até que Rey perguntou sobre a marca em seu dedo anelar. Penny estava morando com o pai a maior parte do tempo, já que ele ficou com a casa, e Flor estava vivendo uma segunda adolescência em San Diego. Ernesta estudara biologia marinha e passava o tempo na Flórida e em laboratórios, porque era melhor falando com a vida marinha do que com as pessoas. Caleb Jr. estava ocupado se perfumando e fazendo perfumes de grife. Silvia era ginecologista e obstetra, e todo tempo livre era dedicado a garantir que seus gêmeos não incendiassem acidentalmente a casa com suas pegadinhas. Honestamente, Rey não via qual era o problema. Quando sua mãe ainda estava viva, ela deixava Rey e Marimar sozinhos o tempo todo, e, mesmo com a defumação de sálvia dela e os cigarros dele, *eles* nunca tacaram fogo no apartamento. Todos pareciam estar indo bem.

— Como tá indo no trabalho? — indagou Félix enquanto cortava uma lasca de pele de porco crocante e a mastigava.

— Bem. Recebi uma promo. Total gratificante. — Ele não *queria* falar como os colegas do escritório, que abreviavam cada palavra, mas acabava escapando quando ele estava nervoso ou não queria conversar e se esquivava. — Aliás, esqueci que tinha que reabastecer a bebida da vovó.

Rey carregou um balde de gelo pelo corredor, sentindo o cheiro profundo de terra e desinfetante de limão. Primeiro, parou na sala de música para colocar outro disco: Buena Vista Social Club, o favorito de Martin. Rey dançou sozinho, determinado a manter seu bom humor. Mas aquela casa era uma cápsula do tempo que se recusava a permanecer enterrada. Ele passou um dedo ao longo das fileiras de discos que eram a única música permitida na casa. Empurrou o tapete para o lado a fim de ver se a mancha ainda estava lá desde o dia em que ele e Marimar fabricaram tinta com frutinhas silvestres e insetos esmagados. Ele saiu para o corredor e parou no corrimão que levava ao andar de cima. Em vez de marcar sua altura com uma caneta como as outras mães, Parcha fez pequenos cortes nos veios do painel de madeira. Ela dizia que era para a casa lembrar a altura dele, mas, agora que Orquídea estava morrendo, quem ficaria com a casa? Quem se lembraria do menino que ele foi?

Enquanto dançava, ficou pensando em sua mãe. Por um tempo, quis ser como ela, despreocupada e descontraída de um jeito que poucas pessoas conseguem ser. Quando era pequeno, Rey queria ser um *brujo*. Invocar espíritos do éter. Queria arrancar ouro da terra, fundi-lo com as próprias mãos, como Orquídea fizera em suas histórias que explicavam como pagou a viagem para os Estados Unidos. Queria falar com as estrelas como sua mãe, antes de as estrelas pararem de falar de volta e ela não ser forte o suficiente para suportar o silêncio após a morte de seu pai. Foi quando se mudou com eles para o lugar mais barulhento do mundo.

Acabou que Nova York não conseguiu preencher seu vazio, mas ela encontrou uma forma de seguir em frente. Criou Rey e Marimar e conseguiu um emprego para trabalhar na bilheteria do Met, e todos a conheciam como Parcha, a senhora com o nome esquisito e altas gargalhadas, que fazia biscoitos para todo mundo; que estava sempre de bom humor e levava seu filho magricela ao museu depois da escola para esperar entediado o turno dela acabar. Ele gostava de perambular e fingir que o Templo de Dendur era seu quintal. Ficava encarando os meninos de sua idade cochichando e se desafiando a entrar na água e pescar os centavos brilhantes do espelho d'água que deveria ser o rio Nilo. Ele queria contar a eles o que Orquídea lhe contara um dia: que não se deve roubar os desejos de outras pessoas porque dá tudo errado. Mas ali, tão longe do alcance de sua avó, Rey sabia como aquilo soava. Estava muito velho para aquela merda. Muito velho para acreditar que poderia fazer algo além de sentar-se a uma mesa e contar números.

Todos os seguranças o conheciam, e os guias o deixavam pairar à margem de seus grupos como um pequeno planeta perdido tentando encontrar sua órbita. Assim como sua mãe, ele perdeu uma pequena parte de si mesmo quando o pai morreu em um acidente de motocicleta. Rey parou de querer ser um *brujo*. Mas, dentro dos corredores sagrados do Metropolitan Museum of Art, ele flertava com a ideia de ser um artista. Todo mundo confundia seu silêncio com tédio, quando na verdade Rey estava manifestando um desejo. Graças a Orquídea, ele sabia que desejos não davam em árvores. Tinham que ser alimentados, cuidadosamente construídos, como casas, para que você pudesse obter exatamente o que queria. Orquídea tinha um altar com velas, cristais e fotos de santos esquecidos, ossos e alfinetes, rosas secas e conchas. Rey não tinha um altar. Ele tinha uma moeda guardada no bolso, que manteve por anos, esfregando-a entre o polegar e o indicador enquanto ficava parado diante de pinturas e imaginava suas próprias mãos trabalhando. Ele a esfregou tanto que o rosto de Abraham Lincoln ficou liso. E, quando finalmente a jogou na água para fazer seu pedido, sua mãe morreu de um aneurisma, que se rompeu um dia depois de ela bater a cabeça no metrô.

Tudo aconteceu muito rápido. O funeral no Bronx. Ele nem ficara bravo com os outros Montoya por não largarem tudo para comparecer. Não se importava, contanto que Marimar estivesse lá. Faltando um ano para completar 18, ele forjou todas as assinaturas necessárias e mentiu sobre sua idade para garantir que ele e Marimar não perdessem o apartamento, fossem obrigados a ficar em lares adotivos ou tivessem que voltar para Quatro Rios.

Ele transformou seu desejo de se tornar um artista no desejo de sobreviver. Todo mundo dizia que a cidade de Nova York era para pessoas criativas, para artistas, mas isso era um resquício do passado. Nova York não era mais para artistas. Era para aço, vidro e ternos. Era para apartamentos de 15 milhões de dólares no Central Park que permaneciam vazios o ano todo, casas fantasmas, manobras para pagar menos impostos. Artistas eram tão comuns quanto ratos de metrô, com a diferença de que os ratos tinham comida de graça. Nova York estripava os artistas, usava-os como comida, sugando seu tutano para aumentar o glamour.

Então ele se tornou um contador, e estava satisfeito com isso. Não devia isso a ninguém, apenas a ele mesmo. Nem a Nova York, nem a sua mãe, nem a sua avó, nem a seus primos, nem à magia. Tudo sempre voltava à magia. Como algo que nunca tinha sido dele poderia deixar uma fome que nada mais era capaz de saciar?

Enquanto ele dançava sozinho na sala de música, o sol era uma coisa vermelha sangrenta afundando em meio às nuvens, listras cor--de-rosa e alaranjadas furiosas criavam a ilusão de fogo atrás do vale. A última música do disco foi seguida pelo vazio do final. Às vezes ele se perguntava se seria assim a vida após a morte. Aqueles poucos segundos no final do vinil em que há som mas nenhuma música, apenas um estalo, um arranhão distorcido. Ele mexeu nos discos e encontrou um de Orquídea, aquele cheio de *pasillos* que ela punha para tocar nas luas azuis enquanto se sentava no balanço da varanda com um copo de uísque e sal encrustado no rosto. A mãe dele costumava dizer que era o tipo de música que as pessoas ouviam quando queriam ficar tristes, e naquela época Rey não entendia por que alguém escolheria ficar triste.

Naquele momento, porém, ele dançava com a melancolia pelo corredor. A porta da frente ainda estava aberta. *Agora* ele podia ouvir a noite, um sussurro incandescente que só aconteceu uma vez depois que seu pai morreu. Ele ouviu as estrelas.

Ou seriam grilos?

Rey entrou na sala de estar onde Gastón, Penny e Juan Luis estavam pondo a mesa enquanto Orquídea sorria com a música. Pegou um prato de cerâmica vermelho com pontinhos dourados. Nenhuma das peças combinava, como se faltassem partes de vários aparelhos de jantar.

— Cuidado! — disse Penny, arrumando os arranjos de flores secas em vasos de vidro coloridos. — Ainda não terminei.

Orquídea virou a cabeça na direção de Rey, o movimento lento, como se lhe causasse dor.

— Sirva-me uma bebida, *niño mío*.

Rey não era um garotinho, mas achou que tudo bem se ele fosse o garotinho *dela* pelo resto da noite. Para sempre. Foi até o carrinho de bebidas.

— Qual é o seu veneno esta noite, Mamá Orquídea?

— Uísque, puro.

Ele despejou a bebida generosamente em dois copos e sua avó aceitou sua oferta. No tempo que ele passou limpando a sala de música, as raízes de Orquídea se espalharam, ficando mais grossas. Ela era como uma sereia cujas pernas estavam sendo atadas, só que com cascas em vez de escamas.

— Isso é doloroso? — perguntou ele.

— Não é pior do que o parto.

Ele quase comentou que isso seria como dar à luz ela mesma, mas, como essa imagem era nojenta, para variar um pouco, ele guardou o comentário para si mesmo.

— Como vai a sua arte? — indagou Orquídea.

— Não fiz mais nada desde que te enviei aquela pintura — respondeu ele, o olhar viajando para o quadro pendurado sobre a lareira.

Parte dele tinha imaginado que ela o colocaria no galpão ou algo assim. Era curioso que Orquídea perguntasse sobre sua arte, algo que ele não se permitia desejar há anos.

— É o meu favorito. Faça outro.

Era um retrato de Orquídea criança. Seu cabelo era longo e encaracolado, e ela usava um vestido branco. Numa das mãos, levava um peixe e, na outra, uma rede. Ele encontrou a foto entre as páginas do romance favorito dela. Agora se perguntava se, do mesmo jeito que a foto do pai de Marimar, ela *deixara* Rey encontrá-la.

— O trabalho tá puxado — disse ele, se explicando. — Este foi um golpe de sorte.

Ela soltou uma risada grave.

— Foi um golpe de sorte ou você não conseguiu se conter?

Rey deu de ombros. Ele se lembrava de ter pintado aquilo ao longo de uma semana, trancado em seu quarto no verão após o primeiro ano na faculdade. Ficou doente de adrenalina, com os olhos vermelhos por vários dias sem dormir. Marimar estava a ponto de arrombar a porta, mas ele dizia que estava bem. Comia a comida que ela deixava na porta. E, quando saiu do quarto, a pintura estava pronta. Ele dormiu por mais uma semana e disse: *"Nunca mais."*

— Por que não tô surpreso que você já saiba?

— Só quis dizer que você fez algo lindo. — Ela olhou para o copo e depois para ele. Ele tentou não se sobressaltar quando os olhos dela ficaram cinza leitosos e depois escuros como o café. — Por que escolheu aquela foto?

Ele tivera um apagão de memória, mas se lembrava de uma coisa. Havia feito a pé todo o caminho para casa depois de seu último dia de aulas e parado no Met. Pagou a entrada sugerida de um dólar porque precisava fazer xixi e o banheiro era mais limpo que os do parque. Ele pretendia só entrar e sair logo, mas não conseguiu se conter. Foi até o espelho d'água em frente ao Templo de Dendur, olhou para as moedas na água e, embora fosse impossível, avistou a sua, brilhante, esperançosa e sem uso. Indo para casa, parou em uma loja de materiais de arte, comprou uma tela, pincéis e tinta aleatoriamente, suando como se estivesse indo montar uma bomba.

Mas, quanto ao *motivo* pelo qual Rey escolheu aquela foto... Ele tomou um grande gole e passou a língua nos lábios. Coçou o pulso e sorriu para a avó.

— Uma vez, você nos contou uma história sobre como pegar um monstro do rio. Mexeu comigo, eu acho.

Ela sorriu e suas rugas se aprofundaram.

— Ele não é um monstro. Os monstros se parecem conosco. Ele sobreviveu a mim, então o que isso quer dizer?

— Que preciso de outra dose.

Ela estendeu o braço e agarrou-lhe pelo pulso. Sua mão parecia uma casca áspera e estriada. Um dos caules que se projetava de seu punho exibia pétalas cor-de-rosa sob o verde, como se fosse começar a florescer.

— Pinte outro para mim.

Ele balançou a cabeça, e sentiu o coração apertar.

— Seu coração está preso, e é assim que ele ficará livre. O meu também estava. É por isso que... É tarde demais para mim, mas não para você.

— Mamá...

— Prometa, *mi niño*.

— Eu vou pintar — prometeu ele então. — Eu vou pintar.

Foi um alívio momentâneo quando Penny voltou correndo para a sala de estar.

— Mamãe disse que você precisa acender as velas porque você fuma aquele lixo *porquería*.

— Que gentil — murmurou ele, mas tirou o isqueiro de metal do bolso traseiro da calça.

Eles precisavam de tantas velas? Passou por elas, uma a uma, percorrendo a mesa de jantar, acendendo as que estavam no peitoril das janelas.

— Não se esqueça das do altar — disse Orquídea.

Então ele acendeu aquelas também. O altar mudara um pouco. Havia mais fotos da família dela. Normalmente as pessoas colocam as fotos dos mortos, mas Orquídea tinha posto da família inteira. Polaroids antigas, fotos novas em papel brilhante reveladas na farmácia e retratos de formatura ao lado de pequenos retratos em tom sépia de rostos que ele não reconheceu. Um ingresso atraiu sua atenção. Rey tinha estado diante daquele altar 1 milhão de vezes. Havia memorizado o lugar de cada bugiganga. O anúncio do casamento de Tatinelly e o anúncio de Caleb Jr. na *Vogue* eram acréscimos novos, mas aquele ingresso também. Retangular, como de um cinema antigo. A tinta estava desbotada, mas ele distinguiu a palavra *Espetacular!* e uma estrela de oito pontas.

Onde estava Marimar?, ele se perguntou.

Mas então veio o grito de guerra de tia Silvia:

— ¡*A comer!* Não me façam ir atrás de vocês.

Tio Félix e sua esposa, Reina, trouxeram o porco assado enquanto os outros carregavam tigelas de molho fresco com coentro por cima. Uma *ají* que fez os olhos de Rey lacrimejarem mesmo do outro lado da mesa. Torres de *patacones* e *maduros*. Uma montanha de *arroz con gandules*; *yuca frita* empilhada como uma torre Jenga; *camarones apanados*; abacates inteiros prontos para serem fatiados.

Um por um, os Montoya ocuparam seus lugares. Parabenizaram Penny pela mesa posta e repreenderam os gêmeos por esconderem Gabo. Mas eles foram perdoados, com seus sorrisos fáceis de pré-adolescentes meigos. Aqueles sorrisos os trariam problemas com mulheres e homens nos anos que viriam.

Rey queria mudar o disco, mas foi puxado para uma conversa com o marido de tia Silvia, Frederico, que queria dicas sobre impostos, o que foi tão delicioso quanto a vez em que Frederico se pôs a fazer um discurso homofóbico no Natal. Ernesta tentava convencer Caleb Jr. de que ele seria rico se encontrasse uma forma de sintetizar o cheiro do oceano. Tatinelly segurava a mão de Mike e acariciava sua barriga enquanto contava seu histórico médico para tia Silvia, que estava medindo o tamanho da barriga com alguma preocupação, pois Tati já tinha passado bastante dos seis meses com que afirmava estar. Penny sussurrou para a mãe que ouviu Rey dizer que ele que tinha feito o quadro da avó deles que estava pendurado sobre a lareira. De repente, eles estavam tirando fotos da pintura.

Tio Félix pegou a foto do dia do seu casamento.

— Me pinta assim — disse ele. — Quero ficar exatamente como estava neste momento.

Rey concordou, sobretudo porque não tinha certeza de quando veria seu tio de novo e, portanto, provavelmente não teria que manter sua promessa. Ele diria qualquer coisa para sobreviver àquela noite. Quando isso terminasse, teria que ir para casa. Certificar-se de que seu chefe não tinha dado sua minúscula mesa para Paul, o Estagiário. Precisava continuar no caminho que havia traçado para si mesmo.

Rey queria que Marimar voltasse logo. Se ele estava enfrentando aquilo, então ela também conseguiria. Precisava contar a ela sobre o ingresso que encontrou no altar, convenientemente guardado em seu bolso agora. Ele se perguntou onde Enrique estava, mas no fundo não se importava em saber a resposta.

Gabo soltou um grito longo e estridente de algum lugar lá fora.

— Como esse galo ainda tá vivo? — perguntou Félix, segurando um garfo e uma faca em cada mão, pronto para atacar a pele de porco crocante e a carne suculenta.

— Ele voltou à vida duas vezes — disse Orquídea.

Ao que os gêmeos responderam:

— GALINHA ZUMBI!

— *Galo* zumbi — murmurou Penny, mas apenas Rey prestou atenção nela.

— Certíssima! — exclamou ele, erguendo sua bebida em reconhecimento.

— É uma pena que os Buenasuerte não tenham ficado para o jantar — comentou Florecida, girando um saca-rolhas numa garrafa de vinho tinto. — Seria legal saber mais sobre o outro lado da família da mamãe.

— Tão legal quanto um tratamento de canal — disse Rey.

Ele sentiu alguém beliscá-lo, mas não soube qual das tias foi. Esfregou a lateral do braço e decidiu ficar quieto; curtir aquelas últimas horas com sua família; ouvir Félix falar em detalhes sobre destinos de viagem que ele nunca conheceria porque era um sonhador, não um realizador; esperar Silvia forçar os gêmeos a cantar enquanto Penny tocava violão.

Infelizmente, Enrique entrou na sala de jantar. Sua camisa estava desabotoada até o meio, como se, aonde quer que tivesse ido, ele houvesse suado e ficado apenas com a regata branca. Ele tinha o que parecia ser uma picada de cobra no topo de sua mão. Seus dedos estavam manchados e tinha uma teia de aranha em seu cabelo, que sua irmã gêmea, Ernesta, arrancou e jogou longe enquanto ele se sentava.

Seu tio estivera procurando por alguma coisa. Rey tinha certeza disso. Pelo mau humor dele, não encontrara.

Enrique se serviu de uma taça de vinho e se recostou.

— Achei que fosse o seu funeral, mas você ainda tá com boa aparência, mãe.

— Tão boa quanto a sua — disse ela, olhando a mordida na mão dele, e então estendeu o copo no ar. — Marimar está a caminho, mas quero começar com um brinde.

— Ora, mãe — reclamou Enrique, tamborilando na mesa. — Temos mesmo que passar por isso? Você queria que voltássemos para nos dar nossa herança, então faça isso. Todos sabemos que esta terra é minha por direito.

— Sabemos? — disse Rey, e riu.

— Com licença, seu merdinha, mas tem vários irmãos e irmãs mais velhos do que você e menos privilegiados — interveio Florecida.

— A comida vai esfriar — falou Tatinelly com delicadeza.

— Espere aí — disse Félix, as sobrancelhas espessas unidas como duas lagartas se beijando. — Eu não quero a terra. Eu queria ver minha mãe. Meus irmãos e minhas irmãs. Vamos descobrir o que fazer com o vale mais tarde.

— *Típico* de você dizer isso — zombou Enrique. Seus olhos verdes estavam assumindo o tom pálido de absinto diluído com água. — O irmão mais velho tentando manter a paz.

— Na verdade, o Pedrito é o mais velho — disse Orquídea.

Ela falou muito baixo e sua voz não foi longe. Mas Rey seguiu sua linha de visão até a cadeira vazia onde Marimar deveria estar. Uma sensação de frio serpenteou ao redor de sua garganta. Os cabelos de sua nuca se arrepiaram. Quem era Pedrito?

— Chega de fantasmas, chega de histórias — disse Enrique, elevando o tom de barítono. — Só... onde tá a papelada?

Orquídea Divina olhou para ele. Ela mordeu o lábio e congelou, como se as palavras que realmente queria falar estivessem presas atrás de seus dentes. Em vez disso, disse:

— Tentei fazer o melhor que pude. Falhei. Eu sabia o preço.

Enrique soltou uma risada alta, seus olhos incandescentes de raiva e ciúme.

— O preço de quê? Por que você nunca pode simplesmente dizer o que quer dizer? Onde tá a papelada?

— Lá em cima. Na segunda gaveta da minha mesa de cabeceira.

Enrique se levantou. A cadeira bateu no chão. Ele levou apenas sua bebida. Mas, antes que pudesse deixar a sala, Marimar apareceu na soleira. Seu cabelo estava varrido pelo vento, as lágrimas tinham deixado marcas nas bochechas sujas. A princípio ele não entendeu o que ela carregava nos braços. Uma abóbora branca? Não se surpreenderia se ela tivesse encontrado uma raposa albina, mas a coisa não se mexia. Em seus braços estava um bebê esculpido inteiramente em pedra da lua e reunidos atrás dela estavam os contornos efêmeros de seis fantasmas.

11

COMO ALIMENTAR QUINZE
CONVIDADOS VIVOS E SEIS FANTASMAS

Ninguém se mexeu. Ninguém falou. Rey tinha certeza de que ninguém sequer respirou por vários instantes.
— Pai — disse Enrique, ofegante.
A palavra foi dita sem parar. Pai. Papai. Papá. Todos os quatro maridos mortos de Orquídea entraram na sala. Eles não eram como Rey pensava que os fantasmas seriam. Sempre imaginou figuras brancas transparentes, contornos do que costumavam ser. Mas aquelas pessoas — aqueles fantasmas — tinham toques de cor. A pele marrom de seu avô Luis dava-lhe a impressão de estar vivo. A única coisa que sinalizava que estava morto era a maneira como ele tremulava quando caminhou através da mesa e cruzou a sala para abraçar Orquídea. Pela primeira vez em toda a sua vida, ele viu uma lágrima escorrer pelo rosto dela. A substância brilhou, como seiva de árvore.
Rey procurou e lá estava ela. O coração se agitou quando sua mãe apareceu na frente dele. Parcha estava desbotada, exceto pelo batom rosa-avermelhado, aquele que ela sempre usava porque dizia que as

rosas eram as flores mais bonitas e que todo mundo que pensava diferente deveria estar doido de pedra. Ele tremeu todo quando ela beijou seu rosto inteiro. A sensação era a dos primeiros flocos de neve antes de uma nevasca.

Tia Pena deslizava como a brisa selvagem que era, como se ainda estivesse debaixo da água. Ela tocou o rosto da filha e tentou falar. Mas, quando abriu a boca, nenhum som saiu. Pena flutuou pela sala até sua mãe, segurando sua garganta sensível.

— Pena, *mi* Pena.

Orquídea chorou lágrimas cintilantes. Caleb Pai, Héctor e Martin vieram em seguida, beijando suas bochechas, sua testa, e depois juntaram-se aos outros ao seu redor, aguardando como ceifeiros.

Orquídea estendeu os braços, dos quais estavam brotando galhos próprios. As protuberâncias verdes abriam caminho para fora conforme se tornavam folhas.

— Marimar, sente-se aqui. Traga-me Pedrito.

Marimar ocupou o assento deixado vago para ela ao lado de Rey. Ela entregou o bebê como se ele fosse feito de carne e osso.

— O que aconteceu com ele?

Orquídea segurou o bebê de pedra da lua bem contra o coração, como se pudesse torná-lo parte dela caso se esforçasse o suficiente.

— Ele foi meu primeiro filho. Houve um acidente terrível que também levou meu primeiro marido quando eu ainda estava no Equador. Não consegui salvar Pedrito. Foi tudo culpa minha.

— Por que você nunca disse nada? — perguntou Félix.

— Há muita coisa que não posso dizer. Simplesmente não posso. Há muito tempo fiz um pacto. Tudo que eu tenho, tudo que já dei a vocês teve um custo. Até mesmo esta casa.

Rodeada de vivos e mortos, Orquídea sorriu quando o relógio tocou o final da nona hora.

— Por favor, vamos comer. Estou ficando sem tempo.

— É só isso? — indagou Enrique com rispidez. — É tudo o que você vai dizer?

— Por que você tá fazendo isso? — perguntou Marimar. — O que *não pode* dizer?

— Por você. Por todos vocês. Nós nos tornamos o que precisamos para sobreviver, e eu preciso ter certeza de que todos vocês estão protegidos.

Um nó se formou na garganta de Rey.

— Não é o que todos vocês querem ouvir ou o que eu quero dizer. Mas é o que consigo fazer.

Orquídea fechou os olhos. Seu polegar, que agora estava torcido na ponta como duas gavinhas se entrelaçando, afagou a nuca de Pedrito.

— Você nunca dá uma resposta direta — disse Enrique.

— Você nunca faz as perguntas certas.

Enrique saiu furioso da sala, parando por um instante na frente do pai. Era como olhar para um espelho que revelava seu futuro eu. Mas nem mesmo Caleb Soledad conseguiu conter a raiva de Enrique, e ele atravessou o fantasma de seu pai.

— Ele vai superar — disse Félix.

— Não vai, mas você ouviu o que Ma disse. Comam — insistiu tia Silvia, cujas lágrimas escorriam pelo rosto em rios cintilantes.

Ela serviu a comida nos pratos. As taças se encheram de vinho tinto. Os espíritos se fartaram. Os vivos se apressaram em falar de suas histórias, suas realizações, suas vitórias, seus descendentes. Martin sumiu por um momento, depois voltou e os sons das músicas favoritas de Orquídea preencheram a casa, que ficara vazia e silenciosa por muito tempo.

O canto de Gabo cortou a música e a tagarelice de vozes de vivos e mortos. Orquídea olhou pela janela para a lua, perfeitamente alinhada às suas necessidades. Ela estava ficando sem tempo, havia desperdiçado demais.

Marimar voltou-se para a avó.

— Você não pode partir ainda.

— Ah, Marimar. Você é um ser brilhante e maravilhoso. Sabe o que eu amo em você?

Marimar balançou a cabeça.

— Eu amo que você se preocupa com as pessoas. Você sabe como amar. Eu me doutrinei a não amar, alguém na minha linhagem tinha que compensar tudo o que me faltava.

— Como pode não saber amar? — perguntou Penny. — Você se casou cinco vezes.

As palavras de Penny, inocentes embora rudes, fizeram todos rir. Orquídea bebeu um gole do seu uísque e ele desceu queimando. Seus movimentos estavam ficando mais lentos. Seus ossos doíam enquanto se transformavam em alguém diferente. Em uma coisa diferente. Mas ela segurou com força seu filho primogênito e disse o que tinha a dizer:

— Amor e companheirismo são coisas diferentes, Penny. Eu cometi muitos erros por medo. Mas isto aqui... — Seus olhos percorreram a sala a fim de olhar para cada membro de sua família. — Isto não foi um deles.

— Que erros você cometeu? — quis saber Gastón.

— O pacto — respondeu ela. — Há 48 anos, fiz um pacto, e ele custou muito mais do que o meu silêncio. É só assim que posso proteger vocês dele.

— De *quem*? — perguntou Rey.

Um vento forte apagou as velas nos peitoris das janelas enquanto dezenas de libélulas e vaga-lumes entravam voando. Eles foram seguidos por beija-flores, gaios azuis e cotovias. Sapos e salamandras. Lagartos e cobras. Ratos do campo e coelhos. Vieram todos de uma vez, lotando a sala. Alguns rastejaram até tigelas vazias, outros se empoleiraram em lustres e taças de vinho. Penny pegou um coelho para acariciá-lo entre as orelhas. Os gêmeos saltaram de seus assentos tentando pegar cobras.

Florecida, que tinha medo de ratos, ficou de pé na cadeira. Tati tentou acalmá-la, mas Mike Sullivan desmaiou e caiu. Silvia entrou em ação, verificando seu pulso e acendendo uma lanterna em seus olhos. Penny tirou os ratos da sala. Enquanto isso, Gabo cantava de novo, e o espírito de Luis Galarza Pincay dançava com suas filhas ao som de violões e boleros. Marimar se perguntou se eles eram realmente fantasmas ou se eram impressões criadas pela tristeza de Orquídea.

Afinal, se os mortos podiam ressuscitar, por que sua mãe não tinha vindo até ela antes?

Juan Luis e Gastón começaram a engasgar. Eles ergueram as mãos no ar e Rey bateu em suas costas até que tossissem bolas idênticas de catarro duro.

— Legal — disseram eles em uníssono.

— Que nojo — murmurou Rey enquanto os gêmeos pegavam as coisas viscosas.

Enrique desceu as escadas trovejando e correu para a sala de estar. Um pardal voou para cima dele, mas ele o golpeou com os papéis que tinha na mão. Ele apontou o dedo para Marimar como uma arma engatilhada.

— Você tá deixando a casa para ela? Ela é uma criança!

— Marimar tem 19 anos. Não tem?

— Tenho.

— Esta casa é *minha* — declarou Enrique. — Por que acha que todos nós viemos aqui? Porque você foi uma mãe calorosa e amorosa? Você mostra mais afeto por essa coisa de pedra que tá segurando do que por qualquer um de nós. Eu não vou embora sem o que é meu. Esta terra é minha por direito.

— *Nada* é seu, Enrique — gritou Orquídea. — Você não tem a menor ideia do que fiz para sobreviver, para construir algo do nada. Eu fiz o que você não tem coragem de fazer. Quer brigar por um pedaço de terra? É tarde demais. Está feito.

Os animais na sala zumbiam, coaxavam e assobiavam mais alto. Tatinelly arfou profundamente e a casa estremeceu. A energia caiu, e a única luz vinha da lareira, das velas pingando no centro da mesa e da lua brilhando pela janela.

— Por que nos fazer vir até aqui? — perguntou Enrique, desabando sem fôlego em uma cadeira vazia. O fantasma de seu pai apareceu ao lado dele e pousou a mão em seu ombro. — Por que ninguém mais tá furioso com ela?

— Nós estamos, eu acho. Mas não podemos mudar quem ela é — disse Caleb Jr.

Todos assentiram. Félix arrancou a orelha crocante do porco e Ernesta se juntou a Rey para abrir uma nova garrafa de uísque.

— Aos Montoya — brindaram eles, fazendo os copos tilintarem.

— Se analisarem bem os convites, vão ver que tem algo para cada um de vocês — disse Orquídea, e gesticulou para os gêmeos.

Gastón tinha apanhado o catarro que eles tossiram. Em uma inspeção melhor, viu que não era catarro. Eram sementes.

Em volta deles, mais membros da família Montoya curvaram o corpo e tossiram sem parar até cuspir suas próprias sementes, que brilhavam com saliva.

— Está feito — repetiu Orquídea. Ela pareceu sentir dor ao inspirar. — Quando eu partir, vocês terão um ao outro. Plantem essas sementes. Cuidem delas. São a sua proteção contra a única pessoa com quem não posso lutar.

— *Quem?* — perguntou Rey.

Quando sua avó tentou falar, tossiu lama. Tremendo, ela se virou para os mortos e disse:

— Levem-me.

Os fantasmas passaram por ela e, então, um por um, eles desapareceram.

— Talvez agora eu finalmente tenha paz — disse Enrique, lágrimas raivosas escorrendo de seus olhos ávidos.

Ele limpou os cantos da boca, ficou de pé e jogou sua semente no fogo.

Orquídea se levantou até onde suas pernas permitiam. Todos, exceto Enrique, se aproximaram para ajudá-la. Eles se reuniram ao seu redor, mas ela queria fazer aquilo sozinha. No início, vacilou, seu corpo tentando se equilibrar nas raízes que lhe devoravam as pernas. Quando ficou estável, serviu o resto de seu uísque. Cantarolou o último verso da música. Virou-se para a família e ergueu o copo com uma das mãos, agarrando Pedrito com a outra.

— Tudo o que vocês têm são um ao outro. Protejam sua magia.

Ela bebeu e então quebrou o copo no chão.

Por um momento, houve apenas o zumbido de milhares de asas, o crepitar do fogo e, em seguida, o gemido de cada criatura na sala. Ao fundo de tudo isso, uma sucessão de batimentos cardíacos. Cada um com seu ritmo único de desejos, esperanças e sonhos. A sinfonia da morte de Orquídea.

Tatinelly bateu com a palma da mão na mesa, pôs a outra na barriga e a terra retumbou. Orquídea Divina Montoya esticava-se cada vez mais alto. Suas pernas terminaram de se transformar na base de um grosso tronco de árvore, com as raízes ondulando pelas tábuas do assoalho como rios abrindo caminho na pedra, empurrando a mesa, atravessando a parede mais próxima, o teto.

— Minha bolsa estourou — anunciou Tatinelly, com um suspiro suave. Ela levantou a camisa, revelando as estrias peroladas em sua barriga. Uma rosa crescia em seu umbigo. — Minha bolsa estourou!

— Vá lá pra cima! Juan Luis, pegue a bolsa no meu carro — disse tia Silvia, enxotando todos para fora de seu caminho. — Alguém, pelo amor de Deus, acorde aquele homem e diga que ele está prestes a perder o nascimento do filho. Quem não for útil, é melhor ficar aqui e limpar as coisas. Espero que aquele quarto de hóspedes esteja impecável.

— Está — Tatinelly garantiu a ela, enquanto saíam da sala. — É como se ela soubesse. Ela sabia.

Depois que Rey pediu ajuda, ele e Marimar puxaram uma cadeira em meio ao banquete destruído.

— Você tossiu algum feijão mágico? — indagou Rey.

— Não. Parece que ganhei só esta casa — disse Marimar.

A maioria das taças estava quebrada, então ela bebeu direto da garrafa de uísque e fez uma careta.

No andar de cima, os gritos de Tatinelly eram penetrantes, competindo com os de Gabo. Marimar podia ouvir o pulso frenético de Tati em seus ouvidos, além de um segundo batimento cardíaco — o do bebê. O sangue dela era como fogo sob a pele. Algo quente e penetrante apunhalava o espaço entre suas clavículas. Mas ela ignorou a sensação quando Enrique se postou diante dela.

— Você sempre foi a favorita dela — afirmou Enrique, seus olhos pálidos, enfeitiçados pelo ódio. — Transfira a escritura, Marimar. Você não sabe como consertar esta casa. Não terá valor quando ela se for.

A casa gemeu ao redor deles. A árvore ainda estava crescendo. No centro dela, havia um coração polido feito de pedra da lua.

— Tá perdendo seu tempo — disse Marimar. — Não vou transferir nada para você.

Rey se colocou entre eles e empurrou Enrique.

— Vá embora. Você nem queria estar aqui para começo de conversa.

Enrique deu o primeiro soco, e Rey estava lento por causa da bebida, mas golpeou de volta. Marimar gritou para que parassem. Orquídea estava morta e Tatinelly estava parindo lá em cima. Não havia tempo para aquilo. Ela pegou uma garrafa vazia e acertou na cabeça do tio. Ele caiu de joelhos, massageando o local atingido. Seus olhos recuperaram a cor de jade. Ele observou com horror a árvore de sua mãe, então se virou para as janelas abertas.

Uma tempestade de libélulas se aglomerou ao redor dele, braços e pernas minúsculos rastejando por todo o seu rosto e olhos. Um sapo saltou em sua boca quando ele gritou, e uma cobra se enrolou em seu pescoço. Ele tentou se levantar, mas puxou a toalha da mesa, derrubando os candelabros.

O fogo deflagrou rápido. Espalhou-se pelas toalhas de mesa. Pelo estofado da cadeira favorita de Orquídea. Pelo tapete encharcado de álcool e pelas tábuas do assoalho.

No andar de cima, o choro de um recém-nascido rasgou a noite.

Tatinelly realizou seu desejo. Ela não sabia por que, mas, apesar da dor do parto, foi dominada pela certeza de que sua filha ficaria bem.

Mesmo que ela fosse uma pessoa comum, teria uma filha extraordinária. Prometeu lhe contar histórias de sua Mamá Orquídea, que construiu a própria casa em um vale mágico. Mamá Orquídea, que era forte, zangada e silenciosa, mas guardava seu verdadeiro amor para quando mais importava.

Mais cedo naquele dia, Orquídea a chamara.

— Tatinelly — dissera a avó. — Vamos ver você. Venha.

Tatinelly rodeou a mesa e ocupou a cadeira estofada que Enrique havia desocupado.

— Como está, vó?

— Meus ossos estão cansados. Mas estou feliz por você ter vindo. Faz muito tempo que não temos um bebê em casa. Os últimos que nasceram aqui foram Juan Luis e Gastón.

Quando Tatinelly se sentou, a camisa levantou um pouco. Seu umbigo parecia o botão de uma rosa.

Orquídea estendeu a mão.

— *¿Puedo?*

— Certamente — respondeu Tatinelly.

Orquídea colocou a mão livre no alto da barriga e fechou os olhos, como se seus ossos frágeis pudessem proteger aquela criança do mundo. Ela parou para escutar. O que estava escutando? Será que podia ouvir as estrelas em seu útero? Elas estavam sussurrando agora? Bem nesse instante, a mão de Orquídea Divina desenvolveu um único botão de rosa branco na membrana carnuda onde seu dedo indicador encontrava o polegar. A velha respirou fundo e tomou um grande gole do uísque.

— Uma menina. Ótimo. Seja boa para ela — disse Orquídea Divina. — Deixe ela ser livre.

— Obrigada, vovó — disse Tatinelly. — Lamento não ter visitado você com mais frequência. Queria vir, mas alguma coisa sempre atrapalhava.

A velha dispensou o pedido de desculpas com um aceno de mão, e a rosa que tinha crescido tão rapidamente murchou e virou pó segundos depois.

Então, Tatinelly sentiu um chute, uma dor aguda. A sensação se concentrava em seu umbigo, onde um botão de flor do tamanho de uma moeda havia brotado. Ela olhou nos olhos de Orquídea, cintilantes, escuros e úmidos, e não teve palavras para agradecer o que sua avó acabara de lhe dar. Um presente para sua filha. Algo extraordinário.
— Já escolheu um nome?
— Já. É...
— Não me diga! Eu também quero que seja surpresa.

Quando Rhiannon Rose Sullivan Montoya veio a este mundo, 28 dias antes do previsto, e foi colocada nos braços da mãe, Tatinelly teve duas certezas.

A primeira era que sua filha era especial. Todas as crianças são especiais para os pais, ela imaginava. Tatinelly não fora especial. Era tão comum como sua mãe e seu pai. Mas Rhiannon não. O botão do tamanho de uma moeda que havia surgido no umbigo de Tatinelly agora florescia no centro da testa de Rhiannon. Era a coisa mais linda que ela já tinha visto. Uma minúscula fada gerada por ela. As mulheres ao redor das duas se maravilharam. Ela tinha a pele marrom de sua mãe e a cabeça cheia de cabelos castanhos-claros.

Mike não quis segurá-la, com medo de que algo tivesse dado errado, que houvesse uma marca amaldiçoada em sua filha. Mas Tatinelly sabia que ele mudaria de ideia.

A segunda certeza foi que, em algum lugar da casa, havia um incêndio.

Marimar e Rey correram até o quarto para avisá-los, mas as chamas tinham subido pelas escadas e agora bloqueavam a saída. Rey foi até a janela, mas seria muito perigoso pular. Marimar se jogou no chão, puxando o tapete sob seus pés. Ela batia com os nós dos dedos no chão, mantendo a cabeça colada no assoalho.

— O que vamos fazer? — perguntou Reina.

Tatinelly alisou o cabelo pegajoso de Rhiannon. Um sorriso apareceu em seus lábios. Não deveria estar se sentindo tão calma, mas ela era assim, a calmaria em meio à tempestade.

— Consegui! — gritou Marimar quando fez força para baixo e uma tranca se abriu nas tábuas do assoalho.

O caminho era escuro, com escadas velhas que davam sabe-se lá onde.

— Mamãe disse que era assim que ela saía escondido – contou Marimar, e esperou que os outros fizessem fila. — Tati, você primeiro.

— Vou atrasar todo mundo — disse ela.

Ela entregou Rhiannon para a prima. Marimar ficou apavorada, mas Tati assentiu com a cabeça para tranquilizá-la e desceu.

— Vá! — gritou tia Silvia, cujas mãos ainda estavam cobertas de sangue, tão brilhante que parecia que ela estava usando luvas.

Eles desceram, um por um. Tatinelly não sabia de onde havia tirado forças, mas chegou até o fim. Mike segurava a mão dela. Ele estava apavorado, tremendo, esticando o pescoço para enxergar o fim do caminho. Rhiannon não chorava, apesar do rugido das chamas ou dos soluços assustados de Penny. A escada estava escura, iluminada apenas por libélulas brilhantes e vaga-lumes. Eles voavam para a frente e para trás, e Tatinelly sabia que estavam ali para se certificar de que Rhiannon estivesse segura.

Quando chegaram ao final, perceberam que estavam na despensa, vazia pela primeira vez desde que a casa surgiu. O fogo não atingira a cozinha, e eles saíram correndo pelo quintal e deram a volta.

Longe dali, Enrique se afastava da casa, subindo a colina com dificuldade no momento em que uma ambulância e o Lincoln do xerife desciam em alta velocidade. O corpo de bombeiros voluntários ficava a duas cidades de distância e estava a caminho, mas todos sabiam que seria tarde demais. O fedor de podridão e decomposição em torno da casa foi substituído pela fumaça. Tatinelly ficou de pé na direção do vento, coberta de jaquetas, casacos e qualquer coisa que sua família pudesse tirar para lhe dar. Se fechasse os olhos, poderia se imaginar sentada diante de uma lareira, com o tipo de família que era unida por sangue, raízes e magia.

Depois de horas sem conseguir controlar as chamas, eles simplesmente observaram a casa queimar. Banhada pela luz da manhã, a construção não era nada além de uma pilha de cinzas e escombros ao redor de uma grande árvore com galhos que alcançavam o céu, cercada por milhares de criaturas incandescentes.

Marimar estava descalça novamente e não conseguia sair de frente da casa. Foi a centelha do isqueiro de Rey que a trouxe de volta ao presente.

O xerife Palladino saiu do carro e observou a cena. Ele envelhecera bem, pensou Marimar. Os paramédicos foram imediatamente até Tatinelly, medindo sua pressão arterial e administrando oxigênio a ela e a Rhiannon.

Marimar e Rey ficaram por perto.

O xerife Palladino se aproximou dos três. Seus olhos azuis brilhantes foram da testa de Rhiannon para a mão de Rey, onde uma rosa bem vermelha havia brotado entre seu polegar e o indicador. Marimar também tinha um botão verde entre as clavículas. Ela não teve tempo de se perguntar por que sua flor não floresceu, como a da bebê e a de Rey. Notou o xerife olhando fixamente para as flores, mas ele estava acostumado com a vida inexplicável de Orquídea em Quatro Rios e não fazia perguntas que eles não poderiam responder.

Todos deram depoimentos, e ele tirou o chapéu em respeito ao saber que Orquídea havia morrido no incêndio. Olhou para a árvore alta que aparecera bem no centro da casa. Aquela espécie, uma ceiba comum na Amazônia, não pertencia às colinas de Quatro Rios. Mas, assim como a casa que um dia apareceu do nada, ele não podia refutar sua existência.

Enquanto se preparavam para colocar Tatinelly na ambulância, ela olhou para seus primos.

— O que vocês vão fazer?

Marimar avaliou os danos e passou os dedos pelos cabelos. Um beija-flor apareceu e voou perto de sua garganta, depois desapareceu na noite.

— Ainda não sei — disse ela.

Mas Marimar sentia. A atração familiar da noite, o sussurro da terra. Naquela época em que sua avó lhe dizia para encontrar fadas nas colinas, para ouvir as estrelas, Marimar sempre voltava derrotada para casa. Agora sabia que não tinha escutado direito. Estiveram com ela o tempo todo. As libélulas brilhavam com a luz, subindo por todo o vale ao amanhecer, com a magia das estrelas e das montanhas selvagens.

Estavam ali por ela.

Gritavam por ela.

E Marimar fez o que queria fazer desde que voltou para casa. Ela gritou de volta.

12

ORQUÍDEA MONTOYA
SE TORNA ORQUÍDEA DIVINA

Parte II

HIBERNAÇÃO

13

LA VIE EN ROSE

Ao chegar ao Londoño Espetacular Espetacular, Orquídea Divina ganhou um ingresso e um assento com vista obstruída. Ela nunca tinha ido ao circo, embora os Buenasuerte fossem sempre que um circo aparecia. Wilhelm Jr. adorava os elefantes e Greta comia sua maçã do amor aos poucos, como um coelho roendo uma cenoura grande demais para ele.

Quando as luzes dentro da tenda diminuíram, o burburinho da multidão cessou. Houve sussurros. Crianças fazendo suas últimas perguntas curiosas. *Aquilo é um leão de verdade? Quando a mulher voadora aparece? Eles têm mesmo uma estrela viva?*

Orquídea se perguntava todas essas coisas. Mulheres de pernas compridas dançavam em fila. Pareciam um conjunto de marionetes movendo-se como se a mesma pessoa estivesse puxando os barbantes. Foram seguidas por palhaços em bicicletas, o que ela odiou, porque o calor fazia escorrer os diamantes pintados em seus olhos. Havia um elefante que corria para lá e para cá como um cachorro, e Orquídea sentia seus passos pesados ecoarem dentro dela. Estava mais fascinada pela mulher de pernas de pau que andava na corda bamba. Ela prendeu a respiração até que a jovem chegou ao outro lado, e tudo que conseguia pensar foi que finalmente havia testemunhado a representação de como era crescer em La Atarazana e percorrer aquela longa estrada de ida e volta para o rio. Ela não tinha dado o seu melhor para ser uma boa menina? Não tinha tentado fazer o certo para si e para a mãe? Orquídea se imaginou com o collant coberto de strass, o cabelo preso em um coque elegante. Ela se viu atravessando a corda bamba sem rede de proteção.

O Espetacular Espetacular avançou noite adentro, mas ela não sentia o tempo passando. Ria dos malabaristas que derrubavam suas coisas uns em cima dos outros, e dos homens cobiçando a mulher que engolia espadas. Viu mães cobrirem os olhos dos filhos quando uma sereia foi trazida para o centro do palco dentro de uma concha gigante. Ela tinha longas tranças presas como uma coroa no alto da cabeça e pérolas pontilhadas sobre os ombros e o peito, cobrindo os mamilos e nada mais. Sua barriga era flácida, e a cauda que usava criava a ilusão de que era realmente metade mulher, metade peixe. Meninos vestidos como marinheiros a empurravam pelo picadeiro para que todos pudessem vê-la. Orquídea e a sereia fizeram contato visual. A jovem teve certeza disso, mesmo que estivesse escuro e seu rosto fosse apenas um dentre centenas.

Quando o palco foi esvaziado, um holofote iluminou um homem. Orquídea sentiu uma pontada sob as costelas, uma sensação de algo se contorcendo que ela nunca teve na vida, porque nunca tinha visto um homem como aquele antes. Ele usava um fraque de veludo azul com detalhes dourados. A calça abraçava os músculos fortes de suas coxas e panturrilhas. Quando ele tirou a cartola azul e a segurou sobre o peito, houve um murmúrio de prazer. Orquídea não tinha sido a única a notar sua beleza. As mechas pretas estavam penteadas para trás de uma forma que o fazia parecer elegante, mas não certinho demais. Sua barba era aparada em linhas bem definidas ao redor de um queixo forte. Parecia que o próprio Diabo tinha ido ao Equador para encontrá-la.

Talvez fosse aquela a voz que ela ouvira. Era possível, porque ele estava olhando para ela com olhos de safira emoldurados por sobrancelhas pretas grossas. Ela espiou por cima do ombro, mas, quando olhou de volta, ele deu um sorriso avassalador.

— Senhoras e senhores! Pessoas do centro do mundo!

A voz dele era grossa e retumbante, melódica de um jeito que fazia o público responder com gritos de satisfação. Orquídea se pegou grudando o polegar e o indicador nos lábios e soltando um assobio agudo que rompeu o devaneio. Ele a notou novamente e desta vez se atrapalhou por um segundo. Parecia ter esquecido onde estava ou o que deveria dizer em seguida, e tudo o que podia fazer era olhar para ela, Orquídea Montoya.

Quando se recuperou, ele disse:

— O Londoño Espetacular Espetacular passou pelo mundo inteiro, e garanto a vocês que nenhum público nos mostrou tanto amor quanto vocês esta noite.

Ele pôs a mão sobre o coração e aceitou os aplausos, os grãos de pipoca e até mesmo um sutiã de renda.

Riu, como se estivesse lisonjeado, e deu uma piscadela.

— Este é o nosso primeiro evento desde que meu pai, o grande Pedro Bolívar Londoño Asturias II, deixou este mundo. Acho que nunca vou ocupar o grande lugar deixado pelo meu pai, mas juro por Deus que vou tentar. Nós somos uma família. Ao longo das décadas, meu pai reuniu as pessoas mais maravilhosas, curiosas e inexplicáveis de todo o mundo. Mas esta noite... esta noite trazemos a vocês algo vindo dos céus.

Ele fez uma pausa e esperou que a multidão se inclinasse um pouco mais para a frente.

— Eu lhes apresento... a Estrela Viva!

A tenda ficou escura como breu. Tão escura que Orquídea não conseguia ver um palmo à frente. Houve gritos de medo e empolgação. Ela tinha visto o anúncio do lado de fora, mas não sabia o que esperar.

Uma estrela viva.

Antes que ela pudesse pensar sobre como raios isso seria possível, um pulso de luz brilhou do centro do palco circular. Era como um batimento cardíaco feito de luz. Um vaga-lume sozinho no escuro. Então ficou cada vez mais brilhante, enchendo toda a tenda. A luz era tão intensa que todas as pessoas no recinto desviaram os olhos, virando o rosto, porque, por um momento muito real, parecia que tinham olhado para o sol.

Orquídea arriscou outro olhar e, dessa vez, sustentou-o. Ela esfregou as pálpebras para se livrar dos pontos de luz vermelhos dançando em seus olhos.

A silhueta de uma pessoa surgiu das sombras. Ela pensou nas vezes em que fez suas próprias bonecas com dois pedaços de tecido cortados em forma de uma pessoa, que eram enchidos com lentilhas secas ou algodão e costurados. Era com isso que aquilo se parecia, o contorno de uma pessoa feita de luz, e, quando a estrela se movia, ele ondulava com as cores de um prisma.

Ela procurou os fios, os truques, a precisão do mágico que era necessária para fazer com que todos vissem aquilo. Não era possível, mas lá estava. O público rugia em aprovação, fascínio e admiração.

Depois que terminou, a multidão correu para o parque de diversões, as mesas das videntes, os jogos e as barracas de pipoca. Orquídea ficou sentada sozinha no assento que ganhara de presente e repassou as últimas horas.

— Você se divertiu?

Ela se virou para o belo som de sua voz. Era realmente ele, o mestre de cerimônias, ainda vestido de veludo azul. De perto, ela podia ver que ele não era perfeito. Havia uma cicatriz que cortava sua sobrancelha direita e seu nariz romano era largo na ponta, como se tivesse sido quebrado, e depois quebrado novamente.

— Nunca vi nada assim — disse ela. — Eu não sabia que estava aqui. Fui dar um passeio e achei por acaso.

— Qual é o seu nome?

— Orquídea.

— Bolívar Londoño, ao seu dispor.

Ele se aproximou dela lentamente, do jeito que o domador tinha feito com a leoa poucas horas atrás. Como se achasse que ela poderia morder. De repente ela ficou constrangida por seus sapatos surrados e pelos olhos inchados de tanto chorar.

— A Viúva disse que você está procurando trabalho.

Uma onda de esperança a inundou. Ela pressionou o ingresso contra a barriga.

— Eu sou... eu posso aprender qualquer coisa.

— Você tem algum talento? — perguntou ele com um sorriso tímido.

— Sei pescar.

Ele começou a rir, mas então percebeu que ela estava falando sério. Passou os dedos pela barba. Havia um anel chamativo com um brasão em seu dedo médio.

— La Sirena Caribeña está se aposentando hoje, precisamos de uma substituta. Partiremos para nossa turnê europeia amanhã.

Orquídea sentiu seu pescoço esquentar enquanto os olhos dele percorriam suas clavículas, a elevação dos seus seios, sua cintura fina e o volume de seus quadris. Ele a olhava como se ela fosse alguém que não deveria ser ignorada. Como se quisesse ser consumido por ela.

— Eu...

Não era isso que ela queria? Tinha sido tão fácil fantasiar enquanto observava, colocar-se no papel daquelas mulheres vestidas com roupas fantásticas, realizando milagres, desafiando as leis da gravidade. Vestir--se como uma sereia que era empurrada pelo palco não exigiria nada dela, a não ser usar uma fantasia. Ser outra pessoa. E na Europa!

Ela poderia fugir.

Tudo o que precisaria fazer era viver com o circo. Sempre que sua mãe voltava para casa depois do circo, depois que a diversão da noite terminava e o feitiço ia embora, comentava sobre as mulheres que andavam quase nuas. Prostitutas com moral frouxa e pernas mais frouxas ainda. Depois daquela noite, Orquídea soube o que sua mãe pensava dela. Que diferença faria?

Ela poderia ser uma pessoa novinha em folha.

As aberrações que eram rejeitadas por Deus.

Ela poderia *ser*.

Era um sonho, só isso. Cada insulto e palavra cruel que haviam sido lançados em seu caminho como flechas estavam cravados em sua pele. O que teria sem sua mãe? Ela se lembrou de seu velho amigo do rio que a chamou de Filha Bastarda das Ondas. Se fosse para casa agora, talvez sua mãe não percebesse que tinha fugido à noite. Talvez ainda desse tempo de consertar as coisas.

— Eu não posso ir com vocês. Sinto muito.

— Seguimos para Paris amanhã de manhã — disse Bolívar, girando a cartola entre os dedos hábeis antes de prendê-la na cabeça. Ele pegou a mão dela e o contato pele com pele apertou um cordão ao redor do coração de Orquídea. Então roçou a boca macia nos nós dos dedos dela, depois nos pulsos. — O navio zarpa às quatro da manhã, caso mude de ideia.

Naquela noite, Orquídea correu para casa com a intenção de pedir desculpas à mãe e ao senhor Buenasuerte. Mas, quando entrou, sentiu-se como uma intrusa, esgueirando-se no escuro. A festa havia acabado há muito e todos pareciam estar dormindo. Eles nem sabiam que ela havia saído.

Ela não pertencia à nova vida de sua mãe com o novo marido e os novos filhos. Não tinha um pai a quem recorrer. Quando se deitou na cama estreita, pensou no olhar de Bolívar Londoño, na maneira como ele fez sua pele ficar quente, como açúcar derretido se transformando em algo para cravar os dentes. Ela correu o polegar repetidamente sobre os nós dos dedos, no lugar onde ele a beijou. Ele tinha falado sério?

Ela desistiu de dormir e foi arrumar uma mala. Não tinha muitas coisas, mas pegou o que caberia em sua mochila escolar de couro. Três vestidos de algodão, um robe de segunda mão, chinelos, duas meias-calças dois tons mais claros que a sua pele, um par de meias, 300 sucres e uma foto de sua mãe — preta e branca e desbotada nas bordas. Pensou em se despedir de Ana Cruz, mas não queria correr o risco de o bebê acordar e alertar a casa toda. Ao se virar para ir embora, Orquídea viu que não estava mais sozinha.

— Não vá, *niña* — disse Jefita. — Não terei ninguém se você for.

Jefita. Ela tinha Jefita. Abraçou a amiga e se permitiu chorar pela vida que nunca foi dela. Pela vida que abandonaria sem deixar vestígios.

Orquídea chegou ao porto ofegante, procurando por ele.

E lá estava, vestido com um elegante terno verde. Ele se encontrava afastado de sua equipe, como se estivesse esperando por ela. Quando os olhos dos dois se encontraram, Orquídea sentiu aquele puxão sob suas costelas. Aquele era seu presente, seu futuro. Não tinha sido essa sua sina desde sempre? A garota que nasceu azarada, uma alma perdida no oceano.

Malditas estrelas e maldita sorte. Malditos fossem todos e qualquer coisa que a considerassem insignificante. Orquídea Montoya iria reescrever seu destino.

14

SERES EFÊMEROS

Marimar se encontrava de pé em meio aos escombros com Rey. Depois que o incêndio foi apagado, as ambulâncias levaram os Sullivan para o grande hospital na cidade vizinha, os animais voltaram para seus esconderijos no vale, os Montoya se dispersaram mais uma vez pelo país e Enrique ligou para lembrá-la de que aquele assunto não estava encerrado.

Orquídea não os preparou.

— O que devemos fazer? — perguntou Rey. Ele estava sem cigarros e sem bebida, e o momento não permitiria que saísse em busca de qualquer um dos dois. — Você ouviu o que a Orquídea falou, ela estava se escondendo de alguém. Assustada. A gente deve contar pro xerife Palladino?

— E dizer o quê? Vamos denunciar um homem sem nome que *talvez* seja uma ameaça?

Rey se encolheu com um suspiro de frustração.

— Não sei, Mari. Talvez isso explique por que Orquídea nunca saiu de Quatro Rios. Talvez a gente estaria seguro se tivesse ficado.

— Se ela estivesse segura, não teria se tornado isto.

Eles se viraram na direção da árvore ceiba entre os escombros. O vale assobiou e o vento forte levou consigo cinzas e brasas.

— Tô aberto a sugestões — disse Rey.

Marimar sabia que havia apenas uma coisa a fazer.

— Vamos limpar, como tia Silvia sugeriu.

— Teve notícias de alguém? Legal da parte deles deixarem a gente com a bagunça.

Marimar deu de ombros. Não lembrou a ele que Orquídea havia deixado a casa para ela e que, portanto, aquela bagunça era dela. Estava com medo de que ele fosse embora, mesmo sabendo que não iria. Ela recebera uma mensagem de texto de Juan Luis que dizia: "Funeral bizarro." E uma de Tatinelly lembrando-a de manter contato. O que os sogros da prima diriam quando ela aparecesse com sua bebê e uma florzinha atrevida crescendo na testa dela? Florecida a convidou para morar por um tempo em Key West, mas Marimar recusou.

— Somos só você e eu, garoto — disse ela, e ele sorriu.

Foi a mesma coisa que ele disse no dia seguinte ao funeral de sua mãe, quando eles se sentaram na sala de estar com um monte de comida trazida pelos vizinhos e colegas de trabalho. *Só você e eu*.

Rey partiria cinco meses depois, mas naquele momento ele ficou por ela. Ficou porque não conseguia suportar a ideia de voltar para Nova York e tentar trabalhar em sua mesa, fazer cálculos e gritar com os clientes por tentarem incluir sua terceira jacuzzi nas despesas da empresa. Simplesmente não tinha como fazer isso, e Marimar percebeu. Ela tinha medo de ficar sozinha mais cedo ou mais tarde, então, para fazer o primo permanecer o maior tempo possível, foi arranjar suprimentos.

Ele foi alugar um trator do velho Skillen a 30 quilômetros de distância enquanto Marimar saiu para comprar uma dúzia de garrafas de vinho, três garrafas de uísque, seis engradados de refrigerante de cereja, um estoque de pacotes de miojo digno de estudante universitário para um semestre e carne seca de búfalo de fabricação local.

Rey trouxe seus próprios suprimentos. Ele voltou com dois homens, um trator e um container para o lixo.

— Me deve *duas* caixas de vinho, sua escrota.

Os homens em questão eram Christian Sandoval e Kalvin Stanley, dois garotos com quem ela tinha estudado no colégio. Mesmo que Chris fosse dois anos mais velho, uma vez ela deixou um cartão de dia dos namorados em seu armário, e, na hora do almoço, ele estava metendo a língua na boca de uma das Mary-Alguma-Coisa no corredor, para todos verem. Não partiu o coração de Marimar; foi mais como a picada de uma agulha de costura. Mas ainda assim doeu.

Como era comum em Quatro Rios, Christian e Kalvin não quiseram ir para outro lugar após a formatura. Não havia nada de errado com a faculdade comunitária na cidade vizinha e Quatro Rios tinha tudo de que precisavam. Uma casa. Trabalho. Torta de graça na lanchonete, embora isso fosse acabar em alguns anos, quando envelhecessem e perdessem o charme, ainda que este fosse muito pouco.

Chris e Kalvin passavam a maior parte dos dias alternando entre a loja Home Depot e o ferro-velho. Aos 21 anos, eram puro músculo, de tanto carregar gesso, aço e madeira. Eram tão burros e bonitos quanto na época da escola, mas, agora que não tinham para onde ir, até jogavam conversa fora com Marimar e Rey. *Que tragédia. Caraca, Nova York? Como é lá? Caraca, de jeito nenhum. Caraca, então você tá de volta mesmo? Soube do treinador Vincent? Por falar em tragédias...*

Quando os Garotos Caraca começaram a remover os escombros queimados, os primos Montoya esquadrinharam tudo em busca de qualquer coisa recuperável. Mesmo na vida após a morte, Orquídea Divina os fazia futucar suas coisas em busca de respostas.

— Escuta essa — disse Rey. — Enquanto eu estava na cidade, descobri que a menina que atormentou você na escola primária tá no terceiro filho e o pai do bebê acabou de ser pego por atentado ao pudor no shopping a duas cidades daqui.

— Isso deveria me deixar feliz? — indagou Marimar, livrando-se de um pedaço de osso carbonizado.

Após uma inspeção mais minuciosa, viu que era do porco assado.

— Bem, os dois gostosões que arranjei para você não estão contribuindo. Temos bebida alcoólica, um vale deserto e tenho quase certeza de que um deles é gay, então a gente podia tentar descobrir qual.

Ela riu, mas não entrou na brincadeira.

— Você sabe que eu superapoio a causa LGBTQIA+, mas não acho que ficar com o cara que uma vez me chamou de Adoradora de Satã Fedorenta vai fazer eu me sentir melhor. Além disso, a Orquídea tá bem ali.

Rey acendeu um cigarro e olhou para baixo, já de saco cheio de trabalhar, embora tivessem apenas começado.

— Ela é uma árvore.

— A árvore tá viva.

Eles continuaram assim por dias. Marimar empurrando com a barriga; Rey tentando animá-la. Marimar dizendo três coisas para a equipe: "Oi", "Quer beber alguma coisa?" e "Até amanhã".

Rey se encarregou de descobrir todos os detalhes das vidas deles. Chris era alérgico a hera venenosa e não teve sucesso como escoteiro porque acabou no hospital depois de cair em um buraco cheio da planta. Kalvin era o sétimo filho em uma família gigante, então outro motivo para ele não ter ido para a faculdade foi que, quando chegaram ao terceiro filho, seus pais estavam sem dinheiro. Chris cantava enquanto ouvia rock clássico no rádio do carro e sabia várias informações semi-inúteis sobre a vida sexual de estrelas do rock, mas arrasava nas noites de *quiz* no pub. Kalvin havia doado um rim para sua irmã mais velha dois anos antes. Chris tentava puxar conversa com Marimar, mas ela apenas sorria educadamente e colocava o cabelo atrás da orelha, disfarçando a vibração que sentia sob a pele quando ele a olhava daquele jeito.

Marimar encontrara itens de acampamento em um dos galpões, da época em que Caleb Jr. descobriu John Muir e quis fazer trilhas em todos os parques nacionais. Ele foi a Yosemite uma vez e voltou para casa no dia seguinte. Suas barracas e sacos de dormir ainda tinha cheiro de novos.

Ela transformou o acampamento que eles montaram em um pequeno lar. Mantinha a fogueira crepitando quando não conseguia dormir com o barulho de libélulas e sapos. Marimar descobriu que o gay era Kalvin quando perambulava pelos pomares e viu ele e Rey se beijando entre as árvores mortas. Em parte, se pudesse escolher, escolheria querer aquilo também. Mas queria mesmo era ficar sozinha. Descobrir por que o botão de flor em sua garganta não tinha florescido mas os de Rhiannon e de Rey, sim. Era a parte dele que Kalvin não parava de tocar.

Uma semana após o incêndio, quando Rey ainda dormia com Kalvin na barraca, Marimar criou coragem para tentar conversar com Orquídea.

— Você me deve mais do que isso.

Ela pôs a mão nas raízes ondulantes que só poderiam pertencer a uma árvore que estivesse no mesmo lugar há centenas de anos. Folhas verdes em tons vivos farfalharam com a brisa de verão. O centro de pedra da lua brilhava na escuridão da noite. O rosto sereno e adormecido de Pedrito a assombrava mesmo quando ela estava acordada.

— O que aconteceu com você?

Mas Marimar não obteve respostas.

Ela colocava a raiva que sentia da avó no trabalho, enfrentando a destruição da casa como se estivesse procurando uma passagem para o outro lado da Terra. Três semanas depois, eles tinham duas pilhas: coisas aproveitáveis e o resto.

Entre os itens aproveitáveis estavam vários pilões e almofarizes de pedra, frascos de ervas e sementes cuidadosamente etiquetados e protegidos em uma caixa de metal. Parte do retrato que Reymundo dera a avó; apenas a metade inferior havia queimado. Um álbum de fotos que Orquídea guardava em seu quarto. A escritura da casa e do terreno. Uma caixa de estanho cheia de cartas com um papel tão fino que Marimar achou que não tinha queimado por um milagre. Não um milagre. Magia. Ainda havia a estátua da Virgem Maria do altar, aquela retratada com pele marrom e três coroas de estrelas. A caneta favorita de Orquídea. E, para a alegria de Rey, um baú de discos.

Não parecia o suficiente, mas foi o que restou. Como a vida inteira de sua avó poderia ser reduzida àquelas memórias? Ela tocava o botão verde em seu pescoço toda vez que ficava pensativa, e estava se acostumando com o novo apêndice.

Gabo, o galo, cujas penas haviam ganhado um tom de azul-cobalto nada natural, também sobrevivera. Se Orquídea estava falando a verdade, então era a terceira ressurreição de Gabo. Rey o encontrou andando entre as cinzas, devorando besouros de fogo e tentando fazer um ninho entre as raízes de Orquídea. Às vezes, o galo caminhava ao lado de Marimar e Rey nas manhãs frias, quando a fogueira não era o bastante para mantê-los aquecidos e eles esquentavam o corpo subindo as colinas íngremes.

— Vou comprar uma vitrola — anunciou Rey.

— Procura na loja de antiguidades da avenida.

— A irmã do Kalvin trabalha lá. Talvez me dê um desconto.

— Mas como vai ligar? Não temos eletricidade.

— Vamos ter. — Ele parecia convicto. — Sabe o que é estranho? Ouço aquelas músicas o tempo todo. Mesmo agora. Dentro da cabeça. As músicas que coloquei para tocar no funeral. Ou foi um velório? Ou um Shivá?

— Não somos judeus.

— Caleb Soledad era.

— Não invoque. Enrique pode aparecer.

— Ele que se foda. Além disso, não discutimos o fato de que nossa avó teve cinco maridos. Cinco. Quer dizer, eu entendo, vovó, mas por que ela não contou a ninguém sobre o primeiro marido? Quem você acha que era?

Marimar balançou a cabeça negativamente.

— Não sei, mas o fantasma dele não estava lá.

Ela contou a Rey sua teoria, de que aqueles não eram fantasmas, e sim algo mais, mas ele não deu bola. Talvez quisesse acreditar que as mães deles tinham vindo vê-los, que os mortos ressuscitaram para dar a

Orquídea uma despedida gloriosa. Mas acabou que eles não a levaram. Ela ainda estava ali, viva, porém transformada.

— Talvez ele esteja no álbum de fotos ou nas cartas dela — sugeriu Rey.

Eles não conseguiram uma vitrola. Mas investigaram a questão do primeiro marido secreto de Orquídea. Marimar pensava em chamar os Montoya quando tudo estivesse limpo e a casa, reconstruída. Mas aquilo não podia esperar. Os itens recuperados estavam guardados em um dos galpões. Eles encontraram fotos das formaturas de seus primos, do casamento de Tatinelly, de batismos. Rey ergueu um santinho com uma oração no verso.

— Isto é do funeral da minha mãe. A irmã do meu pai deve ter enviado um.

— *Eu* não tenho um.

— Você não tem um altar, sua pagã. É como se ela guardasse os momentos em que nunca pôde comparecer porque não queria sair de Quatro Rios.

— Não *podia* sair — lembrou Marimar.

— E esta foto? — Rey apontou para um belo homem negro usando uniforme azul da marinha. — Parece envelhecida.

— É uma foto, não um queijo. — Mesmo assim, ela virou a foto para ler um nome no verso. — Puta merda, é o Martin. Quantos anos ele tinha, uns 18? Eu mal reconheci sem a camisa jeans e o boné de beisebol dos Cowboys.

Para cada marido, Orquídea tinha uma foto de quando eram jovens e outra do casamento. Ela usava um vestido diferente a cada vez, algo que Rey respeitava e Marimar achava impraticável para a avó que conheceu. Ela parecia mais feliz em seu quinto casamento, porém, e Marimar colocou as fotos de volta na caixa para mantê-las seguras. Mas, quando estava fechando a caixa, notou o papel do forro se soltando.

Ela puxou o papel com cuidado para não rasgar. Ali, espremida contra a lata de metal, havia uma fotografia rasgada ao meio. Era Orquídea, jovem e linda. A mão de um homem a agarrava com firmeza, possessivamente. Era tudo o que restava dele.

— Encontrei uma coisa.

Rey olhou para a foto em preto e branco pelo que pareceram horas, tocando na emenda onde estava o rasgo.

— Então é isso.

Então era isso. Uma fotografia rasgada de seu primeiro casamento e nada mais. Marimar também esperara encontrar mais fotos de seu pai. Mas aqueles dois homens haviam sido completamente removidos da família, como se tivessem sido cortados com um estilete. Ou talvez tivessem sido amputados, um membro removido para salvar todo o organismo. Ela se perguntou se foi isso que Orquídea fez a si mesma. Ela disse que estava fazendo aquilo por sua família, para protegê-los. Eles tinham que proteger sua magia. Mas de quê? De quem? Quem poderia querer essa maldição?

Após um mês limpando os escombros, Kalvin e Chris levaram embora os containers. Tudo o que Orquídea havia construído se fora. O terreno estava vazio, a não ser pela ceiba.

Três meses depois disso, Rey acordou com o canto de Gabo e anunciou:

— Preciso ir embora.

— Eu sei — disse Marimar.

Eles se sentaram no topo da colina, como faziam quase todos os dias ao pôr do sol. Rey com seu cigarro e Marimar com sua lata de refrigerante de cereja.

— Acha que vão aceitá-lo de volta na empresa?

Rey fez que não com a cabeça.

— Ninguém ganha uma licença de seis meses quando a avó morre.

— Ela não tá morta.

— Ela é uma árvore.

— A árvore tá viva.

Ele deu uma tragada e suspirou. A rosa entre o polegar e o indicador era de um vermelho-vivo que contrastava lindamente com sua pele marrom-clara. Às vezes, quando ficava sentado de bobeira, tocava nela do mesmo jeito que Marimar enrolava uma mecha de cabelo ou mordia as unhas. Como se fosse uma extensão de si mesmo que sempre esteve lá. Talvez estivesse e eles só foram notar depois da transformação de Orquídea.

— Então, o que você vai fazer?

— Não sei — respondeu ele, enfiando a mão no bolso da calça jeans.

— Fiz uma promessa a ela. Eu não tinha a intenção de cumprir, mas tenho medo que ela me encontre após a morte.

— Usa meu antigo quarto como ateliê.

— Vem comigo — disse ele, vacilando. Ela sentia o mesmo. Eles não se separavam desde que ela tinha 13 anos e apareceu no apartamento com uma mala na mão. — A gente deveria ficar junto.

— Acho que preciso estar aqui agora.

Suas bochechas estavam geladas e ela sentiu uma pressão atrás das pálpebras.

— Eu queria poder estar em dois lugares ao mesmo tempo.

Ela pousou a cabeça no ombro do primo.

— Vai ligar pro Shane e tentar reatar?

— Ele não entendeu por que tive que ficar por tanto tempo. Não vai me entender agora.

Rey mostrou seus dentes brancos e alinhados. Marimar pensou que ele tinha o sorriso de sua mãe. E que talvez eles fossem ficar bem.

Quando ele entrou no jipe e enfiou a mão no bolso de trás para pegar o isqueiro, engasgou tão forte que o cigarro caiu da boca.

— Merda, merda, merda. Não acredito que esqueci disso.

— Do quê?

— Eu queria te mostrar isto naquela noite...

Mas ele não terminou, apenas entregou a Marimar o ingresso velho do circo. Ela não entendeu por que aquilo era importante. A tinta havia desbotado, deixando para trás o fantasma da palavra *Espetacular!* e uma estrela de oito pontas, igual à do anel de seu pai.

— Estava no altar dela — explicou Rey.

— O que isso significa?

Mas, mesmo enquanto perguntava, sua boca ficou amarga com todas as coisas que não sabia.

— Eu sinto muito.

Ele beijou sua testa e ligou o motor.

Não me deixe, ela pensou, mas não conseguiu dizer em voz alta.

Depois que Rey foi embora, o frio do outono chegou. Marimar dirigiu até a cidade em busca de suprimentos: comida, garrafões de água, roupa íntima, suéteres de brechó e lençóis novos. Ela contratou Chris para fazer o isolamento e consertar a porta e o telhado do galpão. Quando Chris contou a seu tio que uma Montoya tinha ficado após o incêndio, ele e dois fazendeiros locais vieram e instalaram um pequeno fogão a lenha para mantê-la aquecida durante o inverno. Eles chegaram quando ela estava tirando as folhas mortas do pomar e foram embora sem dizer uma palavra.

O gesto amável a comoveu.

— Não chore — disse Chris a ela.

Ele era tímido de um jeito que não tinha sido quando estavam na escola. Era como se estar no mundo real tivesse causado uma rachadura permanente em sua autoconfiança. Ele passou os dedos pelos cabelos escuros e esquadrinhou o vale em busca de ajuda, porque não sabia o que fazer quando uma garota estava chorando.

— Era para ser uma boa surpresa — completou ele.

Ela agradeceu e então o beijou. Não tinha planejado, mas ele estava ali e era lindo. Ele tirou a camiseta e eles voltaram para o galpão reformado. Não cheirava mais a sangue de porco e ferro. Cheirava a serragem e lençóis limpos. Ela o empurrou para o colchão de ar, que guinchou. Isso os fez dar risada. Eles se beijaram por horas. Rápido no início, como se ela quisesse devorar sua bondade. Depois, lentamente, passando os dedos pelo seu pescoço, seu tórax. Eles se beijaram até ela saber quais lugares o faziam sibilar ou grunhir. Até ela arranhar as costas dele e sentir uma urgência explodir dentro de si, uma necessidade inebriante de se perder em alguém. De ser necessária.

Eles dormiram agarrados, sob um cobertor de lã que ela comprara no supermercado, com estampa de ursos-pardos e cavalos. O dedo calejado de Chris traçou uma linha pelo osso do ombro dela, mas ele sempre parava com receio de tocar a parte muito estranha dela que existia na base de seu pescoço. Não perguntava a respeito. Isso parecia mais íntimo do que sexo.

Mas ele estava criando coragem, ela sabia. Saiu de manhã enquanto ela fingia estar dormindo para evitar qualquer conversa constrangedora. Depois que ele partiu e subiu a colina de carro, Marimar se levantou para fazer suas tarefas.

Ela nunca tivera sequer uma planta na cidade grande e agora tinha um vale para cuidar. Uma casa para reconstruir. Quando tudo se tornava pesado demais, escalava as raízes gigantes da árvore Orquídea e ficava um tempo sentada, ouvindo a respiração da terra, o bater de asas.

Naquela noite, Chris a surpreendeu com o jantar, pois havia notado que ela sempre se esquecia de comer. E ela o deixou entrar porque gostava da sensação de seus lábios nos dela. Comeram hambúrgueres da lanchonete, e ele mergulhou as batatas fritas na mostarda, o que a fez franzir o nariz. Ela ficava aliviada por ele dominar a conversa, e, quando perguntava coisas que ela não queria responder, como sobre o afogamento de sua mãe ou o que havia causado o incêndio, não insistia.

Ele só se aproximava lentamente, como se ela fosse um cervo que ele não queria assustar. Mas ela não se sentia assim. Tampouco era a caçadora. Era outra coisa. Uma aranha, talvez, deixando-o se enredar nela.

De manhã, ela fingiu estar dormindo novamente, e ele deu um beijo em seu ombro nu antes de sair. Achava que Chris sabia o que ela estava fazendo, e se perguntou se ele estava efetivamente dando-lhe tempo e espaço ou se era um pouco mais sem noção do que ela pensava.

No dia seguinte, depois de colocar fogo em uma pilha de matéria orgânica morta, ela sorriu ao ouvir o som da caminhonete gigante descendo a colina. Seu coração palpitou quando ele saltou do carro, a camisa jeans aberta sobre uma camiseta branca justa. Ela o puxou para a grama e eles transaram ali mesmo na encosta da colina. A cada dia ele chegava um pouco mais cedo, sempre trazendo comida. Bebida. Uma caixa de livros usados para mantê-la entretida, mesmo que ela não quisesse histórias, músicas ou filmes. Ela queria ele e o silêncio.

Mais cedo ou mais tarde, ele ficaria de vez, e ela não poderia fingir estar dormindo pela manhã. Ele acordaria e faria café, e ela iniciaria suas tarefas. Eles tomariam banho no lago gelado e se aqueceriam no galpão. Quando ele sugerisse que ela poderia ficar na casa dele, que seus pais iriam amá-la, ela se fecharia novamente.

Marimar sabia que precisava terminar com Chris. Que ela ainda não tinha se curado o suficiente para dar o que ele precisava, que nem sequer tinha considerado o que *ela* queria. Mas ele era lindo e charmoso, e era gostoso quando estava dentro dela.

— Isto é uma coisa de família? — perguntou ele finalmente.

Eles tinham levado um cobertor para a clareira perto do pomar. As árvores pareciam garras de bruxa saindo da terra, mas Chris disse que lembravam mais pés de galinha. Ele acendeu uma fogueira e eles se deitaram lado a lado para assistir a uma chuva de meteoros. Ele se apoiou no cotovelo e passou os dedos pela gola do suéter dela, com cuidado para não tocar o botão de flor na base de seu pescoço.

— Mais ou menos — disse Marimar.

O fogo crepitava, e ela descansou a cabeça em seu ombro nu. Ele tinha uma tatuagem de leopardo na lateral. Era um trabalho de má qualidade e estava desbotado.

— Alguns primos meus têm os dedos dos pés palmados — contou ele. — E eu tenho uma pinta no umbigo igual a todos os meus irmãos e irmãs. Você deveria conhecê-los um dia.

— Esta aqui? — perguntou, passando o dedo ao redor do sinal.

Ele fechou os olhos e se perdeu na sensação dela em seu abdômen, sua ereção, todo o seu ser. Ela ia ficar sem desculpas para não dirigir vinte minutos e visitar a família dele, que mandava comida e meias para que ela não passasse frio naquele pequeno galpão. Os Sandoval eram mexicanos antes de existirem os Estados Unidos e novas fronteiras para modificarem sua identidade e torná-los mexicano-americanos. Como ela, eles também não falavam espanhol. Mas havia algo acolhedor e familiar neles. Tão familiar que ela deveria querer o que Chris estava lhe oferecendo.

Marimar teria cedido, se não tivesse se assustado em uma noite. Ela estava montada nele, os dedos dele apertando seus quadris com mais força do que o de costume, com tanta força que ela sentiu as marcas que deixariam. Ela virou a cabeça para cima e olhou para a chuva de estrelas, sentindo as mãos dele envolverem seu pescoço. A dor doce e intensa liberou algo dentro dela, e, quando abriu os olhos, Chris estava gritando e tirando ela de cima de si. Ramos grossos de hera se enrolaram nos tornozelos dele e subiram em torno de suas panturrilhas musculosas, até a parte interna das coxas e o períneo. Marimar sentiu como se agulhas pinicassem sua garganta, e, quando tocou o botão, sentiu que se abria.

— Que porra é essa?

Chris respirou fundo e procurou seu canivete no chão para cortar as gavinhas. Sua pele ficou instantaneamente vermelha e pústulas amarelas surgiram onde as folhas venenosas o haviam tocado.

Marimar o levou para o hospital. Ele foi deitado de barriga para baixo na carroceria de sua caminhonete, porque era muito alto e não caberia em nenhum outro lugar. E ela não conseguia parar de chorar enquanto várias pessoas tiveram que colocá-lo em uma maca. Sem que ela pedisse, ele mentiu e disse ao médico que estava limpando um trecho no vale, embora ninguém fizesse jardinagem no meio da noite pelado. E, se fizesse, certamente não seria o pedaço de mau caminho que era Christian Sandoval. O médico ergueu a sobrancelha para Marimar, que tinha a boca ainda inchada de beijá-lo. O homem não era um idiota completo, mas parecia decidido a não querer saber a verdade quando havia um Montoya envolvido.

Aplicaram uma injeção e um pouco de loção em Chris e ele dormiu em sua própria casa depois de deixar Marimar.
Ela ligou para Rey imediatamente.
— Aconteceu algo estranho ultimamente?
— Defina "estranho".
Ela hesitou, colocando lenha no fogão. Então contou tudo a ele. Marimar não sabia o que esperar de Rey. Uma piadinha leve. Gratidão por ter levado Chris para sua vida para começo de conversa. Qualquer coisa, menos uma risada descontrolada. Ela tinha visto bruxas de desenhos animados rirem com menos satisfação.
— Ah, Mari.
— Vai se foder.
— Sério, você faz um sexo hétero levemente violento e tenta matar o cara?
— Eu te odeio.
— Você me ama. E sente a minha falta. Embora eu esteja feliz por não estar aí testemunhando suas escapadas sexuais. — Ela o ouviu suspirar. Um barulho como se ele tivesse deixado cair pincéis ou algo assim. — Quer que eu vá aí?
— Onde você está?
— Eu me matriculei em um curso de arte na Hunter. Odeio os professores, mas vou dar uma chance.
— Não, eu vou ficar bem. Só me avise se algo estranho acontecer com você.
— Sexo comigo é sempre estranho, Marimar.
— Tchau — disse ela, e caiu em um sono profundo e sem sonhos.
O botão em seu pescoço se fechou mais uma vez.
Seis dias depois, Chris apareceu, embora fosse nitidamente doloroso para ele até mesmo sair da caminhonete. Ela admirou seu sorriso torto e pressionou a mão contra seu peito. Ele estava disposto a perdoá-la, a transformar o episódio em uma história engraçada e estranha que poderia contar em um bar um dia. Ela não queria isso, já estava decidida. Antes que ele dissesse qualquer coisa, Marimar terminou tudo, e

Chris saiu calmamente em silêncio. Seu sorriso triste ficou impresso na mente dela, como o calor do beijo que ele deixou em seu ombro todas as manhãs durante um mês e um dia.

Ela o viu desaparecer morro acima e pegar a estrada. Orquídea a havia alertado para não cometer os mesmos erros. Para amar. Mas também a avisara para proteger sua magia. Como poderia fazer as duas coisas, se deixar Chris perto dela significava desvendar uma parte de si mesma que não estava pronta para encarar? E talvez nunca estivesse.

Ela ficou no sopé da colina por tanto tempo que se assustou com as primeiras rajadas de neve pontilhando suas bochechas onde deveriam estar suas lágrimas. Mas não chorou por Christian Sandoval. Sentiu o cheiro do inverno se aproximando e, em vez disso, começou a trabalhar.

Marimar encontrou um machado e cortou as árvores mortas para juntar lenha. Empilhou cuidadosamente as toras num canto do galpão. Abriu a janela para expulsar o cheiro de couro e sândalo que Chris havia deixado para trás. Pendurou os lençóis no varal, e eles tinham o perfume da alfazema fora de época que havia brotado no vale no último mês.

Quando estava tudo tão quieto que ela não conseguia suportar os próprios pensamentos, tão quieto que nem Gabo cantava, Marimar tentou falar com a ceiba que costumava ser sua avó. Pôs as palmas das mãos sobre a casca. Implorou, primeiro em leves sussurros.

— Por favor, o que eu devo fazer?

Em seguida, aos gritos.

— Fala o que tudo isso significa! O que devo fazer com a porra de uma *flor* crescendo no meu pescoço?

Como suas perguntas continuaram sem resposta, Marimar começou a conversar com ela. Confessou coisas que nunca teria revelado quando garota. Como quando saiu com Rey e foi para a cidade assistir a filmes com os outros adolescentes. Ou quando bebeu o estoque de bebidas da avó no ensino fundamental. Ocorreu a Marimar que Orquídea devia saber de todas essas coisas e muito mais. Ela conversava com uma árvore porque era mais fácil do que ligar para um dos Montoya. O que teria para dizer? Nada havia mudado. *Algum progresso na casa. Acho que parti o coração de um bom homem. Nossa magia o machucou.*

Ela esperou pelas coisas milagrosas que Orquídea fizera acontecer um dia. Trazer a chuva. Fazer uma casa aparecer do nada. Invocar espíritos. Mas Marimar não era Orquídea Divina. Ela só estava sozinha.

Um dia, encontrou no chão um canivete feito de aço e uma espécie de osso de animal. A faca de Chris, a que ele usara naquela noite. Ela tentou cortar a flor em seu pescoço, mas desmaiou de dor. Quando acordou, seus lençóis estavam cobertos de sangue e no caule que se projetava de sua carne cresceu um espinho verde solitário.

Ela não tentaria isso de novo por um tempo.

Quando a primeira nevasca forte atingiu Quatro Rios, as folhas da ceiba não mudaram de cor. Mantiveram um estranho verde intenso enquanto a neve caía ao redor delas. Por fim, Marimar desistiu de conversar com Orquídea, e não havia nada que pudesse fazer na propriedade até a primavera. Sentia que aos poucos se transformava em um urso, pronta para hibernar. Todo o luto que não se permitira sentir quando sua mãe e sua tia morreram a soterrou com o triplo da força. Mesmo que não tivesse perdido Rey, sentia saudade dele. Sentia falta até de Tatinelly, embora elas nunca tivessem sido tão próximas quanto os dois. A forma oca dentro de seu coração parecia crescer. Não foi para isso que ela tinha voltado. Não foi para isso que tinha ficado. Marimar era como a terra coberta por camadas de gelo e neve. Ela precisava descansar. Precisava se curar.

Marimar dormiu por seis meses.

Durante esse tempo, ela sonhou. Na maior parte do tempo, flutuava no espaço sideral com as estrelas. Podia ver sua mãe, mas à distância, muito longe. Então ela simplesmente desapareceria. Uma vez, apenas uma vez, ouviu um eco, fraco, mas presente: "Me encontre."

Quando ela acordou, era primavera. A terra ao seu redor estava verde. Selvagem. A árvore Orquídea tinha flores brancas parecidas com algodão. Ela estava pronta. O vale estava pronto.

Marimar contratou uma construtora local, mas insistiu em carregar tábuas de madeira e martelar pregos com eles. Levaria sete anos para construir sua nova casa, porque algo sempre interrompia a obra. Uma vez, choveu tanto que o vale inundou. Marimar dormiu numa barraca no topo da colina até a água baixar. Em seguida, houve quedas de luz. Vários moradores da cidade pediram provas de que Marimar tinha a escritura do terreno. Passaram-se mais cinco meses até que ela conseguisse uma ordem de serviço e, quando o fez, as libélulas e os gafanhotos do vale atacaram os operários da construção. Eles saíram por conta própria, e os trabalhadores que vieram depois descobriram várias violações das normas e tiveram que refazer tudo. Um dia, toda a equipe se demitiu por causa de relatos de fantasmas e do galo zumbi que não parava de cantar.

Quando as fundações foram finalmente construídas, Marimar decidiu terminar o resto sozinha. Seria um trabalho dela, inteiramente dela. A casa foi posicionada bem ao lado da árvore Orquídea. A ceiba que não pertencia ao local, mas que havia feito um lar ali assim mesmo.

Marimar não parou por aí. Ela se matriculou em uma faculdade comunitária, mas não conseguiu encontrar algo que amasse, algo que a fizesse se sentir plena. Ainda assim, frequentou as aulas e se formou. Ela via Chris na feira ou na loja de ferragens, e ele acenava rapidamente antes de se afastar. Ele conheceu uma garota legal, uma confeiteira, e eles tiveram três filhos, cada um com o nome de um jogador famoso de beisebol. Mas, antes disso, ela notou uma nova tatuagem em seu pulso. Um ramo retorcido de hera.

Então, Marimar descobriu que era boa em algo: fazer as coisas crescerem. Ela consertou a estufa. Mesmo que não conseguisse descobrir como fazer seu próprio botão florescer, ela tinha o dedo verde. As sementes que sobreviveram ao fogo ainda estavam nas garrafinhas. Rosas. Orquídeas. Tulipas. Gerânios. Cravos. Jacintos. Dedaleiras. Mosquitinhos. Margaridas. Girassóis. Ela criou seu próprio jardim. Vendia suas flores na feira e mais pessoas a conheciam como Montoya do que como Marimar. Afinal, era a única em Quatro Rios com esse sobrenome.

Ela ligava para a família uma vez por semana, depois, passou para uma vez por mês e, então, a cada dois meses. Descobriu que, depois de meses de silêncio, gostava muito de ficar sozinha. Por um tempo, sentiu-se bem assim. Silvia e os gêmeos a visitaram uma vez. Eles não haviam plantado as sementes que Orquídea lhes dera e optaram por fazê-lo no terceiro aniversário de sua transformação. Todos a visitaram uma ou duas vezes, mas nunca juntos. E nunca ficavam mais do que uns dois dias. Enrique jamais apareceu.

Sete anos após o incêndio, Marimar sentou-se para comer ovos e café puro no café da manhã. Seu botão de rosa ainda não havia florescido, mas sua casa estava completa.

No que deveria ser uma manhã como qualquer outra, o telefone tocou. A voz do outro lado da linha era apressada, urgente, cansada.

— Tati, eu não consigo... vai devagar.

— Sinto muito — disse Tatinelly. — Vai parecer loucura.

Marimar mordeu a lateral do polegar. Ela olhou pela janela para os galhos de sua avó movendo-se com a brisa. Pressionou distraidamente a ponta do polegar contra o espinho em seu botão de flor.

— Desembucha.

— Acho que alguém tá seguindo a gente. — Tati fez um som estrangulado. — Eu nem deveria estar dizendo isso no telefone, não acha?

— Comece de novo. O que te faz pensar que alguém tá te seguindo?

— Mike acha que eu tô louca, mas às vezes vejo um homem parado no final do nosso quarteirão. Quando vou mostrar para alguém, ele já sumiu. Mas Rhiannon vê também. Ela falou que ele disse "oi" para ela uma vez. Não sei. Tenho pensado sobre como tudo aconteceu tantos anos atrás. E a gente simplesmente abandonou você, Marimar. Fomos embora e deveríamos ter ficado, e toda vez que eu queria ligar para você, ficava com medo de que estivesse com raiva. Você tá com raiva de mim?

— Não tô com raiva de você — disse Marimar, tentando ao máximo soar gentil. — Você chamou a polícia?

A risada de Tati ficou quase histérica.

— Eles concordam com Mike. Expliquei para eles como a Mamá Orquídea falou que a gente precisava proteger... você sabe... mas eles me olharam como se eu devesse ser internada num hospício. Pedi ao Mike para dizer que não tô mentindo, mas ele falou que não se lembra *daquele dia* porque desmaiou antes do incêndio. Ele acha que sonhou tudo aquilo. Eu só... podemos fazer uma visita? Por favor? Por favor, Marimar.

— É óbvio que podem — disse Marimar. — Fiquem o tempo que quiserem.

Marimar tomou um gole de seu café e soltou um suspiro lento. Tentou vasculhar seu arquivo de memórias. Lembrava-se de ligar para Rey anos atrás e perguntar se algo estranho havia acontecido com ele. Para os Montoya, estranho era o padrão. Ela não conseguia pensar em nada que se destacasse, mas, se fosse honesta consigo mesma, havia parado de procurar. Não se preocupava mais em desenterrar o passado de Orquídea nem em saber quem era seu pai biológico, e só queria cuidar de suas flores e trabalhar na manutenção do vale. Ela tinha conseguido o que queria, em grande parte. Paz. Um lar.

Havia algo se aproximando que iria perturbar isso. Ela pôde sentir no ar, que esfriou. A brisa forte fechou as venezianas. Gabo gritou mais alto do que nunca. O telefone tocou novamente.

— Tati? — perguntou.

Ela ouviu um som, mas não era Tatinelly. Era um ruído de fundo, o crepitar de uma estação de rádio morta, uma voz que ela ouvira antes em seu sonho durante a hibernação. Ele disse:

— Abra a porta, Marimar.

15

O REI DO MUNDO

A primeira mentira que Rey contou a si mesmo ao voltar para Nova York foi que ele só estava fazendo isso para cumprir sua promessa a Orquídea. Não se pode mentir para os mortos. Embora Marimar insistisse que a avó não estava *realmente* morta. Mas ela continuava ausente, e eles continuavam ferrados.

Em seu primeiro dia de aula, as pessoas ficaram olhando. Pela primeira vez, foi bom não usar um blazer sóbrio ou cores que o camuflariam nos tons suaves de uma encosta de montanha. Era inverno e ele optara por suéteres de caxemira esmeralda, ou vermelhos, no tom sangrento de romãs abertas ao meio. Não queria ser um daqueles nova-iorquinos que sempre se vestiam de preto, principalmente porque não era nova-iorquino. Ele era de Quatro Rios, o fruto de mulheres transmutáveis. Primeiro mortais, depois divinas.

Rey contara a Marimar que odiava seus professores. Todos tinham um ar entediado. Eles andavam pelo estúdio verificando o progresso dele. Muito devagar. Muito desleixado. Isso deveria ser modernista?

Ele não entendia os termos ou as categorias. Era o mais velho em cada uma de suas turmas cheias de calouros maltrapilhos que cheiravam a maconha e desodorante vencido. Uma vez, enquanto comia pizza nas passarelas de vidro que ligavam os diferentes edifícios da Hunter College, uma das garotas de sua turma sentou-se ao lado dele. Seu cabelo era loiro nas pontas e escuro na raiz por causa do excesso de oleosidade.

— Posso tocar? — perguntou ela.

Ele quase engasgou com a pizza.

— Perdão?

— A flor. — Ela olhou para ele como se ele já devesse saber. — É de verdade?

— É de verdade, e não, você não pode tocar.

Ela revirou os olhos e se levantou feito uma criança a quem algo foi negado. Quando ele foi dar outra mordida na pizza, ela agarrou seu pulso. Puxou uma pétala. Ele se lembrou de quando sua mãe o arrastou para fora da escola pela orelha por brigar. Só que era mil vezes pior. Ele nunca tinha tido um pedaço de si mesmo arrancado tão violentamente.

Quando ele gritou e as pessoas começaram a olhar, ela o soltou. Ele ficou deitado no chão por meia hora antes que alguém fosse ver como estava, e outra meia hora antes que um dos seguranças lhe dissesse que estava sangrando no chão.

Ele nem tinha terminado a pizza.

A partir daquele dia, Rey passou a odiar ir às aulas de arte na Hunter College. Ele não viu mais a garota em sua turma, mas imaginou o que diria se visse. Não poderia simplesmente dar um soco numa garota, mesmo se ela o tivesse atacado. Não poderia chamar a polícia ou explicar sua rosa.

A voz de Orquídea soava em sua mente nesses momentos. *Proteja sua magia.*

Sua avó estava realmente vislumbrando uma estudante de arte nojenta quando pronunciou aquelas palavras finais?

Desde então, Rey se tornou mais cuidadoso. Vestia enormes suéteres de manga comprida com buracos para o polegar. Ele se sentia um garoto emo que se perdeu no caminho para um videoclipe do My Chemical Romance. Ou uma dona de casa de Manhattan usando roupas esportivas. Isso não fazia Rey se sentir tranquilo, mas era uma precaução necessária.

Ele dizia a si mesmo que poderia desistir. Já tinha um diploma, já havia agradado a avó. Mas, no momento em que estava diante de seu cavalete, quando colocava os fones de ouvido, quando arregaçava as mangas, quando estava sozinho no estúdio... bem, nem tudo era uma bosta.

Ele não parava de pintar. Não conseguia parar. Parte dele queria alcançar o êxtase que sentira na primeira vez, quando se trancou em seu quarto e trabalhou no retrato de Orquídea. Ele era teimoso, reservado e não dava ouvidos aos professores. Sua média mal chegava a 8.

No entanto, durante a exposição dos alunos no final do semestre, quando as pessoas passavam por suas pinturas, elas paravam. Olhavam. Algumas até choravam. Essa atenção era excessiva. Rey estivera procurando evitar aglomeração e cometeu o erro de ficar em um cantinho. Não percebeu que alguém o havia seguido e não percebeu que o cara o encurralou até que fosse tarde demais. O estranho tinha vinte e poucos anos, peito largo, e era mais alto do que Rey. Suas bochechas estavam rosadas por causa do vinho que estava sendo servido.

— Estive olhando para você a noite toda — disse o estranho, tão perto que Rey sentiu o hálito de leite azedo dele.

— Que bom pra você — retrucou Rey, e fez a única coisa que podia: tentou passar por ele.

O estranho encostou Rey na parede com o antebraço estendido. A boca de Rey ficou seca, os músculos, moles como gelatina. Ele tinha participado de muitas brigas, usando a força para escapar de grupos de meninos que tentavam fazê-lo *virar homem*. Pensou em seu pai ensinando-o a bater, a sofrer um golpe e cair rolando para que pudesse fugir. Mas isso tudo tinha sido há muito tempo.

O estranho deslizou os dedos pelo braço de Rey e roçou o polegar nas suaves pétalas da rosa. Rey pensou em como Marimar disse que a hera venenosa havia atacado o namorado dela quando ele se empolgou demais. Ele riu na época, mas agora, enquanto o pânico paralisava o pouco de bom senso que ele normalmente tinha, estava furioso. Furioso por estar rodeado de mármore, vidro e cimento em vez de terra, grama e montanhas.

O aperto de seu agressor aumentou e, desta vez, ele gritou. Rey sentiu o gotejar quente de sangue antes de vê-lo. Uma dúzia de espinhos, cada um com um centímetro e meio de comprimento, projetara-se de sua pele.

— Qual é o seu problema, sua aberração? — gritou o estranho bêbado, olhando para o sangue escorrendo de pequenos furos perfeitos na palma de sua mão.

— O que tá acontecendo aqui? — alguém gritou.

Um professor, Rey percebeu.

O agressor enfiou a mão ensanguentada no bolso.

— Só tô parabenizando Rey pela bela exibição.

— Isso é verdade? — o professor perguntou a Rey, que aninhou a mão florida contra o peito.

Ele assentiu. Afinal, quem acreditaria nele?

O estranho deu o fora, mas o professor permaneceu. Ele tinha um porte físico mediano. Cabelos grisalhos fartos e olhos azuis da cor de miosótis. Não, da cor de jacintos. Um azul de flor lindo para caralho. Apesar do grisalho, seu rosto era jovem. Usava um blazer verde-esmeralda e um prendedor de gravata com uma pedrinha de granada, e calças jeans para fingir simplicidade. Ele mantinha a distância, mas fixou seu olhar em Rey, cujo coração martelava dentro do peito.

— Posso te chamar um táxi?

Com isso, Rey riu. Ele se sentiu como uma bomba-relógio desarmada ao dizer:

— Pode me chamar de Rey. Professor...?

— Edward Knight.

Edward Knight, um crítico de arte que também era professor, colocou Rey sob suas asas e sobre sua cama.

Rey, com seu lindo sorriso e olhos cor de mel. O corpo esculpido como Michelangelo fez com Davi. Eddie entrou na vida de Rey na noite da exibição e não saiu do seu lado desde então. Rey ficou mais um semestre no curso de arte, mas seu coração lhe disse que não era por ele. Embora Eddie nunca tenha sido seu professor, arrumava tempo para passar no apartamento de Rey todos os dias e examinar seu progresso.

Às vezes, não tinha nada a dizer; simplesmente se sentava em uma cadeira e observava Rey trabalhar, pincelada por pincelada.

— Por que você parece tão chocado? — Rey perguntou uma noite.

— Chocado não. Fascinado.

— Por causa da minha rosa?

— Porque você não hesita. Desde o primeiro momento em que seu pincel toca a tela, você não para. Mal come. É como se estivesse...

— Tô inspirado — interrompeu Rey, porque não gostava da palavra *possuído*.

Rey trabalhava no que chamava de "merda esquisita", que Eddie preferia chamar de surrealismo, embora o surrealismo estivesse fora de moda agora. Rey não sabia os nomes de artistas famosos nem de movimentos. Usava seus livros de história da arte como paletas se o papel para paleta acabasse. Quando Eddie o levou para uma exposição de verdade em uma galeria de arte, Rey basicamente sorriu e bebeu champanhe enquanto todos os amigos do parceiro se comunicavam em um francês acelerado. Ele ficou surpreso ao notar que nenhum deles o tocou, nem mesmo com um tapinha casual no ombro. Parecia até que haviam sido avisados. Que Eddie era seu escudo contra a cena artística, que parecia tão estranha. Afinal, por mais que tivesse uma boa formação e por mais tempo que tivesse morado em Nova York, quando estava nas entranhas repletas de escargot dos críticos de arte, Rey ainda se sentia um caipira vindo do meio do nada.

Aos poucos, aprendeu a dizer as coisas certas. A vestir as roupas certas. Aprendeu que as pessoas nem sempre querem conversar com você; elas querem simplesmente estar por perto, para o caso de você ser o próximo grande sucesso. Ele se tornaria uma história que as pessoas poderiam contar nos churrascos de feriadão ou no happy hour. "Ah, Reymundo Montoya? Eu fui em sua primeira exibição. E sim, é de verdade."

Eddie insistia que todos o chamassem de Reymundo. Rey era muito doce, muito casual. Por que ser só Rey? Por que apenas rei, quando sua mãe pretendia que ele fosse o rei do mundo? Por que ser menos quando ele era muito mais?

Rey manteve contato com Marimar ao longo dos anos. Ele continuava encorajando a prima a laçar um cowboy da cidade, mas ela estava feliz em seu jardim, seu coração ainda hibernando, embora o inverno já tivesse acabado. O resto dos Montoya, pelo menos, estava prosperando. Caleb Jr. tinha ido a Nova York para uma parceria com um designer extravagante, e Rey gastou milhares de dólares do dinheiro de Eddie numa boate de striptease na Murray Street apenas para seu tio se divertir. Eles visitaram Florecida em Key West e a levaram em um cruzeiro com bebida liberada, onde ela conheceu seu segundo marido. Eddie até sentou-se com Rey debaixo de chuva no anfiteatro de Jones Beach apenas para ver Juan Luis e Gastón abrirem o show de uma nova boy band.

Sabendo que sua família estava segura, que ele se preocupara por nada, Rey seguia pintando. Revirou os olhos para Marimar quando ela o chamou de *sugar baby*. Ela não sabia o quanto Eddie o protegia dos abutres daquele mundo. Às vezes, ele se preocupava que as pessoas estivessem lá porque o desejavam, porque queriam ficar perto da rosa em sua mão, que agora não ficava mais escondida. Foi quando se trancou e não apareceu até que tivesse um novo lote de retratos pintados. Florecida assistindo ao pôr do sol no ponto mais extremo dos Estados Unidos. Marimar em seu jardim venenoso. Rhiannon com sua linda flor na testa, sempre mudando.

Certa vez, uma compradora perguntou a ele:

— De onde elas vieram?

Ela apontou para as flores crescendo no pescoço de Marimar e na testa de Rhiannon. Mas quis se referir à que estava na mão dele. Quis perguntar quão real ele era, quão autêntico.

— É uma maldição de família — respondeu ele, e pensou que estava contando uma mentira, mas às vezes não tinha certeza.

Mas, já que as pessoas iam ficar encarando, fazendo perguntas e querendo tocá-lo, então ele ia dar seu espetáculo.

Naquela mesma exposição, uma jovem comprando arte para algum britânico rico se aproximou de Rey. Ela sabia que deveria ficar a pelo menos seis passos de distância, mantendo os braços ao lado do corpo, onde ele pudesse vê-los. Eddie tinha se encarregado de treinar todo mundo sobre como abordá-lo, e, às vezes, Rey ficava amargurado por não conseguir fazer isso sozinho.

— Um milhão de dólares — disse ela.

Rey ficou confuso. Ele estava diante da pintura favorita que fez de Marimar. A prima olhava para o céu noturno enquanto as estrelas caíam. O beija-flor que ele desenhou era tão real que, se você se mexesse, a criatura parecia voar para a frente e para trás. O preço máximo que suas pinturas alcançaram tinha sido 30 mil, mas Eddie lhe garantira que seu valor só aumentaria.

— Sinto muito, deve haver um engano.

A jovem estava toda vestida de preto, as bainhas desfiadas. Ela olhou ao redor e cuidadosamente deu outro passo para mais perto.

— Estou comprando para um cliente muito recluso.

— É por isso que ele não tá aqui?

— Meu nome é Finola Doyle. Tentei entrar em contato com seu agente, mas, enfim...

Ela entregou a Rey um cartão feito de um grosso papel-cartão. Tinha um brasão com um cavaleiro e leões heráldicos.

— Como eu disse, a oferta é de um milhão.

Rey olhou em volta para o salão barulhento, vendo grupos de pessoas reunidos em torno de suas peças. Passara noites sem dormir e sem comer produzindo-as.

— Pelo quadro?

— Por você.

Ela corou.

Rey soltou uma risada suave. Tocou o cartão em suas mãos e olhou para Eddie do outro lado do salão. Seu cavaleiro prateado.

Rey fez a única coisa que podia fazer. Ele foi para casa, porque, se permanecesse mais um minuto ali, ficaria tentado a dizer sim.

As pessoas não ficavam felizes apenas em olhar para sua arte. Não, elas queriam olhar para ele. Arrancar pedaços e levá-los para casa. Quanto mais famoso ele se tornava, mais gente queria abri-lo, cortá-lo até o osso. Ele nunca poderia dar uma resposta satisfatória para a flor em sua mão. Seria uma modificação corporal? Como quando algumas pessoas dividem suas línguas para sibilar como cobras, ou afinam cirurgicamente suas orelhas para fazê-las parecerem elfas, ou colocam diamantes incrustados em sua pele?

Embora fosse exaustivo, depois de um tempo, ele se acostumou a ser tocado e puxado como se fosse uma boneca, desde que comprassem alguma coisa. Até Eddie o tratava como um brinquedo.

Rey passou a sair menos. Não retornava ligações. Cada momento fora de seu ateliê parecia tempo desperdiçado. Criar algo do nada tinha um custo. Sete anos depois do incêndio, ainda se lembrava de sua avó lhe dizendo isso. Havia um custo. Um preço. Por que algumas pessoas tinham que pagar um preço e outras não?

Eddie, por exemplo. Eddie era o tipo de rico que tinha uma casa de férias em Connecticut e uma nos Hamptons. Dinheiro suficiente para não dar satisfação a ninguém; dinheiro que pagou a faculdade de arte e anos na Europa Oriental, onde ele foi se encontrar, embora não tivesse se perdido. Acabou se tornando professor de arte porque gostava de cores e, principalmente, de julgar outras pessoas. Toda a vida de Eddie, quando ele a relatava a Rey, parecia um sonho febril. Do tipo que ele só tinha visto nos filmes de Baz Luhrmann. Qual era o custo para Eddie além de um amante lindo e jovem que ele poderia exibir e depois levar para casa e foder?

Rey não gostava de pensar assim, um dia, porém, aquele carrossel de pensamentos começou e não parou mais. Além disso, não conseguia se livrar da sensação de que alguém o estava observando. Tudo começou em seu novo apartamento, localizado um prédio estilo *brownstone*, que comprou no Harlem. Ele parou na frente da janela e achou ter visto uma silhueta do outro lado. Seu quarto ficava no terceiro andar e, portanto, não deveria haver ninguém ali. Ele se convenceu de que estava olhando para seu reflexo, mas a silhueta não era a sua. Era um homem mais alto, com cabelo comprido. Não conseguia distinguir muita coisa, apenas o brilho do sol batendo no vidro.

Rey cambaleou para trás, o coração martelando no peito. A memória de fantasmas, do espírito desencarnado de sua mãe, substituiu qualquer reflexão sobre aquele encontro.

Eddie veio por trás dele, apoiando uma mão em cada lado de seus braços musculosos, como se Rey estivesse apenas tendo mais um momento de dúvida criativa.

— Algo errado?
— Não. Só trabalhando muito.
Eddie beijou o ombro nu de Rey.
— Vem para a cama, então.
— É dia claro e eu tenho que trabalhar.
— Você trabalha sem parar desde que te conheci, querido. Tire uma folga. Qual é a pior coisa que pode acontecer?

Rey riu, mas não respondeu.

Nas duas noites seguintes, aconteceu novamente. A forma estava na janela, na poça durante sua caminhada para espairecer, no espelho.

Ele nunca viu um rosto e às vezes nem mesmo via um corpo. Uma vez, o vulto ficou tão perto que Rey pôde ver olhos brilhantes olhando para ele.

Ele ligou para Marimar, mas ela não atendeu. Convenceu-se de que sua mente estava se rebelando contra as poucas horas de sono, os muitos cigarros e as grandes quantidades de vinho. De qualquer maneira, o que a prima poderia fazer, a centenas de quilômetros de distância?

Então, ele se concentrou na pintura. Mas, mesmo em suas telas, começou a capturar a figura que o assombrava — um homem que era como o negativo de um rolo de filme. Todo preenchido com as cores de uma supernova. Rey pintou outro, e, dessa vez, era tinta preta com um prisma em forma de homem no centro. E outro, com um violento raio de luz engolindo o céu noturno.

Aquelas não eram suas pinturas neossurrealistas usuais em cores saturadas. Não iriam impressionar seu agente. Embora, se o Universo tivesse senso de humor, ele provavelmente os venderia por um milhão de dólares. Então Rey também poderia ter dinheiro suficiente para não dar satisfação a ninguém.

Quando as mostrou para Eddie, tudo o que ele disse foi "Uma direção interessante", de um jeito que fez parecer que ele estava confuso e um pouco assustado.

Como Rey poderia explicar que não estava no controle das próprias mãos? Não contava para o próprio namorado, mas em algumas noites ele tinha apagões. Quando acordava, três dias haviam se passado e a pintura estava terminada. Ele tocou a rosa em sua mão e se lembrou das palavras de sua avó: *Pinte outro para mim.* Vinha pintando pelos últimos sete anos, então por que isso estava acontecendo agora?

Precisava sair de casa. O ar estava excepcionalmente frio, mas ele fechou o zíper de um casaco de moletom e colocou os fones de ouvido. Música e audiolivros ajudaram a bloquear o mundo exterior. O ar gelado e úmido se infiltrou em suas roupas e nos ossos enquanto ele caminhava da 125 com a Quinta Avenida direto para o Central Park. Gostava de ver o pôr do sol sobre o reservatório.

Porém, quando foi virar na 92, o vulto alto que ele tinha visto em sua janela estava parado na esquina. Rey começou a correr, empurrando turistas para o lado e chutando o cascalho. Ele disparou com a água turva e calma à sua esquerda e sombras tomando conta de sua visão periférica. Para onde poderia correr? *Para Quatro Rios*, pensou, mas, enquanto ainda conjurava as palavras, abriu a boca para rir e apenas um grito saiu. Rey olhou para trás e viu o prisma de luz no coração da sombra, então saltou da pista de corrida para atravessar para o West Side. Suas coxas queimavam e as solas dos tênis começaram a soltar fumaça. Ele teve outro apagão e, quando abriu os olhos, estava no meio do trânsito, com carros buzinando sem parar. Um policial a cavalo galopou em sua direção. Rey não conseguia ouvir nada além de sirenes e buzinas estridentes. O oficial perdeu o controle do cavalo e a criatura se apoiou nas patas traseiras, chutando Rey no peito.

Rey acordou no hospital pela primeira vez na vida. Tocou sua rosa, temendo que tivessem feito algo a ela. Temendo que, se a tivessem removido, ele também perderia sua arte, e Eddie, e os rostos anônimos que queriam... precisavam dele.

Mas ainda estava lá.

Eddie estava alucinado ao lado da cama. Seu cabelo parecia mais branco enquanto ele alternava entre "O que você estava pensando?", "Vou ligar pro meu terapeuta. Ele pode prescrever umas coisas boas para você" e "Querido, tem certeza de que está bem?".

— Eu juro, não lembro como cheguei lá — disse Rey, e falava sério.

Eddie suspirou profundamente.

— Bem, não sei sua senha e seu celular não parou de tocar nas últimas horas.

Rey sentiu uma pontada de culpa. Havia 23 chamadas perdidas de Marimar, todas em rápida sucessão. O frio se espalhou do meio do peito para o resto do corpo enquanto ele colocava o telefone no ouvido. O mero som da voz dela o levou às lágrimas.

"Oi. Tem alguém perseguindo Tatinelly e ela tá vindo para cá com Mike e Rhiannon. Pois é! Você devia largar a vida de artista famoso e vir para o meio do nada passar um tempo com suas primas. Amo você, mané."

O alívio o inundou. Ela estava bem. Eles estavam bem. Ouviu a próxima mensagem de voz.

"Ahm... Tio Félix morreu." Ele ouviu o silêncio estático enquanto ela procurava por alguma coisa. "Acidente de carro. Te ligo depois."

"Rey... Tia Florecida se foi", dizia a seguinte. Dessa vez, a voz dela falhou. "Ela se afogou na banheira. Pegou no sono. Penny encontrou ela. Tô tentando entrar em contato com ela. Juan Luis... é ele na outra linha."

Rey apertou rapidamente o botão para a próxima mensagem. Ele tinha que ouvir a voz dela. Agarrava-se a isso mesmo enquanto Eddie tentava se incluir, fazendo mais e mais perguntas.

"Penny", disse Marimar, tão baixinho que ele teve que repetir a mensagem várias vezes só para ter certeza de que havia entendido.

Outra mensagem.

"Tatinelly acabou de chegar."

Então outra.

"Por favor, me diga que não tá atendendo porque você é um babaca famoso e não porque algo aconteceu. Tá bem?"

E, finalmente, apenas:

"Rey."

Ele não estava bem. Não ia ficar bem. Verificou data e hora de cada mensagem e todas eram daquele mesmo dia. Tudo aconteceu enquanto ele estava ignorando seu telefone e de alguma forma acabou no meio de uma rua fugindo de alguma *coisa*. Era sobre isso que Orquídea os havia alertado? Estava finalmente ali?

— Espere, aonde você vai? — perguntou Eddie. Quando estava preocupado, as rugas ao redor dos olhos e dos lábios se tornavam mais pronunciadas. Ele ficou pairando na frente enquanto Rey se vestia silenciosamente e, em seguida, bloqueou a porta com seu próprio corpo.

— Rey, fale comigo.

— Não posso explicar. Tenho que ir pra casa.

Ele se referia a outra casa, é óbvio.

Eddie foi para a casa deles no Harlem, mas não encontrou seu Reymundo lá. Rey foi direto para o aeroporto e continuou indo. Não iria parar até chegar a Quatro Rios, porque não tinha certeza do que poderia acontecer com ele se parasse.

16

DEVANEIOS DE UMA FADA CRIANÇA

Mike Sullivan se lembrou da primeira vez em que pôs os pés em Quatro Rios. Ele não queria ofender Tatinelly, mas não entendia por que a família dela tinha ficado tão abalada com o fato de o lugar todo ter pegado fogo. A casa, embora impressionante, precisava de uma reforma, e urgente. O incêndio foi um mal necessário, se queriam saber. E ninguém quis.

Nenhuma família deveria ser tão desajustada quanto os Montoya. Felizmente, seu pequeno núcleo era perfeito. Tatinelly, Rhiri e ele. Embora preferisse passar as festas de fim de ano só os três juntos, eles alternavam os anos visitando seus pais e os dela no Texas. Não se achava capaz de lidar com outra reunião familiar completa. Mas Tatinelly estivera estressada a semana toda, porque o noticiário fazia ela achar que estava sendo seguida. Ele dizia à esposa para não assistir antes de dormir, mas ela insistia. Moravam no bairro mais seguro da cidadezinha deles. Não havia a menor possibilidade de ela estar sendo seguida.

De qualquer forma, havia uma tempestade de neve se aproximando do noroeste do Pacífico e ele tinha alguns dias de férias que queria passar com suas meninas. Quatro Rios não teria sido sua primeira escolha. Na verdade, ele pretendia passar direto por Quatro Rios e chegar até a Costa do Golfo em busca de um clima melhor, mas então eles receberam aquelas ligações terríveis.

Ao ver a árvore, Mike sentiu um arrepio profundo. Como uma pessoa podia se tornar uma árvore? Mesmo tendo visto com os próprios olhos, parte dele não queria acreditar que tinha acontecido. Ele dissera que estava dormindo, mas mentiu. Teve que mentir. Como poderia admitir que viu o que viu? Não era uma coisa normal. Os Montoya podiam ficar com suas maluquices para eles. Pelo menos agora que Orquídea havia falecido — descanse em paz —, a família toda poderia esquecer seus mitos e superstições.

Então ele olhou para Rhiannon pelo espelho retrovisor, quase caindo do assento quando o Fusca rosa alcançou o topo da colina destruidora de motores. Ela deveria conhecer sua família, por mais estranha e desconcertante que Mike a considerasse. Rhiannon era perfeita. Ele passou a amar até a pequena rosa crescendo no meio de sua testa. A menina tinha o rosto em forma de coração e as maçãs do rosto salientes de sua mãe. Verdade seja dita, a única parte que ela herdou de seu pai foi a tonalidade castanho-clara do cabelo, quando ele ainda tinha algum. Depois do incêndio, ele acordou com os fios todos grisalhos. Então, alguns dias depois, todos caíram, como uma árvore que ficou nua depois de um vento muito forte.

Rhiannon apontou para a janela e disse:

— É ela! É Mamá!

Tatinelly sorriu, embora cada parte dela doesse. Eles não entendiam o que causava sua dor. Quando ela foi ao médico, disseram que estava bem. Que estava imaginando coisas. Mas, quando se mexia, a sensação era de que seu corpo era feito de peças de metal enferrujadas e esquecidas. Como se os problemas de saúde não fossem ruins o suficiente, Tatinelly afirmava estar sendo perseguida. Ninguém parecia acreditar nisso também. Mas, agora que estavam em Quatro Rios, com o cheiro das flores silvestres no ar, ela se sentia tranquila. Desejou que tivessem vindo durante uma época mais feliz. Desejou ter telefonado para o pai mais cedo naquele dia. Talvez, se o tivesse atrasado para o trabalho, ele não teria sido atropelado pelo caminhão. As lágrimas corriam por suas bochechas novamente, mas a brisa fresca as levava embora.

Ela estendeu a mão para Rhiannon.

— Sim, pequena. Aquela é Mamá Orquídea.

A voz de Rhiannon era como um sino tocando ao vento. Libélulas voaram para dentro do carro, cutucando sua rosa, caminhando sobre seus ombros, aninhando-se em seus cachos como se ela fosse uma fada trocada por uma criança voltando para casa.

Os Sullivan pararam o carro do lado de fora da casa, e Reymundo e Marimar esperavam na varanda. A árvore ao lado projetava uma sombra comprida. Quando estacionaram, as libélulas os trocaram pela grama alta nas colinas.

— Como é bom ver vocês! — disse Tatinelly, envolvendo seus primos em um abraço apertado.

Ela recuperou parte de suas forças, como se Reymundo estivesse dando um pouco da sua para ela e Marimar a estivesse amparando.

Não havia tempo para lamentar quão pouco tinham se visto ao longo dos anos, como as circunstâncias eram infelizes. Rhiannon saltou do carro. Seu vestido era de um verde-vivo, a cor de folhas novas, a cor do botão de rosa no pescoço de Marimar que nunca havia florescido.

Marimar não pôde deixar de rir quando a garota abraçou suas pernas. Ela falava umas mil palavras por minuto. Sua cor favorita era o verde-folha e ela estava no segundo ano. Suas matérias preferidas eram ciências e literatura. Suas histórias favoritas eram os contos de fadas que sua mãe gostava de inventar, histórias sobre colinas mágicas e monstros do rio e um lugar aonde nenhum deles jamais havia ido. Ela tinha medo do escuro, mas só quando estava sozinha. Queria ser alta o suficiente para tocar nas flores da grande árvore. Podia ouvir seu choro. Algum *deles* conseguia ouvir a árvore? Havia alguém dentro dela?

— Você pode *ouvir* a árvore? — perguntou Rey, mas seu tom cortante não era de descrença. Beirava o ciúme. — Nunca ouvimos nada, e nós *limpamos* essa bagunça.

Mike bagunçou o cabelo da filha e disse:

— Ela acha que todas as árvores falam com ela. Que imaginação.

Rey fingiu um sorriso.

— Pois é.

Mas Rhiannon já havia perdido o interesse por seus primos. Ela apontou para o galo azul e perguntou:

— Mamãe, o que aquele galo tá fazendo?

— Gabo tá botando um ovo, querida.

— Na verdade, o nome dele agora é Jameson — disse Marimar.

Rhiannon inclinou a cabeça para a árvore Orquídea, esperou, como se estivesse ouvindo, e deu uma risadinha.

— Mamá Orquídea não gostou de você ter mudado o nome dele.

Marimar empalideceu.

— O quê?

— Por que você mudou o nome do Gabo? — perguntou Rey.

Marimar encolheu os ombros, na defensiva.

— Ele bebeu uma garrafa inteira de Jameson e bateu as botas. Eu até enterrei ele, mas lá estava o bicho no dia seguinte, empoleirado nas raízes da Orquídea.

— Ele tem sete vidas? Como um gato? — quis saber Rhiannon.

— Sim, querida — disse Tatinelly, porque era mesmo bem provável. — Ele tá na quarta ou quinta ressurreição.

— Vou me arrepender de perguntar isto... — disse Mike, enfiando as mãos nos bolsos. Apesar da brisa fresca, estava suando. — Mas como aquele galo tá botando um ovo?

— Bom, depois do incêndio, Jameson ficou completamente azul e começou a botar ovos — contou Marimar. — Nem preciso mais comprar. As gemas são verdes, mas você se acostuma.

— Jura? — Mike riu nervosamente e coçou uma parte ressecada do couro cabeludo.

— Entrem — chamou Marimar. — Liguei para todo mundo e eles devem chegar em breve.

Enquanto os Sullivan a seguiam para dentro de casa, Mike notou que Marimar parecia a mesma de quando tinha 19 anos. Embora tivesse trocado os jeans rasgados por vestidos de algodão que a faziam parecer um espírito do vento em meio à grama alta, ainda usava suas botas de couro pesadas, que ela tirou na porta da frente. Reymundo, porém, estava diferente. Mais musculoso, bonito de uma forma que fez Mike fitá-lo, com as bochechas coradas e envergonhado.

Marimar serviu café para todos na nova sala de estar. Tudo na casa parecia novo. Decoração nova. Pintura nova. Papel de parede novo. Algumas coisas haviam sobrevivido ao incêndio, mas por pouco. Discos e fotografias que Marimar havia emoldurado para ocupar uma parede inteira. Tatinelly sorriu para a pintura pendurada acima da lareira, com uma marca de chamuscado na metade inferior. Ela achou que a mancha parecia o rosto de um homem, mas talvez fosse como aquelas manchas de tinta dos psicólogos. Ela despejou cubos de açúcar em seu café com leite, que tinha um gosto encorpado e fresco. O café em si era diferente. Ela não deveria ter esperado os cheiros e sabores de Orquídea quando Orquídea não estava mais ali.

— Sinto muito pelo seu pai — disse Reymundo, despejando uísque em seu café.

— Sinto muito por todos — lamentou Tatinelly. — O testamento do meu pai diz que ele quer ser cremado e espalhado no rio onde Orquídea ia pescar quando criança.

Marimar franziu a testa, confusa.

— Eu me lembro de um dia de Ação de Graças em que seu pai disse que a pesca era o motivo de a vovó ser tão má.

— É a vontade dele — disse Tatinelly, com uma risadinha. Ela estava se sentindo bem, à vontade. O desconforto em seus ossos diminuíra tanto que ela se perguntou se suas dores repentinas tinham sido causadas por medo e ansiedade. Por estar tão tensa que seu corpo se revoltou contra ela. — E quanto a tia Florecida e Penny?

— Elas serão enterradas aqui no cemitério da família — explicou Marimar.

Tatinelly assentiu com a cabeça. Ela se virou na direção de um grito agudo vindo da janela aberta. Rhiannon corria pela grama selvagem perseguindo Jameson e as libélulas.

— Vou fazer companhia a ela — anunciou Mike, e pediu licença, deixando sua xícara vazia e intocada para trás.

Tatinelly o observou partir, recebendo um afago enquanto ele passava. Então seu rosto ficou sério, conspiratório, quando ela disse aos primos:

— O que vamos fazer?

— Não sei — disse Marimar, mordendo a pele vermelha em volta da unha do polegar.

— Mike não acredita em mim, mas eu vi um homem me seguindo.

— Nós acreditamos em você — afirmou Rey, tomando um gole de sua xícara com a borda dourada e pontilhada com uma lua e estrelas.

— Eu já vi. O vulto. Não tenho certeza do que é.

— Ele... tipo... brilhava? — indagou Tatinelly, soltando um suspiro ansioso.

Rey fez que sim com a cabeça. Como aquele vulto poderia estar em dois lados opostos do país ao mesmo tempo?

— O que ele quer?

Marimar tocou seu botão de flor distraidamente.

— O pacto que Orquídea fez. Tá vindo atrás da gente.

— Mas que pacto foi esse? Como podemos descobrir os detalhes? — perguntou Rey. — Nós procuramos. Você sabe que procuramos. Algumas fotos. Um ingresso de circo. Ela não podia dizer quando estava viva, como vai dizer agora que está... transformada?

— Já tentou *conversar* com Orquídea? — sugeriu Tatinelly.

Marimar zombou.

— Ela é tão receptiva quanto em vida. Embora aparentemente Rhiannon consiga ouvi-la.

— Então, você não viu nada? — perguntou Tatinelly.

— Eu ouvi uma voz. Me disse para abrir a porta.
— O que você fez?
Marimar riu.
— Lavei o chão com limão e sal. Fiz um altar. Me senti ridícula porque nada aconteceu depois disso. Por um minuto, pensei que fosse Enrique bancando o estúpido.
— Isso ele meio que é — disse Tati. — Mas minha mãe contou que ele teve uma maré de azar. Fraude. Falência. A esposa dele levou tudo.
— Ele se *casou*? — indagou Marimar, surpresa com o fato de se incomodar por não saber disso.
— Sim, nós fomos ao casamento. Ela largou ele por um príncipe saudita. Ele tá morando no porão de Ernesta, que ficou com pena dele por estar dormindo no carro. Mal ou bem, ele é da família. De qualquer forma, não acho que teria energia para fazer uma pegadinha nem dinheiro para viajar e nos assustar. É outra pessoa.
Rey esvaziou a xícara e serviu outra, antes de provocar:
— Como fazemos o oposto de descobrir?
— Por que faríamos isso? — perguntou Tatinelly.
— Estamos seguros aqui — disse Rey, afastando qualquer medo remanescente de sua voz. — Além disso, Marimar ia gostar de ter companhia.
— Eu ia? — disse ela.
Rey deu uma piscadinha.
— Admite, você sentiu saudade da gente.
Era verdade. Ela sentia falta da risada dele. Da presença tranquilizadora de Tatinelly. Até dos outros. Dos gêmeos tentando queimar tudo que encontrassem pela frente. Da maneira como Caleb Jr. e Ernesta competiam com seu conhecimento de curiosidades inúteis.
— Não sei — disse Marimar, atravessando a sala e parando diante da janela.
Sete anos. Ela vinha levando uma vida tranquila. Agora, três pessoas de sua família morreram e dois estavam sendo seguidos por um vulto que apenas os dois podiam ver. Ela não queria isso. Não pediu por isso.

Mas eles também não. Pensou em algo acontecendo com Rey e isso a fez se sentir fraca. Ela tinha trabalhado muito para ter esta vida e faria tudo o que pudesse para mantê-la.

— Orquídea dizia que não param de surgir coisas ruins quando você é um Montoya.

— Eu pensei que o ditado era "Coisas ruins vêm em trios" — disse Rey.

Tati percorreu as bordas de sua caneca com o dedo indicador, os olhos fixos no lugar onde sua filha corria pelo vale como um animal selvagem, e disse:

— Eu sempre aceitei que sou comum e sem graça, sabe. Mas não consigo ignorar esse sentimento. Nunca senti isso. Alguma coisa me diz que algo tá vindo atrás da gente.

— Querida, você é tudo menos sem graça — assegurou-lhe Rey.

Ele quase desejou não ter dito nada, porque ela começou a chorar.

Proteja sua magia. Aquelas tinham sido as palavras de despedida de sua avó. Instruções. Mas como eles deveriam proteger algo que não sabiam como dominar? Como deveriam lutar contra um homem cujo rosto não tinham visto?

— Eu tentei falar com a árvore — confessou Marimar. — E despertar o fantasma dela. Onde mais se guarda segredos?

Rey deu de ombros.

— Qual é o último lugar onde sua família pensaria em procurá-los?

— Eu mantenho em uma lata de biscoitos amanteigados e fico triste quando abro a lata e não tem nenhum biscoito dentro — disse Tati.

Rey engasgou com o café e, por um momento ridículo e delirante, eles deram uma boa risada. Riram tanto que doeu. Choraram de rir. Um tipo de riso maníaco e catártico.

Quando terminaram, Marimar foi atraída pelo cacarejar de Jameson. Vários carros estavam chegando pela estrada de terra batida que ela assentara. Ela encheu a chaleira e foi cumprimentar todo mundo.

Havia dois caixões: um para Florecida, outro para Penny. A enlutada tia Reina carregava a urna de prata que continha as cinzas de Félix.

Marimar, Rey, Juan Luis e Gastón cavaram as covas. Em Quatro Rios, que não era mais considerada uma cidade independente, a maioria das famílias mantinha os jazigos em suas próprias terras. Marimar não pensara que eles teriam que adicionar mais corpos tão cedo.

A terra da primavera era macia, cedendo facilmente às pás. Marimar sentia cada golpe disparar por seus braços. Os insetos se juntaram em bando, mas não como antes. Eles simplesmente esperavam pelo jantar. Ela encontrou raízes e percebeu que o buraco não era grande o suficiente. Soltou um palavrão e depois se desculpou, embora não estivesse arrependida. Apenas sabia que não deveria praguejar na frente dos mortos. Ela batia e batia no chão, tentando cavar através do emaranhado de raízes no caminho. Rey atingiu um obstáculo e caiu no chão.

Então, um par de mãos tirou a pá dela. Ela olhou as mãos calejadas e seguiu até encontrar o rosto de Enrique. As rugas nos cantos dos olhos pareciam teias de aranha. Seus olhos de jade estavam cheios de vasinhos vermelhos. Vestido com um suéter simples e calça jeans folgada em sua silhueta esguia, ele começou a cavar.

Marimar abriu a boca para protestar. Ele não se lembrava do que tinha dito a ela? Do que dissera a todos eles?

— Por favor, Marimar — implorou ele. — Deixe-me fazer isso.

E então, ela o deixou cavar, cavar e cavar.

Quando tudo acabou, eles se sentaram para usufruir do bufê que ela havia encomendado ao restaurante Tio Nino. Ao contrário do dia da morte de Orquídea, não havia atividade na cozinha, música ou fantasmas. Os Montoya choravam em silêncio e ouviam os sons da noite.

Marimar podia sentir o medo dos familiares, que vibrava através deles até os ossos dela. Tinha que fazer alguma coisa. Precisava obter respostas.

— Mamá Orquídea também tá chorando — disse Rhiannon depois de um tempo.

Eles estavam na sala de estar, que um dia fora a antiga sala de música. Os outros Montoya, que não haviam realmente notado a fada criança entre eles, olhavam-na com curiosidade.

— Você consegue ouvi-la? — perguntou Enrique.

Rhiannon confirmou com a cabeça.

— Ela disse que vocês deveriam tocar música para celebrar os mortos. Rey conhece as canções.

— Pergunte se ela tem algo realmente útil com que contribuir — disse Rey, arrastando as palavras e ignorando as tias que o fuzilavam com o olhar.

Mas Rhiannon retransmitiu o comentário por meio de sua tênue conexão com a árvore Orquídea. Para todos, parecia apenas que a fada criança estava ouvindo um som distante.

— Ela tá longe, eu acho. Disse que não pode ajudar.

Rey balançou a cabeça.

— Novidade...

— Espere! — disse Rhiannon, estridente. — Ela falou que vocês esqueceram tudo o que ela disse.

Tatinelly puxou Rhiannon para mais perto.

— O que nós esquecemos?

— As folhas de louro — respondeu Enrique, sua voz como um disco sendo arranhado. — Você não colocou elas de volta.

Marimar saiu da sala e foi para a varanda da frente. Ela refletiu sobre sua casa, sobre como se esforçou para terminá-la depois de tantos inícios e interrupções. Podia ver as silhuetas de seus familiares na sala de estar. Nunca teve medo do escuro antes, não ali. Mas, naquela noite sem lua, fria, com a terra das covas ainda sob as unhas, Marimar Montoya sentiu medo.

Ela se perguntou se foi isso que Orquídea sentiu durante sua jornada de Guaiaquil a Quatro Rios. Se o medo foi a chave para todas as decisões que sua avó já tomara. Por que outro motivo colocar seus filhos em um caminho que poderia levá-los à morte? Por que mantê-los trancados em uma casa contra a qual eles se rebelariam?

Marimar não era Orquídea, mas não precisava ser. Os Montoya agora eram protegidos por ela, e tudo começava pela casa. Ela se lembrou daquela sensação que só sentiu uma vez, na noite com Christian

Sandoval, quando seu botão de flor quase se abriu. O botão reagiu à ameaça percebida, mesmo por um instante.

    Seus músculos ainda queimavam de cavar as sepulturas, mas seu coração doía mais com as coisas que não poderia mudar. Ela pressionou a palma da mão na frente da porta, que havia pintado com um azul-petróleo profundo, da cor de penas de pavão. Tinha machucado os nós dos dedos lixando a madeira. Sentiu o calor no centro da palma da mão e, quando a retirou, lá estava ela. Uma folha de louro dourada gravada na fibra da madeira.

Marimar sabia o que precisavam fazer, mesmo que fosse difícil. O vento uivou quando ela voltou e fechou a porta atrás de si. Na sala, ergueu os olhos para Orquídea Divina Montoya, que os observava da metade do quadro que sobrevivera ao incêndio. Aquela garotinha havia crescido. Tivera cinco maridos e nove filhos. Mesmo que eles a considerassem insensível e fria, ela havia lhes dado essas dádivas. Marimar tocou o botão de flor fechado em sua garganta. O espinho que cresceu para lutar contra ela. Havia apenas um lugar aonde eles poderiam ir para descobrir os segredos de sua avó.

Parte III

A CAÇADA PELA ESTRELA VIVA

17

O LONDOÑO ESPETACULAR ESPETACULAR APRESENTA MENINA LOBO, ORQUÍDEA DIVINA E ESTRELA VIVA!

Bolívar Londoño III queria Orquídea Montoya mais do que qualquer outra coisa. Mas ele agiria devagar. Primeiro, precisava ver se ela tinha sido talhada para aquela vida. A viagem deixava o corpo cansado, sua própria mãe não se adequara. Seu pai, Bolívar Londoño II, havia transformado um número caipira de mágico em algo espetacular. O primeiro Londoño Espetacular não passara de uma trapaça, porque o primeiro Bolívar Londoño fora um vigarista.

Filho de mãe galega e pai de origem de Cartagena, o primeiro Bolívar ficou órfão depois que uma febre varreu sua cidade em uma temporada de chuvas particularmente nefasta. O irmão distante de seu pai assumiu o controle das finanças após o funeral, abandonou Bolívar em uma pequena taverna sombria chamada San Erasmo, depois embarcou em um navio para Santo Domingo e nunca mais voltou.

Bolívar não tinha nada além das roupas que vestia, pois seu tio levara tudo, inclusive o sobrenome da família. Celia Londoño, a garçonete que o encontrou procurando comida no beco, o levou para casa. Deu a ele o nome dela, porque nunca tivera um parceiro ou filhos. Ela criou Bolívar na taverna e, quando já estava grande o bastante, ele passou a esfregar o chão e cuidar do estoque das garrafas de bebida. Levava jeito para lutar e para truques com cartas, mas logo os truques dariam um jeito nele.

Depois que Celia morreu, ele parou de trabalhar em San Erasmo e fez fortuna trapaceando nas cartas. Quanto mais velho ficava e quanto mais dinheiro ganhava, mais gastava com mulheres, bebidas e jogos de azar. Quando perdia tudo — e sempre perdia tudo —, ele voltava e ganhava mais. Bolívar seria absurdamente bonito se tomasse banho, mas havia algo de estranho nele. Era imprudente, fácil de provocar a defender sua honra, se é que tinha alguma. As mulheres que tiveram a infelicidade de amá-lo diziam que havia algo do próprio Satanás naquele sorriso, no azul brilhante de seus olhos. Ele estava sempre meio embriagado e migrando pela cidade, chegando com tudo como um furacão.

Bolívar Londoño nunca se casou, mas teve um menino, que treinou na arte das cartas. Certa noite, depois de enganar um comerciante e roubar uma pequena fortuna, além de, mais tarde, levar a esposa do comerciante para a cama, Bolívar teve a cabeça colocada a prêmio. Um show de variedades itinerante em duas carroças chamado O Espetacular rodou pela cidade no dia seguinte, e Bolívar e seu filho deixaram Cartagena com eles, apresentando seu número de ilusionismo de pai e filho. Eles eram tão espertos, tão versados em truques de mágica, que eram frequentemente acusados de bruxaria. O que o público não via era que Bolívar II era extremamente habilidoso porque, se não fosse, se falhasse, o pai o espancava a ponto de quase matá-lo. Após as surras, ele tinha que voltar e se apresentar.

Bolívar, o primeiro, poderia ter sido fenomenal. Ele tinha o potencial, mas realmente havia algo estranho nele. Não era o sorriso diabólico.

A HERANÇA DE ORQUÍDEA DIVINA

Não era o infortúnio ou a perda. Existe um tipo de homem capaz de transformar um dom em desgraça se não tomasse cuidado, e assim era Bolívar. Quando o Espetacular voltou a Cartagena anos depois, a cidade se lembrou dos crimes de Bolívar, porque, mesmo quando os homens não se lembram, a terra não esquece. Foi encontrado morto exatamente onde tinha sido largado órfão tantos anos antes, só que dessa vez havia uma adaga em suas costas. Seu filho, que não derramou uma lágrima sequer pelo pai, partiu com o Espetacular, que ele mais tarde viria a herdar e rebatizar de Londoño Espetacular.

Bolívar II era tão bonito quanto o pai. Mas, ao passo que seu pai se importava apenas com suas próprias necessidades, Bolívar II se preocupava muito com as de todos os outros. Ele se doava demais. Dava muito de seu lucro. Dava muito de si mesmo. Um bêbado feliz. Engraçado. Ingênuo. Maleável. O Londoño Espetacular era o seu presente para as vilas e cidades para as quais eles viajaram, e ele preferia merecer o sorriso no rosto de uma criança do que uma moeda de dez centavos. Mas tudo mudaria com *seu* filho.

Bolívar Londoño III treinou por toda a sua vida para ser um artista, vendo o número secundário de seu pai se transformar em um circo completo. Mas ele sempre desejou mais. Aprendeu a usar a alquimia de uma forma que a maioria das pessoas só poderia sonhar. Descobriu como tornar esses sonhos transmutáveis, tangíveis. Sob seu reinado, ele transformou o show que herdou no Londoño *Espetacular* Espetacular.

Agustina, a vidente de Málaga, previu seu futuro desde que ele era bem jovem. Viveria até os 87 anos e teria um filho, mas a linhagem Londoño acabaria com ele. No entanto, seria adorado por públicos em todo o mundo. Assim como seu pai e seu avô, Bolívar III tinha o mesmo demônio no sorriso. Olhos de safira. Um queixo definido que poderia ter sido cunhado em uma moeda. Partiria corações em todos os continentes e em vários mares. Ele se tornaria incrivelmente carismático e bem-dotado, embora alguns diriam que era bem-dotado *mesmo*, e, mesmo assim, outros poderiam dizer que era realmente uma questão de resistência. A boa sorte de Bolívar III só seria prejudicada por uma pequena falha, seu calcanhar de Aquiles, que era seu coração fraco. Não frágil, mas quebradiço. Incapaz de carregar o peso do amor, mesmo quando queria.

Quando conheceu Orquídea, ele quis desesperadamente.

Amava tudo nela. O desenho de suas pernas, o tom marrom-avermelhado de sua pele, o jeito como seu sorriso inocente o fazia querer parar de respirar. Ficou tão encantado com Orquídea Montoya que a levou como clandestina no navio a Paris e arranjou um jeito de emitir seus documentos. Ela tinha uma pequena mochila e carregava sua certidão de nascimento dobrada em um quadrado. Não tinha passaporte, nem família. Não tinha modos à mesa e praguejava como um cocheiro, mas nada disso importava.

Na primeira noite dela como La Sirena del Ecuador, ele perdeu as deixas várias vezes. Só a equipe percebeu, é claro. Bolívar III não tinha o hábito de ir para a cama com as novas artistas. A ideia de ter uma família parecia algo mais adequado a outros homens. Afinal, ele foi deixado no camarim de seu pai depois que sua mãe fugiu com o contorcionista ucraniano. Seu pai era órfão. E, antes disso, seu avô havia sido abandonado. Ele sabia que havia uma fraqueza em seu coração — sua linhagem —, e tomava muito cuidado para não espalhar sua semente onde não queria que crescesse. Não depois que a Atiradora de Facas italiana quase o matou quando o caso deles azedou. E, assim, ele fez o possível para não se demorar na apresentação de Orquídea.

Mas fracassou. Ficou observando por um longo tempo. Se fosse um homem ignorante, ele a teria acusado de enfeitiçá-lo. Enquanto ela brilhava sob os holofotes, ele sentia que parava de respirar. Mais humilhante foi a risadinha de Horácio, o Corcunda, ao passar por ele nos bastidores. Bolívar não entendia por que os ajudantes de palco estavam rindo até que olhou para baixo. Ajeitou a ereção que empurrava os botões de suas calças feitas sob medida e foi dar uma volta. No estábulo, jogou água fria do cocho no rosto. Passou a mão molhada na nuca e voltou para ver o final do número de Orquídea.

Não tinha certeza se a apresentação ficou mais radiante por causa dela, mas, quando a concha rosa se abriu e ela dançou e moveu o corpo como se estivesse suspensa em uma onda, ele ficou rendido.

Elogiou Mirabella, a costureira, por ajustar a cauda de sereia de Orquídea e combinar os materiais translúcidos com sua pele perfeita.

Quando apareceu no camarote que ela dividia com a Menina Lobo e Agustina, evitou de propósito os olhos da velha vidente. Era mesmo uma *bruja*. Sempre enchendo sua cabeça de bobagens sobre ser cuidadoso com o destino. Para que ele precisava do destino quando tinha tropeçado no maior poder conhecido pelo homem?

— *Señorita* Montoya — disse ele. — Me daria a honra de me acompanhar à ópera amanhã à noite?

Ela disse não.

E ele a quis mais.

Orquídea sabia ser cautelosa com os homens. Bolívar fora gentil com ela. Ajudou-a a escapar da casa dos Buenasuerte. Mas ele também era lindo demais para pertencer a alguém. Pertencer de verdade. Era engraçado que as pessoas alertassem sobre os perigos das mulheres bonitas, dizendo que havia poder na beleza. Mas Orquídea achava que homens bonitos eram ainda mais perigosos. Os homens já nasciam com poder. Por que precisavam de mais? Ela tinha visto meninas de sua escola e vizinhança serem vítimas desses homens. Todas terminavam do mesmo jeito: grávidas e sem um tostão. Igual à sua mãe. Ela fez o possível para resistir ao charme de Bolívar.

Ainda assim, quando estava perto dele, se esticava como uma flor em direção ao sol. Bolívar Londoño III poderia ter qualquer mulher do circo, mas quis *ela* quando ninguém mais queria. Isso não significava alguma coisa? Quando ele a encarava, ela sentia cada tijolo que havia construído em torno de seu coração desmoronar.

Até que, finalmente, ela disse sim.

Bolívar teria que ser paciente. Se ela quisesse, poderia conseguir o que bem desejasse. Ele se transformaria na porra de um gênio só para fazê-la feliz. Quando Orquídea apareceu ao amanhecer, após ele ter pedido aos céus por um amor verdadeiro, ele sentiu que era a resposta a todas as orações que já havia feito. Que se dane o destino... que se dane Agustina por dizer que seu coração era quebradiço, quando estava com Orquídea, parecia forte como nunca. Jamais batera com tamanha intensidade e rapidez.

Todos no circo a amavam. Ela ajudava a Menina Lobo a desembaraçar o cabelo. Fazia chá para as dores musculares do Homem Forte. Ia nadar com o Garoto Foca quando ninguém mais queria. Ouvia as previsões de Agustina sem rir. Ao contrário dos outros, nunca pediu que seu futuro fosse revelado. Bolívar não tinha certeza se ela não acreditava ou não se importava. Uma noite ele ouviu escondido Orquídea dizer que não precisava de uma vidente para lembrá-la de que havia nascido amaldiçoada. Sua Orquídea. Seu coração. Amaldiçoada? Ele não aceitaria isso.

Uma noite, enquanto percorriam a Riviera Francesa, ela viajou com Bolívar em sua cabine do trem. Os outros artistas estavam alojados em porões de carga. Ele garantiu que ela não deveria se sentir culpada. Seus pés descalços afundaram nos tapetes felpudos e ele encheu sua taça com champanhe. Não queria nada além de beijá-la. O desejo que sentia lhe proporcionava uma adrenalina quase tão intensa quanto ao se apresentar, e ele iria esperar. Ele a deixou perguntar tudo que sua mente curiosa e inteligente queria saber. Era como se ela pudesse ver através dele. Orquídea soube que Pedro Bolívar Londoño Asturias era uma fraude, uma história que inventou porque era o que as pessoas queriam ouvir. Ele pegara o nome Asturias depois de olhar um mapa da Espanha. Adicionara o nome Pedro porque parecia antigo, sólido. Entrelaçou palavras que se transformaram em miragens, mas apenas Orquídea parecia reconhecer a verdade por trás delas. Ela queria puxar as cortinas e ver as fibras de seu ser. Sondava-o com suas perguntas. Ela nunca soube o nome do próprio pai, e o legado familiar a deixava curiosa. O que aconteceu com a mãe dele? Ele alguma vez se perguntou onde ela estava? O que ele amava, realmente amava nesta vida que construiu? E ele sentia, pela primeira vez, que, quando respondia, não conseguia mentir.

Orquídea ficou observando os acabamentos dourados do ambiente, os prismas das taças de cristal. Ela encolheu as belas pernas no sofá. Tinha começado a noite lá do outro lado e se movia lentamente em direção a ele como a maré.

— Como você conseguiu tudo isso? — perguntou ela.

— Graças ao meu pai. — Ele contou a história de seu pai e de seu avô. Transformara os infortúnios deles em algo que não podia ser ignorado. Em algo que o público queria testemunhar. E conseguira tudo isso aos 30 anos. — Eu mostro às pessoas que existem verdadeiras maravilhas no mundo.

— Eu sou uma maravilha?

— Não. Você é divina. Minha Orquídea Divina.

Com ela, na privacidade de seu quarto, ele era apenas um homem. Não havia nada de especial nos botões de prata de sua camisa, não havia cera em sua barba ou óleo em seu cabelo. Era tão vulnerável quanto se permitia ser.

Então ela eliminou a distância entre eles e o beijou. Bolívar nunca fora beijado daquela forma. Lentamente, com delicadeza, como se ele que precisasse do toque suave. Como se ela tivesse espiado dentro de seu coração quebradiço e quisesse ter cuidado. Ela desabotoou os botões prateados da camisa dele, que sempre pareciam estrelas piscando quando ele estava no palco. A palma quente da mão dela descansou entre seus peitorais.

— O que significa esta estrela no seu anel? Está por todo lugar no Espetacular.

Ela correu os dedos ao longo de seu bíceps e antebraço até tocar o anel de sinete em seu dedo. Uma estrela de oito pontas, como uma rosa dos ventos.

Ele hesitou, então disse:

— Um segredo de família.

— Nunca vi prata tão brilhante.

Ele poderia ter mentido. Dito que era ouro branco. Platina. Mas não conseguia mentir para ela. Não no começo, pelo menos.

— Veio de uma estrela.

Ela revirou os olhos de brincadeira. Não acreditava nele, e tudo bem. Talvez fosse melhor assim. Deixando a mão dele descansar contra o pelo escuro do peito, ela continuou a explorá-lo, e Bolívar ficou ali sentado, uma mesa posta para a fome dela. Ele nunca esteve tão ciente de cada respiração, do murmúrio irregular de seus batimentos cardíacos.

— Você parece estar com medo — disse ela, ajoelhando-se sobre as peles.

— Não estou.

A risada dele foi um ruído sombrio, porque não era bem verdade. Bolívar nunca tivera medo de nada, nem de ninguém. Não conseguia descobrir o que havia de especial naquela jovem, na garota que nunca tinha estado em lugar nenhum antes de conhecê-lo. Ele a tinha observado ficar imóvel quando a leoa rugiu em sua jaula. Ele a tinha visto rir com a tempestade que se abateu sobre o navio deles no Atlântico. Agora, com a boca em sua ereção intumescida, ela era um para-raios partindo-o ao meio. E ele percebeu que não era Orquídea que ele temia, mas sim a maneira como perdia o controle quando estavam juntos.

Bolívar a puxou para cima dele, tirando o vestido dela. Sua bebida espirrou sobre ela e ele a bebeu de sua pele. Ele achava que a estava consumindo, mas era ela quem o consumia até estarem nus e emaranhados no chão em meio à colcha e às peles.

Ele puxou uma almofada sob o peito e se virou para olhar para ela. Ela encheu a taça com o que restou da garrafa de champanhe. Passou um dedo frio nas cicatrizes em seu bíceps, nos músculos rígidos de suas costas.

— Mas *como* você encontrou todas as suas maravilhas? — perguntou ela.

Ele se deitou de costas e apoiou uma das mãos no peito, roçando a perna dela com a sua.

— Meu pai desejou por elas.

Ela franziu a testa e beliscou a pele firme de seu abdômen.

— Posso ser de um país pequeno, mas não sou burra.

— Posso confiar em você?

— Não é uma questão de poder confiar ou não em mim. É de querer. Se você tem segredos, juro que nunca contaria.

Bolívar ponderou as palavras dela. Fez uma escolha.

— Um dia, meu pai viu uma estrela cadente. Ele viu onde ela caiu, perto do nosso acampamento, e fomos procurá-la. Mas o que encontramos em vez disso foi um menino. Uma estrela viva.

— Está tentando me convencer de que a Estrela Viva é real? Bolívar...

— O solo ao redor dele se transformou em uma pequena cratera, e tudo estava coberto com o que parecia ser vidro. Mesmo à noite, brilhava como um prisma, como água em uma mancha de óleo. Eu cortei meu dedo nele.

Ele ergueu o dedo indicador, onde havia uma cicatriz grossa na ponta. Ela o beijou ali.

— Devo acreditar em você?

— Não é uma questão de poder acreditar ou não em mim. É de querer.

Ele subiu em cima dela, prendendo-a com os antebraços. Beijou-a profundamente, até que ela abriu os joelhos para ele. Bolívar beijou a pele escura de seus mamilos, o espaço entre os seios. Ele queria consumir o coração dela como ela tinha feito com o dele.

— Achei que fosse um truque, como os mágicos que tiram animais do paletó e são serrados ao meio. Como você ter me transformado em sereia.

Ele aninhou o rosto no ombro dela e relaxou. Não conseguia pensar direito. Queria se afogar nela. Sua sereia. Seu desejo atendido de amor verdadeiro.

— É tão real quanto você e eu, *mi divina*.

Ela suspirou.

— Mas como?

— Ele simplesmente caiu do céu.

18

ESPERE, CINZAS CONTAM COMO MATÉRIA ORGÂNICA?

Deixar Eddie e a cidade de Nova York ainda mais para trás foi mais fácil do que Rey esperava. Embora tivesse passado a odiar viagens internacionais. Sua nova carreira o levou para a maioria dos países da Europa, onde sempre se sentiu como se *ele* estivesse em exibição, e não suas pinturas. No México e na Argentina tinha sido melhor, mas havia uma expectativa, um julgamento dos locais quando descobriam que ele não sabia falar espanhol. Uma vez, em Buenos Aires, um crítico de arte o massacrou em uma resenha porque Rey tinha dito *"español"* em vez de *"castellano"*.

Ir para o Equador o empolgava. Mesmo que ele, Marimar e Rhiannon tivessem sido obrigados a passar por uma revista em local reservado por causa das flores saindo da pele. Os agentes de segurança não tinham nada no manual para seus prolongamentos corporais peculiares, e foram necessárias cinco pessoas para determinar que suas flores eram matéria orgânica e deveriam ser consideradas modificações corporais.

— Não é a coisa mais estranha que eu já vi — disse o agente. — Teve uma mulher com chifres enxertados no crânio. Ei, espere um minuto. Você não é o cara das artes daquela revista?

— Sim.

Uma pintura em exibição no MoMA, uma capa da *The New Yorker* e um cara que poderia muito bem ser um segurança de shopping o chamando de "Cara das Artes". Rey precisava manter a humildade.

A família deles ocupou metade da cabine da primeira classe, um pequeno presente do Cara das Artes. Enquanto os demais aproveitavam a oportunidade para dormir no voo noturno, ele observava a tela minúscula à sua frente, acompanhando a trajetória do avião por estados e países, oceanos e mares. Mesmo que sua vida tivesse mudado desde aquele grande e terrível dia em Quatro Rios, essencialmente para melhor, ele não queria ser o tipo de pessoa que não dava o devido valor a essas coisas.

Orquídea nunca havia viajado de avião. Ela disse que percorreu a pé todo o caminho do Equador até os Estados Unidos, mas nunca parou para ver os pontos turísticos ou relaxar em um restaurante. "Continuei andando porque parar não era uma opção", dissera. Nunca seria o tipo de pessoa que diria "Eu me vejo morando aqui" por diversão ou por tédio. Uma viagem tinha sido o suficiente para ela. Mas Rey... ele herdou a ânsia por viajar da qual ela não conseguiu desfrutar.

Ela havia ficado no vale que parecia destinado a ela, e as pessoas iam ao seu encontro. Antes de finalmente adormecer, ele olhou pela janela do avião para o céu escuro como breu, a silhueta de nuvens cinzentas, e se perguntou se sua avó alguma vez se arrependera de ficar, porque agora ela estava enraizada lá, incapaz de ir a qualquer lugar. Ele visualizou sua árvore. Depois, uma mulher de 20 anos com um marido e um galo percorrendo uma trajetória que se estendia por milhares de quilômetros. Por que ele nunca se perguntou quem a estava perseguindo? E por que, depois de tudo, ele não acreditava que essa coisa poderia ir atrás dele também?

※

O avião pousou em Guaiaquil, no Aeropuerto Internacional José Joaquín de Olmedo. Mesmo sendo Rey quem realmente tinha experiência em viagens, Marimar tomou a dianteira e ele e os Sullivan a seguiram. Eles desembarcaram e se misturaram à massa de crianças chorando e adultos cansados, homens com camisetas amarelo-canário da seleção de futebol, mulheres pequenas com chapéus pretos e longas tranças e turistas brancos com sandálias e mochilas abarrotadas com remendos costurados à mão que se gabavam de fronteiras abertas e mentes abertas, mas que guardavam o dinheiro preso ao corpo.

Marimar observava tudo e se perguntava se aquele seria o primeiro ou o último destino deles. Quantos estavam voltando de vez e quantos vinham só para visitar. Ela era uma pessoa que nunca teve que ir a lugar nenhum e agora estava no país de origem de Orquídea. Sentia-se uma forasteira.

Enquanto acompanhavam a multidão pela imigração e alfândega, Marimar foi ficando cada vez mais ciente de que os restos mortais de seu tio estavam em sua mochila. Que tio Félix não desfrutara do serviço de vinhos à vontade, do jantar aquecido no micro-ondas e da sobremesa. Ele queria ter suas cinzas espalhadas, não com sua mãe, não onde sua esposa e filha seriam enterradas, mas em um país onde nunca pôs os pés. Quem era ela para questionar seu desejo final?

Na alfândega, Marimar tropeçou nas perguntas dirigidas a ela por um agente baixo com olhos astutos.

Vocês estão viajando juntos? Todos vocês? *Sim, somos todos uma família indo para o mesmo hotel.*

Onde vão se hospedar? *No Hotel Oro Verde.*

Quanto tempo vão ficar? *Três dias.*

Três? Qual o motivo da visita? *Um funeral.*

Tem algo a declarar? *Espere, cinzas contam como matéria orgânica?*

Você está com o corpo do falecido? *Na minha mochila.*

Isso fez a mulher parar. Cremações não eram comuns no Equador, pelo jeito.

Tem as autorizações? *Sim.*

O aeroporto era um labirinto com lojas de grife vazias e suvenires ordinários. Famílias carregando montanhas de bagagem e crianças gritando. Marimar ainda não sentia que estava em outro país. Ela se lembrava de ser muito pequena e de a professora ter pedido que pintassem no mapa todos os lugares para os quais suas famílias haviam viajado. Ela era muito jovem para saber que havia um lugar "do passado" para Orquídea, e é assim que ela pensou no Equador por muito tempo. O Lugar do Passado. Obter detalhes do Passado era mais difícil do que arrancar um dente. Pelo menos os dentes saíam em algum momento. Aquilo era mais como tentar tirar algo enterrado no cimento.

Ela chegara a perguntar:

— Como era lá, Mamá Orquídea?

— Quente.

— Por que você partiu?

— Eu tive que ir.

— Me leva lá?

— Vou fazer um acordo com você. Se conseguir pegar um beija-flor com as próprias mãos, iremos para lá juntas.

— Por que um beija-flor?

— Você quer fazer um acordo ou não?

Marimar queria fazer um acordo. Ela tentou, mas nunca conseguiu pegar um.

Agora, pensou ter ouvido o bater de asas em seu ouvido, mas, quando se virou, viu que era apenas um ventilador. Mike segurava com firmeza a mão de Rhiannon, que empurrava sua própria mala de rodinhas, rosa com várias borboletas. O suor se espalhava pelas axilas e pelo meio da camisa do cunhado. Ele cobriu a boca e tossiu.

— Você recebeu a confirmação do táxi? — perguntou a Marimar.

— Tia Silvia mandou para mim — repetiu ela com frieza. Ele vinha perguntando sobre o itinerário desde a conexão em Houston. — Ela fez todas as reservas.

Ao passarem pela restituição de bagagens, vários carregadores tentaram chamar sua atenção, mas eles continuaram andando.

Atrás do portão de desembarque havia dezenas — não, centenas — de pessoas esperando. Elas seguravam balões e cartazes com "¡*Bienvenido!*". Uma mulher segurando um bebê gritou quando seu marido largou todas as malas e correu para eles. Avós eram engolidas por abraços e casais se devoravam. Marimar sentiu uma pontada no estômago.

— Isso me faz pensar na época em que todo mundo na escola recebia telegramas cantados no Dia do Amigo, menos você e eu — disse Rey.

Enquanto caminhavam pela multidão, Marimar tentou acessar o e-mail do táxi em seu celular. Ela sentiu as pessoas se virarem na direção deles, como uma onda lenta. Um menininho correu até Rhiannon e tentou arrancar a flor de sua testa. Marimar deu-lhe um safanão e ele correu gritando de volta para a mãe, que os olhou carrancuda e fez o sinal da cruz pelo corpo todo.

— Acha que eles estão desconfiados porque só trouxemos bagagens de mão? — indagou Rey, rindo e colocando os óculos escuros, embora fossem três da manhã.

— Engraçadinho. — Ela quase jogou o celular contra as paredes de vidro. — O *roaming* não tá entrando. Procurem uma placa que diz "Oro Verde".

Mas eles não estavam prestando atenção. Tatinelly tentava ajudar Mike com as alças emboladas de sua mochila e Rey estava tirando uma selfie. Rhiannon perseguiu um balão perdido e Marimar correu atrás dela. Alguém pediu que se juntasse à selfie de Rey e logo era um bando. Se aquilo fosse um prenúncio de como seria o resto da viagem, eles não sobreviveriam. Marimar alcançou Rhiannon antes que ela se perdesse no mar de gente.

— Ei, pequena, não saia correndo, tá? — disse Marimar, penteando o cabelo de Rhiannon para trás. A delicada flor cor de rosa parecia diferente. As bordas das pétalas estavam em um tom saturado. — Você tá bem?

— Tô com sono.

Rhiannon coçou a testa e observou o balão vermelho em forma de coração subir e ficar preso no teto.

— Vamos. Logo vamos chegar em casa.

Marimar não quis dizer "casa", mas a criança não foi a única que dormiu mal no voo. O restante dos Montoya estava em Quatro Rios, esperando eles levarem as cinzas de tio Félix, e sua mente criou cenários em que o pequeno louro dourado que havia consumido tanto de sua energia não era suficiente para proteger sua família. Ela não acreditava em Deus, mas sempre acreditou em sua avó, e a oração que passava por seus lábios era para ela.

Rhiannon se agarrou a Marimar e elas ziguezaguearam entre os carregadores, passando por famílias lacrando caixas que haviam sido destruídas pela alfândega. Corpos se moviam ao redor deles como ondas e, se não fossem cuidadosos, elas seriam separadas ou levadas pela correnteza.

— Tia Mari, tem uma senhora olhando pra gente — disse Rhiannon.

Sua voz de soprano interrompeu os pensamentos de Marimar enquanto ela se concentrava na mulher pequena em pé perto do grupo da família.

Ela tinha olhos verdes de gato e cabelo castanho. O cartaz em sua mão dizia "Montoya".

Marimar soltou um suspiro ansioso. Ela acenou, então estendeu a mão em saudação.

— Oi, sou Marimar Montoya...

— É claro! Eu sou Ana Cruz. Desculpe o atraso — disse ela, e afastou a mão de Marimar para puxá-la para um abraço apertado.

Rey também se permitiu ser abraçado e beijado, seguido pelos Sullivan.

O nome da mulher parecia familiar, mas Marimar não conseguiu identificá-lo. Seu corpo precisava dormir, mas ela sabia bem que na reserva do táxi havia o nome de um homem.

— Sua tia Silvia errou a hora do voo — continuou Ana Cruz rapidamente em seu inglês cadenciado e com sotaque. — Ela não levou em consideração a diferença de fuso horário. Ainda bem que verifiquei o quadro de chegadas. Vocês devem estar exaustos. Seus quartos na casa estão prontos.

— Tô confusa. Você é do hotel?

Ana Cruz riu e balançou os dedos com muitos anéis no ar como se estivesse espantando uma mosca.

— Ah, perdão! Você não me conhece, então é claro que está surpresa. Orquídea era minha irmã. Eu sou sua tia-avó. Aqui dizemos *tía abuela*.

Então a ficha caiu. Ana Cruz Buenasuerte. Marimar se lembrou de estar na sala de jantar da velha casa quando os Buenasuerte chegaram. Saber da primeira família secreta de Orquídea tinha sido o momento menos surpreendente daquela noite. Orquídea perguntara por Ana Cruz, mas ela não conseguia se lembrar por que a tia tinha ficado para trás.

— Poxa, você não precisava ter vindo até aqui. Temos um traslado do hotel.

— Assim que Silvia ligou e disse que vocês iam ficar em um hotel, eu falei: "Não, de jeito nenhum." Vocês são da família, são os bebês de Orquídea. Então, ela cancelou a reserva e vocês vão ficar comigo.

— Ah, quanta gentileza — disse Tatinelly. Ela beijou a bochecha de Mike. A viagem o havia esgotado, deixando as olheiras mais pronunciadas. — Não é legal?

Fale por você, pensou Marimar.

— Quando você falou com ela?

— Enquanto vocês estavam no avião. Eu tenho pensado muito em minha irmã ultimamente, e algo me disse para entrar em contato — relatou Ana Cruz, e colocou as mãos no coração, como se estivesse rezando. — Eu sei, é um pouco estranho. Mas família é uma coisa estranha. Eu gostaria de ter estado lá para ver ela mais uma vez. Mas sou a mais nova dos meus irmãos e tive que ficar com meu pai. Não pude estar lá ao lado dela na época, mas espero poder estar com vocês agora.

— Obrigada, mas... — Marimar começou a dizer antes de ser interrompida por Rey.

— Nos dê licença um momento, Ana Cruz.

Os Montoya e os Sullivan se reuniram.

— Antes de dizer qualquer coisa, Mari — continuou Rey —, tô cansado. Tô com fome. Temos restos humanos na bagagem. Mas lembre que estamos aqui para aprender mais sobre Orquídea. Isso não parece...?

— Se você disser destino, vai apanhar.

Rey piscou para Rhiannon, que riu da ameaça de Marimar.

— Tá bom. Isso não parece uma coincidência altamente improvável porém bem-vinda?

— Seria bom ter alguma ajuda — sugeriu Tati.

Então chegaram a um acordo. Iriam com Ana Cruz para a casa dos Buenasuerte. Marimar guardou o celular. As portas automáticas chiaram. Ela ouviu um rápido bater de asas novamente, e desta vez os viu. Beija-flores voando ao redor deles, dando as boas-vindas. Pairaram perto da mão de Rey, da testa de Rhiannon, de seu pescoço, e então se foram antes que ela pudesse soltar o fôlego.

A primeira coisa que Marimar notou foi a umidade, que se agarrava à sua pele. As pontas de seu cabelo se enrolaram na hora. O céu crepuscular estava cheio de nuvens. Mesmo com o nascer do sol se aproximando rapidamente, as estrelas piscavam para chamar a atenção. Eles atravessaram todo o estacionamento, e Rey entregou sua mala de rodinhas e bolsa de mão para Mike, antes de entrar no banco do carona com um alegre "Vou na frenteeeeee!".

— Que bom que Rhiannon tem um coleguinha da mesma idade para brincar — murmurou Marimar enquanto embarcava atrás do banco do motorista.

Depois que todos afivelaram o cinto de segurança, Ana Cruz saiu da vaga, parando apenas uma vez para pagar o estacionamento.

— Desculpem, mas eu dirijo rápido. Quero evitar o trânsito e garantir que durmam um pouco antes de tudo o que precisam fazer.

— Velozes e furiosos, adoro — disse Rey.

Enquanto percorriam a estrada, mantiveram as janelas abertas. Guaiaquil estava agitada, apesar da hora. Marimar logo entendeu o aviso de Ana Cruz sobre seu estilo de direção. Os carros aceleravam uns contra os outros, muitas vezes sem dar seta para indicar mudança de pista. Era duas vezes mais emocionante do que um racha na Times Square. As lâmpadas dos postes lançavam um brilho âmbar ao longo da rodovia. A bandeira amarela, azul e vermelha do Equador tremulava ao lado de uma azul-clara e branca. O que Orquídea não ensinou a Marimar ela aprendeu fazendo sua própria pesquisa. Mas a vista que chamou sua atenção foi das casas coloridas em camadas umas sobre as outras, como o bolo mais vibrante do mundo. Se ela parasse e tentasse contar o número de casas ou andares, nunca chegaria nem perto de acertar. Uma luz brilhou no alto, e Ana Cruz apontou para o farol no topo do cerro Santa Ana.

Eles pegaram um túnel. No banco traseiro, Mike dormia, mas os outros haviam recarregado a bateria. Quando o carro saiu do outro lado, a cidade ganhou vida com o sol nascente.

— Quem é aquele? — perguntou Rhiannon.

Ela apontava para um monumento de duas figuras indígenas em uma rotatória. O homem segurava uma lança e pousava a outra mão nas costas da mulher. Ela estava nua da cintura para cima e tinha um bebê no colo. Um jaguar rastejava a seus pés como um gato doméstico gigante.

— São Guayas e Quil — respondeu Ana Cruz. — Eles eram os líderes deste território. Meu pai costumava dizer que eram da realeza inca, mas na escola nos ensinaram que eram índios huancavilca. Eles lutaram contra os incas e os espanhóis também. A lenda diz que Guayas matou Quil e depois a si mesmo para que não fossem capturados, e a cidade foi batizada em sua homenagem. Mas há muitas histórias, e é impossível saber o que é verdade e o que é lenda.

— Romântico, só que não — disse Rey.

— Papai teria adorado isso. Este é o rio de Orquídea? — perguntou Tatinelly, a voz alta para superar as buzinas e o vento.

— Mais ou menos. O rio Guayas banha todo o litoral da cidade. O antigo bairro de Orquídea pega só uma pequena parte dele.

Rey respirou fundo e se virou para trás.

— Inspire-se, Marimar.

Ela o fuzilou com o olhar. Não escrevia nada desde que largou a faculdade e resolveu ficar em Quatro Rios. Ele sabia disso e ainda a encorajava.

— Silvia me disse que vocês têm uma família muito criativa. Você com sua arte e os filhos dela com a carreira musical. Todos os meus irmãos e irmãs acabaram se tornando engenheiros civis como meu pai. Quando chegou a minha vez de decidir, ninguém se importava com o que eu fazia, então me tornei professora de jardim de infância.

— Seus pais ainda estão vivos? — indagou Rey. — A vovó nunca falou sobre eles, só no dia em que morreu.

— Não, os dois morreram há alguns anos. Eu queria que minha mãe estivesse aqui. Ela me contava muitas histórias sobre Orquídea. É uma pena que nunca mais tenham se encontrado depois que Orquídea fugiu.

— Oi? — Rey quase engasgou com a risada. — Estamos falando da mesma pessoa?

— Ela fugiu? — disse Tatinelly em voz baixa.

Tati e Marimar não haviam feito o mesmo?

Ana Cruz encontrou os olhos dela pelo espelho retrovisor.

— Tem muita coisa sobre sua avó, sobre minha irmã, que vocês não sabem. Que eu não sei. Vou contar o que eu puder.

Guaiaquil se desdobrava diante deles. A cidade estava barulhenta e com o ar fedendo a escapamento de carro, não muito diferente do tráfego de Midtown. As estradas eram empilhadas umas em cima das outras, formando passagens subterrâneas. Algumas ruas eram ladeadas por murais coloridos retratando a história indígena, africana e espanhola que moldou o país. Havia murais que clamavam por paz e liberdade. Alguns diziam "¡Primero Ecuador!". Passaram por fileiras de belas casas com telhados vermelhos e jardins bem-cuidados, barracas de *frozen yogurt* e madrugadores correndo nos parques. Então, algumas ruas adiante, havia uma prostituta de salto alto, o vestido enrolado acima das coxas enquanto ela se abaixava para urinar na calçada. Algumas curvas depois, novas escadas estavam sendo pavimentadas e modernos prédios de apartamentos estavam em construção.

Ana Cruz fez uma curva fechada e dirigiu até um posto de controle de segurança na base de um morro. Ela acenou para o guarda que bebia seu café, e então conduziu a minivan por uma rua tão íngreme que eles deslizavam para trás toda vez que ela mudava de marcha.

Quando finalmente chegaram, Marimar examinou a casa com cautela. Orquídea havia fugido dos Buenasuerte, e lá estavam eles, descarregando as malas.

A casa Buenasuerte tinha dois andares. O telhado seguia o estilo espanhol, com telhas de barro vermelho e uma parede de alvenaria creme que parecia recém-pintada. O topo dos muros ao redor da casa estava coberto de pontas afiadas. Ana Cruz lhes disse que era assim que mantinham os ladrões afastados. Mas, para cobrir a aparência horrível das pontas, cultivaram trepadeiras, e flores delicadas cor-de-rosa cresciam como uma cortina sobre elas. A porta da garagem se abria para um pequeno pátio. Havia uma estátua de anjo e uma árvore com galhos pendentes. Marimar se perguntou se os outros estariam pensando em Orquídea também.

— Orquídea morou aqui? — perguntou Rey.

Ana Cruz balançou a cabeça negativamente e enfiou a mão na bolsa em busca das chaves.

— Não, aquela casa velha fica em La Atarazana, onde crescemos. É triste o que está acontecendo com aquele bairro, mas é a vida. Estou feliz que vocês poderão ver a casa antes que seja demolida.

— Demolida? — repetiu Marimar.

— Estão construindo novos condomínios e ampliando o calçadão. O bairro era cheio de Montoyas, mas, depois que meu pai vendeu nosso terreno para a prefeitura, muitas pessoas seguiram o exemplo.

— E quanto aos seus irmãos e irmãs? — quis saber Rey. — Eles eram encantadores.

Marimar lhe deu uma cotovelada e ficou feliz por Ana Cruz não se importar com o sarcasmo dele.

— Alguns se mudaram para Hamburgo. Minha irmã Olga foi para Buenos Aires. Algumas pessoas simplesmente vão embora.

Algumas pessoas são forçadas a ir embora, Marimar pensou, mas não disse.

Ana Cruz abriu várias fechaduras e lançou um sorriso amável a Marimar. Quando se afastou para deixá-los entrar, disse:

— Este é o meu lar. Não tenho motivo para partir.

Muitas pessoas tinham um lar. Orquídea teve um lar com a mãe por um tempo também. Marimar se perguntou por que algumas pessoas iam embora e outras não. Você apenas vai ficando até que alguém o force a sair? Até que se torne inabitável? Até que seja demolido para dar lugar a outras moradias? Havia pessoas em todo o mundo que provavelmente gostariam de ter ficado em casa mas não puderam. Algo na resposta de Ana Cruz, por mais honesta e simples que fosse, a incomodou. Orquídea havia fugido. Saber disso colocou uma conversa que tivera com sua avó sob uma nova perspectiva.

Ela havia perguntado a Orquídea uma vez:

— Por que você saiu do Equador?

— Eu não pertencia mais àquele lugar — disse Orquídea com desdém.

— Então, a que lugar você pertence?

Orquídea desconversou.

— Tsc. Você pergunta demais, Marimar!

Marimar deu um sorriso maroto, aquele que reservava para quando fazia e dizia coisas que não deveria.

— Eu só quero *saber*.

— Eu pertenço ao lugar onde meus ossos forem descansar! Onde meus ossos forem descansar.

19

RIO ABAIXO

Tatinelly não dormia há semanas. Não desde que o vulto daquele homem apareceu e ela foi única capaz de notá-lo. Ele estava parado de pé no final da rua dela, no parque onde Rhiannon gostava de brincar no balanço. Uma vez, ela o viu no telhado da casa do vizinho, do outro lado da rua. Essa foi a única vez que ele olhou para o céu em vez de diretamente para ela. A cada aparição, Mike a tranquilizava. Qualquer um pode ficar parado de pé na rua, no parque. Isso não significa nada.

— E no telhado? Vou ligar para o Bailey...

Mike tirara o telefone da mão dela, gentilmente, como se ela estivesse segurando uma tesoura ou uma faca.

— Querida, não tem ninguém no telhado do Bailey.

Mas ela se sentava à janela da sala de estar, aquela que ocupava toda a parede para que eles nunca se sentissem presos lá dentro. Ficava observando o estranho, seu perseguidor. Se ninguém acreditasse nela, daria um jeito de provar a eles.

Evidente que o homem não apareceu desde que pegaram a estrada para Quatro Rios, e ela se sentiu melhor com Marimar e Rey. Era bom para Rhiannon estar com os parentes, afinal, a família de Mike nunca os visitava e parecia se esquecer de convidá-los para festas de aniversário, acampamentos e churrascos.

A casa Buenasuerte era linda. O quarto de hóspedes tinha fotos de família; quadros com pássaros, borboletas e montanhas. Mike desmaiou sem tomar banho, mas Tati queria tirar a longa viagem de sua pele e fez com que Rhiannon se lavasse também.

Antes de adormecer, Tatinelly ficou observando seus dois maiores amores. Os olhos de Mike tremulavam rapidamente sob as pálpebras fechadas, e ela beijou sua testa com delicadeza, desejando-lhe bons sonhos. Rhiannon estava encolhida entre eles como uma pequena concha de náutilo, como se pudesse se enrolar em posição fetal e voltar para o útero. Acariciou as pétalas sedosas da rosa de Rhiannon, que começara a mudar de cor. Tentava convencer a si mesma de que tudo ficaria bem, mas, nisso, o peso do pânico se instalou em seus ossos, como se estivesse sendo esmagada até a morte. Rhiannon se aninhou mais perto de sua mãe, e o pavor foi embora.

— Não vou deixar nada acontecer com você. Vou dedicar toda a minha vida a garantir que você esteja segura.

Ela não tinha certeza de onde as palavras tinham vindo, mas foi dominada pela mesma sensação que sentira tantos anos antes. Aquela que a levou a Mike. Propósito. Despertar. Ela atenderia o desejo do pai e aproveitaria a companhia dos primos.

À tarde, todos saíram de seus quartos seguindo os aromas delirantemente sedutores que vinham da cozinha no andar de baixo. Mike tinha acordado se sentindo um pouco mal e ainda estava dormindo.

— ¡*Buenas tardes!* — disse Ana Cruz, dobrando o jornal ao meio.
— Dormiram bem?

Rhiannon se esgueirou até uma banqueta no balcão e aceitou um copo de suco de Ana Cruz.

— Superbem. Eu estava sonhando com a lua. Às vezes, ela fala comigo quando eu durmo.

— O livro favorito dela quando era bebê — explicou Tatinelly, passando os dedos pelo cabelo castanho-claro de Rhiannon.

— *Boa noite, Lua* é o *meu* livro favorito e eu não sou um bebê — disse Rey, emergindo da escada vestindo short de pijama preto, camiseta cinza folgada e um robe de seda verde-azulado.

Ana Cruz sorriu efusivamente ao vê-lo.

— Oh, *qué fashion*!

— Já te amo — disse Rey.

— Você ama qualquer um que te elogie — comentou Marimar com uma voz grave e sonolenta. Ela puxou uma cadeira para a ilha da cozinha. — Que cheiro bom é esse?

— Jefita fez algo especial para vocês — respondeu Ana Cruz.

Ao ouvir seu nome, uma mulher veio do pátio aberto para a cozinha. Jefita tinha pele marrom-escura e, apesar da idade, seus fios de cabelo liso eram pretos. Os olhos escuros eram enrugados nos cantos. Ela estava chorando.

— Jefita, estes são os netos de Orquídea e a bisneta. *Ya, no llores*.

— Ahn, não chore — disse Rey, deixando a mulher pegar sua mão e virá-la.

Ela segurou o rosto dele e exclamou:

— *Qué bello!*

Claro, Rey era lindo. O mais bonito da família, como tia Parcha.

Jefita seguiu para Marimar, Rhiannon e Tatinelly. Era a personificação do lamento genuíno. Uma velha que guardava a memória de alguém depois de todo esse tempo.

— *Mi* Orquídea. Lembro-me da noite em que ela foi embora como se fosse ontem. Pedi que não me deixasse sozinha, mas sabia que ela precisava ir. Não era um lugar bom para ela. Sempre desejei ver ela novamente. Minha pobre garota azarada.

Tatinelly achou que era um jeito estranho de qualificar sua avó. Para ela, Orquídea era uma das pessoas mais sortudas que já conheceu.

Ela possuía uma casa gigantesca e um vale inteiro. Teve cinco maridos que a amaram. Filhos. Netos. Nunca ficou doente. Tivera comida, e bastante. O que aconteceu depois — o incêndio, sua transformação — foi azar ou escolha dela?

— Jefita, guarde suas lágrimas para o funeral — censurou Ana Cruz, apoiando a mão no quadril.

Jefita fez o sinal da cruz. Suas palavras tinham uma propriedade musical quando ela disse:

— Eu nunca vi tal coisa. Um corpo no rio.

— Tecnicamente, não é mais um corpo — disse Rey, e Marimar deu um tapa em seu braço.

— São as cinzas dele — explicou Tatinelly.

— Não é comum aqui — informou Ana Cruz.

Rey se sentou ao lado de Rhiannon e pegou um copo de suco.

— Mudando de assunto, o que tem para o brunch?

Aquelas pareceram ser as palavras mágicas para Jefita parar de chorar.

Ela havia preparado um banquete de porco assado com pele grossa e crocante; tigelas com espigas de milho branco cozido polvilhadas com sal; tortilhas de batata que ela chamava de *llapingachos*. Foi do que Rhiannon mais gostou, e as devorou com voracidade. Ela repetia tudo o que Jefita dizia e, quando o fazia, a rosa em sua testa mudava de cor. Tornou-se um rosa mais saturado que o tom pálido de antes.

Jefita fez o sinal da cruz e apertou as mãos.

— Você é abençoada.

— Sempre muda de cor? — perguntou Ana Cruz, com um olhar mais clínico do que maravilhado.

— Uma vez — disse Rhiannon ao mesmo tempo que Tatinelly disse "Não".

Todos se voltaram para a menina, que estava contente com seu banquete.

— Foi só por um instante. No parque, um homem tentou falar comigo e minha cabeça começou a coçar. Meu amigo Devi disse que minha rosa ficou preta, mas não consegui ver porque tá na minha testa, e o homem desapareceu no ar.

Todos ficaram em silêncio, prendendo a respiração, até que Tatinelly suspirou. Ela segurou sua filha, abraçou-a.

— Por que não me contou?

— Papai não acreditou em você, então pensei que também estava imaginando coisas. Além disso, quando fui pra casa, minha cabeça não estava mais coçando e minha rosa tinha voltado ao normal.

— Que homem? — indagou Ana Cruz, e Tatinelly e Rey contaram suas histórias do estranho que aparecia do nada.

— Estamos totalmente seguros aqui, eu garanto. Não vou sair do lado de vocês.

— Essa é uma das razões pelas quais viemos aqui juntos — disse Marimar, distraidamente pressionando o polegar contra o espinho em seu pescoço. — Achamos que esse estranho é alguém do passado de nossa avó. Só que não sabemos nada sobre o passado dela.

Jefita meneou a cabeça com convicção e ergueu um dedo, como se fizesse uma ameaça ao Universo.

— Ninguém vai machucar os bebês de Orquídea. A gente vai ajudar, né, Ana Cruz?

— Claro. Mas já faz tanto tempo que as histórias da minha Orquídea parecem lendas agora. Vou vasculhar as coisas da minha mãe.

— Como você conheceu Mamá Orquídea, Jefita? — quis saber Marimar.

— Minha mãe e eu trabalhamos para o *Señor* Buenasuerte. Eles a chamavam de Jefa e eu me tornei Jefita. — A mulher falava com as mãos, como se estivesse fazendo os dedos dançarem ao som das palavras. — Viemos da província de Tungurahua após o terremoto. Quase pensei em ir embora quando Orquídea partiu, mas eu não conhecia ninguém. Foi um escândalo. Lembro do dia em que ela foi embora porque era o dia da independência da cidade. De manhã, eles enviaram uma equipe de busca e tudo mais. Todos os pescadores vasculharam os rios, embora ninguém acreditasse que ela pudesse ter se afogado. Só eu sabia que ela tinha fugido. Não podia contar a eles, mas estava nervosa e o *Señor* Buenasuerte viu que eu sabia mais do que dizia. Ele me falou que eu tinha que contar a verdade ou iria pro inferno, e eu sabia que Orquídea entenderia que era o preço pela minha alma e me perdoaria. Então, contei a eles. Ele me bateu com o cinto, mas minha mãe me lembrou que foi porque eu menti para o nosso patrão.

— Isso é horrível — disse Marimar.

Rey olhou para o austero homem mais velho cujo rosto estava em um retrato pendurado na parede. Ele guardaria seus xingamentos para mais tarde.

— Nem dá pra imaginar por que nossa avó foi embora...

— Meu pai era um homem difícil de amar — disse Ana Cruz, com tristeza. — Foi criado em uma época diferente.

Tatinelly teve vontade de dizer que não era desculpa para bater em alguém, mas ela era uma convidada e eles partiriam em breve.

— Meu pai disciplinava meus irmãos com violência, mas com Orquídea era algo além. Eu não deveria me lembrar disso porque era muito pequena, mas, quando ela me pegava no colo, eu sentia quão pequena ela se fazia por pensar que estava presa. Escapei da atenção do meu pai na maioria das vezes porque era a mais nova. Fui um acidente, sabe. Número seis. Ele sempre disse que teria sido melhor se eu fosse um menino. Que o custo da saúde da minha mãe teria valido a pena. Então, eu dava um jeito de desaparecer. Tinha só trez anos quando Orquídea foi embora, mas me lembro do rosto dela. Da voz dela.

— Você só parava de gritar quando ela cantava pra você — disse Jefita.

Marimar pigarreou e forçou um sorriso.

— Ela nunca parou de cantar.

Depois do almoço, eles se prepararam para levar as cinzas ao rio. Quando Tatinelly foi dar uma olhada em Mike, ele estava com a pele quente.

Gotas de suor pontilhavam sua testa pálida, como o orvalho grudado nas folhas. Quando abriu os olhos, estava agitado, olhando ao redor do cômodo. Não se lembrava de onde estavam nem que horas eram.

— Nós deixamos você dormir. Tá na hora de espalhar as cinzas.

— Vou levantar.

Mike tentou sair das cobertas, mas foi dominado por um ataque de tosse com catarro.

— Você não vai levantar. Podemos fazer isso mais tarde — disse ela com delicadeza, mas não conseguia esconder a preocupação em seu rosto.

Ele pegou a garrafa de água que ela ofereceu.

— Não, vocês devem ir. Isso é importante. Para você e Rhiannon. Devo ter pegado alguma infecção no avião. Pega meu kit de primeiros socorros, eu vou ficar bem se descansar um pouco mais.

Tatinelly o observou por um minuto. Parecia um pouco pálido. Mas ela havia estado com ele a noite toda. Por que ela não estava doente? Nem os outros?

— Tem certeza?

Ele apertou a mão dela.

— Eu juro.

O restante deles se amontoou no carro. Tatinelly foi na frente, segurando a urna do pai. À luz do dia, a cidade era mais brilhante, mais viva. Mulheres de negócios caminhavam apressadas em saltos baixos. Grupos de estudantes, todos de uniforme, lotavam pequenas cafeterias e lojas. Homens, mulheres e crianças corriam pelo trânsito congestionado para vender de tudo, de garrafas de água a chicletes e carregadores de celular. Fardos de laranjas verdes e sacos de pipoca caramelizada. Havia fontes de água nos parques e, desta vez, quando eles passaram pelo monumento Guayas y Quil, Tatinelly não pôde deixar de lembrar da história. Trágica. Melancólica. Pensou em Mike deitado na cama e segurou a urna de seu pai com mais força.

A minivan entrou em uma estrada pavimentada que levava ao rio. As casas estavam degradadas e muitas tinham janelas escuras, fechadas com tábuas. Uma equipe de topógrafos os observou passar, e Ana Cruz acenou, mas não parou. Tatinelly tentou visualizar sua avó correndo por uma rua de terra. Imaginou Orquídea com a cabeça erguida e olhos desafiadores de meia-noite. Concluiu que, quando aquelas casas fossem demolidas e outras novas, erguidas, a rua poderia desaparecer, e também outro pedacinho de sua avó.

Eles estacionaram o mais próximo possível do rio e, quando desembarcaram, as crianças locais se aproximaram, apontando para as flores que sempre deixavam as pessoas tão curiosas. Jefita rapidamente botou os pequeninos para correr e, embora tivessem se espalhado, ficaram por perto. Outras pessoas se aproximaram, reconhecendo Ana Cruz e querendo cumprimentar a família de Orquídea. Tatinelly não entendia tudo o que eles diziam, mas sorria, e seu coração se aquecia quando aqueles estranhos exclamavam "¡*Orquídea!*". Uma das mulheres de meia-idade deu um sorriso largo e disse:

— Ela sempre dava um peixe para nós, para termos o que comer.

Que sensação estranha conhecer a avó daquela forma, como se, caso reunissem anedotas, sorrisos e lembranças o suficiente, seriam capazes de completar as peças de Orquídea Divina Montoya.

Os moradores deixaram a família seguir seu caminho, mas não sem oferecer orações e votos de boa-sorte. Tatinelly segurou a mão de Rhiannon com firmeza enquanto caminhavam até um píer frágil. Havia canoas enferrujadas e barcaças de madeira que mais pareciam tábuas do que embarcações. Havia redes de pesca cobertas de algas e lodo. Garrafas, latas e vidros quebrados cobriam o chão. Mas a vista do horizonte distante e brilhante e do rio largo era linda.

— Tem um monstro na água — sussurrou Rhiannon para Rey, que apenas acariciou sua cabeça e disse:

— Legal, garotinha.

Tatinelly pensou na primeira vez que seu pai a levou para pescar. Ele tocava suas músicas antigas e sonhava em um dia aprender a velejar. O coração de Félix Montoya não pertencia à terra com os outros, mas ele nunca conseguiu seguir esse sonho. Não em vida, pelo menos. Seu pai havia lhe dado muito amor. Ele a ensinou a pescar, a ser paciente.

Ensinou que um amor era suficiente. Que, quando ela o encontrasse, deveria fisgá-lo, segurá-lo com força. Quando ela saiu de casa, tão jovem, começando uma família tão cedo, ele apenas a lembrou de que ela controlava a própria vida. Se passasse isso para Rhiannon, estaria honrando ele. As lágrimas correram pelo seu rosto e para o píer.

— É aqui que Orquídea pescava quando era menina — disse Ana Cruz.

Rhiannon apertou a mão de sua mãe e falou:

— Você consegue. O vovô disse que tá pronto para nadar.

Com sua família antiga e nova reunida em torno dela, Tatinelly abriu a urna. Ela despejou o conteúdo sobre a água e levou o pai de volta a um lugar onde ele nunca havia posto os pés, mas ao qual estava conectado por causa de sua mãe. Ele fora uma parte dela que tentou voltar.

Eles observaram o rio correr.

Um peixe prateado saltou da água, e ela soube que Félix Montoya tinha dito seu último adeus.

20

A VIDENTE QUE NEM SEMPRE ESTÁ CERTA, MAS QUE TAMBÉM NUNCA ESTÁ ERRADA

Agustina Narvaez não fazia previsões por achar que as pessoas acreditariam. Ela fazia previsões porque recebera o fardo da habilidade de ler os céus, de decifrar o sussurro dos planetas na medida em que se relacionavam com os assuntos dos humanos. Agustina nunca gostou disso, mas sabia, mais do que ninguém, que, independentemente do que as pessoas acreditassem ser verdade, pelo menos ela sempre seria capaz de ganhar a vida sem ter que vender seu corpo. Não que desprezasse as pessoas que o faziam, mas sabia o preço que isso cobrava do corpo e do espírito depois de anos vendo sua mãe fazer exatamente o mesmo na virada do século.

Os pais de Agustina tinham fugido de Málaga durante o auge da praga da filoxera. Sem vinho para produzir, eles se refugiaram em várias cidades sul-americanas antes de irem para Santiago, no Chile. A jornada da própria Agustina a levaria a Medellín, na Colômbia, onde esperou que as coordenadas celestes estivessem certas. Que o menino encontrasse uma estrela caída e a nova aventura dela começasse.

Ela não queria estar certa. Não todas as vezes. Quando conheceu Orquídea Montoya, viu um sussurro que queria se tornar um grito. Odiou o futuro que viu para a garota e, acima de tudo, o fato de não poder fazer nada para impedi-lo. Mas ela queria tentar evitar um pouco de sofrimento, se pudesse.

Esse era o problema de ficar próximo das pessoas quando se carrega o fardo de um dom mágico. Você quer ajudá-los. Quer salvá-los. Quer tornar tudo melhor, porque é isso que você tenta fazer quando tem boas intenções.

Quando o Londoño Espetacular Espetacular avançou pelo Leste Europeu, Agustina só queria impedir Orquídea de cometer um erro que alteraria o curso da sua vida. A menina já havia nascido sob um redemoinho cósmico de má sorte. Não precisava acrescentar Bolívar Londoño III a isso. Por outro lado, ela sabia que não deveria tentar alterar o destino. Acreditava que eles estavam todos fodidos de qualquer maneira.

Na véspera da noite de abertura de sua turnê pelos Países Baixos, Agustina e Maribella estavam ajustando o novo traje de Orquídea, uma flor que se abria assim que os holofotes caíam sobre ela. Tinha sido ideia de Bolívar, e os planos para a invenção simplesmente saíram de sua linda cabecinha depois que ele fez um pedido. Entregou-o aos engenheiros de palco do show, e eles criaram o glamoroso e inédito vestido.

Quando estavam apenas Agustina e Orquídea no cômodo, a vidente aproveitou a oportunidade. Ela não iria *mudar* o destino. Muitas pessoas tolas haviam tentado e falhado. Mas não havia nada de errado em dar um aviso.

— Proteja-se, Orquídea — disse Agustina. — Proteja seu coração de coisas quebradiças.

Orquídea deu sua risada contagiante, agarrando o delicado tecido do vestido.

— Você diz as coisas mais estranhas, Agustina.

— Mas nunca estou errada.

A vidente bateu no nariz redondo e arrebitado da garota e esperou que ela lhe desse ouvidos.

※

Ela não deu, é óbvio. Orquídea se apaixonou por Bolívar Londoño como o mar se apaixona por uma tempestade. Após quase sete meses de namoro, ela estava convencida de que sua mãe estava errada. De que havia deixado a má sorte no Equador.

Após a primeira apresentação em Amsterdã, Orquídea deveria passar a noite fora com as garotas. Mas algo que Agustina disse repercutiu nela. *Proteja seu coração de coisas quebradiças.* Ela havia deixado as pessoas que a machucaram para trás. Por que precisava de proteção quando Bolívar era o homem mais forte que conhecia, tirando o *verdadeiro* Homem Forte do Londoño Espetacular Espetacular? Ele era louco por ela. Passava cada momento livre que tinha com ela. Comprava-lhe vestidos e casacos de pele. Fazia seu coração se agitar como o estouro de uma garrafa de champanhe gelada. Tinha lhe dado um novo nome e escolhido o rosto dela para os cartazes. *Dela*, Orquídea Divina.

E, no entanto, ela não conseguia se livrar do desconforto em seu âmago. Abandonou o jantar com as amigas, jurando encontrá-las em um bar mais tarde naquela noite. Em vez disso, voltou ao hotel em busca de Bolívar.

Quando ele atendeu a porta, devia estar esperando o serviço de quarto, porque havia uma nota de dinheiro dobrada na ponta dos dedos. Ao perceber que era Orquídea, ele enfiou a nota de volta no bolso do robe. Bloqueou a entrada, fechando o robe, mas não antes que ela pudesse ver seu corpo nu por baixo, e a marca de beijos vermelhos em seu peito.

— *Mi* divina — disse ele, em um tom agudo estrangulado. O azul de seus olhos brilhou de pânico. — Você falou que iria ao teatro esta noite.

Atrás dele, várias vozes femininas chamaram seu nome. Ela não precisava vê-las. Antes que ele pudesse alcançá-la, implorar que não o odiasse, que não o deixasse, ela correu. Desceu as escadas de dois em dois degraus, o barulho dos saltos ecoando no corredor. Quando finalmente parou, ela se viu no porão do hotel.

Então ouviu. Um estrondo retumbante. Uma vez. Duas. Em seguida, as palavras sussurrando em sua pele: "Encontre-me."

Ela já tinha ouvido isso antes.

Apressando-se, ela dobrou uma esquina. Uma figura ameaçadora estava à porta — Lucho, cujo único propósito era guardar a carga. O que mais havia atrás daquela porta? Ele tinha mais de dois metros de altura e sua família vinha de todos os cantos da Colômbia. Seu pai tinha sido o guarda de Bolívar II e Lucho era o de Bolívar III. Era cego de um olho e ainda exibia uma cicatriz da briga que quase lhe custou os dois. Quando percebeu que era ela, levantou-se da cadeira onde costumava se sentar por horas.

— Divina? O que está fazendo aqui? — perguntou, apreensivo.

Lucho protegia Bolívar, e ela percebeu que ele devia saber. *Todos* eles deviam saber. *Proteja seu coração de coisas quebradiças.* Mas quem poderia protegê-la de si mesma?

Ela respirou fundo e tentou demonstrar preocupação.

— Não consegui encontrar Bolívar. Você o viu?

Ele coçou a barba preta e desviou os olhos para mentir.

— Faz umas horas que não o vejo. Vou avisar que você está procurando por ele.

— Não se preocupe — disse ela. — Que boba. Verifiquei em todos os lugares, menos no quarto dele...

— Espere! — O barítono pesado de Lucho foi como um soco no estômago. — Vou procurar ele. Você não deveria esperar aqui. Está frio.

— Obrigada.

Ela o puxou para perto e ele a afastou, como se tivesse medo de tocá-la porque pertencia a outra pessoa.

Orquídea fechou bem o casaco de pele em torno do corpo e seguiu Lucho até o bar do lobby. Mas, assim que o homem deu as costas, ela desceu as escadas até o depósito. Uma luz pulsante se esparramava pelas fendas da porta.

Encontre-me, a voz dissera uma vez. Agora dizia de novo, e Orquídea se perguntou se tinha cometido um erro. Não era Bolívar ou o circo que ela deveria encontrar naquela noite, meses atrás. Era a Estrela Viva. Mas por quê? O que ele queria dela?

Ela retirou a chave que roubara de Lucho quando o abraçou e girou a fechadura. Caixotes e malas estavam empilhados lá dentro. A leoa, os cavalos e os cães eram mantidos no terreno, mas aquele lugar ali só era acessado por Bolívar.

Dentro de uma jaula de ferro estava a figura feita de luz que ela tinha visto em todas as apresentações, todas as noites, de longe. Um truque, pensara a princípio. Mas agora ela se maravilhava diante dele. Sob a luz, ela podia ver seus olhos. Incandescentes, como as espirais de uma galáxia presa em suas íris. Era o único detalhe de si mesmo que revelava.

— Você me encontrou — disse ele, e sua voz soou como a nota de um órgão assombrado.

Ela se aproximou.

— O que quer de mim?

— Sua ajuda.

Ela se aproximou ainda mais. Envolveu a barra de ferro fria com uma das mãos. Sob o brilho, podia ver que ele estava nu. Estava com frio? Quando piscou, ele estava na frente dela. Seu punho sobre o dela em torno da barra de ferro. Ela se esforçou para não gritar, para não pular para trás.

— O que eu posso fazer? — perguntou Orquídea. — Não sou ninguém.

— Você não tem que ser. Pude ouvir seu desejo de longe. Foi o que me fez chamá-la.

Ela balançou a cabeça.

— Nunca fiz um desejo.

— Você não falou em voz alta, mas estava em seu coração. Estava no coração de Bolívar também. Eu sabia que o verdadeiro amor dele me libertaria deste lugar.

Ela pensou em Bolívar. Em *seu* Bolívar lá em cima no quarto cheio de mulheres. Cada vez que piscava, elas se multiplicavam. Encontrou coragem para rir.

— Não sou o verdadeiro amor dele.

— Ah, você é. — A luz ao redor dele pulsou. — Essa talvez seja a parte mais cruel de tudo isso.

— Se sou o verdadeiro amor dele, por que eu faria isso?

— Porque posso dar a você o que ele nunca dará — afirmou a Estrela Viva, deixando as palavras pairarem entre eles. — Minha liberdade em troca de experimentar o meu poder.

Ela sentiu o cheiro de algo queimado, então olhou para o chiado da pele dele contra o ferro. Engoliu o grito que cresceu dentro si quando a porta do depósito se abriu.

— Você não deveria estar aqui! — gritou Lucho, sem fôlego, enquanto entrava abruptamente. — O chefe quer ver você.

Orquídea podia ter nascido azarada, pobre, bastarda, mas não nascera para receber ordens. Não mais. Ela ergueu a cabeça e imaginou que todo o seu corpo era feito de ferro, de aço.

— Tem um cartaz com o meu rosto. Diga a ele para começar por lá.

Ela ouviu o som assustador da Estrela Viva, seguido por um grito, enquanto ela saía furiosa. Orquídea correu pelas ruas úmidas de Amsterdã. Lâmpadas de gás iluminavam seu caminho ao longo dos canais escuros até que ela encontrou o bar onde suas amigas estavam. Ficou com elas até o amanhecer, mas guardou seu vexame para si mesma. Surpreendeu-se ao descobrir que não existia absinto ou cigarros suficientes para curá-la de Bolívar Londoño.

Quando finalmente voltou para o hotel, ele estava lá, sentado do lado de fora da suíte dela. Orquídea não sabia há quanto tempo ele estava lá, mas estava dormindo. Ele cheirava a banho tomado, pelo menos. Ela se perguntou se ele havia tomado banho sozinho. Ela se perguntou muitas coisas.

Acordou-o com um chute.

— Orquídea! — exclamou ele.

Bolívar Londoño III ajoelhou-se e se deteve, hesitando em tocá-la. Ela fechou os olhos. O aço a estava abandonando. Como poderia proteger seu coração de coisas quebradiças? *Ela* era a coisa quebradiça. Não tinha um "Lucho" para cuidar dela.

— Não faça isso — disse ela. — Não diga meu nome. Não olhe para mim. *Vá embora.*

Ele uniu as palmas das mãos em súplica.

— Aquelas meninas foram um presente do barão Amarand. Não significaram nada para mim. Eu... eu simplesmente não podia recusar. Ele nos deu tanto...

Ela cruzou os braços sobre o peito e encostou-se à porta.

— Então volte para o seu presente, *señor* Londoño.

— Elas não significaram nada — repetiu ele.

Ela já deveria saber que, se um homem descarta outras mulheres como nada, mais cedo ou mais tarde fará o mesmo com ela.

— Já disse isso, Bolívar.

Ele pareceu aflito quando ela disse seu nome assim. Sem o amor ou a admiração de sempre. Ele afastou o cabelo dos olhos. A barriga dela se contraiu com o cheiro dele — capim-limão, sândalo e fumaça.

— No dia em que te conheci — disse ele —, eu soube que você tinha sido enviada a mim pelas estrelas. Você era aquela que eu estava esperando, porque desejei você, meu caro amor. Meu mais verdadeiro amor. E, agora que tenho você, nunca vou deixá-la ir. Nunca mais irei te magoar.

Ele agarrou a mão dela, e ela foi tola o suficiente para permitir. Achou que ele estava tentando se levantar, mas estava apenas mudando de posição. Apoiando-se em um joelho. Ele brandiu uma safira pálida e redonda incrustada em ouro.

— Case comigo, Divina.

Atordoada, ela se ajoelhou para olhar melhor nos olhos dele e disse:

— Tem uma coisa que você deveria saber. O azar me persegue, está ligado a mim, costurado na minha pele. Eu acredito agora. Talvez você seja parte dessa maldição.

— Faremos a nossa própria sorte, Orquídea. *Mi divina. Mi vida.* Quer se casar comigo?

Ela deveria ter dito não. Deveria saber que o mundo nunca punia homens gananciosos por seus desejos doentios. Em vez disso, ela disse:

— Sim.

Deixou que ele deslizasse o anel em seu dedo esguio e o levou para dentro. Eles compartilharam um beijo que a fez esquecer as últimas horas. Ela reescreveu a noite de modo que viu apenas ele, ajoelhado, presenteando-a com um anel. Ele tinha gosto de alcaçuz e menta, e, enquanto fazia amor com ela, repetia: "Você é minha. Você é minha."

Mais tarde, enquanto ele dormia, ela ouviu aquela voz novamente. A Estrela Viva, chamando por ela.

Eu estarei aqui quando você mudar de ideia.

21

UMA COINCIDÊNCIA ALTAMENTE IMPROVÁVEL, MAS BEM-VINDA

Depois de espalhar as cinzas de Félix Montoya, eles foram a uma feira livre, que era diferente de qualquer outra que Marimar já tinha visto. Enquanto Jefita fazia as compras, Ana Cruz os guiava pelas movimentadas fileiras de comerciantes. Havia carne crua pendendo de ganchos de metal; galinhas penduradas pelos pés; blocos organizados de siris-azuis empilhados como cidadelas de crustáceos; sacas de milho e ervas frescas; abacates tão grandes que pareciam bolas de futebol; caixotes de tâmaras; e torres de cocos. Ana Cruz os regalou com cocos frescos. Um homem esguio, que se apresentou como Ewel de Esmeraldas, abriu o topo da fruta com um facão afiado, enfiou um canudo e ofereceu a Marimar um sorriso branco e direto que ela ficou feliz em retribuir. A sobrecarga sensorial de tudo aquilo era estranhamente familiar. Para onde quer que se voltasse, Marimar procurava imaginar uma jovem Orquídea caminhando à sua frente.

De volta à casa Buenasuerte, Jefita começou a preparar os pratos. Ela se orgulhava de fazer tudo com os ingredientes mais frescos e puros, como sua mãe e sua avó haviam lhe ensinado. Quando Marimar tentou ajudar, ela a retirou da cozinha e conduziu para o pátio fechado com seus primos.

Ana Cruz se ocupou em procurar as fotos e lembranças que havia prometido a eles. Enquanto Tatinelly ia ver como Mike estava e Rey e Rhiannon relaxavam na rede, Marimar andava descalça para lá e para cá sobre ladrilhos hexagonais vermelhos. O quintal tinha uma palmeira e uma mangueira com frutas ainda começando a crescer. Flores de hibisco pontilhavam um muro de folhas verdes, e roseiras perfumadas floresciam.

— Tá me deixando tonto — Rey disse a ela.

— Pensei que você tivesse cochilando — rebateu Marimar. Rhiannon tinha os olhos fechados, mas deu risada.

— Tio Rey disse que você se preocupa demais.

— Disse mesmo — admitiu Rey.

— Não é meio estranho estar nesta casa? — perguntou Marimar. — Há alguns dias você estava perfeitamente feliz em ficar em Quatro Rios.

Rey baixou os óculos de sol.

— Vai ver que estar em uma casa linda, onde as pessoas são realmente legais comigo, me fez mudar de ideia.

Marimar revirou os olhos.

— Ana Cruz e Jefita são maravilhosas. Minha questão é como Orquídea se sentia em relação aos demais.

Os olhos dele estavam focados, sérios, como quando não conseguia pensar em algo sarcástico ou fútil para dizer.

— Mas não sabemos como ela se sentia. Mesmo que os outros Buenasuerte fossem detestáveis, Ana Cruz não é. Jefita não é. Se fosse ao contrário, tenho certeza de que qualquer pessoa que já odiou Enrique nos *adoraria*.

Marimar se lembrou dos Buenasuerte que apareceram em Quatro Rios. Será que Wilhelm Jr. entregara ao pai enfermo a nota de sucre que Orquídea devolveu? Ela não precisava dizer que não gostava dos Buenasuerte. Aquele gesto disse tudo. No final das contas, família não tinha a ver com sangue. É claro que os irmãos e irmãs de Pena e Parcha eram todos meio-irmãos, mas não importava quem eram seus pais. Importava que eles compartilhassem uma mãe, uma família. Toda pessoa nasce numa família, mas ainda assim precisa escolhê-los. Marimar olhou para Rey, Tatinelly e Rhi. Ela os escolheria.

— Use as palavras, Marimar — disse Rey, e acrescentou baixinho: — Sei que é difícil, vai por mim.

Ela pressionou a mão na barriga.

— Estar tão perto do passado de Orquídea me deixa com medo do que vamos encontrar. Acho que só tô procurando alguém para culpar.

— Só temos mais um dia aqui — lembrou ele. — Se não encontrarmos nada, iremos para casa e daremos um jeito de descobrir.

Ela assentiu, mas não conseguia se livrar da inquietação que se apossara de seu corpo.

— Jefita me falou que a gente pode ir ao parque cheio de iguanas — interviu Rhiannon. — A gente pode ficar com elas e levar para casa?

— Acho que não, garota — disse Rey, tirando os óculos escuros e mordendo uma das hastes. — Mas podemos tentar.

Marimar estava cansada demais para repreender Rey por colocar ideias de contrabando de répteis na mente de sua priminha. Ela os deixou rindo no jardim e voltou para dentro.

Jefita tinha panelas grandes fumegando no fogão. Montes de carne em cubinhos. Temperos em pó e óleos transformando a carne rosada em um marrom acobreado. Ela ouvia música enquanto cozinhava, como Orquídea, e cantava fora do tom. De vez em quando, Jefita tocava um pequeno pingente de ouro de Jesus que repousava em seu peito.

Marimar também estendia a mão para o bulbo em seu pescoço, pressionava o pequeno espinho que servia como um lembrete de quando ela tentou cortá-lo.

— Você se sente melhor depois de ouvir as pessoas falando sobre Orquídea? — indagou Jefita.

— Não sei se *melhor* é a palavra certa.

— Que palavra você usaria?

Marimar pensou por um momento, ouvindo o toque agudo das guitarras.

— Curiosa, talvez. Um pouco irritada. Ainda não cheguei a uma conclusão. Nos últimos sete anos, tudo que fiz foi ficar em Quatro Rios esperando Orquídea me dar um sinal. Uma resposta. Algo que me dissesse por que ela fez o que fez. De quem havia fugido. E, então, nada aconteceu. Eu segui em frente com a minha vida. Todos nós seguimos. Rey e sua arte. Tati e sua família. Os gêmeos com sua música. Todo mundo seguiu em frente.

Os olhos de Jefita mostravam uma gentileza que Marimar jamais experimentara de uma pessoa quase desconhecida.

— E então?

— Então três pessoas morreram, e eu não sei o que fazer. Às vezes acho que deve ter sido mais fácil para ela deixar a gente para trás do que dizer a verdade. Virar uma árvore em vez de *falar* com a gente.

Jefita pôs o arroz para cozinhar, lavou as mãos e sentou-se ao lado de Marimar.

— Eu não posso dar palpites. Mas, quando conheci Orquídea, ela era só uma menina — disse Jefita. — Eles a chamavam de *Niña Mala Suerte*. Mas isso nunca impediu ela de ser gentil ou de ajudar aqueles que tinham menos do que ela. Não sei o que aconteceu nesses anos depois que foi embora, mas a Orquídea que eu conhecia teria agarrado seu destino pelas bolas. Ela teria feito o que precisava fazer.

Marimar jogou a cabeça para trás e riu.

— Consigo acreditar nisso.

— Se me permite perguntar, por que o seu presente é diferente dos outros?

Marimar balançou a cabeça negativamente. Orquídea dera a cada membro da família uma semente, mas Rey, Marimar e Rhiannon tinham flores crescendo em sua pele. Magia que precisava de proteção. Enrique jogou sua semente no fogo e voltou para Quatro Rios desgastado e machucado. Os outros plantaram as suas e suas fortunas floresceram de maneiras diferentes. Silvia cultivou um jardim inteiro. Caleb Jr. engarrafou os perfumes com que sonhou. Juan Luis e Gastón plantaram as deles em Quatro Rios, e voltavam uma vez a cada poucos anos apenas para ver a árvore Orquídea e cantar as músicas que os transformaram em estrelas internacionais.

E Marimar? Ela construiu uma casa. Ressuscitou o vale. Era o suficiente? Teria sido, se ela não se sentisse tão inacabada. Devia ser por isso. Devia ser por isso que o botão de flor em seu pescoço nunca se abriu, apenas espinhos cresceram.

— Só mais um dos segredos de Orquídea — respondeu ela, e deu um sorriso forçado.

— Espero que estar aqui ajude a encontrar respostas — Jefita disse a ela. — Não é natural estar muito longe de suas raízes.

Antes, ela teria concordado. Orquídea havia se plantado em Quatro Rios. Não tinha como ser mais literal do que isso.

— Na minha família — continuou Jefita, picando cebolas roxas sem uma lágrima à vista, enquanto Marimar piscava com a ardência —, esses tipos de marcas são sinais de que a pessoa foi abençoada por Deus.

— Desculpe te desapontar, Jefita — disse Marimar. — Mas nós somos céticos.

Jefita balançou a cabeça, mas riu enquanto polvilhava sal. Marimar fechou os olhos e imaginou sua casa. O sal nos veios do assoalho. Orquídea segurando cristais de sal em suas mãos como diamantes opacos. Sentiu uma dor abaixo do umbigo. Ela tivera essa sensação antes, quando viajava para Quatro Rios, no dia do incêndio. Por que isso estava acontecendo ali, tão longe?

— Vou acreditar duas vezes mais por você. Além disso, não precisa ser o meu Deus. Pode ser um ser poderoso. Um santo. Alguma coisa. Senão, todos nós teríamos essas bênçãos.

— Mas você tem muitas bênçãos, não tem?

Marimar estava curiosa.

— Claro que tenho. Fui abençoada por *Diosito Santo*. Uma boa vida é o suficiente. Eu estava falando de uma representação *física* dessa bênção. Como um sexto dedo.

— Ou uma cauda?
Jefita arregalou os olhos e fez o sinal da cruz.
— Não. Nada de caudas.
Rey e Rhiannon voltaram para dentro a fim de escapar do calor cada vez maior. Rey pegou uma laranja da fruteira e começou a descascá-la.
— O que eu perdi?
— Jefita acha que nossas flores foram bênçãos dos santos.
— Eu sou bem santinho mesmo — disse ele.
— *Ay, niño* – repreendeu Jefita.
Mas ela não estava errada. Desde a chegada deles e a visita ao rio, espalhou-se a notícia de que havia três equatorianos nascidos nos Estados Unidos com flores de verdade crescendo em suas peles e ossos. O povo queria ver milagres. Nas horas seguintes, houve uma enxurrada de visitantes batendo à porta. Eles queriam ver a garota com a rosa na testa e o artista com a rosa na mão. Marimar não atraía tanta atenção. A maioria sussurrava, perguntando-se o que havia de tão especial nela. Marimar havia passado anos se perguntando a mesma coisa. Houve até um grupo de adolescentes que trouxe uma oferenda de batatas chips e biscoitos com cobertura de chocolate e recheio de marshmallows pegajosos. Elas tinham camisetas com estampas dos rostos de Juan Luis e Gastón e haviam escrito as iniciais JLG com purpurina nas maçãs do rosto, o que fez Tatinelly querer também.

Jefita deu um basta naquilo na hora do jantar, recusando-se a abrir a porta para quem quer que fosse e avisando que a família estava cansada e não estava ali para ser observada como pinguins no zoológico. Ela preparou um chá especial feito de erva-doce, capim-limão e outras ervas cujos nomes em inglês ela não sabia para ajudar a confortar o "Doente Senhor Sullivan", como chamava Mike.

Antes de se sentarem para comer, Ana Cruz finalmente emergiu de um cômodo, com o cabelo bagunçado, e anunciou:
— Achei!
Rey a ajudou a carregar a caixa de fotos, cartas, roupas e o que parecia ser um cartaz.

— Minha mãe guardou tudo que minha irmã deixou para trás. — Ana Cruz pegou um álbum de fotos amarelado pelo tempo. Folhas de plástico transparente cobriam fotos granuladas. Antes de abri-lo, ela olhou para Marimar e disse: — Sua cor de pele é diferente, mas você se parece muito com a nossa mãe.

A primeira foto era de uma mulher, o cabelo dividido para o lado e preso em um coque elegante. Marimar não se parecia com sua própria mãe nem com Orquídea. Por muito tempo ela se perguntou se o rosto no espelho pertencia ao pai que havia partido. Mas lá estava ela, vendo sua semelhança na bisavó que nunca conheceu.

— Os mesmos olhos e o mesmo rosto. É tão estranho — comentou Tatinelly, encantada.

Marimar virou a página e viu o casamento Montoya-Buenasuerte. Ela reconheceu Orquídea em um vestido simples, posta de lado.

— Qual era o nome da sua mãe? — perguntou Rey, apontando para a noiva.

— Isabela Belén Montoya Buenasuerte — disse Ana Cruz. — Ela foi deserdada porque engravidou de Orquídea fora do casamento. Pegou o dinheiro que sua mãe deu e construiu uma casa. Foi lá que ela conheceu meu pai.

Havia outra foto. Todos os Buenasuerte estavam de pé nos grandes degraus de uma casa. Isabela estava mais velha, com roupas mais elegantes. E Orquídea, novamente, posta de lado, como se tivesse entrado na foto enquanto ela estava sendo tirada, em vez de fazer parte dela.

— Nossos pais eram muito duros com minha irmã — lamentou Ana Cruz.

Mas Marimar entendeu o verdadeiro problema ao olhar para os retratos de família. Mais e mais fotos, e em cada uma a mesma coisa. Os Buenasuerte no parque, na praia, em seus melhores trajes de domingo, e Orquídea sempre à parte. As palavras de Marimar tornaram-se espinhos ao falar:

— Certamente Wilhelm Buenasuerte não tinha problemas com a filhinha de pele marrom de sua esposa, contanto que ela ficasse em seu lugar.

As bochechas de Ana Cruz ficaram coradas, mas ela não deu desculpas para o comportamento do pai. Em vez disso, mudou de assunto, como se Marimar não tivesse dito nada.

— Vejo que Orquídea nunca usou o sobrenome do marido. Ela permaneceu Montoya até o fim.

— É meio difícil quando todos os seus cinco maridos morrem em um período de dez a doze anos — disse Rey. — Pense na burocracia.

Marimar deu um peteleco na orelha dele.

— O quê? Todo mundo estava pensando nisso — declarou ele.

Rhiannon deu uma risadinha.

— Eu não estava pensando nisso, tio Reymundo.

Jefita fez o sinal da cruz novamente e disse:

— Espero que tenham resolvido suas diferenças no céu.

Rey, Marimar e Tatinelly compartilharam um silêncio sufocado. Eles sabiam exatamente onde sua avó estava, e não era no céu. A menos que a localização do céu no GPS fosse Quatro Rios, EUA.

Ana Cruz separou todas as fotos de Orquídea, para que os Montoya ficassem com elas. O restante da caixa estava cheio de vestidos. Algumas conchas do mar. Um uniforme escolar. Um vestido branco de primeira comunhão e um véu feito à mão com dezenas de pérolas alongadas brilhantes. Rey e Tatinelly se revezaram para experimentá-lo, mas Marimar continuou procurando. Seus dedos coçavam com a promessa, como se estivessem apenas começando a arranhar a superfície do mistério que era Orquídea Divina Montoya.

— Isto é uma faca de caça? — indagou Marimar, e empunhou uma pequena faca com pátina esverdeada nos pinos de cobre enferrujados do cabo.

Jefita bateu palmas uma vez.

— A faca de pesca de Orquídea! Ela conseguia estripar um peixe de rio em segundos. Deixou sua mãe furiosa quando parou de fazer isso.

— Posso ficar com ela? — perguntou Marimar.

Ela não sabia por que queria, ou o que poderia fazer com uma lâmina velha que já tinha perdido o fio, mas Ana Cruz separou outra parte de sua irmã.

Havia cartas, mas eram de Orquídea para Ana Cruz.

— Meu pai nunca mostrou elas para mim. Eu só encontrei depois que ele faleceu e precisei limpar seu escritório. Ela falava sobre viajar pelo mundo, mas tinha o cuidado de não incluir muitas informações. Contou sobre o homem que amava e descrevia a vida em cada cidade.

Rey soltou um suspiro.

— Achei que ela só tivesse medo de ver o mundo. Acontece que ela viu, venceu e disse "Não, obrigada".

Marimar tentou não rir. Pedaços de Orquídea estavam se juntando. Ela deixou a casa abusiva dos Buenasuerte. Conheceu um homem. Viajou pelo mundo. Foi para o vale. O que estavam deixando passar?

— Isso ainda cheira a açúcar queimado — disse Tatinelly enquanto desenrolava um cartaz.

Era de um circo à moda antiga com uma garota em um vestido brilhante feito de pérolas sentada sobre uma lua crescente. *O Londoño Espetacular Espetacular! apresenta Menina Lobo, Orquídea Divina e Estrela Viva!*

— Puta merda! — exclamou Tatinelly.

Rhiannon repetiu a frase e correu para o fundo da casa como um eco de sua mãe.

— Puta merda! Puta merda! Puta merda!

Ninguém na sala ficou mais radiante do que Rey.

— Vovó era uma vedete!

— Você tem as pernas dela, Marimar — comentou Tati.

Marimar olhou para a mulher do cartaz. Tentou se lembrar de uma ocasião em que sua avó sorriu de forma tão vibrante, tão alegre. Como se houvesse vida dentro dela. Mas não conseguiu resgatar nenhuma imagem.

No cartaz, Orquídea devia ter 18 anos. Ela só foi ter Pena lá pelos 20 anos, Marimar sabia disso.

— Então, quando você disse que ela fugiu, quis dizer que se juntou ao circo.

— Minha mãe me contou — disse Ana Cruz. — Estava na dúvida se deveria contar a vocês.

— Por quê? — quis saber Rey. — Somos *millennials*. Somos insensíveis e não temos vergonha de nada.

Marimar teve vontade de discutir, mas decidiu que seu primo estava certo. Ela não entendia por que era um drama tão grande uma garota ter fugido e se juntado ao circo. Mas, novamente, aquele não era seu mundo nem sua geração. Ela cresceu descalça e livre em um vale cheio de magia. Sua avó poderia ter compartilhado aquelas coisas com eles sabendo que estava segura ao recontar seu passado. Então, por que não tinha feito isso?

— Ela era tão bonita — declarou Tatinelly, tocando a imagem com cuidado, como se tivesse medo de que desaparecesse com o toque.

Marimar teve uma ideia.

— Existe um museu com coisas desse tipo?

— Um museu do circo? — perguntou Rey, com ceticismo.

Ela tocou o espinho em sua garganta.

— Tem um em Coney Island. O lugar todo costumava ser um parque de diversões.

— Deixa eu perguntar a um professor amigo meu — disse Ana Cruz, dando tapinhas no queixo. — Ele adora a história obscura de Guaiaquil. Mas não tenha muitas esperanças, essas coisas costumavam passar pelas cidades, mas não ficavam muito tempo.

Rey passou o braço em volta de Marimar.

— Sorte a nossa termos uma prima que tá aqui para procurar fantasmas.

Marimar suspirou, pegando uma fatia de laranja que ele ofereceu. Ela mordeu, o suco cítrico doce escorreu pelas pontas dos dedos.

— Eles são seus fantasmas também.

22

LA SIRENA DEL ECUADOR

No dia seguinte, um dos contatos de Ana Cruz ligou e falou sobre um pequeno "núcleo histórico" localizado na sala dos fundos de uma loja de quadrinhos. Quando estavam prontos para sair, Mike anunciou que iria ficar em casa e dormir. Ele parecia conseguir se levantar apenas para usar o banheiro, mas insistia que estava bem, e Tatinelly acordava com olheiras por falta de sono. Jefita se preocupava e ria de nervoso enquanto preparava o chá, e se recusava a sair de casa até que todos bebessem e comessem. Era bom ter alguém cuidando deles. Marimar quase havia se esquecido de como era ser cuidada.

Ela não estava em condições melhores que seus primos. Tinha se revirado a noite toda na cama ouvindo os sons da cidade. O barulho de uma televisão ligada, gatos cruzando em algum quintal, a sinfonia de insetos. A insônia a fez ir para o pátio, e só depois de balançar suavemente na rede é que enfim adormeceu, com imagens dispersas de quase sonhos.

Enquanto eles se acomodavam na minivan, Rhiannon disse:

— Falei com a lua de novo na noite passada.
Ela coçou a testa. Sua rosa tinha se tornado violeta durante a noite.
Rey examinou a flor.
— Por que eu não posso ser um anel do humor ambulante também?
Marimar sorriu e disse:
— Porque seu único humor é o dramático.

El Museo del Circo ficava no meio do cerro Santa Ana, um morro colorido cheio de aglomerados de casas e lojas, bares, galerias de arte e livrarias. Eram necessários 444 passos para chegar ao topo, onde havia um farol pintado nos tons azul-claro e branco característicos da cidade, bem como uma pequena capela e uma vista de 360 graus de Guaiaquil. Os Montoya e seu grupo pararam depois de uns duzentos degraus, ofegantes. O "museu" propriamente dito ficava nos fundos de uma loja de quadrinhos e tinha mais ou menos o tamanho de uma quitinete, mas a entrada custava apenas cinquenta centavos e o proprietário e curador aguardava ansioso pela chegada deles.

Ana Cruz conheceu o professor Kennedy Aguilar quando estudavam em La Católica. Naquela época, eles eram jovens e empenhados em mudar o mundo: Kennedy Aguilar, com seus discursos empoderadores sobre justiça social e direitos civis; e Ana Cruz, mudando a opinião dos alunos e promovendo a gentileza desde cedo. Ela de fato fez o que queria fazer por muito tempo, antes de ter que dedicar sua vida a cuidar de um pai doente que, nos dias bons, lembrava que ela não era uma serviçal, e uma mãe que morreu com mais arrependimentos do que aspirações. Kennedy teve um bom começo, publicando artigos em jornais semirradicais. No entanto, depois do assassinato de seu melhor amigo, o jornalista Lisandro Vega, perdeu o ímpeto. Seu casamento fracassou e ele perdeu todos os fios de cabelo, exceto o bigode. Então, passou a dedicar sua vida à pesquisa de coisas esquecidas, principalmente circos sul-americanos. Essa foi uma paixão desenvolvida a partir das histórias de sua avó sobre o tempo que ela passou com o espetáculo dos espetáculos.

Rey e Rhiannon caminharam pela sala, analisando os itens em exibição. Havia fantasias em manequins. Cartazes que ainda traziam o cheiro de pipoca e do enxofre deixado pela pirotecnia. Havia uma argola gigante, provavelmente por onde um elefante teria saltado. E a infeliz cabeça empalhada de um leão, uma marreta de ferro ainda coberta de ferrugem, ou sangue. Vários panfletos que não anunciavam nada de extraordinário, apenas pessoas de diferentes etnias. O Incrível Indiano!, O Negro Maravilhoso!, O Asteca Impressionante! — para citar alguns dos menos racistas. Isso fez com que a nostalgia daquilo tudo se tornasse amarga.

Rey tentou imaginar Orquídea sorrindo com um holofote no rosto, no meio de uma cidade europeia, com gente tentando descobrir o que ela era, como se fosse feita de outra coisa que não ossos, tendões e sangue. Pensando bem, será que era tão diferente de caminhar pela rua principal de Quatro Rios, também com as pessoas tentando descobrir o que ela era, de onde tinha vindo? Era tão diferente de Rey, parado de pé em suas exposições nas galerias de arte, com pessoas tentando descobrir o que ele era, de onde tinha vindo?

— Mamá Orquídea também falava com a lua — disse Rhiannon, e eles presumiram que ela estava se referindo ao cartaz que eles passaram a maior parte da noite olhando.

Rey começou a se perguntar como Orquídea poderia ter pertencido ao circo. O Garoto Foca tinha vindo realmente do mar ou era apenas um homem nascido com uma patologia? A Menina Lobo era realmente um lobo ou uma garota travessa com costeletas grossas? Como uma estrela poderia estar viva e não se tratar apenas de uma pirotecnia inteligente?

Rey sentiu uma pontada no peito e um puxão na raiz da rosa. Ele olhou ao redor da sala, mas eles eram os únicos ali. Respirou fundo. O ambiente cheirava a ar-condicionado e piso encerado. Ele sentiu o cheiro de cigarro de um dos funcionários na sala principal da loja de quadrinhos e só então percebeu que não fumava desde que tinham deixado Quatro Rios. Não era de admirar que quisesse vomitar os pulmões depois de subir duzentos degraus.

Kennedy, a quem Ana Cruz chamou de "*profe*", contava a ela a longa história de como ele acabou comprando a cabeça de leão de um circo russo que explodira em Buenos Aires.

— Ana Cruz disse que vocês queriam saber sobre um circo em particular — disse Kennedy ansiosamente.

— O Londoño Espetacular — explicou Marimar, e entregou-lhe o cartaz.

— Você quer dizer Espetacular *Espetacular!* Faz anos que não ouço falar deste — continuou ele, segurando o anúncio aberto para que não enrolasse. — Pena que a temporada sul-americana de 1960 foi encurtada pelo incêndio. Terrível. Um dia terrível. Meu pai me contou sobre isso, e, pelas filmagens que vi, foi uma verdadeira tragédia.

— Filmagens? — indagou Marimar, esperançosa.

— Me dê só um minuto! — disse ele, e correu para uma sala adjacente.

— Faz anos que não via ele tão feliz — comentou Ana Cruz.

Rey apontou o dedo para ela.

— Ele não tá feliz por *nós* estarmos aqui. Quer dizer, talvez. Mas com certeza tá feliz em ver *você*.

Rhiannon sorriu de orelha a orelha. Sua rosa era uma mistura de tons rosados e vermelhos.

— Ele com certeza gosta de você.

Ana Cruz ficou do mesmo tom de vermelho da rosa de Rey.

— *Ay, sinvergüenza.*

— Desavergonhados, mas sinceros — disse Rey.

— E um pouco esquisitos também — acrescentou Marimar, explorando os artigos expostos.

Ela se inclinou para olhar nos olhos de uma sereia empalhada que sem dúvida era feita dos restos mortais de um humano e possivelmente um tubarão, a la Frankenstein.

Meia hora depois, tinham comprado vários gibis para Rhiannon na sala da frente, e o professor Aguilar voltou com um rolo de filme antigo. Ele o carregou em seu projetor, desligou as luzes e rodou a gravação.

A cena havia sido gravada da TV local e não tinha áudio. O âncora do noticiário tinha um bigode de ator pornô e o mesmo terno marrom desbotado que todos pareciam usar nos anos 1950. Atrás dele estava uma tenda de circo de dois mastros listrada. Uma boca feita de fogo devorava o que via pela frente. Artistas e espectadores corriam enquanto um caminhão de bombeiros tentava apagar as chamas. Palhaços e tratadores de animais corriam em vão atrás de baldes de água. A maquiagem derretia em seus rostos, criando máscaras grotescas de tristeza e medo. As pessoas pegavam crianças no colo, outras corriam. A fumaça subia e tomava forma, como se o fogo estivesse vivo. Fúria materializada. Logo antes do corte do bloco de notícias, uma mulher correu na frente da câmera. Todos, exceto Kennedy Aguilar, arquejaram.

— É a minha mãe. Ela nunca contou que esteve lá naquele dia — disse Ana Cruz.

Ela levou as mãos ao rosto, em estado de choque. Rey sempre se perguntou por que as pessoas faziam isso. Como se segurar o próprio rosto pudesse fazer uma coisa terrível e chocante não ser verdade. Como se suas mãos fossem a única coisa que as impedia de desmoronar.

No entanto, enquanto observava sua bisavó gritar, ele sabia o que ela estava gritando: o nome da filha.

— Por que sua mãe estava lá? — perguntou *el profe* a Ana Cruz.

Quando acendeu a luz novamente, ele tremia. Ana Cruz olhava incrédula para a cena congelada. Os Montoya sabiam que ninguém queria acreditar, mesmo testemunhando a verdade.

Marimar pegou o cartaz que haviam trazido e apontou para a jovem montada em uma lua crescente.

— Ela estava lá para ver a filha. *Nossa* avó. Orquídea Divina.

Agora foi a vez de *el profe* parecer chocado.

— Preciso me sentar. Isso é fascinante. Certamente minha descoberta mais rara. Outros descendentes do Espetacular! Bom, eu levei anos para coletar todas essas informações. É uma paixão minha, sabe.
— Por que você tá tão surpreso? — indagou Marimar.
— Porque muitas vidas foram perdidas naquele dia. Orquídea foi listada entre os mortos, embora seu corpo nunca tenha sido encontrado. Nem o marido, naturalmente.
— Naturalmente — repetiu Rey.
— O marido dela trabalhava no circo? — quis saber Tatinelly.
— Se trabalhava no circo? Vocês realmente não sabem...
El profe tirou os óculos e os limpou com um lenço de bolso. Ele sorria tanto que a veia em sua testa saltava. Caminhou vinte passos para o outro lado da sala, onde rapidamente folheou um álbum preto sobre um suporte.
— Aqui. Bolívar Londoño III e Orquídea Divina Londoño.
Ele deu um passo para o lado para deixar a pequena família ver. Era como olhar para o passado. Orquídea estava com o cabelo preso em um coque *chignon* estiloso e elegante com uma presilha na lateral. O vestido de noiva era simples, com mangas de renda, cintura marcada e saia longa até o chão. Mesmo na fotografia antiga, as contas e pérolas no tecido pareciam muito bem-feitas. Ela segurava um buquê de rosas e exibia o mesmo sorriso que continha uma centena de segredos.
— Caramba — disse Rey. — O primeiro marido dela era gato.
Marimar esticou a mão e deu-lhe outro peteleco na orelha.
— Isso é tão desnecessário!
— Eu sou uma mulher casada — disse Tatinelly —, mas ele é bem bonitão.
Ana Cruz olhou para Marimar e deu de ombros, mas eles não podiam negar. Bolívar e Orquídea formavam um casal deslumbrante. Pelo brilho do tecido, ela poderia dizer que o terno dele era de veludo, cortado e feito sob medida para seu corpo de escultura romana. O cabelo cacheado, longo demais para a época, aparecia sob a cartola. Ele estava

sorrindo também. O sorriso reservado para alguém que sabia que tinha acabado de ganhar o mundo. Ele agarrava a bengala de ferro com cabeça de leão com uma das mãos e a cintura de Orquídea com a outra. Um anel em seu dedo refletia a luz.

— Onde... como você encontrou isto? — perguntou Marimar, a voz tremendo.

Rey ergueu os olhos para perguntar o que havia de errado, mas a testa dela estava franzida de perplexidade, os olhos brilhando com lágrimas não derramadas.

— Minha avó fez o vestido de noiva — respondeu *el profe*. — Ela se chamava Mirabella Galante. Uma costureira que tinha vindo de Catania, na Sicília, para o Equador e encontrado trabalho no Espetacular.

Ana Cruz abriu um leque de renda e tentou esfriar o ar ao redor do rosto suado. *El profe* teve que correr e pegar uma cadeira para ela. Ficaram maravilhados ao saber como uma parte de seu passado havia sido tão entrelaçada e eles nunca souberam disso.

— O que isso significa? — perguntou Tatinelly.

Ela tocou as costas da mão na testa úmida. Rhiannon, cuja flor havia voltado ao azul de uma contusão, ofereceu sua garrafa de água para a mãe.

Apenas Rey pareceu notar Marimar sair apressada porta afora, e a seguiu. Ela subiu os 265 degraus restantes da escadaria, até o topo do cerro Santa Ana. Quando chegaram ao cume, ele a encontrou agarrada ao corrimão. O ar úmido do rio os envolvia, fazendo as bandeiras ondularem.

— O que foi? — perguntou ele. — E não diga que não foi nada porque parece que você viu um fantasma, e nós vimos muitos malditos fantasmas para ter medo deles.

Ela caminhou até uma plataforma, a cidade se espalhava abaixo deles. Milhões de casas, pessoas e carros alheios às revelações de sua família. Marimar voltou o rosto para as nuvens, mas era inteligente demais para rezar.

— Londoño — disse ela, batendo na pele sob o botão de sua flor.

— Ele estava usando.

— Usando o quê? Marimar, eu não tô entendendo.

Marimar abriu a bolsa. Em um bolso com zíper havia uma foto, que ele vira uma vez, sete anos antes. O papel tinha sido dobrado e desdobrado várias vezes desde então. Ele se perguntou quantas vezes Marimar havia olhado para a foto e se questionado sobre a identidade do homem oculto por um flash. O homem que ela acreditava ser seu pai. Que tinha participação na morte de sua mãe. Era o único assunto que ele sabia que não devia abordar com a prima, mas ali estava ela, carregando consigo por milhares de quilômetros.

Então ele viu. O que a assustou. A mão sobre o ombro de Pena Montoya usava um anel de sinete com a mesma estrela de oito pontas do anel usado pelo primeiro marido de Orquídea.

— Uma coincidência — disse Rey, mas não conseguiu soar totalmente convencido. — Muitas pessoas têm as mesmas joias.

Ela riu, chamando a atenção de muitos turistas.

— Orquídea disse que o homem desta foto era meu pai. Por que ele e Londoño têm o mesmo anel?

Rey balançou a cabeça.

— Talvez as famílias dos dois se conhecessem. Como a avó costureira do professor Aguilar que fez o vestido de noiva de *nossa* avó. Vai ver algo deu errado e foi por isso que Orquídea fugiu, e, de alguma forma, o filho dele conheceu sua mãe. Mesmo enquanto eu digo isso parece bizarro.

— Não é o suficiente.

Marimar se virou, como se alguém tivesse chamado seu nome. Mas ela não viu nenhum rosto familiar entre os turistas no topo da colina.

Quando Rey fechou os olhos e respirou fundo, pensou ter ouvido alguém gritar o nome de sua avó. *Orquídea!* Talvez da mesma forma que Isabela Buenasuerte fizera naquela noite terrível em que o Londoño Espetacular Espetacular pegou fogo. Uma mulher procurando por sua filha. Uma mulher em busca de perdão.

Ele queria confortar Marimar e dizer a ela que eles descobririam a verdade. Mas ele sabia, enquanto a pele ao redor de sua rosa se apertava com uma dor aguda, como se houvesse um espinho sob sua carne tenra, ele sabia que algo estava errado.

Rey girou o corpo e viu **Ana Cruz** correndo até eles.

— Venham rápido! É Tatinelly.

23

SEGUNDA DESILUSÃO DE ORQUÍDEA DIVINA

—No que você pensa quando fica aqui fora sozinha? — Bolívar perguntou a Orquídea uma noite, vindo por trás dela.

Eles estavam navegando em direção a Dublin para a última apresentação da temporada europeia antes de voltarem para casa. Às vezes era estranho para Orquídea ainda chamar o Equador de sua casa. O Londoño Espetacular Espetacular se tornado seu lar. Bolívar era seu lar agora. Até o mar, frio e tempestuoso como estava, era seu lar.

Filha Bastarda das Ondas, o monstro do rio a chamara.

Vestido em seu casaco de pele de raposa, Bolívar era absolutamente deslumbrante. Ele passou os braços em volta dela e beijou as laterais de seu pescoço. Abriu o casaco de vison dela, um presente de casamento, e deslizou os braços pelos seus seios, descendo por sua barriga e chegando entre suas pernas, o que a fez sibilar de surpresa.

— Suas mãos estão frias.

Ela se virou e se recostou na amurada. Pousou a mão sobre uma das bochechas, a brisa salgada do mar da Irlanda as deixava rosadas.

— Essa viagem me faz pensar no meu pai. Eu o encontrei uma vez, ele era marinheiro. Atracou e zarpou da minha vida. Não tive uma razão para pensar tanto nele antes.

Bolívar mordeu o lábio e a contemplou de um jeito que só ele fazia. Como se ela fosse a única pessoa naquele navio. Havia apenas Orquídea, a lua acima e o mar em volta deles.

— Você disse que cresceu às margens de um rio. Isso não era suficiente para pensar nele?

— O rio Guayas não deságua no oceano — disse ela. Quando descansou as mãos no peitoral firme dele, seu anel de safira piscou como uma das estrelas infinitas no céu. Será que ele tinha desejado por isso, como desejara tantas coisas? — E aqui há muito disso.

— Você sabe que não suporto isso. Como posso espantar sua tristeza, *mi divina*?

Ela não sabia se ele poderia, mas ergueu o queixo para aceitar o beijo que ele estava prometendo. Sua boca tinha gosto de vinho, doce como a geleia de cereja que ele gostava de espalhar no bolo depois do jantar. Orquídea tentara ser muito cuidadosa com o coração. Já havia sido quebrado uma vez, no dia em que seu pai enfiou uma bolsa cheia de moedas em suas mãos e disse-lhe para não procurá-lo. Como ela poderia não procurá-lo se toda vez que via seu próprio reflexo partes dele a encaravam de volta? As partes desesperadas para serem amadas mas sem jamais se sentirem inteiras o suficiente para isso.

Mas Bolívar a levara embora pelo mundo. Ele a tinha escolhido. Sim, cometera indiscrições, mas aquela era a vida na estrada, no mar. Havia mostrado que era a única para ele quando se casou com ela. Agora a vida deles mudaria. Por que estava com tanto medo de contar a ele?

Ela aprofundou o beijo, passando as mãos ao longo do cós da calça dele. Ele pressionou sua ereção contra ela e, quando a ergueu no colo, ela soltou um grito agudo.

— Tem medo de que eu deixe você cair? — sussurrou ele no ouvido dela.

— Tenho medo de muitas coisas. Mas não de você.

Aquele canto do convés estava escuro, e até os passageiros do jantar tardio estariam dormindo. Ele olhou em volta para se certificar de que estivessem realmente sozinhos, então voltou para ela. Com a boca em seu pescoço, puxou o vestido dela para cima, sobre os quadris. Empurrou a roupa íntima de renda para o lado e deslizou sua ereção para dentro dela. Agarrou a coxa dela e a ergueu até seu quadril. A pressão dele aumentou e ele pensou que explodiria em um único batimento cardíaco, então desacelerou. Ela sentiu sua própria pulsação martelando em seus ouvidos, no vazio entre as clavículas. Ele sabia exatamente onde tocá-la, como deixá-la sem fôlego e apertada. Ela fechou os olhos e sentiu a névoa do oceano ao redor. Lambeu o sal dos lábios dele enquanto o ouvia dizer que a amava e precisava dela, e então ele estremeceu. Ele descansou o rosto em seu peito e saiu de dentro dela, e ela puxou o vestido de volta para baixo.

Ele mordiscou o pescoço dela.

— Te amo, Divina.

Orquídea pegou o rosto dele nas mãos e disse:

— Agora você pode amar a nós dois.

Ela guiou a mão dele até sua barriga.

Bolívar riu. Ele riu como fazia com os outros atores e dançarinos enquanto eles jogavam cartas e bebiam rum em xícaras de chá.

— Nem eu não sou tão bom assim. Além disso, é muito cedo para saber.

— Não, eu já sei há três meses. Não consegue sentir?

As sobrancelhas dele se ergueram. Sua braguilha ainda estava aberta. Ele enfiou para dentro o pênis molhado e flácido e abotoou a calça.

— Tem certeza, querida?

Ela não gostou da reação dele. Não gostou da maneira como se afastou, como se ela tivesse se tornado um fósforo aceso e ele estivesse com medo de se queimar.

— Você está chateado.

— Não!

Ele beijou-lhe as bochechas. O nariz. O olho esquerdo e depois o direito. A mãe dela sempre dizia que, quando um homem beija nossos olhos fechados, ele está mentindo. A única razão pela qual ela acreditava em Isabela Montoya Buenasuerte era porque sua mãe sempre foi correta demais para ser supersticiosa, mas aquele ditado ela recitava como se tivesse sido feito para ela, uma maldição pessoal.

— Estou extasiado. — Seus olhos eram doces quando ele apertou o ombro dela, afundando os punhos em seu casaco de vison. — Admito que foi mais cedo do que eu esperava que nossa família crescesse, mas vamos dar um jeito.

— Tudo bem — sussurrou ela.

Ele terminou de ajeitar as calças, enfiando a camisa para dentro.

— Não espere acordada por mim, minha querida. Fedir organizou um jogo no salão e ele está me devendo.

Bolívar a acompanhou de volta à cabine, onde beijou sua testa e saiu apressado pelo corredor. Orquídea tomou um banho e vestiu uma das camisas de seda dele. Queria ser envolvida por seu cheiro no sono.

Era assim que os homens reagiam quando descobriam que suas esposas estavam grávidas? Alguns anos depois, quando engravidou de seu segundo filho, Luis Osvaldo Galarza Pincay choraria e beijaria a barriga nua de Orquídea. Ele nunca beijou seus olhos.

Ela acordou com um ruído metálico, do tipo que imaginava que as estrelas produziriam se pudesse ouvi-las piscando. Mas já passava bastante da meia-noite e, quando ela estendeu a mão por cima dos lençóis amarrotados, viu que Bolívar ainda não tinha voltado.

Sentiu um puxão no umbigo e, com medo de que houvesse algo de errado com o bebê, vestiu o robe felpudo e as pantufas e saiu em busca de Agustina. Seus chás potentes sempre a acalmavam.

Em vez disso, Orquídea tomou o caminho errado nas entranhas labirínticas dos corredores do navio. Ela chegou ao salão de jogos, que estava com a porta entreaberta. Não tinha nenhum jogador na mesa.

Havia cartas jogadas no feltro verde e charutos apagados em copos altos. Ela teria passado direto, não fosse pelo grito profundo e triste de prazer que ela conhecia tão bem.

Ela se sentiu fraca, quebradiça, oca. Se ainda estivesse no convés do navio, os ventos do mar da Irlanda a teriam carregado. Bolívar estava de pé, a calça na altura dos tornozelos. Uma das mãos puxava a camisa para cima, a outra segurava a garota. Ela estava de joelhos, tomando-o fundo em sua garganta como só alguém chamada "Mishka, a Engolidora de Espadas de Moscou" poderia fazer.

Ela era bonita, pálida feito nata, com olhos arregalados que davam a ela a expressão permanente de alguém que acabou de ser beliscada no traseiro. Ela olhava para ele, observando enquanto ele jogava a cabeça para trás.

Então ele notou Orquídea, como se ela fosse um fantasma no canto do salão. Pelo menos teve a decência de parar, gaguejar, gritar.

— Divina, não é o que você está pensando...

O que ela estava pensando? Seu marido, que a havia fodido no convés aberto do navio momentos antes de saber que seria pai, estava fazendo o quê? Recompensando-se com bebida. Com outra mulher.

Mishka enxugou os lábios rosados e inchados com um dos guardanapos de pano, então se levantou e tentou passar por ela.

Possuída pela fúria, Orquídea agarrou a garota pelo pescoço e a empurrou contra a parede. Como era frágil a mulher que engolia fogo e metal. Orquídea se aproximou e sussurrou:

— Se você contar a alguém sobre isso, se eu vir você aqui de novo, vou envenenar tudo que tocar seus lábios até que não haja nada além de buracos na sua garganta.

Mishka murmurou algo em russo. Uma maldição, um pedido de desculpas. Fosse o que fosse, temendo mais Orquídea que o desprezo de Bolívar, a garota fugiu.

— Orquídea, por favor — gaguejou ele rapidamente. — Não fique com raiva de mim.

Ele seguiu nessa toada, indo atrás dela feito um cachorrinho por todo o caminho de volta à cabine, onde se lavou e depois se deitou na cama ao lado dela. Ela se desligou do mundo, tão encolhida em si mesma que desejou poder desaparecer.

— Eu estava apavorado — sussurrou ele em seu ouvido. — Essa notícia me abalou.

Ela sabia que não deveria deixar que a tocasse. Sabia que deveria jogar todos os pertences dele na banheira e incendiá-los. Sabia que merecia coisa melhor. O mundo, como ele havia prometido.

— Eu fui um fraco. Eu sou muito fraco, Orquídea. Quando você não está comigo, não sou nada. Por favor, eu não vou conseguir viver se você não me perdoar.

Ela se virou. Eles se encararam. Ele era tão firme, tão forte. Foi então, enquanto seu coração se partia, que ela percebeu que ele era constituído de uma substância mais frágil do que ela.

— Eu não sei o que há de errado comigo. Não queria te magoar.

Não queria magoá-la assim como um alcoólatra não queria outra bebida.

Ela não disse nada, no entanto. Bolívar a abraçou, desesperado. E, pela primeira vez, ela percebeu: gostava de vê-lo assustado.

Enquanto ele dormia profundamente, ela beijou-lhe as pálpebras e saiu de mansinho da cabine. Percorreu rapidamente o navio até lá embaixo, até o porão onde eram mantidos os elefantes, leões e feras. As espécies exóticas e as esquisitices de Londoño. Por um momento, ela se perguntou se era a mesma coisa para ele. Se era por isso que ele se sentia atraído e por isso que, quando não estava ao seu lado, se esquecia dela.

Orquídea empurrou a porta para o lado, preparando sua língua perversa para mentir. Mas Lucho não estava lá, por algum milagre. Nos anos que se seguiram, ela se perguntou para onde ele tinha ido e por que escolhera aquele dia específico para abandonar um posto que guardara tão fielmente antes. Algumas perguntas nunca deveriam ter respostas.

Quando ela abriu o compartimento de carga do navio, a Estrela Viva se virou lentamente em sua direção.

— Está pronta para fazer um acordo? – perguntou ele, cansado mas satisfeito.

— Estou. Mas tenho uma condição.

— O que é?

— Quero ver sua verdadeira face.

24

O JARDIM DA PESTE E DOS MILAGRES

Ninguém sabia exatamente o que havia de errado com Tatinelly e Michael Sullivan. Depois que ela desmaiou no museu do circo, eles correram para levá-la de volta para a casa. Marimar havia mantido sua descoberta entre ela e Rey, e faria isso até que sua prima estivesse bem. Enquanto Tatinelly estava com febre alta e desidratação, seu marido piorou. Uma coisa era certa: os Montoya precisavam cancelar o voo de volta.

A doença de Mike, que começou com os sintomas de um resfriado comum, progrediu para algo que nem mesmo os médicos conseguiam explicar. Sua pele se tornou tão translúcida que dava para ver o funcionamento interno dele. Como se seu corpo fosse um aquário para os órgãos ensanguentados e inchados.

O primeiro médico que teve coragem de entrar na casa sob quarentena dos Buenasuerte foi Lola Rocafuerte, uma cirurgiã que devia um favor ao falecido Wilhelm Buenasuerte e decidiu pagá-lo atendendo os estrangeiros trancados no quarto de hóspedes.

Ela mediu a temperatura deles e tirou sangue para realizar exames, mas estava certa de que nunca tinha visto nada como aquilo. E, assim, um a um, os profissionais de saúde chegavam à casa para tentar determinar a causa da doença.

Um médico, gordo e com uma cara de toupeira que nunca tinha visto sol, afirmou que era uma praga enviada por Deus. Normalmente, todos eles teriam dado risada, ou considerado o homem maluco, mas então pústulas começaram a surgir por todo o corpo de Mike Sullivan. Após uma inspeção mais minuciosa, constatou-se que eram casulos. A biópsia de um deles revelou os primeiros estágios de ovos de gafanhoto.

Tatinelly, por outro lado, exibia todos os sintomas típicos da febre tifoide. Mas, quando saíram os resultados dos exames de sangue deles, a única anormalidade constatada foi pressão alta por parte de Mike.

Todos os médicos concordaram em enviar as amostras de sangue e ovos ao Centro de Controle e Prevenção de Doenças nos Estados Unidos, e, uma semana depois, receberam os mesmos resultados. Não havia nada de errado com eles, exceto o corpo de Mike se tornado uma incubadora humana para uma praga bíblica e o de Tatinelly, um forno.

Os moradores da casa Buenasuerte, que até então estavam imunes, faziam tudo o que podiam para manter Tati e Mike confortáveis. De chás a banhos frios. Ainda assim, a única coisa que realmente ajudava a aliviar a dor emocional e física de Mike era ser sedado com altas doses de morfina.

Marimar estava no pátio dos fundos com Rhiannon e Rey, esperando ficar algum tempo longe de médicos e olhares curiosos. Alguns dos médicos, incapazes de curar os Sullivan, tentaram analisar os três primos com flores crescendo na pele, principalmente Rhiannon, cuja rosa tinha ficado cinza desde o dia em que sua mãe desmaiou.

Os vizinhos chegaram a subir escadas e espiar por cima do muro para perguntar como eles estavam. Ao que Rey respondia: "Estamos aqui curtindo a praga bíblica! E você, como está?"

Ninguém tentou falar com eles depois disso.

— Temos que fazer alguma coisa — declarou Marimar, enquanto Ana Cruz e Jefita tinham saído para comprar comida. Os dias de preocupação haviam esgotado todos eles. Marimar e Rey foram liberados pelo Dr. Rocafuerte para voltar para casa, mas nenhum deles podia se imaginar deixando sua família para trás. — Se não é uma doença científica, então é mágica.

— Vamos fazer o que viemos fazer aqui — disse Rey. — Descobrir a porra do passado sombrio de Orquídea. A começar pela estrela de oito pontas.

— Teoria número um — continuou Marimar —, Bolívar Londoño é na verdade imortal e meu pai. Que nojo.

— Na minha história em quadrinhos — disse Rhiannon, puxando folhas mortas das roseiras —, o super-herói se casou com a ex-namorada do pai sem saber.

Marimar piscou surpresa.

— Você deixou ela ler isso?

Rey apontou para a tela de vidro que os separava do show de horrores médicos acontecendo na casa.

— Estivemos um pouco ocupados, Mari.

— Que ótimo.

— Teoria número dois — disse Rey, com pressa para desviar do assunto. — Bolívar sobreviveu ao incêndio, teve outro filho e, de alguma forma, esse filho conheceu sua mãe.

— Muito dickensiano. Isso poderia explicar por que Orquídea não queria que eu conhecesse meu pai. E por que ela proibiu minha mãe de ir atrás dele. De qualquer forma, ele não vai sobreviver a isso. Eu mesma vou matar ele.

— Muito edipiano, Marimar.

— Penny tá morta. Tio Félix tá morto. Tia Florecida tá *morta*. Tati... — Ela olhou para Rhiannon, então se recompôs. — Quem quer que seja o culpado, não vai se safar.

— Você se lembra de como Orquídea invocou aqueles fantasmas? — indagou Rey.

— Eu tentei falar com minha mãe. Mas, se ela é um fantasma, não veio me ver.

— Vocês dois estão errados — afirmou Rhiannon.

— Ah, é, espertalhona? Por quê?

Rhiannon cravou o dedo na terra. Ela amava as mesmas coisas que outras crianças de sete anos. Videogames e bonecos. Vestidos cheios de brilho e montanhas de doces das quais ela se arrependeria no meio da noite. Ela adorava ficar acordada até tarde, lutando contra o sono para não perder um minuto das conversas adultas de seus primos. Adorava ouvir escondida. Mas também adorava ouvir a maneira como as criaturas sussurravam para ela, como as borboletas diziam oi e beijavam sua testa. A força que sentia ao sujar as unhas de terra. Uma vez, quando ninguém estava olhando, ela comeu um bocado, com minhocas e tudo. Mais tarde naquele dia, entendeu o que Ana Cruz e Jefita estavam cochichando quando falavam em espanhol. Nunca conseguira compreendê-las antes. Num sonho, Mamá Orquídea havia feito o mesmo: comido terra e aprendido um idioma. Rhiannon estava conectada a ela de maneiras que estava apenas começando a entender.

— Você acha que quer saber, mas tá assustada. Ele é assustador.

— Quem? — perguntou Rey.

— O homem dos meus sonhos. Normalmente, Mamá Orquídea tá lá para me proteger. Mas, às vezes, eu vejo ele.

— Como ele é? — quis saber Marimar.

— Não consigo ver o rosto dele nem nada. Mas, depois que a gente foi para aquele lugar, acho que ele pode ser o mesmo. A lua. Ou talvez uma estrela.

Rey sentiu sua boca ficar seca. Ele havia pintado aquela luz, aquele prisma que apareceu em superfícies reflexivas em Nova York.

— Pequena, circos usam truques. Como os mágicos. Ilusões.

— A flor na minha testa é um truque? — perguntou ela, com um sorrisinho. — Os milagres de Mamá Orquídea foram truques? Ela me mostra nos meus sonhos. Diz que vocês dois pensam que querem ouvir ela, mas não estão ouvindo de verdade. — Então ela ergueu as sobrancelhas em um gesto que era típico de Orquídea. — Especialmente você, Marimar.

Marimar sentiu uma pressão no estômago, atrás do umbigo. Ela estava começando a entender que aquela sensação significava que algo estava a caminho. Que algo iria acontecer.

— Você pode nos mostrar, Rhiri? — disse ela.

Rhiannon estendeu suas mãozinhas sujas. Joaninhas subiram por seus braços, mas ela não pareceu se importar.

— Tá bem. Pense em Mamá Orquídea.

Os lábios de Rey se curvaram ligeiramente. Cada um deles tinha uma versão diferente da mulher em Quatro Rios. Para Marimar, ela seria sempre a mesma. Meio real, meio lenda. Ela imaginou Orquídea Divina Montoya pescando salmão de um lago feito para trutas. Imaginou a avó fazendo unguentos para cada arranhão e queimadura que Marimar acumulava feito cicatrizes de batalha. Para Rey, ela era toda glamour. A avó que ele amara e odiara em igual medida em diferentes fases de sua vida. Aquela que nunca seria limitada e normal. Ele a via como a garota daquela foto, esperançosa e jovem, como se o mundo ainda não a tivesse despedaçado. Rhiannon conhecia apenas uma versão de Orquídea: a mulher que era uma árvore. A voz em seus sonhos que cantava lindas canções.

Juntos, eles ouviram uma única voz. Um homem que Rhiannon e Rey já tinham ouvido antes.

Encontre-me, disse ele.

E, então, a voz nítida de Orquídea. *Corram.*

Quando Rey abriu os olhos, o suor escorria pelo rosto e pelo pescoço. Ele caminhou de lado até a parede atrás dele, mas algo roçou sua pele. Folhas e galhos dispararam do chão, crescendo mais depressa que um piscar de olhos.

— Corram! — disse Marimar.

Ela puxou Rhiannon pela mão e eles entraram na casa. Rey estava tentando fechar a porta de tela, mas havia muitos galhos. As trepadeiras inundaram a casa de verde, subindo no alto e girando em torno do ventilador de teto, das luminárias.

Marimar bateu com a mão no interruptor de luz, mas não havia eletricidade.

A pressão e a dor atrás de seu umbigo se intensificaram até que ela ficou de joelhos. Rhiannon puxou Marimar pela camisa. Rey puxou as duas.

— Marimar, Marimar, levanta, por favor — gritou Rhiannon. — Ele tá aqui!

Ela podia ver uma forma emergir no centro da sala de estar. A escuridão gorjeava ao redor dele, forçando os olhos deles a trabalharem duas vezes mais para focar o contorno de sua silhueta. O negativo de uma foto preenchido com espaço e tempo em movimento, irradiando no centro com os fragmentos de arco-íris de um prisma. Marimar sabia. Ela sabia que Rhiannon estava certa.

A Estrela Viva.

— Por que você tá fazendo isso? — perguntou Marimar.

Ela odiou o modo como sua voz soou. O medo que comprimia suas cordas vocais em notas altas.

Ele olhou em volta, e ela pôde distinguir um grunhido delineado no caleidoscópio brilhante de suas feições.

— Eu tenho que pegar de volta o que foi roubado.

— Nós não roubamos nada! — gritou Rey.

— Mas Orquídea, sim.

Ele se moveu rápido, suas mãos se fechando em torno das dádivas no pescoço de Marimar e na testa de Rhiannon.

Marimar e Rhiannon gritaram. Marimar sentiu uma vibração no coração. Era como ser dividida ao meio, e ter a carne virada do avesso como um animal de caça esfolado. Ela tentou mover os braços para lutar, mas a sensação a estava entorpecendo até os ossos. Ela viu a árvore em casa. Seu vale. Nuvens rolando em preto e cinza, socando punhos de trovão no chão. A árvore de Orquídea sangrando no núcleo.

A Estrela Viva gritou e as soltou. Atrás dele, os olhos de Rey estavam psicóticos quando ele soltou a faca de cozinha que enfiou no ombro do agressor. A Estrela Viva caiu de joelhos, a luz dentro dele era uma pulsação fraca. Ele estendeu a mão e removeu a lâmina de seu corpo.

— Eu nunca vou parar de caçar vocês — disse. Então, quase com tristeza, acrescentou: — Não era para ser assim.

Marimar pegou Rhiannon nos braços, finos rastros de sangue escorrendo da testa para os olhos da menina. Eles precisavam sair da casa de qualquer jeito. Mas a mente dela estava entorpecida, seu corpo doía dos folículos capilares até a medula.

Então, Tatinelly desceu as escadas.

Mike Sullivan morreu no meio da noite. Ele não sentiu dor, apenas um calor intenso, a suave carícia de sua Tatinelly, e então se foi. No momento de sua morte, todas as suas pústulas, que haviam servido de casulos para as centenas de ovos de gafanhoto incrustados em sua pele, se abriram. Os gafanhotos fizeram sua metamorfose e criaturas verdes cintilantes saltaram em todas as superfícies.

Foi seu canto frenético que acordou Tatinelly. Ela beijou o marido, mas não teve tempo de lamentar por ele. Talvez nunca tivesse. Havia trabalho a fazer. Os vivos ainda precisavam dela. Ela vira lampejos de Rhiannon, sua doce Rhiannon, fugindo de um vulto em seus sonhos. Notou que as trepadeiras que enchiam a casa pareciam familiares enquanto se enrolavam em suas pernas e braços como uma armadura e lhe davam força. Sua febre cedeu, seus olhos recuperaram o foco. Tatinelly, que sempre acreditou que era uma pessoa comum, saiu da quarentena.

O que ninguém — exceto Rhiannon e Mike — sabia é que Tatinelly nunca havia realmente se livrado da dádiva que Orquídea lhe dera sete anos antes. Depois de dar à luz Rhiannon, um ramo permaneceu e uma única folha de louro dourada brotou de seu umbigo. Ela tirava força disso todos os dias. Tatinelly nunca seria pintora, escritora, celebridade, cientista. Ela não queria ser nenhuma dessas coisas, e estava tudo bem. Algumas pessoas eram destinadas a feitos grandiosos e duradouros. Outras, a pequenos, minúsculos, momentos de bondade, mas que repercutiam e cresciam em ondas grandes e largas. Tatinelly podia ser comum, mas não era fraca. E ela estava guardando a dádiva que Orquídea havia lhe dado para um momento importante.

— Deixe minha família em paz — ordenou Tatinelly ao monstro que caçava sua família.

Usando o que restava de seu poder, ela chamou as trepadeiras para si. Com uma intensidade cada vez maior, havia vida infinita dentro dela. Gavinhas romperam a pele de seu umbigo e envolveram a Estrela Viva, sufocando-o até que ele começou a desvanecer. Sentiu o fogo da luz dele lutando contra ela. Gafanhotos saltaram escada abaixo. Centenas desceram sobre ele.

— Isso *não* acabou — sibilou a Estrela Viva, e desapareceu em uma onda ofegante de escuridão.

Depois, houve o estalar de vidros, respirações ofegantes, gafanhotos. Tatinelly Sullivan Montoya cambaleou para os braços de seus primos e de sua filha. Eles acariciaram sua cabeça.

— Eu quero ficar aqui. — E, com seu último suspiro, ela disse: — Este é um lugar maravilhoso para descansar.

25

A PROMESSA DE ORQUÍDEA DIVINA

A Estrela Viva brilhava mais forte dentro de sua jaula de ferro. Ele se afastou de Orquídea e disse:
— Mostrarei minha face quando tivermos um acordo.
Orquídea apertou mais o robe. Era uma armadura frágil, mas ela daria um jeito de encontrar uma melhor, mais forte.
— Ótimo. Fique nessa jaula por mais uma década. Que me importa?
O ar vibrou com aquele som celestial dele.
— Espere. Espere. Espere, por favor!
Ela parou. *Por favor, Orquídea, por favor.* A mesma maneira como Bolívar tinha implorado a ela. Fechou os olhos para deter as lágrimas. Mas não se virou. Não deixou que ele visse.
Ele apagou seu brilho, então a única fonte de luz era uma lâmpada fluorescente no alto e o estranho brilho de suas algemas. Elas haviam se mesclado com a claridade, exceto em certos ângulos onde ela via cores, a faixa de um arco-íris. Como o brilho da água em uma mancha de óleo.

Orquídea piscou até que seus olhos se adaptassem à escuridão. Estava cercada por bestas adormecidas, o bater de asas de pássaros enjaulados inquietos, o fedor de fezes de animal e a maravalha de feno e cedro que nunca conseguia encobri-lo completamente.

Então, ela o encarou.

O mais surpreendente era que a Estrela Viva era um homem quase como qualquer outro. Seu cabelo era tão escuro quanto a noite mais longa, com ondas espessas que caíam por seus ombros pálidos e nus. Seu nariz adunco era proporcional ao rosto retangular, como se todas as imperfeições fossem feitas sob medida para tornar impossível desviar o olhar. Orquídea deu mais um passo à frente e pôde ver as pintas peroladas em seu peitoral, seu abdômen.

— Você tem um nome?

— Lázaro.

Ela se aproximou ainda mais, o medo dando lugar à curiosidade.

— O que você é?

— O que *você* é? — A boca dele se curvou em um sorriso. — Flor. Sereia. Parece que precisa ser qualquer coisa, menos você mesma.

— Eu sou só uma garota.

— Não me admira que grite por ajuda.

O calor se enroscou na boca de seu estômago.

— Se estou aqui para ouvir seus insultos, prefiro ir embora.

Ele fechou a cara.

— Ocorreu-me que seu querido marido já tivesse contado.

— Ele disse que você é uma estrela de verdade.

— Sou muito mais do que isso — disse Lázaro em voz baixa. — Existem seres nos céus, acima e abaixo, no meio. Às vezes, encontramos planetas e reinamos sobre eles. Nós nos tornamos deuses, santos e profetas. Outras vezes, nos tornamos armas.

— Como?

Ela caminhou pelo perímetro da jaula e ele se virou para mantê-la em seu campo de visão.

[275]

— Contarei quando tivermos um acordo. Quando você concordar em me libertar.
— Não posso aceitar um acordo sem saber no que estou me metendo.
A risada de Lázaro era como o barulho distante de um trovão.
— E, no entanto, seu casamento não foi justamente isso? Um acordo com um homem que você mal conhecia?
Orquídea endureceu o coração, e isso transpareceu em seu sorriso.
— Zombe de mim mais uma vez. Faça isso. Assim que chegarmos a Guaiaquil, irei embora, e não preciso levar você comigo.
Sua luz se inverteu, uma silhueta de sombras e prismas de luz em todas as cores.
— Pense bem, Orquídea. Você já fez isso antes. Fugiu sem eira nem beira e encontrou Bolívar. Fará isso novamente?
— Eu não sou a mesma garota que foi embora.
— Não é isso que seus desejos mais profundos me dizem.
Ele abandonou sua luz negra e pareceu humano novamente. A pele brilhava como Orquídea imaginava que a poeira estelar faria. Quanto mais ele se movia, mais parecia uma supernova vivendo sob sua pele.
— Você realmente é uma estrela cadente que caminha sobre a terra.
Ele saltou para as barras e as agarrou com força. Sacudiu-as.
— Se a terra for este bloco de celas.
Ela deu vários passos para trás, lembrando-se de que eles estavam sozinhos, ela estava grávida e ele estava nu.
— Peço desculpas — disse ele. — Estou aqui há tempo demais. Mas, sim, tenho o poder de conceder desejos. Desejos. Vontade verdadeira e incomensurável. Quando eu caí aqui, neste planeta, seu Sol e sua Lua solidificaram minha forma corpórea.
— É por isso que você é tão brilhante?
— Luminoso — corrigiu, e riu, mesmo não querendo.
— Quantos anos você tem?
Ele voltou a andar de um lado para outro e passou os dedos longos e elegantes pelo tronco.

— Esta forma tem talvez duas décadas. Mas minha consciência é mais velha do que isso, embora eu tenha começado a esquecer conforme passo mais tempo trancado neste lugar.
— Está com frio? — perguntou ela.
— Eu não sinto mais isso.
— Sua luz não é quente?
Aqueles olhos estranhos nunca abandonavam o rosto dela.
— Para você, mas não para mim — respondeu ele.
Orquídea finalmente sentou-se em um caixote. Seu corpo doía. Ela estremeceu, mas tirou sua echarpe, mesmo tão fina, e a ofereceu através das grades.
Lázaro ficou olhando para o objeto por tanto tempo que ela o sacudiu como uma bandeira. Ele aceitou com cautela, mas colocou-a sobre os ombros e sentou-se de pernas cruzadas sobre o feno para que ela tivesse menos medo dele.
— Você pode escolher? — indagou ela.
— Escolher?
— O que você se torna. Se é poder bruto voando através da galáxia e não sabe o que vai se tornar ou quem vai se tornar até que o planeta lhe dê uma forma... isso não é frustrante?
Lázaro brincou com a franja da echarpe.
— Não há nada mais brilhante que um desejo. Algo que vem da verdadeira esperança. A humanidade está cheia disso. Esperança desesperada. Esperança feliz. Mesmo aqueles que estão angustiados, *especialmente* aqueles que estão angustiados, devo dizer, têm esperança. A expectativa de que amanhã será melhor, e depois o dia seguinte. Acho isso terrivelmente divertido.
— Então você é cruel — afirmou ela simplesmente, sem um traço de acusação.
— Os humanos me colocaram aqui. Bem, um humano. Seu querido marido lhe contou como veio até mim?
Ela fez que sim com a cabeça.
— Ele disse que o pai dele encontrou você em uma cratera.

Lázaro se virou, olhando para as outras feras nas jaulas ao lado dele.

— Quando eu caí neste planeta, vim numa chuva de meteoros. Fui parar perto do acampamento dele. Estava fraco e me recuperando do acidente. Eu disse ao homem que lhe concederia um desejo em troca de sua ajuda. Tudo que eu tinha comigo era uma liga preciosa da minha galáxia, minha armadura e minha espada. Ah, e minhas roupas, pois eu usava roupas antes. Enquanto eu dormia, seu filho derreteu tudo e fez essas algemas para mim e um anel. São as únicas coisas neste mundo que podem me conter.

— Se eu lhe tirar daqui, você estará livre?

— Não exatamente — disse Lázaro, com um sorriso triste. — Mesmo que eu me liberte, ele poderá me invocar. Me controlar.

Orquídea soltou um suspiro frustrado. Não tinha pensado que trair seu marido seria fácil. Ela esfregou a barriga. Poderia realmente fazer isso, quando os dias passassem e sua raiva diminuísse? Quando ele olhasse para ela como no dia em que se conheceram?

— Seu coração não precisa ser de metal para ser forte — disse Lázaro a ela.

— Fique longe dos meus pensamentos — sibilou Orquídea.

Ele deu uma risadinha.

— Ah, mas esse é o cerne da questão. Posso sentir o que está em seu coração e sua mente. É por isso que sei que este é o único acordo que a tornará completa, desde que cumpra a sua palavra. Eu sei que você deseja mais do que isso. Mesmo o oceano que atravessamos não é grande o suficiente para preencher o anseio em seu coração. Nem Bolívar.

— Você disse que, se eu desse a sua liberdade, você me deixaria experimentar seu poder.

A boca de Orquídea ficou seca com uma fome que ela nunca havia sentido.

Ele se levantou lentamente, observando-a com seus olhos de céu noturno.

— E eu falei sério.

— Não quero experimentar, quero uma parte dele. Quero uma parte de seu poder para manter para sempre. E quero que você me ensine a usar.

Ela deveria ter pensado mais nisso. Ter sido mais cautelosa com a ansiedade em sua voz. Mas tinha colocado para fora, e não podia voltar atrás.

Ele meditou um pouco enquanto rondava a jaula em silêncio. Passara duas décadas preso, derrotado por um menino monstruoso de apenas dez anos. Agora, estava negociando sua liberdade com uma garota que entregara seu coração sem pensar duas vezes. E, no entanto, sabia que seria o verdadeiro amor de Bolívar, aquele que ele invocou em um desejo, que libertaria a Estrela Viva. Agustina o decretara e, embora duvidasse da capacidade e da honestidade da humanidade, não duvidava do dom dela.

— Temos um acordo, Orquídea.

Ele estendeu a mão e esperou. Ela a apertou. O toque dele era firme, frio, como a primeira vez que ela tocou a neve.

— Combinado.

Um som veio do final do corredor. Vozes. O guarda, ou talvez o próprio Bolívar.

— Tenho que ir — disse ela.

— Traga-me o anel e encontre a chave. É da mesma cor das minhas correntes.

Ele agarrou as barras na frente do rosto.

— Espere. — Ela parou, olhando para trás quando chegou à porta. — O que o anel dele faz?

Lázaro ergueu a palma da mão e ela olhou para a mão esquerda dele.

— É assim que ele me controla.

Roubar uma chave e um anel que o marido guardava consigo o tempo todo. Era impossível. Mas, enquanto ela percorria o caminho de volta, imaginou como seria experimentar aquele poder, mesmo que uma parte pequena. Ela era a esposa de Bolívar Londoño III. La Sirena del Ecuador. Orquídea Divina, Filha Bastarda das Ondas. Tinha visto partes do mundo que nunca imaginara e, quando terminasse, veria tudo. E por que parar no planeta, quando poderia ter a chance de ver a galáxia?

Parte IV

HASTA LA RAÍZ

26

ELEMENTOS PARA INVOCAR OS MORTOS

Os gafanhotos eram difíceis de capturar. Quando pensavam que haviam catado todos, os bichos apareciam em xícaras de café, na bolsa de Jefita enquanto ela corria para dar conta dos afazeres. Eles se esconderam no motor e na parte de baixo do carro. A abordagem de Ana Cruz era pisar neles, esmagá-los, mas depois acabou se acostumando com a visão de suas caras verdes no armário da cozinha e nas latas de cereal e arroz.

Ana Cruz não era devota, não como Jefita. Ela tinha sido batizada, feito a primeira comunhão. Ia à igreja quando o pai estava vivo, mas não desde então. Mantinha relicários da Virgem Maria em sua casa e uma cruz em seu quarto. Às vezes se perguntava se era porque realmente tinha fé ou porque temia as consequências caso não fizesse isso. Mas quando ela desceu as escadas e encontrou Tatinelly morta, orou com fervor como nunca tinha feito antes. Orou pelos Montoya, vivos e mortos. Ana Cruz se viu tão atordoada que simplesmente ficou olhando para o corpo sem vida de Tatinelly. A garota franzina parecia uma princesa de conto de fadas descansando em um leito de trepadeiras após seu sacrifício.

As trepadeiras foram outro problema. Os galhos tinham crescido a partir do jardim e da barriga dela. Ninguém queria transportar os corpos, nem para o hospital nem para o necrotério. Havia muitas autoridades, muitos curiosos do lado de fora da casa. Repórteres e helicópteros. Abutres, todos eles. Até os padres faziam a peregrinação até lá, passando pelos guardas que mantinham o bairro isolado porque ninguém, nem mesmo os guardas, rejeitaria um padre.

A história oficial era esta: invasores tentaram sequestrar Mike e Tatinelly Sullivan, turistas dos Estados Unidos. Os perpetradores foram expulsos por outros membros da família e desapareceram. A polícia não tinha suspeitos.

Esta era a história oficial.

Aqueles que haviam visitado os Montoya, que tinham se maravilhado com as dádivas divinas que cresciam em sua pele, tinham outra versão. Para eles, era um milagre.

Rey passara o dia seguinte consumindo toda a garrafa de uísque que Mike pretendera beber para celebrar a vida de Félix Montoya. Rhiannon se escondeu no jardim, chorando e sussurrando para os gafanhotos que a rodeavam como uma audiência arrebatada. Enquanto isso, Marimar revisava cada descoberta, cada foto. Estava obcecada pela Estrela Viva, mas não existia nada sobre ele. Nada sobre o nome verdadeiro. Nenhuma obscuridade em um museu. Ele era como Orquídea, um mistério que não conseguiam decifrar.

Ninguém dormia, e só comiam porque Jefita os obrigava. Basicamente esperavam que os corpos ficassem prontos. Marimar ligou para a família em Quatro Rios, orientando-lhes para ficar onde estavam, juntos, e então ela se sentou e ficou ouvindo Reina, a mãe de Tatinelly, chorar. Uma coisa assombrava Marimar enquanto ela refazia os passos daquela noite. Como a Estrela Viva os tinha encontrado? Por que ele não voltou? Ela estava no pátio com o rosto voltado para o céu noturno. Ouviu um sussurro, uma ameaça. Aquela estranha e ameaçadora voz nas fronteiras de sua mente. Mas nada e ninguém apareceu.

Não houve mais milagres.

Milagre ou não, havia trabalho a ser feito. Um funeral para preparar. Tatinelly usara suas palavras finais para dizer que queria ficar ali. Apesar do apelo de Reina para voltarem para casa, eles não poderiam ir contra os desejos de Tatinelly. Não quando ela os tinha salvado. Eles deixaram uma mensagem para os Sullivan, mas ninguém retornou a ligação.

Vendo o desespero deles, Jefita se aproximou de Marimar. Ela estava no jardim com um caderno no colo, desenhando estrelas de oito pontas. Havia páginas e mais páginas cheias delas, rosas dos ventos sem um mapa.

— O que aconteceu? — perguntou Marimar ao ver o rosto de Jefita.

A velha olhou por cima do ombro, torcendo a barra do avental.

— Eu conheço uma pessoa a quem você pode perguntar sobre Orquídea.

Marimar se sentou mais ereta.

— Quem? Por que não disse antes?

— Porque a pessoa está morta há dez anos.

— Pode me contar.

E Jefita contou. Apesar de tudo, não foi a coisa mais estranha que Marimar já tinha ouvido. Ela mesma deveria ter pensado nisso, mas uma parte dela ainda resistia à possibilidade do impossível. Além disso, estava desesperada.

No dia seguinte, dezenas de pessoas compareceram à casa da família para o funeral. Eles murmuravam as palavras *milagres, santos* e *sozinhos*. Sabiam que os belos descendentes de Orquídea Divina não tinham mais ninguém. Até o professor Kennedy Aguilar estava lá, oferecendo-se para carregar o caixão.

Rey e Marimar não tiveram que suportar o peso dos caixões sozinhos e, juntas, as pessoas inundaram as ruas como um rio negro abrindo caminho até o sexto portão do Cementerio Patrimonial de Guaiaquil, no sopé do cerro del Carmen. O povo que morava no alto da colina gostava de dizer que era o melhor lugar para se viver. Não havia turistas, tinham as melhores vistas da cidade e, quando chegava a hora de retornar para Deus, seus corpos só precisavam dar alguns passos até o descanso final.

Durante a caminhada de três quilômetros até o cemitério, o céu ficou cinza e um raio anunciou a chegada da chuva. Rhiannon segurava a mão de Jefita e enxugava as lágrimas, que começaram a calcificar conforme eram derramadas de seus canais lacrimais. Aqueles que caminhavam atrás dela corriam para apanhar as pérolas brilhantes, enfiando-as nos bolsos. Outros as comiam apenas para ver qual era o gosto dos milagres. Rey, por outro lado, derramou mais do que uma lágrima. Três pétalas caíram de sua mão. Com um dos caixões firmemente apoiado em seu ombro, ele virou o rosto para a mão e inspirou. O mais leve traço de decomposição encheu seu nariz. Era o perfume de rosas esquecidas em um vaso com água transformada em lodo. Não havia nada que ele pudesse fazer, não até depois que quebrassem várias regras jurídicas e éticas no cemitério.

Tatinelly e Mike foram sepultados no mausoléu dos Montoya, que era coroado por uma estátua de um anjo. Rhiannon disse:

— O anjo parece que vai voar para longe.

Depois que todos foram embora, Ana Cruz, Jefita e os primos Montoya permaneceram.

— Só quero deixar registrado que não gosto nada disso — disse Ana Cruz. — Rhiri é muito nova para ver algo assim.

Rey, que havia filado um maço de cigarros de um dos curiosos, levou um aos lábios.

— Tenho certeza de que *eu* também sou muito novo para isso.

— Eu não sou uma criancinha — declarou Rhiannon. — E a gente é uma equipe. Vocês não podem me deixar de fora.

— Não vamos fazer isso — assegurou-lhe Marimar.

Ana Cruz ergueu as mãos, derrotada, e foi lá fora para vigiar e subornar os guardas se precisasse. Quando ela saiu, entrou um homem baixo e atarracado com pele marrom-escura e um chapéu de lona coberto com a mesma tinta branca das tumbas empilhadas. Ele tinha uma picareta e uma marreta na mochila e desviou os olhos ao cumprimentar os Montoya. Abel Tierra de Montes pintava as partes externas dos jazigos do cemitério desde os quinze anos. Fora aprendiz de uma artista quando menino, mas, depois que ela morreu, a família o expulsou. Ele tinha uma mão experiente, e seus retratos eram apreciados pelas famílias que pagavam pela manutenção das sepulturas. Abel devia um favor a Jefita pois ela o apresentou à sua futura esposa, e, embora não achasse que o que aquela família estava prestes a fazer era normal, ele não podia recusar o dinheiro. Não quando mais e mais pessoas estavam esquecendo seus mortos.

Demorou vinte minutos, mas ele conseguiu abrir a tampa lacrada da tumba de Isabela. Então fez o sinal da cruz, curvou a cabeça para Jefita e disse que estaria de volta quando quisessem lacrar tudo de novo.

Eles olharam para os ossos. Ainda havia tufos de cabelo no crânio e grossas teias de aranha no vestido azul-claro simples.

— Como isso funciona? — perguntou Marimar.

O vestido preto que ela tinha pegado emprestado de Ana Cruz pinicava. O suor se acumulava entre seus seios e descia por suas costas. Quando o cheiro de cimento e decomposição atingiu seu nariz, ela respirou pela boca.

— Minha mãe fez isso uma vez — disse Jefita, colocando fogo em um pedaço de pau com o isqueiro de Rey. — Em seu leito de morte, minha avó confessou que o homem que minha mãe chamava de pai não era seu pai *biológico*. Mas ela morreu antes que pudesse dizer o nome dele.

— Isso é para invocar os mortos? — perguntou Rey.

Jefita torceu o nariz e ajeitou o pedaço de pau na borda da tumba.

— Palo santo. Ele purifica. E tem um cheiro bom.

— O ritual funcionou para sua mãe, né? — indagou Rey, desfazendo o nó da gravata e abrindo o botão que sufocava seu pomo de adão.

Jefita olhou para os ossos. Sua mãe precisara de respostas que só os mortos podiam dar. Jefa, cujo nome verdadeiro era María Luz Rumi, foi atrás de rumores de necromancia e ressurreição até encontrar o que realmente funcionava.

— Sim. Minha mãe descobriu que seu verdadeiro pai era seu tio, ela sabia que poderia não gostar da verdade. A diferença foi que ela teve que escavar.

Rey sorriu.

— Sorte a nossa.

— Por onde começamos? — quis saber Marimar.

— Vocês têm que concentrar a sua energia nessa conexão que toda família tem. Tá nos nossos ossos, nosso sangue. Mais do que isso, tá nas perguntas que precisam de respostas. Nos segredos, traumas e legados que não sabemos que herdamos, mesmo que não sejam desejados.

Os olhos escuros de Jefita pousaram na mão de Rey. Outra pétala caiu. Em sete anos, nunca havia desprendido uma sequer. Após o ataque da outra noite, ele perdera quatro.

— Uma sessão espírita seria menos fedorenta — murmurou Rey.

Jefita bateu levemente na nuca do rapaz.

— Isso é real. Normalmente, os elementos para invocar os mortos incluem um sacrifício de sangue. Sua família ainda está abalada por muitas mortes recentes, e isso é o suficiente. Agora, se concentrem. Vocês nunca conheceram sua bisavó, mas o sangue é como uma corda, mesmo quando a corda está esgarçada. A conexão está lá, bem no fundo, *hasta la raíz.*

Até a raiz.

Rey pensou no garoto que fora um dia, reservado e quieto. Ele queria se esconder em pilhas de papéis e números que resultavam em soluções organizadas. Nunca imaginou se tornar essa pessoa que desenterra ossos de um ancestral. Embora, para ser justo, ele não teve que desenterrar de verdade, no sentido literal. Tentou limpar sua mente de novo. Concentrar-se no que queria. Todas as outras vezes em que direcionou esse poder, dádiva, maldição — fosse o que fosse —, seu desejo tinha sido simples. Fazer arte. E ele fez. Imaginou a árvore Orquídea. Os três estavam tentando falar com sua avó antes do ataque da Estrela Viva. Eles ouviram o aviso de Orquídea, tarde demais. Ele explorou a centelha de seu poder, sua dádiva. Rhiannon dissera que Marimar e Rey não tinham realmente ouvido antes, mas onde eles iriam aprender a se comunicar se foram criados em uma casa de segredos?

Rhiannon fechou os olhos e sentiu a pele ao redor de sua rosa arder enquanto ela mudava de volta para o tom de rosa que a lembrava de sua mãe. Sua linda e paciente mãe que a tinha protegido. Ela não queria mais chorar. Queria ajudar seus primos a ouvir e ver. De algum lugar nas sombras do mausoléu veio uma brisa, um gemido profundo.

Marimar pensou nas fotos que vira de Isabela Belén Montoya Buenasuerte. Ela já tinha opiniões sobre a bisavó, e não eram favoráveis, mesmo que ela fosse a cara da mulher. Sentiu a pulsação frenética no meio do pescoço e se concentrou nisso. Até onde dentro dela o botão cresceu? Quando levaram Tatinelly, Marimar notou a folha de louro dourada em seu umbigo. Era isso que havia dentro de Marimar também? Ela era feita de raízes e galhos? Havia flores em seus pulmões? Espinhos ao redor de seu coração? Jefita tinha dito para se concentrarem bem, *hasta la raíz*. Tia Parcha foi enterrada em Nova York. Sua mãe, tia Florecida, Penny e seu avô Luis estavam em Quatro Rios com a árvore Orquídea. Tio Félix estava ali no rio que os rodeava, e agora Tatinelly estava naquela câmara com sua bisavó. Onde ela seria enterrada quando chegasse a hora? E quem se importaria?

Uma única lágrima escorreu pelo seu rosto.

Então, os ossos estremeceram. Eles se alinharam, juntando-se em forma semelhante a uma pessoa.

O esqueleto de Isabela Belén Montoya Buenasuerte se sentou.

27

LOS HUESOS DE ISABELA BELÉN MONTOYA BUENASUERTE

—O que fizeram comigo? — perguntou Isabela, com uma voz limpa e altiva. A mais tênue impressão da mulher que ela havia sido aparecia em uma camada sobre os ossos, como uma pele transparente. Um fantasma. Um verdadeiro fantasma. — Quem são vocês?
— Sou eu, *señora* Isabela! Jefita Rumi...
— Eu conheço *você*, Jefita, é claro. Mas quem são *eles*? — indagou, com o dedo ossudo apontando para Rey, Marimar e Rhiannon.
— Eu sou Marimar, e estes são Rhiannon e Rey.
— Rey? — indagaram os ossos de Isabela. — ¿Rey de *qué*?
Marimar prendeu uma risada. A mãe dele havia mudado o Ray mais comum nos Estados Unidos para "Rey", o termo em espanhol para "rei". Ela sempre chamava por ele e dizia: "Meu pequeno rei do mundo." Isso era fofo quando ele tinha cinco anos, mas sua bisavó nitidamente não pensava assim.
— É apelido de Reymundo — disse ele, dando uma longa tragada no cigarro.

— Eu diria que estou feliz em conhecê-los, mas qual sua relação comigo para me acordarem? Há quanto tempo estou morta, Jefita?
— Quase uma década, *señora* — respondeu ela, e se benzeu.
— Somos seus bisnetos do lado Montoya — explicou Rhiannon.
— Montoya? Qual Montoya? Meu irmão ou minhas irmãs?
— Nenhum deles. — Marimar pronunciou as palavras como uma mordida. — Somos descendentes de Orquídea Divina. E temos perguntas.
— Orquídea sobreviveu — disse ela com dolorosa alegria. Ela ficou repetindo o nome até que o feitiço triste se foi, e os ossos de Isabela chacoalharam com o temperamento Montoya. — Ela sobreviveu e não me contou. Eu não quero suas perguntas, não tenho respostas. Deixem-me descansar em paz.
Marimar e Rey trocaram um olhar astuto. A jovem comentou:
— Bem, pelo menos sabemos de onde Orquídea puxou sua teimosia.
Os ossos de Isabela fizeram um som de sufocamento, se ossos pudessem sufocar.
— Como *ousa* falar comigo desse jeito? Que audácia! Bem feito para Orquídea que ela tenha netos tão insolentes. E o que é isto na sua pele?
— É a dádiva de Mamá Orquídea — explicou Rhiannon, agarrando-se à lateral da tumba. Ela se inclinou para a frente, não para longe, como seus primos mais velhos e Jefita, que pairava contra a parede com medo dos mortos. — E eu sou, na verdade, sua *trineta*. A gente precisa de sua ajuda, senão a estrela vai pegar a gente também.
— Se ele fizer isso, vou assombrar você por toda a eternidade — murmurou Rey.
Isabela cruzou os braços sobre o peito.
— E quanto à minha filha? Por que não perguntam a ela?
— Ela não tá entre os vivos nem entre os mortos — explicou Marimar. — A gente deixaria você em paz, mas sabemos que tava lá quando o circo Londoño pegou fogo.
— Não, não estava.
— Você tá mentindo — afirmou Marimar, sem rodeios.

— Vimos na filmagem — completou Rey.

O esqueleto se virou para Jefita, partículas de poeira se agitando ao seu redor.

— *Mira cómo me hablan.* Nenhum neto meu fala nesse tom comigo. Eu fui tão terrível assim para merecer essa perturbação profana?

— Vamos deixar você em paz — disse Rey. — Mas precisamos saber. Você falou com Orquídea na noite do incêndio?

— Aquele lugar... — Ela inclinou o nariz para o teto e cheirou como se não fosse um saco de ossos marinando em sua própria decomposição por uma década. — Aquele lugar desprezível. Minha filha vestida como uma meretriz para todo mundo ver. Diziam que ela nasceu azarada, e estavam certos.

— Você não pode falar da minha avó assim — interveio Marimar, com um segundo espinho crescendo em seu pescoço, idêntico ao primeiro. — Talvez, se você amasse ela, se tivesse feito a coisa certa, ela não teria fugido e não estaríamos falando com você agora.

Os ossos enrijeceram. Um frio denso atingiu a pele deles quando Isabela disse:

— Vocês não sabem pelo que passei. Não sabem como foi. Dois anos depois da fuga, o Londoño Espetacular voltou a Guaiaquil. Vi Orquídea em um cartaz. Eu o arranquei, é claro, para que ninguém na vizinhança a reconhecesse. Tentei consertar as coisas. Tentei dizer a ela para voltar para casa. Ela tinha um filho. Não deveria criá-lo naquele lugar.

— Pedrito — disse Rey. — Ele... ele morreu. Achamos que foi naquela noite, mas não temos certeza. Precisamos saber de tudo o que você viu. Qualquer coisa que Orquídea possa ter dito.

— *Por quê?*

— Todos os Montoya são assim? — perguntou Marimar, meio rindo, meio histérica. — Só fala pra gente, por favor.

— Pois bem. — Isabela virou o rosto para eles. — Se vão me acordar do meu descanso, no mínimo quero saber o motivo. E trouxeram alguma oferenda para mim?

A HERANÇA DE ORQUÍDEA DIVINA

Jefita os havia instruído a levar algo de que os mortos sentissem falta. Como os Montoya de Quatro Rios não conheciam sua bisavó, deram seu melhor palpite. Marimar levou um cantil de uísque de prata. Rey contribuiu com um cigarro e Rhiannon, com sua boneca de plástico da Pequena Sereia. Jefita ofereceu à ex-patroa uma guloseima, uma *humita* doce. Isabela soltou um som de satisfação relutante, juntou tudo no seu túmulo e colocou o cigarro na boca, inclinando-se para que Rey o acendesse.

Jefita e Marimar também aceitaram os cigarros que Rey ofereceu porque parecia que a ocasião pedia.

— Muito bem. Podem me contar seu dilema — disse Isabela.

— Estamos sendo caçados — começou Marimar, e não pôde deixar de olhar por cima do ombro. — Alguma coisa que Orquídea roubou de seu tempo no circo era importante o suficiente para alguém matar por isso. Uma espécie de dádiva. Antes de morrer, Orquídea deu essa dádiva a nós três. Precisamos descobrir como matar o homem de quem ela a roubou antes que ele mate a gente. Ela te contou algo que poderia ajudar a gente?

Os ossos de Isabela soltaram fumaça. Ela observou as pessoas à sua frente. Nenhum de seus filhos Buenasuerte havia tentado acordá-la. Mas, na verdade, nenhum deles teria acreditado em tal coisa. Ela também não acreditaria, antes. Havia uma leveza em estar morta. Agora que ela estava, não viva, mas acordada, sentia cada arrependimento que já teve. Eram como agulhas perfurando seus ossos, lembrando-a de seus pecados.

— Quando fui ver a minha filha — disse ela lentamente —, queria pedir que voltasse para casa, como já contei. Ao chegar lá, parte de mim esperava que eu estivesse errada, que a tivesse confundido. Mas lá estava ela. Brilhando. Linda. Ela até cantou para a multidão. Não me lembrava de a voz dela ser tão forte. Eu a achei indecente no começo, porque os vestidos que usava eram muito curtos, mas, quando a vi de perto, ela estava... radiante. Wilhelm tinha me proibido de ir vê-la. Depois descobriu, é claro. Como eu poderia esconder algo assim do meu marido? Ele me proibiu de contar aos meus outros filhos. Mas ela era minha filha. Não sou capaz de expressar como sentia falta dela. Havia muitas coisas que deveria ter feito de forma diferente, mas não pude.

Isabela desdobrou a palha de milho amarela da *humita*. Seus movimentos eram delicados, mas ela comia com a mão e bebia goles vorazes de uísque. Cada bocado que passava por sua boca fantasma se transformava em cinzas.

— Fui confrontar Orquídea. Ela era uma nova mulher, tão segura de si mesma... Casada também, pelo anel em seu dedo. Conheci o filhinho dela, Pedrito. Ele era muito doce, não tinha nem um ano de idade. Eu quis abraçá-lo, mas ela não deixou. Pediu que eu fosse embora.

Ela fez uma pausa antes de continuar:

— Eu não tinha feito a mesma coisa com ela? Afastado por causa da minha própria vergonha? Eu não deveria ter ido embora, mas fui. A culpa foi minha. Nós não falamos. Nenhum de nós. Por que nunca conversamos? O silêncio é uma linguagem própria nesta família. Uma maldição que nós mesmos criamos. Essa foi a herança que minha filha recebeu de mim, e eu lamento muito.

Isabela Buenasuerte era uma mulher idosa com tanto pesar que havia carregado isso consigo para o túmulo. O remorso se derramava dela em forma de lágrimas cintilantes.

— Eu conheço minha filha bem o suficiente para saber que havia algo errado — disse Isabela, sugando e dando uma tragada no cigarro. — Estava nos olhos dela. Ela estava assustada.

— Você viu a Estrela Viva? — perguntou Marimar.

Isabela fez uma pausa, como se estivesse se esforçando para recordar aquela noite.

— Sim, sim, eu vi. Eu iria partir depois de ver Orquídea se apresentar, mas fiquei até o fim. Eles o trouxeram em uma jaula de ferro. Uma Estrela Viva, era como o chamavam. Achei que fosse um engodo, sabe. Que tentavam enganar pessoas honestas. Mas ele brilhava de dentro para fora. Você não conseguia nem ver uma pessoa, apenas seu contorno. Orquídea o observava também, da fresta de uma das cortinas.

Foi quando aproveitei a chance e fui atrás dela. Estão dizendo que esta Estrela Viva também sobreviveu?
    Rey fez que sim com a cabeça e acendeu outro cigarro.
    — Ele disse que nunca iria parar de caçar a gente.
    Os ossos de Isabela chacoalharam quando ela balançou a cabeça de um lado para outro.
    — Eu estava tentando encontrá-la quando o circo pegou fogo. Como não consegui, pensei que estivesse morta. Ela e Pedrito. Minha pobre menina. A culpa é minha, não das estrelas. O único azar que ela teve fui eu.
    Marimar agarrou a beira da tumba.
    — Não devíamos ter vindo aqui.
    — Não diga isso — falou Isabela, como se tivesse levado um tapa.
    — Eu não conheci minha filha em vida, não de verdade. Mas, por intermédio de vocês, talvez eu a conheça um pouco mais. Sabe, tem algo... Quando Orquídea era pequena, ela falava mais com o rio do que comigo. Ela me contou que fez um pacto com o monstro do rio. Eu não ficaria surpresa se ela tivesse voltado lá depois que escapou do incêndio.
    Marimar massageou as têmporas.
    — Vamos deixar você descansar — afirmou Reymundo. — Obrigado.
    — O que vão fazer?
    — Vamos para o rio — respondeu Marimar.
    — Peguem isto. — Isabela arrancou as pontas de três falanges e as entregou a seus descendentes. — Mantenha-os com vocês. Coloque-os em algum lugar seguro. Eu falhei em proteger minha filha, mas talvez possa protegê-los.
    Marimar deu uma risadinha.
    — O que é tão engraçado?
    — Você me lembrou dela por um instante — disse Marimar.
    Isabela se deitou, apoiou as mãos no abdômen e fechou os olhos. A imagem de seu fantasma se desvaneceu.
    — Ela é minha filha, afinal.

28

A FLOR QUE ROUBOU DAS ESTRELAS

Algumas semanas depois de Orquídea iniciar a busca pela chave para libertar Lázaro, Bolívar tornara-se tão atencioso, tão amoroso, que ela quase mudou de ideia. A dúvida se infiltrava em seus pensamentos. Por que deveria acreditar na palavra de outro homem e não na de seu próprio marido? Um homem que não era um homem, mas um ser celestial. Um deus caído capturado para entreter os outros por um mestre do picadeiro esperto.

Bolívar provou seu amor e seu desejo por ela repetidas vezes durante a viagem. Quando trocaram de navio no Panamá, a caminho de Santiago, no Chile, Orquídea passou a maior parte do tempo caminhando no convés, sentindo a brisa fria. Ela conversava com o filho na barriga, queria ter certeza de que ele reconheceria sua voz quando nascesse.

Em uma dessas caminhadas, outro passageiro se aproximou e se apoiou na grade ao lado dela.

— Que bela visão.

Ela acenou com a cabeça e ofereceu um sorriso educado, mas nada mais.

O homem se inclinou. Ele era bonito, bem-vestido. O tipo de homem que gostava de enfeitar uma tigela com frutas exóticas mas nunca as comia. Um sotaque nórdico, talvez.

— Estava me referindo a você.

Ele esticou a mão até o rosto dela, mas, antes que a tocasse, Bolívar agarrou o homem pelo casaco e o prendeu contra a borda do navio. A ameaça era nítida. Orquídea tentou puxar Bolívar para trás, mas não tinha força suficiente.

— Pare com isso, Bolívar, por favor!

— Ele ia tocar em você — gritou Bolívar, feroz.

Felizmente, Lucho estava lá para impedir que seu marido fosse preso por homicídio culposo.

De volta à cabine, Bolívar a beijou, encostou o rosto em sua barriga grávida e se desculpou por assustá-la. Tudo estava bem por enquanto. Bolívar era assim: momentos de amor, adoração, calor, traição, ciúme. Todos eles fugazes.

Com a lua cheia, a maré dentro dele mudava. Ele vagava pelos salões lotados, procurando uma garota bonita para foder nos cantos escuros do navio. Era um lobisomem, esperando pela noite de destruição e fúria, de devaneio selvagem, que o fazia esquecer sua esposa e seu filho crescendo no ventre dela.

Era naqueles dias, uma vez por mês, em que ele ficava fora a noite toda, que ela se obrigava a lembrar de sua raiva. Isso a impulsionava. Aos poucos, foi transformando-a em uma nova espécie de maravilha, a mulher de ferro. Mas não importava quantas vezes ela esvaziasse os armários e as malas dele, revirasse os bolsos de suas dezenas de fraques e gibões, suas meias e suas roupas íntimas, não conseguia encontrar a chave. A única coisa que Orquídea descobriu foi que Lucho deixava seu posto uma vez, todas as noites, logo após a meia-noite, para ter seu caso clandestino com a Menina Lobo. Eram esses momentos que ela passava com o Estrela Viva.

Lázaro estava ficando impaciente. Eles já estavam atravessando o Chile e entrando em partes da Argentina, e depois continuariam para o norte até Guaiaquil e terminariam em Cartagena, onde tudo havia começado para os Londoño.

— Talvez — Lázaro meditou — eu encontre outra garota com um coração de gelo que queira realizar seu sonho tanto quanto você, de repente até mais.

Ela estava sentada onde sempre ficava, na porta da jaula sobre um cobertor de lã. Quantas vezes ele dissera isso a ela? Sempre a mesma ameaça.

— Que pena, minha querida estrela caída, que você já revelou seus planos para mim. Eu sou quem você estava procurando.

Ele se permitia rir com ela e aceitava suas oferendas. Nunca tinha ligado para comida humana, porque não sabia que Bolívar só o alimentava com as mesmas sobras que dava aos cães. Orquídea levava bolos recheados com creme, tortinhas com frutas cristalizadas. Ela o fez experimentar vinho e contar como era velejar pelas estrelas. Qual a sensação de ser pura energia, luz e consciência. Ela nunca se cansava disso, da promessa de deslumbramento infinito.

Cada vez que ela ia embora, ele dizia:

— Não se esqueça de sua promessa, Orquídea.

— Não esquecerei — assegurava a ele.

Mas ela nunca conseguia descobrir para quem estava mentindo, se para ele ou para si mesma.

No auge da gravidez, Bolívar a tratava como cristal. O item mais frágil de sua coleção. Ela tinha parado de se apresentar, mas seguia assistindo ao espetáculo. Observava se os olhos dele se demorassem em um rosto bonito na multidão, observava enquanto ele fazia o teste de novas artistas sozinho, à noite, por horas. Ele não faria amor com ela enquanto ela estivesse "naquele estado". Depois que o bebê nasceu, um menino bonito e saudável que era uma réplica dele, os hábitos de Bolívar permaneceram os mesmos.

Orquídea não conseguia mais escapar dos sussurros. Mirabella e Agustina olhavam para ela com pena. Lucho lhe dirigia um sorriso amável, e ele nunca sorria para ninguém a não ser para a sua amada. Às vezes ela se perguntava se fora aquilo que sua mãe havia sentido quando Orquídea nasceu, esperando que um homem retornasse enquanto um bebê sangrava seus seios. Então ela se lembrava de que não sentiria a mesma vergonha. Estava determinada a ser uma mãe melhor para Pedrito do que Isabela Buenasuerte jamais fora para ela.

Logo, os ciclos de Bolívar passaram a ser os dela. Ele ia embora e voltava, amava-a e partia novamente. Garantia a Orquídea que sua promessa, de amá-la para sempre, estava escrita com sangue. Ela tinha o nome dele. Dera à luz um filho dele. Nada mais importava além disso e nenhuma escapada poderia se comparar ao que tinham.

Ela decidiu colocar a teoria dele à prova. Embora não fosse infiel, flertava com o perigo disso. Enquanto o espetáculo estava em La Paz, na Bolívia, ela deixou Pedrito aos cuidados de Agustina, a Vidente, e passou a noite com as amigas em um bar. Os homens pagavam bebidas para ela e tentavam chegar perto o suficiente para contar suas sardas. Queriam um autógrafo escrito na pele sobre o coração de cada um. Ela estava no meio da assinatura quando ouviu a porta do bar bater, e soube que era ele sem precisar olhar.

Bolívar a encontrou. Um de seus encarregados deve tê-la seguido e delatado. Desta vez, Lucho não estava lá para arrancar Bolívar do homem que tocou em sua esposa. Ele bateu no estranho até que ambos os olhos estivessem fechados pelo inchaço, até que Orquídea soltou um grito que o arrancou daquele estado febril, e ele foi levado para a prisão local.

O estranho tinha sobrevivido, mas ficou cego de um olho, e Orquídea pagou o dobro da fiança para trazê-lo para casa, com a condição de que o circo deixasse La Paz naquela mesma noite.

Bolívar e Orquídea agarravam-se um ao outro por desespero e medo da solidão. Era só quando brigavam que conseguiam reacender a paixão que um dia sentiram um pelo outro. Ele queria que ela gritasse seu nome. Ela queria que ele implorasse. Orquídea sabia que não era suficiente. As palavras de Bolívar não eram mais suficientes. Aquela vida não era mais suficiente. Então, ela fez planos. Procurou. Aprendeu sobre a galáxia e magia com Lázaro. Para que sua traição desse certo, precisava estar em Guaiaquil. Precisava do anel de Bolívar, que ele nunca tirava, e precisava da chave.

Quando Pedrito tinha três meses, Bolívar começou a namorar uma das novas dançarinas do ventre egípcias que tinha contratado para a etapa peruana da turnê.

Orquídea se admirava no espelho, tirando os grampos do cabelo, e ele se preparava para sair de novo quando ela disse:

— Dê a Safi meus parabéns pela atuação dela esta noite.

Desta vez, ele não negou. Apenas saiu furioso. E, quando retornou logo depois, ela estupidamente achou que tinha voltado para se desculpar. Para fazer as pazes. Para transar com ela e não com a outra.

Ele só tinha esquecido a cartola.

Foi nesse momento que Orquídea Divina descobriu. Uma parte de seu enigma de três frentes. Havia um item que ela nunca tinha pesquisado. Existia um segundo item que ele sempre usava e só tirava em sua cabine particular.

Com Bolívar fora a noite inteira, ela se esgueirou para ver Lázaro. Pedrito dormia confortavelmente em um *sling* contra seu peito.

— Eu sei onde está a chave — disse ela sem fôlego.

Lázaro diminuiu a luz na frente dela e sorriu. Ela havia se acostumado com sua figura pálida e nua. Com os sinais perolados em sua pele. Suas íris se moviam como um céu estrelado. Mas ela nunca o tinha visto sorrir com tanta satisfação. Pareceu muito bonito.

— Então por que você está aqui e não tentando pegá-la?

— Já falei — disse ela. — Temos que estar em Guaiaquil. Preciso estar em casa. Ainda tem a questão do anel. Ele dorme com ele. Nunca o vi sem.

— Então, seduza-o até que ele adormeça.

Orquídea fez um som estrangulado.

— Nós não temos... nós não... ele não me deseja mais.

— Ele deseja — afirmou Lázaro. — Ele simplesmente se dá por satisfeito em saber que você é dele.

— Eu não sou de ninguém.

— A destemida Orquídea. — Ele riu. — Quem vai me entreter quando eu estiver de volta entre as estrelas?

— Você não tem amigos? Família?

Lázaro franziu a testa.

— Não temos essas palavras. E minha espécie não tem senso de humor.

Ela sorriu então, sorriu verdadeiramente.

— Lázaro. Quando você compartilhar sua magia comigo, vai... vai doer?

— Em mim mais do que em você — afirmou ele suavemente. — Terei que me abrir para você.

— Parece íntimo — disse ela, a preocupação aguçada em sua voz.

— Acredite em mim, não é o sexo carnal e estranho que vocês humanos fazem. Eu estaria deixando você entrar no que me torna *eu*. Suponho que seus padres a chamariam de alma. Seria como abrir uma veia e deixá-la se alimentar de mim. Consumir o próprio poder que me torna o que sou. Eu teria que confiar em você para não me matar no processo. Estou depositando toda a minha confiança em você.

— Eu sei. Obrigada.

— E então você estará livre para seguir seu próprio caminho. Fazer seus desejos se tornarem realidade. Eu realmente espero que nossos caminhos nunca se cruzem de novo, minha amiga.

Lázaro enfiou a mão pelas barras de ferro e tocou o nariz de Pedrito, assustando-se quando o bebê soltou um grito.

— O que há de errado com isto?

Ela riu e cantou uma canção de ninar sem sentido que sua mãe havia cantado para ela.

— Nunca segurou um bebê?
— *Óbvio* que não.
— Você pode fazer um? — perguntou ela. — Digo, se permanecesse na Terra?
— Sim, suponho que sim. Mas eu não pertenço a este lugar – disse ele, surpreso com a forma como Pedrito se acalmou com a voz da mãe.
— Lembre-se, Orquídea: cada vez que você usa sua magia, há um preço.
— Minha querida estrela caída, já me disse isso várias vezes.
— Se o seu marido é um exemplo da sua espécie, vale a pena repetir.
Orquídea desviou o olhar.
— Bolívar me parece bem.
— Enquanto eu estiver amarrado aqui, ele não vai pagar. Essa é a brecha dele. Então, quanto a você, bem, tome cuidado. Deseje riquezas e poderá obter um milhão de dólares em sucres, mas no dia seguinte a moeda do país passa a ser o dólar e a taxa de câmbio não está a seu favor. Deseje o amor verdadeiro e você pode consegui-lo, mas ele pode morrer afogado em um ano porque você não foi específica.

Eu desejei por você, Bolívar dissera. Ele a conseguira, à sua maneira.

— Então, você está dizendo para ser *específica* — ela brincou.
— E cuidadosa. Isso é magia celestial, não uma vela de aniversário. E, depois que estiver tudo feito, eu quero sua palavra, sua promessa, de que não vai procurar por mim quando a magia começar a enfraquecer.
— Eu não vou querer isso — disse ela, mas sorriu. — Para onde você vai?

Ele olhou para o teto. Há quanto tempo ele não olhava para o céu?
— Vou para casa.

29

A DÁDIVA DO MONSTRO DO RIO

Depois de lacrarem o túmulo, Ana Cruz os levou de volta à margem do rio em La Atarazana. Desta vez, apenas os Montoya saíram do carro e caminharam até a beira do frágil píer.

— Como é um monstro do rio? — perguntou Rhiannon.

— Fantasmas e milagres eu vi — disse Rey. — Isso aqui tá fora da minha expertise em bizarrices.

— Orquídea disse que era antigo, parte humano e parte crocodilo — disse Marimar. A pele de suas clavículas coçou e ela pressionou os dedos contra os espinhos, o velho e o novo. — O importante não é a aparência dele, mas como chamamos sua atenção.

— Eu sei! — gritou Rhiannon.

Ela disparou para a beira da água escura, inclinando-se tanto que a mais leve brisa poderia derrubá-la. Mergulhou a mãozinha e agitou a superfície a água.

— Rhiannon! — exclamou Rey, que se assustou e estendeu a mão para ela, mas a menina não estava em perigo.

— Papa Félix! — disse ela em sua vozinha de fada. A água lambia suavemente sua mão. — Preciso da sua ajuda. Consegue encontrar o monstro do rio que era amigo de Mamá Orquídea? Fale pra ele que ela mandou dizer oi.

Eles esperaram. Do outro lado do rio, a cidade de Durán estava obscurecida por nuvens baixas. Em pouco tempo, o céu começou a escurecer. Nuvens de chuva caíram em pancadas torrenciais, e Jefita gritou que eles morreriam antes que qualquer falso deus aparecesse. O tráfego rugia ao longe e feixes de luz rasgavam o céu. Eles esperaram por tanto tempo que quase desistiram.

Marimar sentiu o peso de sua família. A dor na base de seu pescoço.

— Temos que ir.

Rhiannon apontou e disse:

— Olha!

Uma criatura escorregadia de cerca de trinta centímetros de comprimento, com corpo reptiliano e cabeça humanoide de crocodilo, subiu no píer. Ele subiu até o topo de uma estaca para ficar mais ao nível dos olhos.

— A descendência da Orquídea Divina — disse a criatura reptiliana, ofegante.

— Monstro do rio... da Orquídea? Amigo...? — disse Rey.

Rhiannon o pegou, colocando-o entre as mãos em concha. Era menor do que qualquer um deles esperava. Aquela era a criatura que havia lutado contra homens adultos e feito um trato com a avó deles?

— Monstro do rio — cuspiu ele. — Ninguém chama meu nome há muito tempo.

— Você é tão fofo. — A menina riu daquele jeitinho dela. — Mamá Orquídea disse que você tinha um metro.

Indignada, a criatura se contorceu e subiu no ombro de Rhiannon como um controverso Grilo Falante.

— Meu espírito fica cada vez menor conforme sou esquecido.

Marimar alisou o cabelo úmido para trás e enxugou a chuva dos olhos.

— Orquídea não se esqueceu. Ela costumava nos contar histórias sobre você.

— Minha Filha Bastarda das Ondas.

— Desculpe, mas preciso perguntar... — disse Rey, com cautela. — Você não é secretamente nosso avô, é?

O monstro do rio avançou na mão de Rey, agarrou uma pétala de rosa entre os dentes afiados e a comeu.

— Não — respondeu.

Rey estremeceu e esfregou o local.

— Temos vivido alguns dias estranhos. Eu precisava ter certeza.

Marimar beliscou a ponta do nariz enquanto Rhiannon ria.

— A mãe de Orquídea disse que você era o único amigo de verdade dela aqui. Existe um homem... uma criatura... perseguindo a gente. Precisamos saber se Orquídea alguma vez voltou para procurar sua ajuda. Temos que deter essa criatura antes que volte.

O pequeno espírito de crocodilo estalou a língua, como se saboreasse a pétala de rosa. Com uma sacudida de corpo inteiro, o monstro do rio se empertigou e saiu correndo do ombro de Rhiannon, crescendo quinze centímetros em altura e largura.

— Assim está melhor — disse ele, e suspirou. Olhos amarelos brilhantes observaram os jovens Montoya e, como se os visse com nitidez pela primeira vez, a criatura falou: — Depois do nosso trato, nunca mais vi a Orquídea. Sinto falta da presença dela nessas águas.

— Você tem visto tudo o que passa por essas águas ao longo de séculos — disse Marimar. — E, ainda assim, respondeu ao apelo de Orquídea. Estamos aqui agora. Faça um trato conosco.

O monstro do rio riu.

— Você é tão exigente quanto ela... Meu poder diminuiu, mas talvez eu tenha algo que possa ajudá-los. Uma coisa que foi encantada com um trato. Vai capturar cem peixes ou um único homem. Uma vez capturados, eles só podem ser libertados por mim ou pela Orquídea, pois foi a nossa promessa que a encantou.

— O que seria? — perguntou Marimar.

A criatura enfiou a mão na boca larga e puxou um barbante cintilante.

Não é um barbante, pensou Marimar. *É uma rede.*
A *tal* rede que sua avó havia usado décadas atrás, quando era menor que Rhiannon.

— Pegue isto.

O monstro do rio rastejou nas quatro patas, alongando-se para parecer mais um crocodilo que uma fera lendária; como se fosse se tornando outra coisa à medida que expelia mais magia.

Marimar pegou a rede, ainda intacta. A promessa cintilou em um tom dourado no fio, pois o que seria mais forte do que as palavras?

— Obrigada — disse Marimar.

— Não sabemos o seu nome — comentou Rhiannon.

— Ninguém pergunta. Às vezes eu esqueço. — A criatura tossiu, como se falar lhe causasse dor. — Meu nome é Quilca.

— Vou dizer para Orquídea que você disse oi, Quilca — assegurou-lhe Rhiannon. — Que ajudou a gente.

Quilca entrou no rio e se deteve.

— Não sou o único que se lembra da Orquídea, sabe. Às vezes ouço o nome dela, como um grito.

Rey se empertigou. Ele também tinha escutado, no dia em que a doença de Tatinelly se instalou. Aconteceu tão rápido que não havia processado aquilo.

— Vindo de onde?

— Lá de cima, do cerro Santa Ana. Uma vez por mês, quando a lua cheia aparece, eu ouço.

Então, Quilca, o monstro do rio, desapareceu.

30

O FOGO ESPETACULAR

O dia em que o Londoño Espetacular Espetacular retornou a Guaiaquil foi o dia em que a vida de Orquídea mudou para sempre. Mas ela já havia se preparado para isso. Desta vez, as tendas eram maiores; os números, mais surpreendentes. O fascínio de Bolívar pelo espetáculo e pelo glamour fazia com que o circo fosse uma experiência envolvente para todos os que participavam. Agustina lia as linhas do destino em sua mesa. Crianças quebravam dentes de leite em maçãs do amor reluzentes. No palco, mulheres caminhavam em cordas bambas com asas crescendo em seus ombros, feito anjos. Orquídea se apresentava primeiro com seu vestido que desabrochava como uma flor viva, e depois como uma sereia nadando no mar. Havia dançarinos, malabaristas e engolidores de espadas. Meninas Lobo, Garotos Foca e feras. Por fim, Lázaro, a Estrela Viva. No centro de tudo aquilo estava o mestre do picadeiro, o visionário Bolívar Londoño III.

Orquídea vinha planejando aquele dia há tanto tempo que, quando finalmente chegou, não conseguia parar de tremer. Precisava se recompor ou o plano não funcionaria. Ela levou tudo em consideração. Atividades de Bolívar, horário em que tomava banho após o espetáculo e depois saía para jogar cartas. Ele voltaria uma vez mais para beijar Pedrito enquanto o bebê dormia. A mala dela estava feita e guardada debaixo da cama. Levaria Pedrito para a tenda que funcionava como depósito, onde Lázaro estaria esperando. Ela o libertaria, pegaria sua lasca de poder e então estaria livre.

Ela havia se preparado para quase tudo, e até deu uma volta pelo circo para se despedir, sem realmente dizer as palavras. Mas, no caminho de volta para sua tenda, Orquídea foi abordada por alguém que nunca pensou que veria novamente. Sua mãe.

Houve um momento, quando ela estava cantando, em que pensou ter visto Isabela Buenasuerte na plateia. Seu coração disparou, torturando-se com a ideia do que sua mãe pensaria. O que ela diria. Mas Orquídea fugira há dois anos. Era uma mulher casada, uma mãe também. Tinha visto mais do mundo do que sua mãe, que nunca havia saído da província em que nascera. No final de sua canção, Orquídea se convenceu de que estava errada. Os rostos na plateia viraram um borrão depois de um tempo.

Mas lá estava ela. Isabela Buenasuerte parecia a mesma de sempre em seu vestido caro, com seus traços elegantes revelando desgosto diante da pipoca doce e das lascas de madeira pelo chão.

Orquídea se lembrou do desamparo e da raiva que suportou na casa dos Buenasuerte. Parecia que estava sempre tentando emergir em um mar turbulento. Mas, sinceramente, sua raiva por Isabela ia além disso. Diante da mãe, Orquídea se sentia outra vez uma garota fraca e azarada. Uma mancha na vida perfeita de sua mãe. A criança bastarda deixada para trás por um homem que a usou. Ver Isabela foi como apertar uma ferida que nunca cicatrizou. Havia infeccionado, apodrecido. Infiltrando-se até o osso. Ela havia simplesmente aprendido a conviver com a dor.

— O que você quer? — perguntou Orquídea, sem deixar a mãe falar e puxando Pedrito protetoramente contra o peito.

Isabela Buenasuerte ignorou o punhal que se tornara a língua de Orquídea. Ela tirou as luvas brancas e sorriu esperançosa.

— Quem é esta linda criança?

— É o meu filho — disse Orquídea com firmeza.

— Diga-me o nome dele, *mijita*.

Orquídea não queria, mas a parte dela que ainda desejava o amor da mãe cedeu.

— Pedrito.

Orquídea deveria ter parado por aí. Ela era um carretel de linha se desenrolando, e não haveria ninguém para organizá-la de volta depois. Deveria ter se virado e ido embora, como fizera dois anos antes. Em vez disso, apontou para o grande cartaz de Bolívar Londoño III com seu sorriso, afiado como diamantes, dando as boas-vindas a todos que visitavam sua criação. Ela ergueu sua safira brilhante.

— E este é o meu marido. E este é o meu circo. E eu não quero você aqui.

— Orquídea...

— *Saia*.

Quando, de tempos em tempos, Orquídea rememorava aquela cena, admirava as mãos do destino que orquestraram o minuto mais longo de sua vida. Fogos de artifício explodiram. Os sinos tocaram anunciando a abertura do parque de diversões. Videntes, jogos, prêmios, uma tempestade perfeita de destino cruel! E lá estava Bolívar pavoneando pelo terreno, tão bonito em seu veludo azul característico que era impossível não notá-lo. Só que, em vez de estar com a esposa e o filho, era Safi, a dançarina do ventre, que ia agarrada em seu braço. Ele havia pulado o jogo de cartas e ido direto para ela. Enquanto a beijava, nem sequer tentava esconder sua indiscrição. Em qualquer outro dia, Orquídea poderia ter provocado uma briga. Mas, naquela noite, de todas as noites que sua mãe podia ter escolhido para voltar para sua vida, ela foi testemunha da vergonha de Orquídea.

Bolívar não tinha noção de que a vida da esposa estava se despedaçando na frente da sogra. Orquídea não aguentou. Algo dentro dela se partiu. Uma ruptura em todo o seu ser. Uma fratura que jamais poderia ser consertada.

— Eu disse para *sair* — repetiu Orquídea, enquanto Pedrito começava a chorar em seus braços.

— Orquídea, por favor.

— Não. Você escolheu a sua vida e eu escolhi a minha. Não quero ver você de novo.

— Pelo menos me deixe segurar meu neto...

— Você tem outros seis filhos. Um dia terá muitos netos para segurar. — Eram palavras horríveis, mas ela sentia uma dor horrível e cruel no coração. — Me diga uma coisa. Você sempre soube que alguém entraria em sua vida e a tornaria melhor?

— O que quer dizer?

— Quero dizer que nós tínhamos uma vida antes de Wilhelm Buenasuerte. Uma vida em que você poderia ter me amado. O que tínhamos poderia ter sido o suficiente se tivéssemos trabalhado juntas.

Isabela Buenasuerte balançou a cabeça.

— Você não sabe como é ser largada sozinha. Eu estava *sozinha*.

— Você tinha a mim. — Orquídea bateu com os dedos na pele nua sobre o coração, como se, caso continuasse socando, encontraria um buraco. — Não precisávamos do Buenasuerte nem do meu pai. Ele veio na nossa casa um dia e eu nunca te contei. Nunca te contei nada porque você deixou evidente, desde que comecei a andar, que eu tinha arruinado sua vida. Era como se estivesse esperando por alguém que te desse o mundo que você merecia antes de eu aparecer.

Isabela ficou sem palavras, nada para se defender, então Orquídea riu e falou:

— Foi o que pensei.

Magoada, Isabela obedeceu. Ela foi embora, mas não foi longe.

Orquídea voltou aos seus planos, mas ela havia mudado. Algumas pessoas mudam com o tempo, como água mole em pedra dura. Outros precisam do estrondo violento de um raio que transforma areia em vidro. Era como se seu coração tivesse se quebrado em vários corações minúsculos, cada um batendo nas cavidades de seu corpo, sua garganta, seus dedos, seus pés. Pedrito podia sentir isso, e ele se agitou e chorou por todo o caminho de volta até a tenda deles.

Ela colocou Pedrito no berço e correu para o quarto que dividia com o marido. A cartola de Bolívar estava no mesmo lugar, na cama onde ele a jogava todas as noites antes de sair. Ela não achou que ele voltaria, mas aproveitou a oportunidade. Ela a virou. Nunca a segurara de fato. Parecia uma extensão dele, de certa forma. Enfiou a mão dentro e passou os dedos pelo forro. O fecho de um fundo falso. Ela o abriu.

— Orquídea? — perguntou ele. — É você?

Quem mais poderia ser?, ela quis perguntar, mas não perguntou.

Então ela sentiu. O metal frio da chave feita de luz celestial. Rapidamente a enfiou sob o sutiã e sentou-se diante da penteadeira. Seus olhos escuros estavam brilhantes, mas ela escondeu bem a própria angústia. Abriu uma de suas caixas de pó e mergulhou a almofada de veludo, depois a esfregou entre os seios. O perfume delicado a ajudou a relaxar.

Bolívar saiu de trás da cortina do banheiro. Estava nu. O coração dela se agitou, como um lembrete do quanto já tinha amado e desejado seu marido. Ele seguiu o olhar de Orquídea para suas partes baixas enquanto secava seu tronco. Ela se lembrou dos tempos em que tomavam banho juntos, esvaziando a banheira com sua paixão. Então se lembrou de Safi, das prostitutas em Amsterdã, das gêmeas acrobatas, da atriz em Mônaco, da duquesa em Londres. Acima de tudo, ela se lembrou de estar no salão de jogos daquele navio e ver uma garota russa engolir a ereção dele inteira. Desejou que ela tivesse mordido e arrancado fora.

— Está feliz por estar em casa? — perguntou Bolívar, enxugando a orelha.

Ele parou atrás dela e a beijou enquanto olhava para o reflexo deles no espelho. Ela aceitou seus beijos porque tinha um coração traidor. Eles estavam juntos agora, ela, Pedrito e Bolívar. O marido passou a mão na perna dela, nos seios. Ela se lembrou da chave enfiada ali. Mesmo que o quisesse uma última vez. Mesmo que...

— Você está de bom humor — disse Orquídea, e o distraiu dando um tapa em uma de suas coxas musculosas. Era como se ele suspeitasse de que havia algo errado. Teria sido por isso que, depois de meses, tinha mudado sua programação previsível? — E está molhado.
Ele levantou uma sobrancelha e lançou-lhe um olhar libidinoso.
— Achei que me preferia assim.
Ela riu e se levantou, usando o filho como pretexto. Embalou-o de forma que o bebê fosse o único para o qual tinha espaço em seus braços.
— Eu estava pensando... — disse ele, vestindo uma camisa de botão simples. Uma onda de calor se espalhou por sua pele quando ela se lembrou do quanto adorava vê-lo se vestir. — Devíamos dar uma volta pelo parque amanhã. Ver a cidade. O rio. Sei que você ansiava por isso. Vamos ver como a pérola do Pacífico mudou desde que a deixou.
— Você me conhece tão bem...
Ela tentou soar doce, mas o nervosismo se apoderara de suas cordas vocais.
Ele passou os braços em volta dela e beijou sua bochecha, acariciou a cabeça do bebê.
— É porque você é minha. Vocês dois são.
Por que ele tinha escolhido aquele dia, de todos os dias, para lembrá-la dos momentos em que as coisas eram maravilhosas? Ela sabia que Bolívar Londoño não mudaria. Deveria ter ouvido Agustina há muito tempo e protegido melhor seu coração. Mas foi ingênua. Estava desesperada para se agarrar a algo bom. O maior truque, a maior ilusão de todo o circo era o amor de Bolívar.
— Por quê? Safi está ocupada ou você já comeu ela o suficiente por hoje?
A expressão de Bolívar era a de alguém que havia sido esbofeteado. Ele mordeu o lábio inferior e vestiu as calças.
— Você rejeita meus avanços e então me empurra para outra mulher. É assim que me ama?
— Você parou de me amar há muito tempo — disse ela baixinho, e não tinha certeza de quem estava tentando convencer.

Ela colocou Pedrito de volta em seu berço e sentou-se na frente do espelho. Tentou reunir toda a força que tinha, endurecer seu coração.

— Nunca parei de te amar — declarou ele, virando Orquídea na cadeira para encará-lo. Ele a prendeu com os braços. — Você sabe quem eu sou, e me escolheu também.

Foi a última vez que Orquídea Divina viu Bolívar Londoño. Às vezes, durante os períodos entre um marido e outro em Quatro Rios, ela se perguntava como as coisas teriam sido se houvesse se arrependido e enfiado a chave de volta em sua cartola quando ele adormeceu. Pedrito poderia ainda estar vivo. Ela ainda seria a esposa boboca do mestre do picadeiro que tolerava seus encontros amorosos e infidelidades. Como saber qual vida seria a certa? Orquídea se permitia aquele momento de fraqueza de vez em quando, e então colocava Bolívar no mesmo lugar de suas outras memórias, trancadas onde ninguém pudesse encontrá-las.

Então, ela beijou o marido. Deixou que percorresse com os dedos as trilhas familiares ao longo de suas coxas e se odiou por ainda desejá-lo um pouco. Ele estava de joelhos, rasgando as costuras de suas meias-calças transparentes. Ela sentia o coração latejar em seus ouvidos. Virou a cabeça e o observou pelo espelho, as luzes brilhantes mostravam todos os detalhes, inclusive as linhas em suas costas feitas por outra pessoa.

Ela alcançou a penteadeira para pegar um de seus pós. Foram muitos os motivos pelos quais pediu a Lázaro que esperasse voltarem ao Equador para colocar o plano em prática. O mais importante era por ser a terra natal dela. Queria que Pedrito crescesse com os olhos no rio. Queria que ele aprendesse a amar o lugar. Guaiaquil era uma cidade velha, cheia de gente velha, enraizada na terra. O mundo mudava ao redor deles. Colinas cobertas de grama viravam ruas pavimentadas. Casas feitas de bambu, tijolos e zinco tornavam-se lajes de concreto. Haveria novas pontes, monumentos e arte. Isso mudaria, mas o coração resiliente das pessoas sempre permaneceria forte. Ela precisava dessa força.

O segundo motivo era porque o Equador era o lar de milhares de espécies de flores. Quatro mil tipos de orquídeas, quatrocentos tipos de rosas e um estranho lírio alucinógeno. A trombeta-de-anjo tinha forma de sino e era usada pelos xamãs para ler o futuro nas estrelas e expulsar os demônios internos. Tinha propriedades medicinais, mas, nas mãos dos homens, era usada para crueldades. Ela havia adquirido o pó e esvaziara o frasco em um de seus perfumes em pó.

Não aconteceu no momento em que ela havia programado, mas poderia funcionar. Iria funcionar.

Bolívar envolveu o pênis com a mão e olhou para ela, tão deslumbrado com sua beleza como estivera no primeiro dia. Orquídea pegou um punhado do pó e soprou na cara dele.

Ele engasgou e cuspiu. Praguejou e agarrou a cama, caindo de costas. Ela só tinha ouvido histórias sobre a planta, e não sabia quanto tempo o efeito duraria. Seu plano tinha três elementos essenciais. Ela estava com a chave. Pegou a mala debaixo da cama. Então, arrancou o anel de sinete do dedo dele e o guardou no bolso.

Com Pedrito seguro contra seu peito no *sling*, ela correu. Enquanto os fogos de artifício terminavam de explodir, ela se aproximou da tenda. Lucho franziu a testa ao vê-la, mas ela soprou um punhado de pó de trombeta-de-anjo em seu rosto. Ele caiu feito um urso, com seus dois metros e duzentos.

Lázaro andava de um lado para outro em sua jaula de ferro. Orquídea largou a mala e colocou a mão protetora sobre os cachos macios de Pedrito.

— Chegou cedo — disse Lázaro, notando a agitação dela. — O que aconteceu?

— Temos que fazer isso agora. Bolívar voltou mais cedo, e não sei quanto tempo vai durar o efeito da trombeta-de-anjo.

Orquídea pensou no pai enfiando dinheiro em suas mãos e depois pedindo que ela não o procurasse. Tinha sido muito arrogante da parte dele pensar que ela queria conhecê-lo, para começo de conversa.

— A chave — disse Lázaro, e ergueu as algemas.

Orquídea pensou na mãe se casando com Wilhelm Buenasuerte e mandando que ela esperasse lá em cima, na galeria da igreja, fora de vista.

— E o anel?

Ela pensou na língua venenosa de Bolívar. Pensou nas peças quebradas dentro dela.

— Aqui.

Ela o segurava na palma da mão como uma pérola.

Pensou em como Lázaro confiava nela. Mas ele conhecia a escuridão no coração dos humanos, e deveria ter sido mais esperto.

Quando fechou os olhos e se tornou a Estrela Viva, Orquídea fez o que ele havia instruído. Ela colocou a mão no peito dele. Por um instante, não conseguiu respirar. Era como se tivesse caído no rio Guayas. Entrou no espaço vazio da galáxia de onde ele dissera ter vindo. O mundo era todo cor e luz. E depois, todo escuridão e estrelas. Era assim que ele se sentia cada vez que usava seu poder, como se o mundo não pudesse tocá-lo?

Orquídea pensou novamente em sua mãe e em Bolívar. As duas pessoas que ela mais amava tinham novamente aberto suas feridas. Ela não queria se sentir assim nunca mais. O que faria quando o poder de Lázaro diminuísse? O que faria quando estivesse sozinha de novo? Por que não poderia ter o poder das estrelas para sempre? O Universo havia conspirado contra ela, *Niña Mala Suerte*, Filha Bastarda das Ondas, e ela estava empatando o jogo.

Dominada pela dor e pela raiva, quando chegou o momento de soltar, ela segurou. Tomou e tomou do mesmo jeito que os outros haviam tomado dela. Ouviu as batidas do coração de Lázaro, sua pulsação dentro dela, mais lenta, competindo com a dela e perdendo. Ela o ouviu gritar seu nome.

Só então acordou abruptamente. Pedrito chorava e Lázaro tinha desmaiado.

Orquídea cumpriu sua parte do pacto, entretanto. Deixou a chave e o anel na mão dele.

Ela sentia a luz das estrelas percorrendo seu corpo. Estava no fundo de sua medula, na composição de seu sangue, em seus tendões. Orquídea Divina fez seu primeiro desejo.

Desejo que Lázaro nunca me encontre, disse ela. *Nunca me veja, nunca ouça minha voz, nunca se aproxime de mim.*

Então pegou a mala e saiu. Conseguiu atravessar o parque de diversões antes de sentir o cheiro da fumaça. Os outros também sentiam.

— Não — disse ela, arfando.

Orquídea tentou voltar correndo, mas ouviu uma explosão, e depois várias. Animais e pessoas começaram a tentar escapar ao mesmo tempo. Ela deixou cair a mala e tropeçou em uma rede. Mais tarde, ela se lembraria de ter pensado em como isso foi irônico. Aquilo que a sustentou quando criança seria sua ruína.

Ouviu a voz de Bolívar em algum lugar distante chamando seu nome. Ele estava acordado. Ela tinha causado aquilo, desempenhado um papel na destruição de tudo que ele construíra, e ela sabia, sabia que ele iria querer machucá-la.

Libertando-se da rede emaranhada, Orquídea abraçou o bebê. Achou que devia ter batido em alguma coisa quando caiu, porque, ao se levantar, sentiu uma dor aguda cortando-a por dentro, do coração até o umbigo, bem no fundo do útero. Ela começou a brilhar, suas entranhas irradiando luz, quente e ofuscante.

Não se lembrava de ter desmaiado de dor, mas voltou a si com o som das sirenes das ambulâncias. Ouviu os gritos. Então, uma compreensão terrível a dominou. Pedrito estava pressionado contra ela, mas não se mexia. Não era carne nem osso. Ele era uma pedra da lua calcificada e inquebrável.

31

A ESTRELA VIVA E A GAROTA
COM UM BURACO NO CORAÇÃO

A cidade de Guaiaquil nasceu em um morro. Quase quinhentos anos depois, três primos subiam 444 degraus do mesmo morro para chegar ao cume do cerro Santa Ana. Eles passaram por ambulantes que assobiavam para chamar sua atenção, por garotas vendendo doces e cigarros em caixas penduradas no pescoço. Por artistas de rua e batedores de carteira. Viram casais jovens e velhos passeando, famílias jantando em seus restaurantes favoritos. Famílias muito parecidas com os Montoya e tantas outras mundo afora.

Quando chegaram ao topo, Marimar sentiu aquela dor familiar atrás do umbigo. Ela se perguntou se estivera errada quando relacionou aquela sensação a Quatro Rios, a Orquídea. A praça no alto do morro estava repleta de visitantes que queriam ver o pôr do sol. Nenhum deles sabia que ela havia enterrado sua prima naquela manhã, que havia falado com os ossos de sua bisavó momentos depois. Nenhum deles sabia quantas vezes seu mundo tinha se despedaçado e como ela o tinha colado de volta pedaço por pedaço. Tudo porque alguma esquisitice de circo queria se vingar de sua avó. Eles levariam a luta até a Estrela Viva. Dariam um fim a isso.

— Merda, preciso parar de fumar — murmurou Rey quando chegaram ao topo do morro, sem fôlego mas alerta.

Os Montoya formavam seu próprio aglomerado, virando-se na direção dos ventos na esperança de ouvir aquela voz.

— E aquele lugar ali? — perguntou Rhiannon, apontando para o farol.

O farol seria o ponto mais alto do morro. Mas era decorativo. Os visitantes entravam e saíam para ver a vista de lá.

Marimar sabia, no fundo, que a Estrela Viva não estava lá. Aquele era o morro que os povos indígenas chamavam de Loninchao e os invasores espanhóis chamavam de Cerrito Verde, o Pequeno Morro Verde. Onde um caçador de tesouros, à beira da morte, invocou o nome de uma santa para salvá-lo: Santa Ana.

Não foi disso que os habitantes locais haviam chamado ela e seus primos? *Santos.* Marimar sabia que não era nada disso. Mas Orquídea poderia ter sido. A garota que falava com o rio, a garota que criava algo do nada. A mulher que se transformou sempre que o mundo a rejeitou.

— A capela — disse Marimar, e desta vez ela teve certeza.

Eles atravessaram correndo a praça de pedra banhada pela luz dourada do pôr do sol. O vitral representando Santa Ana pulsava com luz. A capela em si era pequena, com cinco ou seis fileiras de bancos de cada lado. Algumas mulheres idosas estavam ajoelhadas nos bancos da frente. Apesar do barulho da intrusão, elas não abriram os olhos, simplesmente continuaram passando as contas do rosário entre os dedos enrugados.

Marimar pôs a mão sobre a barriga. Uma dor aguda repuxou seu umbigo. Ela se aproximou dos vitrais que retratavam as estações da via-sacra.

— Não tem nada aqui — disse Rey, seu sussurro amplificado pela acústica.

— Espera...

Marimar não conseguia explicar a sensação que a atraía. Ouviu um som baixo, como a nota prolongada de um órgão de igreja. Estava distante, mas ali. A Estrela Viva estava escondida dentro daquelas paredes, e ela arrancaria o papel de parede, as tábuas. Quebraria tudo do mesmo jeito que Orquídea destruíra a própria casa. Então a sensação de puxão ficou mais forte. Ela contou cada janela e encontrou a estranheza.

Na outra extremidade da capela havia uma décima quinta janela que não fazia parte da sequência — uma figura de pé no topo de uma colina verde com vista para um rio. Acima dela, estrelas caíam em uma torrente, mas uma delas era a mais brilhante. Uma estrela de oito pontas bem sobre seu coração, como uma rosa dos ventos.

— É ele — afirmou Marimar.

Sua garganta doeu, e desta vez a dor se espalhou, como se espinhos estivessem crescendo dentro de seu peito. Ela percorreu os bancos até ficar na frente do vitral. A barriga doeu onde o poder dela repuxou, e, por um instante, não teve certeza se era para ir para a frente ou para trás. Ouviu Rey e Rhiannon correndo para o seu lado.

Quando tocou no vidro, a vertigem a girou para cima e para baixo, para a esquerda e para a direita, para lá e para cá. Marimar fechou os olhos e respirou através da náusea que a atingiu. A temperatura despencou e, quando ela abriu os olhos, não estava mais na capela.

Rey e Rhiannon saltaram para dentro do vitral logo atrás dela. Rey nunca sentira tanto frio, nem mesmo quando fez o "mergulho do urso polar" no Ano-novo em Coney Island. Rhiannon pensou no gelo que formou pingentes em seu cabelo quando seus pais a levaram para andar de trenó, e não se importou muito.

A sala estava vazia, escura, com uma claraboia circular que deixava entrar um único raio de luz da lua. Ela deu um passo à frente. As espessas nuvens de incenso e o ar doce e úmido da cidade foram substituídos por um fedor de lixo e decomposição. A mesma podridão que ela sentira em Quatro Rios, mas de algo mais velho ainda. Alguma coisa havia morrido, e estava ali naquela sala com ela.

— O que é aquilo? — perguntou Rhiannon, virando para o lado e apertando o narizinho. — Não vejo nada.

— É outro truque — disse Rey.

Ele andou até a claraboia. Lá em cima, podia ver a Lua, como se ela tivesse sido puxada para mais perto da Terra. Seus passos ecoavam na quietude fria enquanto ele caminhava até a parede oposta e parava diante do próprio reflexo. Girou em todas as direções, mas não havia portas, nem mesmo para marcar o ponto por onde entraram.

Rhiannon tocou seu reflexo.

— Por que as paredes são todas espelhos líquidos?

— Não sei — respondeu Marimar.

Seu instinto lhe mandava correr. Mas para onde? Não havia lugar seguro para eles. Não até que confrontasse a Estrela Viva. Ela pressionou a mão contra a parede, mas desta vez estava sólida. Viu a si mesma multiplicada várias vezes, uma versão infinita dela e de seus primos, e então, bem atrás dela, um homem apareceu onde antes não havia nada.

O halo de luz da Estrela Viva piscou, depois escureceu, até que ele se tornasse a camada de baixo, um homem com longos cabelos pretos, pele leitosa pontilhada de cicatrizes peroladas. Seus olhos escuros se arregalaram e um gemido profundo ecoou na sala. Havia pontos espessos costurados em X sobre seus lábios, a pele vermelha e em carne viva nas feridas.

Marimar engoliu o grito que queria sair da garganta. Ela ficou na frente de Rey e Rhiannon e desejou que seu corpo se tornasse um escudo. Pegou a rede de Quilca, pronta para prendê-lo, mas a Estrela Viva não se mexeu para se defender. Ele deu um passo para trás nas sombras, a cabeça inclinada em sofrimento.

Foi então que ela ouviu o barulho de correntes a seus pés, o tom estranho do metal branco.

— O que tem de errado com ele? — perguntou Rhiannon.

Marimar não tinha respostas para eles. Como poderia aquele homem, aquele ser, tê-los caçado naquele estado? Ela enfiou a rede na bolsa, vasculhou-a e pegou a velha faca de pesca de Orquídea.

Ela se aproximou da Estrela Viva com a mão espalmada para mostrar que não tinha intenção de lhe fazer mal. Ainda não.

— Vou cortar seus pontos, tudo bem?

Ele fechou os olhos e algo brilhou em seu rosto. Eram lágrimas? Ele fez um som estrangulado que ela interpretou como um "sim".

Marimar não queria tocar sua pele, mas segurou seu queixo. Ela não tinha certeza do que esperava, mas ele era apenas pele e osso, ligeiramente frio ao toque.

— No três — disse ela, mas cortou depois de dizer "um".

A Estrela Viva se curvou, tremendo enquanto arrancava o fio de seus lábios e deslizava contra a parede. Ficou olhando para ela com misteriosos olhos de galáxia.

— Eu preferia que vocês não tivessem vindo — disse ele sombriamente.

Havia algo estranho em sua voz. Não era como a do homem que os atacou na casa Buenasuerte — rude e exigente. O homem diante deles soava como cordas vocais arrebentadas, um apelo suave e torturado. Ela percebeu que fora ele que tinha ouvido em Quatro Rios. *Abra a porta, Marimar.*

— Um agradecimento também serve — murmurou Rey.

— Por quê? – perguntou Marimar, sua língua ficando mais ácida.

— Quem é você?

Ele olhou para Rey e Marimar.

— Vocês precisam ir embora. Ele está procurando por vocês agora, mas voltará para tomar mais do meu poder. Vai me usar para machucá-los.

Ela olhou para trás, mas eles ainda estavam sozinhos.

— Conte tudo. Diga a verdade.

— Você é tão teimosa quanto ela.

— Orquídea? — indagou Marimar, embora já soubesse. Ela sabia.

Ele esfregou a área bem acima de seu coração, como se houvesse um vazio ali, um que combinava com o dela. Fechou os olhos e enxugou o sangue que escorria dos furos em volta dos lábios. Quando sorriu, sua boca pareceu uma romã partida ao meio.

— Não, você é tão teimosa quanto Pena — disse ele, olhando para a claraboia como se estivesse esperando por alguém.

Ele respirou fundo e falou como se fosse perder as palavras se parasse.

— Meu nome é Lázaro. Você é nossa filha. Não é assim que eu queria que me conhecesse. Me perdoe. Me perdoe. Agora vocês precisam ir embora.

Rey colocou a mão no ombro de Marimar, mas ela só olhava para a criatura quebrada a seus pés. Seu pai. A luz brilhante, a peça que faltava, a pergunta para a qual ela pensava que precisava de uma resposta. Ele estava diante dela. Ela sentiu os espinhos por dentro, a raiva que não sabia que possuía. Principalmente, sentiu como se estivesse pairando à beira de um abismo e o único jeito de escapar daquilo tudo fosse pular.

— Você é o meu pai — afirmou, principalmente porque, se saísse dos próprios lábios, seria verdade.

Lázaro estremeceu e tocou a pele rasgada ao redor da boca. Rhiannon ficou de joelhos, tirou uma garrafa de água de sua mochila e ofereceu a ele.

— Aqui — disse ela.

Lázaro a pegou, e suas feições se contorceram em um profundo poço de gratidão, como alguém que nunca havia experimentado uma gentileza na vida. A Estrela Viva engoliu a água em um único fôlego, deixando vazar pelo queixo e lavar o sangue.

— Obrigado.

— Você matou ela — disse Marimar. — Matou todos eles. Você caçou a gente e agora estamos aqui.

Lázaro levantou-se cambaleando. Fez que sim com a cabeça. Lágrimas lentas se derramaram sobre as maçãs do rosto, onde congelaram, cristalizaram e caíram em tinidos agudos no chão.

Marimar se engasgou com as palavras e só conseguiu dizer baixinho:

— Por quê?

— Eu a amava.

— Eu não perguntei se você amava ela. Perguntei por que fez isso.

— Não é óbvio? — questionou Lázaro, aproximando-se de Marimar. Ele tentou memorizar o formato de seus olhos, a cor de seu cabelo, o jeito tão parecido com o de sua mãe. — Porque *ele* desejou. Eu não quero machucá-la, mas irei machucar se ele me obrigar a isso.

A sala retumbou. Os quatro olharam para o teto. Uma sombra eclipsou a Lua por um momento e depois desapareceu.

— Marimar? — chamou Rhiannon.

A menina tirou uma pequena brasa vermelha do bolso e sibilou quando ela caiu no chão, ficando preta e depois branca.

— Isto é o osso de Isabela? — perguntou Marimar.

Rhiannon beijou a pequena bolha na palma de sua mão.

— *Era* o osso de Isabela.

Rey ergueu as sobrancelhas e examinou a falange que sua bisavó lhe dera.

— Ela disse que isso nos protegeria — afirmou ele.

Lázaro deu uma risada estridente.

— Vocês o estão mantendo lá fora.

— Quem é ele? O que é este lugar? — indagou Rey.

— Não posso contar — disse Lázaro. — Ele me proibiu.

— Ele proibiu você de contar para mim ou só para Marimar?

Lázaro arfou diante da constatação. Seus olhos brilharam pela primeira vez em muito tempo, como se as estrelas tivessem retornado ao céu negro de suas íris.

— Só para ela.

— Então, olhe para mim — disse Rey. — Direcione suas respostas para mim ou para Rhiannon.

Lázaro acenou com a cabeça.

— Há muito a dizer.

— Quem trancou você aqui?

— Bolívar Londoño — respondeu ele.

Rey e Marimar trocaram olhares aterrorizados. Rey balançou a cabeça.

— Ele não morreu no incêndio?

Lázaro fez que não.

— Deu tudo errado naquela noite. Orquídea e eu fizemos um pacto. Eu compartilharia meu poder com ela em troca da minha liberdade. Mas ela chegou muito cedo, perturbada. Quando abri minha alma para ela, ela não parou. Eu senti seu medo, sua dor e sua raiva. Ela me sobrepujou com esses sentimentos. E então foi embora. Deixou a chave das minhas correntes e meu anel. Mas eu estava fraco. Ela tirou muito de mim. O circo foi envolto em fumaça e chamas. Uma viga caiu sobre mim, me prendendo, e quem me encontrou? Bolívar.

Lázaro estremeceu. Rhiannon vasculhou sua mochila até encontrar seu xale, aquele que sua mãe sempre levava porque sentia frio aonde quer que fosse, mesmo nos trópicos. Ele aceitou a oferta.

— Então você foi atrás dela — disse Marimar. Ela esfregou os olhos com as mãos, como se o movimento fosse despertá-la do terrível pesadelo lúcido em que a realidade estava se transformando. — É por sua causa que ela nunca saiu daquela casa.

— Mari, deixe que eu pergunte — Rey lembrou a ela com delicadeza. — Você foi atrás dela?

— O primeiro desejo de Orquídea cortou minha conexão com ela. Ela não queria nunca mais me ver, me ouvir, falar comigo. O próximo desejo foi arruinar Bolívar, e a maneira de fazer isso era destruir o circo. Eu avisei a ela que haveria um custo para seus desejos.

— Pedrito — disse Marimar.

— Ele foi o primeiro preço que Orquídea pagou — lamentou Lázaro. — Eu gostaria de ter descoberto o que a perturbou naquele dia. Gostaria que nós dois tivéssemos escapado.

A sala estremeceu novamente. As paredes reflexivas ondulavam como aço derretido. Rey chamou a atenção de Lázaro.

— O que aconteceu depois?

— Bolívar me prendeu de novo. Ele me controla com meu anel de sinete. Drena meu poder, que queima através dele. Depois eu me curo, e ele volta para tomar mais. Ele corrompeu meu poder e, por sua vez, meu poder o corrompeu. Ainda assim, a vontade de Orquídea era forte demais. Eu não conseguia chegar perto dela.

— Foi por isso que ela não pôde contar sobre o pacto de vocês — disse Marimar, e o alívio foi brutal. Ela queria gritar, mas sentiu a sala retumbar mais uma vez, como um aríete batendo na porta. Encontrou os olhos de seu pai. — E foi por isso que você se aproximou da filha dela.

— Não. Não era minha intenção... — Lázaro parou, frustrado. Ele olhou para Marimar novamente, e isso pareceu acalmá-lo. — Eu me libertei uma vez. Procurei pelo nome dela. Vasculhei o mundo atrás dela, tentando encontrar o elo entre nós. Tudo que achei foi um nome em um jornal. A lista de graduados do jornal *Quatro Rios Gazette*. Pena Montoya. Uma garota cujo nome significa tristeza e que compartilhava uma semelhança com minha amiga. Ela só estava protegida de mim quando estava nas terras de Orquídea. Quando viajei até ela, caí na estrada em frente ao seu carro. Eu a amei desde o momento em que ela me perguntou se eu estava perdido. — Lázaro lambeu o sangue que se acumulava no lábio inferior. — Não pude contar tudo a ela, mas falei meu nome e que eu era uma estrela caída. Quando Orquídea soube, proibiu Pena de me ver, mas, por causa do nosso pacto, não pôde explicar por quê. — Lázaro fechou os olhos com força e suspirou de pesar. — Ela deve ter pensado que eu queria machucar as duas pelo que Orquídea fez comigo. Eu nunca quis isso...

— Foi quando minha mãe fugiu — completou Marimar.

Lázaro acenou com a cabeça.

— Por seis meses eu vivi como um humano, com ela. Pensei que, se ela me conhecesse, conhecesse meu coração, eu poderia lhe dizer a verdade e libertar todos nós. Mas a força com que Bolívar me puxava era muito grande. Lutar contra ele, mesmo tendo meu anel, era impossível. Ele nos prendeu um ao outro. Sinto como... como se fossem milhares de cortes constantes em minha alma.

Ele tocou no dedo ao qual a estrela de oito pontas pertencia.

— Teria sido minha maior alegria ter conhecido você, Marimar.

Ela olhou para ele então, aquele ser estranho que era a razão da morte de sua mãe.

— Eu sou... o que você é?

Rhiannon repetiu a pergunta e Lázaro derramou suas lágrimas de cristal mais uma vez, pois desejou poder olhar nos olhos da própria filha e dizer que ela era feita do sopro do Universo. Assim como ele havia explicado suas origens para Orquídea anos atrás, ele contou aos descendentes dela.

— Eu não sabia se poderia gerar filhos — disse Lázaro.

Rey ergueu as sobrancelhas e murmurou:

— Que romântico.

— Isso significa que você é parte alienígena? — Rhiannon sussurrou para Marimar.

A risada de Marimar se transformou em um soluço.

— Pena tentou me chamar, mas eu não podia ir até ela, pois tinha medo de que Bolívar descobrisse o que eu havia feito. Ainda assim, ela abriu passagem e criou um portal no fundo do lago em Quatro Rios. Minha linda e radiante Pena. Ela tentou nadar até mim e eu sabia que, se respondesse a ela, Bolívar iria machucar você, machucar todos vocês.

— Ainda assim você *falhou* — disse Marimar com rispidez.

— Venho tentando lutar contra ele — explicou Lázaro. — Estou preso aqui há 48 anos, mas ele já me mantinha em cativeiro muito antes disso. Estou muito esgotado.

— O que a gente faz? — perguntou Rhiannon.

— Vai embora — disse Rey enquanto a sala tremia com mais força.

O osso em sua mão pegou fogo e ele o deixou cair no chão.

— Vão embora — concordou Lázaro.

Marimar pressionou as mãos contra a parede pela qual havia caído, mas estava sólida. Ela fechou os olhos e desejou uma saída. O chão tremeu sob seus pés e ela teve a sensação de cair de uma grande altura. O som do aríete voltou, mais distante do que antes.

Ela sentiu o calor no bolso onde estava o último osso de Isabela.

— Tem um jeito — disse Lázaro, os olhos fixos em Marimar e, em seguida, no raio de luz jorrando do teto. — Vocês podem abrir caminho usando sua magia.

— Tô tentando, mas não tá funcionando — disse ela.

Lázaro estendeu os antebraços. Os sinais perolados ao longo de sua pele formavam um padrão de constelações tão distantes que o olho humano não conseguia ver. Ela tocou na própria pele, traçando com os dedos o mesmo padrão nas pintas marrons.

— Não me refiro à dádiva que a Orquídea lhe deu. Mas à minha. Você é minha filha. Tem seu próprio poder, Marimar.

— Como? — perguntou ela.

O terceiro e último osso dos dedos de Isabela Buenasuerte explodiu em chamas. A sala ficou quieta. Rhiannon se agarrou a seus primos quando o som de botas andando na pedra ecoou, o baque rítmico de uma bengala se aproximando. Bolívar Londoño III estava vivo e queria que soubessem que ele estava chegando.

— Revele-se — exigiu Marimar.

Um homem velho vestido com um terno de veludo azul saltou da parede em frente a Marimar. A pele do queixo parecia uma vela derretida, mas Bolívar exibia um sorriso perverso. O azul de seus olhos era muito brilhante, com algo de diabólico.

— Como esperei ansioso, minha querida, por nossa reunião de família — disse uma voz profunda e incorpórea. — Por muito tempo achei que essa armadilha seria para minha Orquídea, mas vocês três vão servir por enquanto.

Ele lançou a mão feito uma víbora. Marimar estava ciente dos gritos ao seu redor, das pessoas que ela amava tentando ajudá-la, de seu pai falhando mais uma vez em salvá-la.

O punho de Bolívar se fechou em torno do botão de flor em seu pescoço e ele o puxou pela raiz.

32

O HOMEM FEITO
DE COISAS QUEBRADIÇAS

Marimar tinha uma lembrança muito recorrente da mãe. Não tinha a ver com nada particularmente especial ou mágico, apenas mais um dia frio no vale repleto de contos fantásticos, que eram um tipo diferente de magia, ela achava. Pena Montoya adorava o outono porque as frutas dos pomares ficavam mais doces. Marimar achava que tinham o mesmo gosto de sempre, mas talvez sua mãe soubesse de alguma coisa que ela não sabia. Nessa lembrança, Pena ficava mais bonita a cada vez, mais etérea à medida que ela propagava a tradição das histórias de Orquídea. As libélulas eram suas protetoras. As árvores eram suas guardiãs. Até Jameson, antes Gabo, zelava pela casa e pelos Montoya, e é por isso que ele nunca poderia morrer. Tudo aquilo que Marimar havia tomado ao pé da letra, a lenda de sua família.

Mas, quando sua mãe lhe contou a história de um portal secreto no fundo do lago que levava a outros mundos, Marimar balançou a cabeça em negação. Ainda assim, sua mãe se manteve firme.

— *Está lá* — dissera Pena. — *Sob o solo lamacento, os cardumes de peixes prateados, depois da caverna das enguias, tem uma porta que leva a outros mundos, até mesmo aos confins do espaço.*

Marimar tinha tentado escrever as histórias da mãe e da avó, mas as palavras nunca faziam sentido quando ela as colocava no papel. Era porque havia parado de acreditar? Tinha desistido delas ou de seu próprio potencial? Afinal, a fé era como vidro — uma vez quebrado, poderia ser remendado, mas as fissuras sempre estariam lá.

Agora, na sala oculta da capela de Santa Ana, Marimar estava quebrada de corpo e de alma. Sabia que estava sangrando. Estava ciente de que sua garganta doía de tanto gritar. Não conseguia sentir nada, nem seus próprios membros, nem o chão sob ela, nem a conexão que havia surgido quando ela cravou os dedos na terra cheia de minhocas. A dádiva de Orquídea se fora. Rey e Rhiannon seriam os próximos. Seus primos eram a única coisa que forçava sua mente a bloquear a dor, e ela se concentrou em uma luz branca e brilhante atrás de suas pálpebras.

Marimar abriu os olhos. A pele de seu peito estava pegajosa e por dentro ela sentia como se tivesse engolido um punhado de unhas. Uma sensação de estripar, de rasgar, seguida por um grito que a deixou oca.

Rey e Rhiannon apareceram em seu campo de visão. A Estrela Viva se interpôs entre eles e Bolívar Londoño III. O velho decrépito segurava o caule comprido coberto por dezenas de espinhos pingando sangue. Ele pegou uma gota com a ponta do dedo e a levou aos lábios.

— Você é mais forte do que parece — disse Bolívar a ela. — Suponho que seja por causa do sangue do seu pai. Você terá serventia, depois que ele estiver exaurido.

— Volte para o circo do inferno de onde você veio — cuspiu Marimar.

Bolívar deu uma risadinha, levou aos lábios o botão verde da flor e o comeu, com espinhos e tudo. A clorofila verde pulsava com a luz da magia que havia por dentro. Isso o deixou mais jovem, a pele flácida se esticou, o cabelo branco ficou salpicado de preto, devolvendo-o pelo menos vinte anos.

— Pronto — disse ele, dirigindo o olhar para Rey e Rhiannon, que não haviam se movido. — Vamos aos outros agora.

Ela piscou através do feitiço de tontura que a atingiu e percebeu que eles estavam paralisados. No punho de Rhiannon estava a faca de pesca de Orquídea, e Rey segurava a rede de pesca. Eles estavam prontos para defendê-la, mas vulneráveis. Sempre muito vulneráveis.

— Eu vou matar você — jurou Marimar. — Por que não deixou minha avó em paz?

Isso pareceu chamar sua atenção. Ele caminhou através do feixe de luz da claraboia, projetando sombras horríveis em suas feições.

— Por favor — implorou Lázaro. — Você tem o que sempre quis. Chega. Dê um fim em tudo isso.

Marimar olhou para seu pai, a Estrela Viva. Ela tinha visto o nome dele impresso naquele cartaz em letras magníficas, como se ele fosse a maravilha suprema a ser contemplada. Mas era mentira. Não havia maravilha, nada de espetacular. Era apenas um homem que caiu e, ao fazer isso, se tornou tão fraco quanto qualquer outro. Ela queria tanto conhecê-lo, não queria? Naquele momento ela soube: não era um pai que ela queria, mas a verdade. As mentiras abrem buracos até fazerem um grande o suficiente para escapar.

— Dê um fim nisso — implorou Lázaro.

O olho de Bolívar brilhou com um azul sobrenatural.

— Você está errado, velho amigo. Já se passaram décadas e ainda não tenho o que sempre quis. Mas vou ter, quando eu vir Orquídea novamente.

Marimar riu e, quando viu que isso atraiu sua ira, riu ainda mais.

— Ela tá morta, seu defunto de merda. Você nunca vai ver ela. *Nunca.*

— Ah, mas é aí que você se engana — disse Bolívar, agitando um dedo enrugado no ar. Ele caminhava à vontade ao redor do feixe de luz da lua, como se nunca tivesse saído do palco. — Minha Orquídea não está morta. Ela é uma sobrevivente. É eterna. Está apenas em uma forma diferente, e será minha de novo.

Marimar olhou para os primos. Os olhos de Rey se moveram, seu corpo avançando em um ritmo glacial, como se estivessem lutando contra o tempo.

— Controle a garota — Bolívar ordenou a Lázaro. — Poupei a vida dela porque é sua filha e devo pelo menos um pouco de misericórdia depois de todos esses anos.

— Marimar — disse o pai. O cabelo preto caiu sobre a lateral de seu rosto quando ele se virou para ela. — Vá embora daqui.

As lágrimas ardiam no rosto dela.

— Como? Para onde?

— Bolívar tem razão. Meu sangue corre em suas veias. Somos seres celestiais, feitos da centelha da aurora do mundo. Ninguém pode tirar isso de você. Sua mãe sabia disso, lembra?

Bolívar parou de andar.

As palavras de Lázaro saíram rápidas e cheias de significado.

— Lembre-se do portal.

Bolívar ergueu o punho e girou o anel de sinete no dedo indicador.

— Traidor até o fim.

— Vá, Marimar! — gritou Lázaro ao cair de joelhos.

Ela sentiu a temperatura cair, o gelo se esgueirando pelas paredes.

A parede de magia que paralisou Rey e Rhiannon se ergueu. Eles tropeçaram em Marimar e ela os agarrou. Não podia esperar. Não pôde olhar para trás e ver o destino de seu pai. Agarrou seus primos e entrou no feixe de luz da lua. Uma força tentou puxá-la de volta, mas ela lutou com toda a intensidade.

Marimar pensou em casa. Em Quatro Rios, com o céu feito um grande manto. Seu jardim. Seu pomar. A casa que construiu com o próprio sangue. Ela ouviu a risada de sua mãe como se estivesse bem ao lado dela.

— *Você sabia que tem um portal secreto no fundo do lago?* — contou ela a Marimar.

— *Não acredito* — disse Marimar. — *É impossível ter portais em lagos.*

— *De onde acha que vieram todos os peixes, bobinha?*

Marimar via o portal agora. Um caleidoscópio de luz celestial. Ela o atravessou.

33

AS ESTRELAS CAÍRAM SOBRE QUATRO RIOS

O primeiro pensamento de Rey ao abrir os olhos foi que ele deveria ter aceitado as aulas de natação quando a mãe ofereceu. O segundo foi que, mesmo que tivesse aprendido a nadar, ainda assim não era capaz de respirar debaixo da água. Quando olhou para trás, o prisma de luz que Marimar criara tinha sumido. Ele cometeu o erro de se assustar com um peixinho prateado e engoliu água. A próxima coisa que notou foi que Rhiannon, sua prima de sete anos, era quem estava arrastando os dois para fora das profundezas viscosas do lago.

Depois de rastejarem até a margem, eles tossiram e cuspiram, e ele tinha certeza de que engoliu um peixe.

— Você não poderia ter teletransportado para a margem, com a sua magia estelar? — disse Rey, quase sufocando.

De alguma forma, eles ainda tinham a rede de pesca e a faca da Orquídea com eles.

— Não sei, Rey, eu *nunca* fiz isso antes. Minha única preocupação era que nenhum de nós entrasse em combustão no caminho. Vamos. A gente tem que avisar os outros. Avisar Orquídea.

Rhiannon ergueu o braço para o lago.

— São eles!

O vento veio primeiro, limpando o céu, como se alguém tivesse passado uma borracha na escuridão noturna. Marimar pensou em Lázaro e sua constelação de sinais na pele. Sentiu uma pressão na barriga. A superfície do lago borbulhava e se agitava, girando em um redemoinho, e ela sabia que Bolívar havia seguido eles.

Marimar, Rey e Rhiannon correram do lago para a casa, seu caminho iluminado por libélulas incandescentes e insetos luminosos. Quando Marimar arriscou olhar para trás, Bolívar estava caminhando penosamente pelo vale, puxando Lázaro consigo.

— Depressa! — apelou aos primos.

Ela abriu a boca para gritar quando um berro agudo acordou o vale.

— Deus abençoe aquele galo zumbi — disse Rey, quando chegaram à varanda.

Marimar viu que sua folha de louro estava intacta. Ela tocou a ferida em seu pescoço novamente e engoliu a vontade de chorar junto com Jameson.

A porta da frente se abriu e o clã Montoya saiu da casa que Marimar havia construído. Estavam presentes Juan Luis e Gastón, Ernesta e Caleb Jr., Enrique, tia Silvia e Reina.

— O que aconteceu? — perguntou Enrique.

— Eles estão vindo! — Rey conseguiu dizer. Não havia tempo para explicações. — Temos que proteger Orquídea.

Marimar tentou não pensar no fatídico dia, sete anos antes, mas não conseguiu evitar. Ela sabia que Enrique também devia estar pensando nisso, porque, quando seus olhos se encontraram, ele estava chorando. Ela nunca o tinha visto chorar, nunca, nem mesmo quando ele teve uma fratura exposta ao cair ladeira abaixo após uma briga com Orquídea.

Um por um, os Montoya voltaram com suas armas. O taco de beisebol e o canivete que Chris deixou para trás, a pá que Enrique usou para cavar a sepultura de Penny, facas de açougueiro, martelos, chaves inglesas e até mesmo um modelador de cachos. As raízes da ceiba brotavam do solo como queloides na pele, o bebê de pedra da lua incrustado no tronco brilhava enquanto eles se reuniam em volta da árvore Orquídea.

O céu, que estava limpo momentos antes, mudou. Nuvens se juntaram sobre o vale enquanto duas figuras se moviam como a vingança atendendo a um chamado. A aura de Bolívar refratava como luz na água. Suas roupas estavam chamuscadas em alguns lugares. Os longos cabelos pretos esvoaçavam com os ventos da tempestade. Ele estava mais jovem de novo, mais próximo do homem nas fotos de casamento que haviam descoberto. Um homem que acreditava que o mundo foi feito apenas para ele. A seu lado, Lázaro oscilava, como se um vento forte pudesse espalhá-lo feito sementes de dente-de-leão.

— Saia, Orquídea! — gritou Bolívar. — Venha me enfrentar, Divina!

Os Montoya mantiveram sua posição, mas nada puderam fazer para impedir o raio que partiu a árvore ceiba ao meio.

Orquídea Divina queria descansar, mas tinha muitos negócios pendentes. Seu espírito evanescente manteve a cabeça erguida quando saiu da árvore com Pedrito nos braços. Ela havia passado anos fugindo da memória de Bolívar Londoño III. E lá estava ele, em carne e osso. Usava seu fraque de veludo azul favorito e a mesma maldita cartola. Seu sorriso, aquele que ela tanto amara, se transformou em deleite maníaco e, então, em desespero.

Ele deu um soco no peito.

— Mi Divina.

— Você envelheceu, Bolívar — disse ela. — Não lhe caiu bem.

— Mi Orquídea — disse Bolívar, sua voz tão possessiva quanto lamentosa.

Ele respirava forte e rápido, tremendo parado no lugar enquanto estudava Orquídea e o filho deles. Havia chamas brancas ardentes dentro dele. Raiva impotente pelas lembranças que ela evocava. Ele choramingou e estendeu o punho em direção à sua família.

— Você ficou com tudo, e ainda assim nunca poderia escapar de mim.

— Não foi por falta de tentativa, querido. — Quando ela mantinha a cabeça erguida, ainda parecia aquela mesma vedete, deslumbrando o mundo com seu sorriso, sua voz, seus encantos que haviam sido dela e somente dela. — Você sempre soube como conseguir o que queria.

— Chega disso, Divina. Volte para mim — Bolívar gemeu baixinho, como um animal ferido.

Orquídea contemplou a família mais uma vez. Eles se livraram da poeira da explosão do raio e estavam prontos para protegê-la, como ela tentara e falhara em protegê-los antes. Ela já havia partido há anos, mas será que realmente esteve presente quando precisaram dela? Marimar havia liderado uma expedição ao centro da Terra apenas para conhecê-la. Apesar de tudo, sua família havia florescido sem ela, e perceber isso machucou mais do que Bolívar jamais seria capaz de fazê-lo. Ela nunca mais falharia com eles novamente.

Seu olhar então caiu sobre Lázaro, quase sem vida. A bondade dele fora um bálsamo e acabou levando ao pior erro que ele já cometeu.

— Eu falei que era amaldiçoada quando o conheci, Bolívar — disse Orquídea. — E ainda assim você me quer?

— Eu desejei você, Orquídea. O Universo achou por bem trazê-la para mim. Cometi erros, mas entreguei meu coração a você e apenas a você, e sei que deu o seu a mim.

Ela considerou isso enquanto afastava uma mecha de cabelo da testa de Pedrito; o fantasma de seus ruídos infantis ainda a assombrava.

— Poupe os outros — disse Orquídea — e Pedrito, e eu irei com você.
— Não! — gritou Marimar. — Você não pode fazer isso. Não depois de tudo.
— Mãe — sussurrou Enrique. — Mãe, por favor. Eu sinto muito.
Orquídea ergueu a mão. Ela faria isso. Eles teriam que aceitar.
— Estou muito orgulhosa de você. De todos vocês.
Em seguida, ela foi para os braços de Bolívar. Os ventos aumentaram. Parecia que o peso do céu iria esmagar o vale.
Marimar olhou para seu pai, que havia caído de joelhos. Aquele homem, que afirmava ter navegado pelo cosmos, estava reduzido a nada. Ela olhou para seus primos, tias e tios. A fraqueza de Orquídea era sua família, e eles a levaram de volta para a mesma pessoa de quem ela deu tudo para fugir.
Quem era ela para deter isso?
A resposta veio numa torrente. Ela era Marimar Montoya. Sua mãe escolheu o nome. *Mar y mar*. No meio do vale de Quatro Rios, longe dos oceanos, ela avivou aquela centelha que sempre esteve dentro dela. A neta de Orquídea Divina Montoya, Filha Bastarda das Ondas, uma garota que não sabia nadar, nunca pisara no mar.
Mas ali, na casa de sua família, ela era rio e sal, e aquele mesmo mar a encontrou. Ela era a boca de um deus antigo que engoliria o mundo. Era um oceano de histórias, memórias, milhares de pequenos momentos que compunham todo o seu ser.
Um calor escorregadio deslizou de seu pescoço quando um novo botão de flor penetrou na ferida. Quando ela o tocou, pôde sentir as pétalas grossas de sua nova floração.
Rey e Rhiannon fecharam o cerco ao lado dela e seguraram suas mãos. Eles formaram uma corrente. Então, Marimar soltou um grito que sacudiu o vale.
Como lutar contra algo que acredita possuir você? Como lutar contra o passado? Com folhas de louro e sal? Com silêncio? Com uma nova terra sob seus pés? Com os corpos, os corações dos outros?

Com corações sensíveis e ensanguentados, mas que também têm espinhos.
Com a família que escolhe você.

A presença de Bolívar Londoño III no vale deles parecia errada, e a terra que havia protegido Orquídea Divina por tanto tempo estava pronta para lutar. Só precisava de um pouco de ajuda.

Rey sentiu o chão tremer. Ele podia senti-los, todos eles, a própria terra, enquanto cavavam seu caminho para fora. Raízes de árvores remotas romperam o solo. Agarraram os tornozelos de Bolívar. O sangue jorrou do nariz de Rey com o esforço. Ele sabia que estava perdendo pétalas, mas não se sentia fraco. Em vez disso, mergulhava de cabeça na sensação de fazer parte do vale. Ele ergueu o punho no ar. As nuvens se abriram com a chuva, alimentando o lago faminto, até que ele se elevou e transbordou, como um rio correndo para lavar os pecados deles.

No entanto, por mais que lutassem, Bolívar ainda era mais forte. Ele se livrou de suas amarras e atacou, girando seu anel de sinete para sugar a força vital de Lázaro. Gritou o nome de Orquídea. Ela permanecia imóvel, segurando seu filho de pedra, enquanto a família lutava para proteger sua alma. Seus filhos formaram uma barreira ao seu redor, o ritmo de seus corações era tão forte que todo o vale podia ouvi-los bater.

Bolívar avançou para Ernesta primeiro, mas Juan Luis bateu com o taco. Houve um estalar de ossos. A mandíbula de Bolívar saiu do lugar, mas ele a puxou de volta com um ronco grave. Enrique atacou com a pá. Ela se alojou na lateral do corpo de Bolívar, mas ele apenas a arrancou.

— Vocês não veem? — disse Bolívar. — Estão lutando contra o infinito.

Ele pulsou com uma luz ofuscante, expelindo uma força que derrubou todos.

Marimar tossiu lama enquanto se esforçava para se levantar. Pensou em sua morte. Pensou em Quilca em seu rio, tão antigo, tão perto de ser esquecido. Seu pai estava no chão, uma centelha de luz pulsando fracamente em seu coração. E ela sabia que nada era infinito, não de fato. Nem mesmo as estrelas. Ela buscou seu poder, a rede de veias e tendões e caos que a conectava àquelas pessoas. Usou-o para guiar a enchente do rio em uma onda e a lançou sobre a cabeça de Bolívar, até que ele parou de se mover.

Houve um breve momento em que Marimar sentiu um alívio, mas nem mesmo a mortalidade seria capaz de deter Bolívar Londoño III. Ele se levantou da terra encharcada e saboreou a lama, a chuva. Girou o anel de sinete em seu dedo, examinando o verde selvagem que os rodeava.

— Este é o lugar que escondeu você de mim — disse ele à Orquídea. — Eu gostaria de vê-lo queimar.

Um segundo raio partiu ainda mais a ceiba. Lava espirrou de seu núcleo. Suas flores se enrolaram em cascas pretas e murcharam na chuva. Insetos e pássaros mortos encheram a grama.

Foi então que Marimar ouviu uma voz em sua mente. Um sussurro se apressando para se solidificar.

"Marimar." Era Rhiannon. *"Rey."*

Eles se viraram para a Montoya mais jovem e viram a intenção em seus olhos. A menina acenou com a cabeça uma vez. Ao aceitar suas dádivas, total e completamente, eles estavam conectados.

"Você consegue", Marimar sussurrou em seus pensamentos compartilhados.

"Estamos com você, pequena", disse Rey.

"Eu não tenho medo", garantiu Rhiannon a eles.

Ela preparou a rede que Quilca tinha dado a eles. Em seus sonhos compartilhados, Mamá Orquídea havia mostrado a ela como usar, como jogava na água e puxava sua presa.

Então Orquídea sussurrou em seus pensamentos.

"Agora, Rhiannon. Agora."

A pequena fada criança fechou os olhos e imaginou Orquídea no rio. O sol dançava na água e Quilca, o monstro do rio, esperava por sua cota. Rhiannon jogou a rede. Não havia nada mais forte do que uma promessa.

O primeiro pacto de Orquídea chamuscou a pele de Bolívar e o prendeu no chão, seu rosto se contorceu em descrença. Marimar se agachou ao lado dele e cortou seu dedo com a faca de pesca da avó. Então, ela fez um pedido.

O chão sob os pés do homem se rompeu. A terra estava com fome e limparia os dentes com os ossos de Bolívar Londoño III.

O vale cheirava a fumaça e terra revolvida. Os Montoya permaneceram muito tempo reunidos em torno do tronco fumegante da árvore ceiba. Primeiro, em silêncio. Sem insetos, sem criaturas noturnas; nem mesmo o vento fazia barulho. O vale prendia a respiração, um lembrete de que eles estavam vivos. Em seguida, os vaga-lumes voltaram. Todos exalaram o ar. Jameson soltou um cacarejo vitorioso enquanto Rey correu para dentro. O silêncio se transformou em choro, alívio, terror, esperança e música. Sempre música. Ela extravasava pelas janelas abertas e pela porta da frente quando Rey voltou com uma garrafa do uísque favorito de Marimar.

Rey arrancou a rolha com os dentes e ergueu o ombro para Marimar.

— Você disse que estava guardando para uma ocasião especial. Que ocasião melhor do que a ressurreição de nossa avó?

— Você só vai conseguir usar essa desculpa uma vez — disse Orquídea, então pegou a garrafa de Rey e bebeu direto do gargalo.

Os Montoya riram juntos, como nunca tinham feito antes. E então houve outra primeira vez.

— Nós merecemos a verdade — disse Enrique, com a cabeça inclinada para o fantasma de sua mãe.

Orquídea tocou seu queixo, olhando-o nos olhos, e derramou lágrimas cintilantes que nunca atingiram o chão.

— É uma longa história.

Mas ela contou tudo a eles.

Lázaro se mantinha à margem de uma família a que não pertencia. Mas, depois de décadas, ele se abandonou em um momento de descanso. Além disso, uma parte dele ainda não estava pronta para partir. Ele desejava despertar o espírito de Pena, vê-la uma última vez. Não queria deixar Marimar antes que pudesse realmente conhecê-la, sua filha, seu milagre.

Eram pensamentos bonitos, mas ele já tinha sido a causa de danos suficientes naquele mundo.

— Você parece mais forte — disse Marimar, e sentou-se ao lado dele na base da colina.

Lázaro inspirou o ar do vale. Embora sentisse falta do céu, não conseguia deixar de tocar as coisas vivas ao seu redor. Terra, grama e flores silvestres. Insetos brilhantes eram atraídos para ele. Afinal, aquele vale havia nascido de seu poder.

— Eu me sinto mais forte — admitiu a ela.

Marimar estendeu a palma da mão e ofereceu o anel de volta. Quando ela separou o anel do dedo de Bolívar, Jameson estava lá para livrar o vale de quaisquer vestígios dele.

— Isso pertence a você.

— Eu agradeço — disse Lázaro, colocando o anel de volta na mão pálida. — Não me permiti acreditar que algum dia estaria livre dele. Mas eu suportaria o cativeiro só por ter conhecido você, Marimar.

Ela lambeu os lábios rachados e encontrou coragem para segurar a mão de seu pai.

— Para onde você vai?

Ele sorriu, e ela descobriu que eles tinham o mesmo sorriso irônico. Então ele simplesmente ergueu os olhos.

Enquanto as horas passavam e Orquídea ia se desvanecendo, Lázaro e Marimar voltaram a se juntar à família. A Estrela Viva e Orquídea Divina se encararam depois de tantos anos separados. Não havia palavras suficientes para dizerem o que precisavam dizer. Eles estavam mais entrelaçados do que raízes, sempre estariam. E isso bastava. Às vezes, o silêncio falava.

No momento em que se transformaram em prismas de luz, milhares de estrelas cadentes encheram o céu.

Outras pessoas fora do vale, que não testemunharam os milagres daquela noite, diriam que tinha sido um presságio, uma conspiração do governo, o fim dos tempos, uma bênção dos deuses.

Para Marimar, foi apenas um adeus.

34

AGORA

Marimar escreveu tudo como sempre quis. Primeiro, era o filete de algumas linhas em um caderno. Então, suas palavras tornaram-se oceano novamente.

Nos primeiros meses após a chuva de meteoros, os Montoya voltaram a morar na casa. Marimar não se importava, mesmo que Rey se esquecesse de reabastecer o vinho que consumia da adega e mesmo que Juan Luis e Gastón preferissem compor suas canções no meio da noite, quando nem mesmo os animais do vale uivavam.

Tia Silvia e Enrique estavam sempre na cozinha. Ele queria aprender todas as receitas antigas de sua mãe, queria aprender as coisas que nunca pôde. Jamais haveria maldição do silêncio no vale novamente, não se eles pudessem evitar.

Uma vez por mês, durante a lua crescente, todo mundo vinha para o jantar. Até os fantasmas, até mesmo Orquídea. Eles eram anunciados com o grito de Gabo. Após a destruição de Bolívar, a árvore ceiba ganhou vida, a ferida em seu centro foi enxertada de volta com a casca cicatrizada. Mas o fiel galo azul que protegeu os Montoya e seu vale seguiu Orquídea na vida após a morte. E, depois de morrer uma última vez e ressuscitar como espírito, Orquídea devolveu seu antigo nome. O fantasma de Gabo era sempre o primeiro a voltar, anunciando os demais.

O espírito de Penny escondia as palhetas de guitarra dos gêmeos. Tio Félix flutuava pelo teto com Pena, enquanto Parcha fumava com Martin os charutos deixados no altar. Mas Orquídea só era encontrada em uma cadeira estofada em frente ao fogo, bebendo uma oferenda de uísque enquanto Rhiannon brincava com Pedrito a seus pés.

A rosa de Rhiannon nunca parou de mudar e ela nunca parou de conversar com as libélulas, que retornaram, e com os pássaros e cervos que a seguiam. Os pais de Mike apareciam de vez em quando para saber como estava sua neta, mas foi Marimar quem a adotou. Foi Marimar quem contou a ela as mesmas histórias que suas mães ouviram. Foi Rey quem a ensinou a pintar, a falar palavrão, a encontrar portas escondidas. Foi Enrique quem a ensinou como se desculpar. Foi Caleb Jr. quem a ensinou sobre a ciência das plantas. E foi Ernesta quem a ensinou como classificar as espécies de peixes que não deveriam existir em seu vale, mas os Montoya tinham o hábito de ignorar o que deveria ser possível.

Quando a casa ficava cheia assim, Marimar se perguntava se poderia ter sido sempre desse jeito. Mas era assim que a saudade funcionava. Você desejava estar com aquelas pessoas, sentia falta, depois esquecia delas. Então desejava tê-las por perto novamente.

— Você acha que eles estão realmente aqui? — indagou Rey, enquanto colocava a mesa.

Havia tinta em sua bochecha. Às vezes Marimar se perguntava se havia mais tinta no primo do que na própria tela, mas ele era o especialista.

— Não sei. Acho que não importa.

Ela tocou as pétalas da orquídea em seu pescoço. Não conhecia a espécie, mas Rey ainda estava examinando as fotos dos quatro mil tipos de orquídeas que cresciam no Equador. Não tinha certeza se um dia descobririam, se a flor tinha sido feita especialmente para ela. As pétalas eram pretas com bordas vermelhas, com um miolo branco cintilante. Minúsculos espinhos verdes brotavam ao longo dos ossos de suas clavículas.

— ¡A comer! — gritou tia Silvia do corredor.

A mesa de jantar que Enrique e Caleb Jr. construíram era comprida o suficiente para todos os Montoya, do passado, do presente e do futuro. Um pernil crepitante foi colocado no centro, com tigelas de arroz, lentilhas, cebola roxa e molho de tomate. Havia rodelas tostadas de bananas e uma tigela de batatas fritas para Rhiannon.

Marimar olhou para o outro lado da mesa, na direção de Orquídea, e observou sua avó ser o centro das atenções. Ela sabia que nem sempre seria assim. Sabia que eles iriam brigar e partir e voltar novamente. Sabia que sempre teriam um pouco de medo da escuridão, do silêncio e da solidão, mas o vale se adaptava a eles.

Às vezes, Marimar precisava ir embora também. Ela testava os limites da dádiva de seu pai. Pensava nas coisas de que era feita — carne e osso, espinhos e sal, escoriações e promessas, o sopro do Universo.

Marimar Montoya voava para o desconhecido, mas ela sempre, sempre sabia como encontrar o caminho de volta.

35

ANTES

Orquídea Divina entrou. Ela percorreu todos os cômodos, todos os corredores. Então, voltou para a sala de estar. Sentou-se em frente à lareira. Desejou uma faísca, uma brasa, e esta voou de sua palma para os troncos secos a sua frente. Ia precisar de mais coisas. Música, risos, segurança. Mas, por enquanto, em seu primeiro dia em Quatro Rios, ela tirou os sapatos de seus pés doloridos. Deliciou-se com aquela sensação, a certeza de que aquele era o lugar perfeito para fincar raízes.

AGRADECIMENTOS

Este livro vivia na minha cabeça desde que escrevi um conto chamado "Divine Are the Stars" (Divinas são as estrelas) para a antologia *Toil & Trouble*, que celebra histórias sobre mulheres e bruxaria. Marimar e sua avó permaneceram as mesmas pessoas — rebeldes, mágicas e em busca de um lugar para fincar suas raízes, como tantas famílias ao redor do mundo. Quando tive a oportunidade de transformar o vale mágico de Quatro Rios em um romance, isso tornou-se o maior desafio da minha carreira até agora. Por isso, quero agradecer a várias pessoas.

A Adrienne Rosado, que representou o projeto na época. Obrigada por ser uma das primeiras apoiadoras de Marimar.

A Johanna Castillo, que deu uma chance ao meu estranho livrinho sobre uma família incrível com raízes em nossa amada cidade de Guaiaquil, no Equador.

A minha tribo equatoriana, para todo o sempre. Partes deste livro se passam em La Atarazana, onde a história de nossa família começou. No mesmo rio, na mesma estrada que nos levava até lá. Um agradecimento à minha avó, Alejandrina Guerrero, que é o pilar de nossa família. A Caco e tio Robert, por sempre me apoiarem e me darem um lugar para escrever. A Liliana e Joe Vescuso. Aos meus lindos primos Adriana, Ginelle, Adrian, Alan, Denise, Steven e Gastóncito. A Jeannet e Danilo Medina, Román Medina, Milton Medina, Jacqueline e Mark Stern.

A meu irmão Danny Córdova, que é mais jovem que eu, mas cujos talento musical e sonhos sempre me inspiram.

Agradeço a meu pai, Francisco Javier Córdova, e sua esposa, Jenny Coronel Córdova. A meus irmãos e irmãs da Legião de Córdova: Paola, Angelita, Francisco, Anabel, Jamil, Joselyn, Enoch, Leonel.

A Melanie Iglesias Pérez, por assumir este projeto e ser incrivelmente paciente enquanto o livro se transformava em várias versões diferentes. Obrigada por entender esses personagens e a essência do que eu estava tentando fazer. Você tornou cada versão mais descomplicada, melhor. Ao resto da maravilhosa equipe da Atria na Simon & Schuster, especialmente Libby McGuire, Gena Lanzi, Maudee Genao e Hercilia Mendizabal.

A Erick Davila, pela extraordinária capa que superou meus sonhos mais loucos.

A minha agente, Suzie Townsend, e à equipe da New Leaf Literary. Eu sei que Orquídea está nas melhores mãos.

A meus amigos incríveis que observaram meu processo frequentemente caótico. A Sarah Younger e Natalie Horbachevsky. A Dhonielle Clayton, por sempre me dar o chute na bunda que eu mereço quando duvido de mim mesma, e a Victoria Schwab, por aguentar meu suplício criativo. A Natalie C. Parker, por ser uma das primeiras pessoas a ler este livro e me dar uma perspectiva diferente sobre meus personagens. A Miriam Weinberg, por ver quem era o verdadeiro vilão da história. A Alys Arden, pelas histórias de bruxas e Nova Orleans.

Por fim, à pérola do Pacífico e à cidade que sempre será meu lar e o de Orquídea Divina — Guaiaquil *de mis ensueños*.

Este livro foi composto na tipografia Granjon LT Std,
em corpo 12/15,75, e impresso em papel off-white
no Sistema Cameron da Divisão Gráfica
da Distribuidora Record.